BRENDA NOVAK
SIN SALIDA

Editado por Harlequin Ibérica.
Una división de HarperCollins Ibérica, S.A.
Núñez de Balboa, 56
28001 Madrid

© 2011 Brenda Novak, Inc. Todos los derechos reservados.
SIN SALIDA, N° 47 - 1.12.13
Título original: In Close
Publicada originalmente por Mira Books, Ontario, Canadá

Todos los derechos están reservados incluidos los de reproducción, total o parcial. Esta edición ha sido publicada con permiso de Harlequin Enterprises II BV.
Todos los personajes de este libro son ficticios. Cualquier parecido con alguna persona, viva o muerta, es pura coincidencia.
® Harlequin y logotipo Harlequin son marcas registradas por Harlequin Books S.A.
® y ™ son marcas registradas por Harlequin Enterprises Limited y sus filiales, utilizadas con licencia. Las marcas que lleven ® están registradas en la Oficina Española de Patentes y Marcas y en otros países.

I.S.B.N.: 978-84-687-3559-7
Depósito legal: M-19725-2013

Para Louise (LouBabe) Pledge, una lectora a la que conocí solo por medio del correo electrónico durante mucho tiempo, y que se ha convertido en una querida amiga. Te agradezco el entusiasmo por mis libros y la gran ayuda que me has prestado en mis esfuerzos por recaudar dinero para la investigación sobre la diabetes. ¡Eres única!

Capítulo 1

La pequeña cabaña que le servía de estudio de pintura a la madre de Claire O'Toole llevaba años cerrada. Claire era la única persona que iba por allí, y ni siquiera la visitaba muy a menudo; tal vez, cada seis meses.

Mientras se preparaba mentalmente para todos los recuerdos que la asaltaban cada vez que entraba, se metió la llave en el bolsillo del pantalón y empujó la puerta para abrirla, porque estaba deformada después de muchos inviernos de Montana. Sin embargo, miró hacia atrás antes de atravesar el umbral, porque, de repente tuvo la sensación de que no estaba sola.

Un aire suave movía las ramas de los pinos. Oyó el sonido del bosque que la rodeaba, pero no vio ningún movimiento. No veía nada, salvo lo que podía iluminar con la linterna. Allí arriba no había luces, como en el pueblo, ni había lago en el que pudiera reflejarse la luna. Solo había un bosque espeso con el suelo cubierto de agujas de pino y, en el cielo, las estrellas.

Nadie la estaba acechando. Era una tontería comprobarlo. Aunque había más cabañas en aquellos montes, solo había una cerca. Había sido de sus padres, como aquel estudio, desde que se casaron hasta el verano anterior a que ella comenzara a ir al colegio. Entonces, ellos habían vendido la casa principal y se habían ido a vivir al pueblo.

Ella todavía recordaba a su madre cocinando en aquella cocina. Recordaba la casita que le había construido su abuelo en el árbol del jardín trasero.

La casa había cambiado de manos más de una vez, pero en aquel momento era de Isaac Morgan, así que ella no iba por allí. De ese modo, apenas se cruzaba con Isaac. Él se dedicaba a filmar la naturaleza, así que estaba fuera del pueblo a menudo, lo cual era de ayuda. Aunque él era quien vivía más cerca del estudio, Claire no se imaginaba ningún motivo por el que él pudiera estar espiándola a escondidas. Estaban demasiado empeñados en demostrarse el uno al otro que lo que había habido entre ellos diez años antes había sido fácil de olvidar.

Así pues, ¿quién podía ser? Su hermana, su padrastro y su esposa, sus amigos... En realidad, casi los mil quinientos habitantes de Pineview estaban viendo los fuegos artificiales del Cuatro de Julio en el parque del pueblo, frente al cementerio. Se oían los estallidos de los fuegos, y el viento llevaba el olor a pólvora y a humo hasta las montañas.

Nadie se había dado cuenta de que ella se escabullía.

Respiró profundamente, se dio la vuelta y se concentró en el interior. Había muebles viejos de su padrastro y su esposa, y de sus abuelos maternos, que llenaban todo el salón. De las vigas colgaban telarañas, y había excrementos de rata por todo el suelo. Aquel no era el mismo lugar mágico de cuando ella era pequeña. Los buenos recuerdos se habían visto desplazados por la tragedia, pero ella seguía yendo allí de todos modos. No podía ignorar la existencia de aquel estudio y seguir adelante como todos los demás. El pasado la arrastraba hacia allí.

Cuando entró, se detuvo a escuchar. Se había esperado el silencio, pero oía los ruidos del motor de su viejo Camaro, que estaba enfriándose fuera. Después, un crujido que provenía del piso de arriba. Cuando oyó otros crujidos, le pareció como si su madre estuviera caminando por allí arriba, tal y como solía hacer.

Era evidente que su imaginación estaba reaccionando al aislamiento. Ir allí a aquellas horas de la noche daba miedo.

O tal vez fuera su subconsciente, que quería que saliera de allí antes de que pudiera encontrarse con algo que terminara con la poca paz de espíritu que conservaba. Su madre había desaparecido hacía quince años, y no habían vuelto a hallar ni rastro de ella. Su hermana se había roto la columna vertebral en un accidente de trineo dos años después, y había quedado confinada a una silla de ruedas. Y David, su marido, había muerto hacía un año en un terrible accidente de caza. Ella no podría soportar otra pérdida.

Y, sin embargo, continuaba buscando la verdad.

¿Y si descubría que su padrastro había matado a su madre, tal y como pensaban muchos? ¿Y si su madre se había fugado con otro hombre y los había abandonado a todos en pos de una nueva vida, tal y como pensaba el sheriff anterior?

Claire quedaría destrozada una vez más. No podía aceptar ninguna de aquellas posibilidades. Su padrastro era un buen hombre; él nunca le habría hecho daño a Alana. Alana quería a sus hijas; ella nunca las habría abandonado. Eso significaba que alguien la había secuestrado y, tal vez, la había matado, y se libraría del castigo a menos que ella lo evitara. ¿Qué otra persona iba a luchar por la justicia?

Leanne no. La hermana de Claire ya había tenido que superar demasiadas cosas. Leanne ni siquiera quería pensar en el día en que había perdido a su madre, y mucho menos investigar sobre ello. Y su padrastro, Tug, como lo llamaban sus amigos, se había ido a vivir con la mujer que después iba a convertirse en madrastra de ellas dos tan solo seis meses después de que Alana desapareciera. Si Alana apareciera tantos años después, él ni siquiera sabría qué hacer.

Solo Claire continuaba esperando. Ella era lo único que le quedaba a su madre, y eso no le permitía abandonar, por mucho que la gente le dijera que debería hacerlo. Su madre se merecía más que eso.

Por lo menos, obsesionarse con el misterio que la había estado atormentando la mitad de su vida no le permitía pensar demasiado en David, cuya pérdida era demasiado reciente y todavía le resultaba muy dolorosa.

Otro crujido. Estuvo a punto de perder los nervios. Tal vez debería haber esperado hasta el día siguiente, pero su hermana vivía en la casa de al lado y pasaba a verla constantemente. Para Claire era difícil escabullirse sin revelar algo de lo que iba a hacer. Y, como Claire dirigía su empresa en su propia casa, una peluquería, si no era su hermana la que estaba prestando más atención que la que ella quería, era alguna de sus clientas.

Debido a la desaparición de su madre, a ella siempre la habían observado con demasiado interés. Todo el mundo estaba esperando a ver si iba a recuperarse o iba a desmoronarse. Por ese motivo quería marcharse a vivir a otro lugar donde pudiera ser una persona anónima y comenzar de nuevo, un deseo que se había hecho aún más grande después de morir David. Excepto los dos años durante los que su relación había decaído, mientras él estaba en la universidad, habían estado juntos desde los dieciséis años. El hecho de perderlo la había convertido en objeto de la lástima de todo el mundo una vez más.

«¿Qué tal te encuentras? ¿Estás más animada?».

Le hacían preguntas como aquellas constantemente. Y a ella no le habría importado tanto si la gente que se las hacía fuera tan sincera como quería aparentar; sin embargo, solo querían que ella les proporcionara algún detalle jugoso para poder chismorrear durante el siguiente evento social del pueblo, o después de la misa.

«Pobre Claire. Está sufriendo tanto... Hablé con ella la semana pasada y...».

Claire no quería que nadie hablara de sus intentos por resolver el misterio, ni que le dijeran a su familia que había estado en el estudio. Por eso ocultaba todo lo que podía. ¿Para qué iba a provocar más curiosidad? Solo conseguiría disgustar a aquellos que preferían olvidar...

Así pues, prefería contar con la oscuridad de la noche. Los ruidos que oía no le preocupaban, porque nadie tenía ningún motivo para estar en un estudio abandonado que no contaba con agua corriente ni electricidad.

Apartó algunas telarañas y alumbró su camino por entre el mobiliario con el haz de la linterna. Subió a la buhardilla, donde solía pintar su madre. A ella siempre le había encantado ver trabajar a Alana. Siempre había sentido paz allí, al ver a su madre envuelta en la luz del sol que entraba por los ventanales, completamente concentrada en su última obra.

Había varias pinturas inacabadas en los caballetes, cubiertas con sábanas blancas, y parecían fantasmas que flotaban a un metro del suelo. Al verlos, Claire tuvo un gran sentimiento de pérdida, tan agudo como el que le causaba la muerte de David. Quien se hubiera llevado a Alana le había robado mucho a ella, pero también al mundo.

¿Sería algún conocido? ¿Alguien a quien saludaba por la calle, o alguien por quien sentía afecto? ¿Sería una de aquellas personas que le preguntaban qué tal estaba?

Tenía que ser así. Alana había desaparecido de su casa del pueblo a mediados de invierno. Aunque aquella parte de Montana era un destino habitual de cazadores, pescadores y veraneantes durante el buen tiempo, apenas recibía visitas durante los meses fríos. Libby, que estaba a cuarenta y cinco kilómetros, era el pueblo más cercano, y se había hecho famoso por una mina de asbesto que había causado la muerte de doscientas personas. Por ese motivo había aparecido frecuentemente en las noticias durante los últimos años. Sin embargo, el día de la desaparición de Alana, Libby todavía era un pueblo desconocido, y un camión que transportaba vermiculita había volcado en la carretera y había bloqueado el tráfico en la autopista durante horas. Ni siquiera el sheriff había podido pasar hasta que no retiraron el vehículo y su carga.

Claire suponía que, tal vez, algún delincuente o criminal podía haber llegado desde Marion o Kalispell, que estaban en dirección contraria, pero nadie había visto a ningún extraño en el pueblo aquel día. Además, la puerta de la casa no estaba forzada. Quien se hubiera llevado a su madre era, seguramente, alguien que contaba con su confianza. Ella había abierto la puerta con normalidad, sin esperarse que alguien fuera a hacerle daño.

La traición que se infería en aquella situación era, principalmente, lo que empujaba a Claire a descubrir aquel misterio.

Tomó una silla de un rincón y se subió para alcanzar el asa de la trampilla por la que se entraba al ático. Tiró de ella y la escalera se desplegó con facilidad hasta el suelo.

Allí arriba hacía más calor que en el estudio de su madre. Había mucho polvo, y Claire tosió al asomar la cabeza por la abertura. Con la linterna, alumbró las cajas que había allí almacenadas, de suelo a techo, y que dejaban poco espacio para moverse. Ella no se acordaba de que aquel trastero estuviera tan lleno, pero era lógico porque, cuando ya estaba claro que su madre no iba a volver, Claire se había empeñado en que todas las posesiones de Alana se almacenaran allí. El departamento del sheriff había confiscado todo lo que pudiera tener alguna utilidad en la investigación; el contenido del escritorio de Alana, su ordenador, las cartas que hubiera escrito o recibido recientemente, las fotografías que había hecho en los meses previos a su desaparición, su diario, las cosas que había dejado en el coche... cualquier cosa que pudiera ayudarles a encontrarla. Claire y Leanne se habían quedado con el resto de objetos personales que tenían valor sentimental, y el resto lo habían empaquetado y lo habían guardado allí hacía años, después de que Claire se graduara en el instituto y se mudara, y después de que su padrastro y su nueva esposa compraran la lujosa casa en la que vivían, y que habían adquirido con el dinero que había heredado Alana cuando sus padres habían muerto en un accidente de avión, solo un año antes de que ella desapareciera.

Claire se sintió culpable por pensar en que la desgracia de su madre hubiera proporcionado aquella vida tan espectacular a la mujer que la había reemplazado, e intentó no hacerlo. A ella le caía bien Roni, su madrastra. No tenía la culpa de que Alana ya no estuviera con ellos.

Sin embargo, a Claire le molestaba que Roni se comportara como si Alana no hubiera existido. Tug, su padrastro, y Leanne, preferían enfrentarse a la situación de la misma manera. Los dos le habían pedido a Claire que olvidara el pasado; decían que averiguar lo que había ocurrido no iba a devolverles a Alana, y era cierto. También era cierto que Leanne estaba mejor cuando no había nada que le recordara aquel día aciago. Aquel era el motivo por el que Claire, después de pedirle al nuevo sheriff que reabriera el caso, le había pedido que lo dejara. Su familia se había disgustado mucho con las preguntas que hacía. No soportaban las suposiciones y las sospechas que, por otra parte, eran inevitables en un pueblo tan pequeño.

Claire respetaba su posición, pero no podía dejar de investigar por completo. Necesitaba que aquello se aclarara. Lo necesitaba tanto como ellos necesitaban el olvido.

Sin embargo, no sabía qué esperaba conseguir al ir allí aquella noche. Había visto muchas veces todas aquellas cosas. Su padrastro, su esposa y su hermana también. Los tres habían empaquetado juntos las pertenencias de Alana. Aunque, en realidad, quería encontrar alguna prueba que se le hubiera escapado.

Se dirigió hacia una caja que contenía los recuerdos infantiles de su madre y, al agacharse para abrirla, se fijó en que había cajas que se habían empaquetado mucho más recientemente. Le llamaron la atención porque tenían etiquetas escritas por ella misma, y notó que se le formaba un nudo en la garganta. ¿Qué hacían allí las cosas de su marido? No sabía que iba a encontrárselas, y no estaba lista para enfrentarse a unos recuerdos tan poderosos.

Hacía unos meses, la madre de David había aparecido en su casa y se había empeñado en llevarse todas las cosas de David. Le había dicho que nunca iba a poder superar su muerte si vivía con su fantasma, si dormía con su camiseta puesta y lloraba por el hecho de que ya no tuviera su olor.

Claire suponía que las cosas de David, salvo algunas que había podido quedarse, habían ido a parar al garaje de sus suegros. Sin embargo, Rosemary, su suegra, debía de haberle pedido al padrastro de Claire que las guardaran allí. Rosemary y Tug hablaban a menudo, sobre todo de ella y de si estaba o no estaba superando la desgracia.

Nadie le había dicho que habían llevado las cosas de David a aquella buhardilla, pero era lógico. Rosemary tenía una familia muy grande, y la casa abarrotada. Seguramente no quería encontrarse con las posesiones de su hijo muerto cada vez que fuera a sacar los adornos de Navidad. En aquel estudio ya estaban las cosas de Alana, y nadie lo usaba. Aquello les habría parecido la solución perfecta.

Claire cerró los ojos e intentó sentir la presencia de su marido. No creía en los fantasmas, pero tenía fe en que el amor podía crear un nexo entre el mundo de los vivos y el de los muertos. Había sentido momentos de consuelo desde que él había muerto. Era casi como si la visitara de vez en cuando para asegurarse de que estaba bien.

Ojalá pudiera sentirlo en aquel momento, pero el dolor había sido demasiado agudo y repentino. Le costó un gran esfuerzo luchar contra él.

—¿Por qué me has dejado? —preguntó en un susurro, entre lágrimas.

Respiró profundamente y, al cabo de unos segundos, se calmó lo suficiente como para mirar las cajas de nuevo.

Entonces vio algo que le llamó la atención. La tercera de las cajas empezando desde el suelo tenía la escritura de David, y no la suya. Además, era blanca, no marrón, como las que había usado ella para empaquetar sus cosas. ¿Por qué no la había visto nunca? Estaba segura de que no provenía de su casa...

Cuando la abrió, supo el motivo. David debía de haber dejado aquella caja en el garaje de sus padres antes de irse a la universidad y, seguramente, Rosemary la había llevado allí para que todas sus pertenencias estuvieran juntas.

Al tocar los trofeos de fútbol y baloncesto de David, sintió una punzada de tristeza. También había insignias de sus equipos, que nunca había llegado a coser a las chaquetas, y un grueso lapicero de madera que había tallado él mismo. Además, encontró tarjetas que ella le había regalado cuando habían empezado a salir juntos. Habían ido juntos al instituto y habían salido durante dos años antes de que él se marchara a la universidad.

No era capaz de mirar más aquellos recuerdos. Tenía miedo de echar por tierra todos los progresos que había hecho durante los últimos meses, así que empezó a cerrar la caja. Sin embargo, en el último momento decidió mirar el interior de una gruesa carpeta que había entre algunos jerséis viejos. Parecía una carpeta demasiado seria para un chico de diecisiete años, los que tenía David cuando había guardado aquellas cosas.

Cuando la abrió de nuevo, entendió el motivo. Aquella carpeta no era de la misma época que los trofeos y las tarjetas. Era de después de que se hubieran casado, y lo que contenía le causó tanta impresión que tuvo que poner la cabeza entre las rodillas para no desmayarse.

Jeremy Salter siguió escondido entre los árboles, esperando. Estaba muy oscuro, pero no importaba. Las gafas de visión nocturna que le había regalado su padre por Navidad funcionaban perfectamente. También le había regalado una navaja suiza, porque a él le encantaba coleccionar instrumentos que pudieran garantizarle la supervivencia en el mundo salvaje. Se imaginaba que era el siguiente Rambo.

Sin embargo, Claire no conocía las técnicas de supervivencia. Si no tenía cuidado, podrían atacarla los lobos, o algún oso. O incluso un hombre. Los hombres eran mucho más peligrosos que los animales.

Su padre solía decir eso. Además, se lo había demostrado.

A ella debía de gustarle aquella cabaña, porque siempre había ido a menudo. Aunque no iba tanto desde la muerte de David. Desde que David había muerto, no hacía muchas cosas, salvo cortar el pelo todo el día. Después se sentaba acurrucada en el sofá, con los ojos puestos en la televisión. Sin embargo, él tenía la impresión, frecuentemente, de que no estaba viendo ningún programa. Miraba la pantalla sin pestañear y, muy pronto, empezaban a caérsele las lágrimas.

Echaba de menos a David, y no sabía cómo seguir adelante sin él.

Jeremy entendía lo que sentía.

Así pues, ¿qué estaba haciendo en el viejo estudio de su madre? ¿Acaso quería encontrarse el mismo problema que David? ¿Acaso no sabía que lo mejor era dejar algunos secretos enterrados?

Lo mejor que podía hacer era olvidar el pasado. Ella estaría mejor, y él también.

Algunas veces lamentaba no poder decírselo y prometerle que todo iría mejor si seguía adelante. Era tan guapa, tan lista y tan buena... todo lo que debería ser una mujer. A cualquier hombre le gustaría estar con ella.

Incluido él. Sobre todo él. Aunque nunca había tenido la menor oportunidad. Era demasiado... distinto. Siempre había sido distinto.

La linterna de Claire le permitía seguir sus movimientos por el estudio, pero la luz desapareció de repente. ¿La habría apagado? ¿Se había sentado en el suelo a llorar? ¿Echaba de menos a su madre igual que echaba de menos a David?

¿O acaso tenía otro motivo para estar allí? Se había escabullido tan sigilosamente del parque que casi parecía que tenía un propósito.

Tenía que entrar en la cabaña para averiguarlo, pero no quería acercarse tanto a ella. ¿Y si lo veía?

Aunque, si se mantenía en silencio, ella no tenía por qué darse cuenta. Llevaba años vigilándola, ¿no? Y todavía no lo había sorprendido.

Capítulo 2

David tenía una copia del expediente de su madre. Todo estaba allí, desde la denuncia y el informe de la desaparición hasta la última entrevista. Claire había visto antes algunos de aquellos documentos, pero ni siquiera ella lo había visto todo. ¿Cómo era posible que él hubiera podido recopilar tanta información?

Debía de haberla conseguido del sheriff King. O tal vez le hubiera pedido el favor a su antiguo compañero de caza, Rusty Clegg. Rusty era ayudante del sheriff desde hacía seis o siete años, y tener un amigo en la policía ayudaba.

¿Por qué no le había contado lo que estaba haciendo? Las fechas que estaban anotadas en el diario que él llevaba correspondían al primer año de su matrimonio, y había varias anotaciones de los meses previos a su muerte. La última vez que había escrito algo era dos días antes del accidente. Encontró información detallada sobre su padrastro y sobre Leanne, y también sobre la única hermana de su madre, que vivía en Pórtland, Oregón. Además, encontró una cronología completa de los últimos movimientos de Alana.

Claire no quería leer algunas de aquellas cosas, porque la trasladaban de nuevo a aquella noche, la que había sido la más larga de su vida. Todos los adultos que ella conocía, incluido su padrastro, habían salido a buscar. A Leanne y a ella no les habían permitido moverse de casa. Ellas se habían quedado esperando la vuelta de su madre, o alguna noticia suya, sin resultado. Cuando salió el sol, fueron volviendo todos los voluntarios, primero su padre, y después, amigo tras amigo, dando la mala noticia: que no habían encontrado ni rastro de ella.

De mala gana, aunque con decisión, Claire miró la anotación que había en el margen izquierdo de uno de los folios:

10 de mayo: He hablado con Jason Freeman. Dice que vio a Alana en la panadería entre las ocho y las nueve de la mañana. La vio entrar y salir con una bolsa de donuts, mientras él tomaba un café en la cabina del camión de Pete Newton. Jason dice que entró al coche con Tug, y que ambos se marcharon. Tug confirmó esto en su entrevista. Aparte de Tug, Jason es la última persona que vio a Alana.

12 de mayo: He intentado hablar con Joe Kenyon.

Aquel era el nombre más mencionado por todos aquellos que tenían la teoría de que Alana había sido infeliz en su matrimonio y había buscado consuelo en brazos de otro hombre. Y, si ella había tenido una aventura, era posible que hubiera tenido más, e incluso que hubiera huido con alguno de sus amantes, ¿no? Para algunas personas, esa era la explicación del misterio. Sin embargo, a Claire no le explicaba nada, porque no podía creer que su madre le hubiera sido infiel a su padrastro.

No quiso abrir la puerta cuando llamé, pero Carly Ortega, que vive enfrente, me dijo que Alana pasaba a menudo por casa de Joe. Incluso vio su coche aparcado en la puerta de su casa tarde, por la noche.

¿Tarde? ¿Cómo era posible? Tug siempre estaba en

casa por las noches. Alana habría tenido que escabullirse de la casa para salir sin que él se enterara. ¿Y por qué iba a hacer eso? Claire no recordaba haber visto a su madre hablar con Joe...

13 de mayo: He intentado de nuevo hablar con Joe. No ha querido. Cretino.

El diario de David continuaba durante varias páginas. Claire decidió que iba a leer el resto en casa y pasó al otro lado de la carpeta, donde había varias entrevistas realizadas por el sheriff Meade.

Carly no era la única que creía que había algo entre Joe Kenyon y Alana. El hermano mellizo de Joe, Peter, pensaba que tenían una relación. En su declaración explicaba que había oído a su hermano responder a una llamada de Alana un día, mientras estaban en el trabajo. Dijo que no oyó lo que decía Joe, pero por el tono de voz de Joe, dedujo que no se trababa solo de que lo fueran a contratar para hacer las podas del jardín.

Claire no sabía si quería seguir leyendo. Aquello estaba consiguiendo que se pusiera enferma y se preguntara si de veras había conocido a su madre. ¿Acaso Alana había llevado una doble vida?

No. Claire confiaba en su madre tanto como para no aceptar que era una adúltera basándose solo en pruebas circunstanciales.

Siguió hojeando los papeles y encontró una lista de incoherencias. No parecía que la hubiera escrito David, pero Claire estaba segura de que sí era él quien había subrayado varios fragmentos. Según la fecha del documento, la lista era un resumen que había redactado el sheriff King después de tomarle el relevo al sheriff Meade.

Tug dijo que había estado en el trabajo hasta que recibió la llamada de Claire y que, al ver que el coche de Ala-

na estaba aparcado en casa y que ella no aparecía por ninguna parte, se preocupó mucho y se marchó inmediatamente.

La siguiente parte estaba subrayada.

¿Por qué se preocupó tanto de repente? Nunca había habido un secuestro ni un asesinato en Pineview y, a menos que lo estuviera manteniendo en secreto, Alana nunca había recibido amenazas ni había tenido problemas con nadie. Tug pudo pensar que había salido a charlar con una vecina, por ejemplo, y que volvería en cualquier momento.

¿Realmente su reacción había sido demasiado rápida? Siempre existía la amenaza de los osos, que se acercaban a las casas si la gente se dejaba comida fuera. Sin embargo, nadie del pueblo, aparte de Isaac Morgan, que seguía y grababa a los animales salvajes para hacer reportajes, había sido atacado por uno de ellos.

Con aprensión, intentó recordar la conversación que habían tenido cuando ella lo había llamado aquel día.

«¿Cómo que no la encuentras?», preguntó él, en cuanto ella se lo dijo.

«He buscado por toda la casa».

«¿Incluso en los baños?».

«Por supuesto».

«¿Y no ha dejado una nota?».

«Yo no he encontrado ninguna. ¿No sabes nada de ella?».

«No. No te muevas de ahí. Voy para casa».

En aquel momento, a Claire no se le había ocurrido pensar que su madre pudiera correr peligro. Esperaba que él dijera algo como: «No te preocupes, seguro que volverá pronto a casa». Sin embargo, Tug no había dicho nada de eso. Al llegar se había comportado con tanta tensión que le había transmitido el miedo a Claire, y ella había tenido el primer pálpito de que se enfrentaban a una tragedia.

¿Sabía él que ocurriría algo malo? ¿Habían discutido Alana y él antes, cuando él había ido a casa a comer, tal vez sobre Joe Kenyon, y esa discusión se les había ido de las manos?

Por mucho que no quisiera creerlo, sabía que pasaban cosas como esa...

Siguió leyendo las anotaciones del sheriff King y encontró el resto igual de inquietante.

El día de la desaparición de Alana, ella recogió a Leanne del colegio a las once y cuarto por enfermedad, pero alguien volvió a llevarla a clase poco después de las dos. Eso está reflejado en el registro de la escuela, pero Leanne nunca ha mencionado que estuviera en casa aquel día durante aquellas horas. Y nunca ha dicho si su madre estuvo con ella durante ese tiempo.

−Imposible −murmuró Claire.

Después de todos aquellos años de preguntas, ¿cómo era posible que Leanne nunca le hubiera hablado de que había faltado aquellas horas en el colegio? ¿Por qué lo había mantenido en secreto?

Tenía que haber un motivo y, con la esperanza de encontrarlo, siguió leyendo.

Si estaba enferma, ¿cómo se recuperó tan rápido? A las dos de la tarde llevó una nota a la secretaría para justificar su ausencia y entró de nuevo en su clase. La recepcionista no guardó la nota y no recuerda si la escribió el padre o la madre, pero se atiene a su registro. Cuando se le preguntó si podía haberse equivocado al apuntar la fecha. «Si esa fecha está equivocada, todas las fechas anteriores lo están también, así como las siguientes».

Otra parte subrayada.

Todos los días están reflejados, y van de lunes a viernes, como debe ser.

Claire miró aquellas páginas a la luz de la linterna mientras se formulaba muchas preguntas. ¿Por qué habían considerado necesario el sheriff o sus ayudantes ir a investigar al colegio de Leanne? Ella misma, a los dieciséis años, podía ser considerada sospechosa, pero ¿su hermana? Leanne todavía no había sufrido el accidente con el trineo, pero solo tenía trece años cuando había desaparecido su madre. ¿Qué podía haberle hecho a Alana?

La incomodidad de aquel suelo y los ruidos de algún roedor empezaron a fastidiar a Claire. Decidió llevarse aquella carpeta a casa para poder leer todos aquellos documentos con tranquilidad. Estaba claro que David había intentado encontrar a su madre. Seguramente no se lo había dicho por si acaso no conseguía llegar más lejos que los demás. No habría querido darle falsas esperanzas y, seguramente, eso había sido muy inteligente por su parte. Claramente, parecía que había dado con más preguntas que respuestas. De todos modos, ella lo quería mucho por haberlo intentado.

Metió los papeles en la carpeta y, justo cuando estaba cerrándola, oyó un ruido abajo. ¿Había sido un movimiento? En ese caso, era de algo más grande que una rata.

Al llegar a la cabaña había creído oír pasos, pero allí no había nadie.

Irritada consigo misma por seguir asustándose sin motivo, bajó las escaleras. Acababa de poner un pie en el escalón del tramo que descendía hacia el piso bajo cuando sintió una corriente de aire frío que olía al humo de los fuegos artificiales.

Aire fresco. Del exterior...

—¿Hola?

No hubo respuesta. Tampoco hubo ningún ruido.

Movió la linterna en todas las direcciones para iluminar todos los rincones oscuros del piso inferior, pero el haz de luz no llegaba muy lejos.

—¿Hay alguien ahí?

Silencio.

Vio las mismas imágenes que poblaban sus pesadillas, a su madre siendo torturada por un psicópata. La mayor parte de las víctimas de un crimen eran asesinadas por alguien que pertenecía a su familia o a su círculo de amigos, pero no todas. Los asesinatos cometidos por extraños eran los más difíciles de resolver.

¿Era ese el motivo por el que nadie podía averiguar lo ocurrido? ¿Estaba el asesino de su madre acechándola entre las sombras, esperando a que ella se le acercara?

Casi esperaba que la verdad que había estado buscando durante tantos años se le revelara de una manera espantosa. Se quedó inmóvil, como clavada al suelo. La posibilidad de un final violento no se le escapaba.

Sin embargo, no hubo pasos, no hubo más movimiento.

¿Se habría imaginado el cambio de temperatura? ¿Y el ruido? En una construcción tan vieja, incluso el viento más ligero podía provocar crujidos y gemidos.

No estaba convencida de que hubiera sido el viento, pero no podía quedarse en el rellano de la escalera, conteniendo la respiración, durante el resto de su vida. Tenía que salir de allí.

Agarró con fuerza la carpeta y bajó las escaleras iluminándose el camino con la linterna. Llegó al salón, apuntó con la linterna hacia delante y corrió hacia la puerta. Desde allí, se giró para mirar hacia atrás.

Entonces fue cuando lo vio.

Era la bota de un hombre.

Había alguien agachado junto al piano de su madre.

El grito le heló la sangre en las venas a Isaac Morgan.

Había visto las luces de un coche pasar junto a su casa, y sabía que probablemente era Claire. Tenía la sensación de que su proximidad era un disuasorio para ella, sobre todo desde la muerte de David. Sin embargo, ni siquiera el hecho de poder toparse con él la asustaba por completo.

Normalmente, fingía que no se daba cuenta de sus visitas. Entendía bien que ella había pasado por muchas cosas, y sabía por qué no podía olvidar lo ocurrido. Por eso, sentía que ella se merecía tener privacidad para enfrentarse con sus demonios.

Él mismo prefería tener privacidad para enfrentarse con los suyos.

Lo que le hizo salir de casa fue el segundo par de luces, que pasó unos minutos después. Dudaba que Claire hubiera llevado a alguien allí arriba. Intentaba comportarse como si estuviera perfectamente, como si el pasado no la obsesionara, pero la obsesionaba. Era alarmante lo mucho que había adelgazado.

Así pues, había decidido investigar y se había acercado a la cabaña. Solo había encontrado el Camaro de Claire; estaba recorriendo la parcela, buscando el segundo coche entre los árboles con su linterna, cuando el grito hizo que se detuviera.

¡Claire!

Corrió hacia la cabaña a toda velocidad, moviéndose con mucha más rapidez de la que hubiera debido por aquel terreno pedregoso lleno de troncos, agujeros, agujas de pino y árboles. Cada vez que uno de sus pies se posaba en el suelo del bosque, la linterna botaba y él quedaba a oscuras momentáneamente. Sin embargo, no aminoró la marcha, y por eso no vio la rama del árbol. Chocó contra ella y cayó violentamente al suelo, boca arriba. Se quedó sin respiración y, pestañeando, intentó llenarse los pulmones.

Cuando se recuperó un poco y recogió la linterna, oyó que un motor arrancaba al otro lado de la parcela.

El otro coche estaba al otro lado de la cabaña, en una parte que él todavía no había investigado.

Isaac estuvo a punto de cambiar de dirección, porque no quería dejar escapar a alguien que podía haberle hecho daño a Claire. Por lo menos, quería ver su coche. Sin embargo, no podía perder un segundo, porque era posible que Claire estuviera herida y necesitara ayuda.

El conductor estaba saliendo del bosque tan rápido como podía, pese a que un terreno tan agreste podía estropearle el coche. Isaac vio las luces traseras entre los árboles y lamentó no poder ver más. No podía seguirlo; tenía la camisa empapada en sangre y la tela se le pegaba al cuerpo. La rama le había hecho un agujero en el pecho.

Aunque podía estar en muy buenas condiciones comparado con Claire. Temeroso de que la hubieran matado, como seguramente habían matado a su madre cuando ellos todavía estaban en el instituto, ignoró el dolor y se puso en pie. Subió hasta la cabaña y, lentamente, empujó la puerta.

Había sangre en la entrada. Y la puerta solo se abría a medias...

Alguien, o algo, estaba detrás.

Cuando Claire recuperó el conocimiento, estaba muy oscuro y se dio cuenta de que la estaban transportando. No sabía hacia dónde. Su cabeza descansaba sobre el pecho de un hombre. Su espalda descansaba en un brazo, y las rodillas en el otro. No sabía dónde estaba, ni con quién, pero no estaba asustada, porque tanto el entorno como aquella persona le resultaban familiares, por algún motivo.

David fue el primer nombre en el que pensó, pero descartó aquella posibilidad al instante. Su marido estaba muerto. Además, el olor de aquel hombre no era como el de la colonia de David; aquel hombre olía a... jabón, a abeto y a humo de leña.

Con un gruñido de dolor, alzó la cabeza para ver su

rostro, pero estaba demasiado oscuro. Estaban en el bosque, y las ramas gruesas de los árboles tapaban la luz de la luna.

¿Dónde había percibido ella aquel olor? ¿Por qué estaba en el bosque? ¿Con quién estaba? ¿Qué había ocurrido?

Entonces lo recordó todo: la habían agredido en el estudio de su madre.

El hombre que la llevaba en brazos no había reaccionado de ningún modo cuando ella se había movido. Estaba demasiado concentrado en continuar su camino. Sin embargo, cuando ella gritó e intentó bajar, él bajó la linterna.

—Shh —murmuró—. Estás conmigo.

—¿Quién eres tú?

—Qué rápido se olvidan algunas cosas.

Aquel tono irónico desveló su identidad. Era Isaac Morgan. Por supuesto. Él vivía cerca, y no era de extrañar que ella hubiera reconocido su olor. Durante los dos años que David había pasado estudiando fuera, su relación se había interrumpido, y ninguno de los dos sabía qué iba a pasar en el futuro. Tanto David como ella habían salido con otras personas; ella se había acostado con Isaac por lo menos cien veces. Tal vez más. Las veces suficientes como para hacerse adicta a sus caricias. No le había resultado fácil liberarse de aquella adicción. Incluso después de tanto tiempo, ella seguía evitándole si era posible. Con solo verlo, sentía una descarga física muy fuerte. Los recuerdos eran muy buenos.

Claire se tocó la cabeza dolorida con una mano.

—¿Por qué me has pegado?

Él se agachó con dificultad y consiguió recoger la linterna.

—Yo no te he pegado.

—¿Quién ha sido?

Él tomó aire al incorporarse, con cierta brusquedad, y Claire se preguntó si le costaba soportar su peso. Sin embargo, no entendía por qué; en aquella temporada, ella pesaba menos que nunca, y antes él la sujetaba sin esfuerzo alguno contra una pared durante tanto tiempo como quería mientras...

«¡Basta!».

No quería recordar. Se había esforzado mucho para conseguir no recordar.

–Eso es lo que me gustaría saber a mí –respondió él, cuando empezaron a moverse de nuevo.

Se le apareció en la mente la imagen de la bota de un hombre. La había visto justo antes de que alguien la golpeara y la linterna se le cayera de las manos.

Seguramente, Isaac tenía unas botas como aquellas. La mayoría de los hombres de la zona las tenía. Pero ella sabía que la persona que la había agredido no era Isaac. Con él, los enfrentamientos eran cara a cara. Las pocas personas de Pineview que habían experimentado lo peor de su mal genio no habían vuelto a discutir con él. Era cínico y distante, y siempre había sentido indiferencia hacia ella, por mucho que Claire hubiera querido creer lo contrario. Si necesitaba pruebas, solo tenía que acordarse de su último encuentro. Cuando ella se enteró de que David iba a volver de la facultad, había hablado con Isaac para decirle que sentía algo por él. David y ella no se habían prometido nada, pero tenían una larga historia y él no estaba saliendo con nadie. Ella quería saber cómo debía responder si David la llamaba, quería saber si tenía algún compromiso con Isaac, e Isaac le había dejado bien claro que se equivocaba si pensaba que el sexo era lo mismo que el amor.

Aquella noche, cuando ella se marchó de su casa humillada y herida, juró que no volvería jamás. Y, pese al deseo que había seguido sintiendo por él durante los años siguientes, había cumplido aquella promesa para poder tener una relación más importante con David.

Y había merecido la pena. Tal vez, las relaciones sexuales con David no habían sido tan abrasadoras como con Isaac, pero David había compensado eso dándole muchas otras cosas. Era muy fácil morder el anzuelo de los hombres taciturnos e impredecibles, pero las mujeres que lo mordían eran unas bobas.

No podía creer que alguna vez hubiera esperado algún tipo de compromiso por parte de Isaac. Él no era de los que sentaban la cabeza, y ella lo sabía desde el principio. Aunque nunca habían sido amigos íntimos, David y ella iban al mismo curso que él en el instituto, así que Claire había visto de primera mano lo distante que podía llegar a ser. Desde que lo conocía, siempre lo había visto cámara en mano, siempre al otro lado de la lente, filmando la vida pero apartado de ella. Y, por si se le había olvidado lo difícil que era conectar con él, casi todo el mundo de Pineview podía recordárselo, incluyendo las mujeres que habían intentado conquistar su corazón y habían fracasado.

–¿Adónde... adónde me llevas?

–No te muevas tanto –respondió él con tirantez, y la agarró con más fuerza.

–¿Es que estás intentando decirme que he engordado?

–No. Estoy intentando decirte que me haces mucho daño cada vez que te mueves.

De repente, Claire pensó que tal vez él también se había topado con su atacante.

–El hombre que me golpeó... no te habrá disparado, ni nada por el estilo, ¿verdad?

Él no respondió. Estaba completamente concentrado en seguir adelante.

–¿Eh? –dijo ella, para llamar su atención.

–Vamos, calma –respondió Isaac.

Fue una orden, y eso no sorprendió a Claire. Él siempre quería estar al mando. Aunque tal vez estuviera tan tenso porque el terreno era muy accidentado. O llevaba demasiado tiempo transportándola en brazos.

–Vamos, déjame en el suelo –le dijo.

Él se cambió la linterna de mano.
—Ya casi hemos llegado.
—Puedo andar —replicó ella. No estaba completamente segura, pero le empujó el pecho para convencerlo de que la soltara, y se arrepintió al momento. Ambos jadearon cuando ella tocó algo húmedo y pegajoso.
Isaac estaba sangrando. Estaba herido.
Él la agarró con más fuerza y soltó una maldición.
—Demonios, Claire, ¿quieres estarte quieta?
—¿Claire?
—¿Es que no te llamas así?
Después de tanto tiempo, ella creía que ya la había olvidado.
—Teniendo en cuenta todas las mujeres con las que has estado, creía que te resultaría difícil acordarte del nombre de todas —dijo.
Estaba intentando disimular lo mucho que la había asustado tener toda aquella sangre en la mano, porque no sabía lo grave que era la herida de Isaac. Él siempre se estaba haciendo heridas, y decía que tenía siete vidas, pero ella sospechaba que ya las había usado.
—¿Es grave? —le preguntó con preocupación.
—Te pondrás bien.
—Estaba hablando de ti.
—Ya veremos.
Entonces, a Claire se le llenaron los ojos de lágrimas. No sabía por qué; solo sabía que se sentía impotente ante todas las cosas que habían salido mal. ¿Cuándo terminaría todo aquello? Primero, la desaparición de su madre, después el accidente de su hermana, después la muerte de David y, finalmente, ella misma había sufrido una agresión. Para rematarlo, quien la estaba llevando a través del bosque era la persona a la que más quería esconderle su dolor, y no podía hacerlo porque él estaba allí mismo, a su lado.
No quería que Isaac la viera a punto de desmoronarse.

Apretó los dientes y pestañeó, pero las lágrimas le cayeron por las mejillas de todos modos. Así que empezó a rezar para que él no se diera cuenta. Sin embargo, supo que no lo había conseguido cuando él le habló en el mismo tono suave que ella le había oído utilizar una vez con un caballo:
—Shhh, tranquila. No llores.

Capítulo 3

Aunque Isaac había llamado al mismo tiempo a John Hunt, el único médico de la zona, y al sheriff King, fue Hunt quien llegó primero, porque vivía muy cerca. John trabajaba en Urgencias en Libby, pero siempre tenía el maletín médico a mano y ayudaba en lo que podía. Cabía la posibilidad de pedir un helicóptero para trasladar a heridos graves al hospital, pero cuando Isaac pudo examinar a Claire y se dio cuenta de que solo tenía una herida que no parecía grave, no había querido llamar al helicóptero.

–¿Cómo está? –le preguntó Hunt.

Isaac inclinó la cabeza hacia su habitación donde había dejado a Claire al llegar a la cabaña.

–Creo que está bien, que solo tiene un golpe leve en la cabeza, pero... lo mejor será que la veas tú mismo.

En vez de dirigirse hacia la habitación, el médico fijó la vista en el trapo ensangrentado que Isaac se sujetaba contra el pecho desnudo, y arqueó las cejas.

–No me has dicho que tú también estabas herido, pero era de esperar. Eres mi mejor cliente. ¿Qué te ha pasado esta vez?

Cuando se había cerciorado de que Claire estaba bien, y la había dejado instalada en su habitación lo más cómodamente posible, se había quitado la camisa rota y había intentado limpiarse la herida, pero era demasiado profunda. No podía cortarse la hemorragia.

—Me he chocado con una rama cuando iba corriendo por el bosque. No es nada.

En cambio, era embarazoso. El resto de las lesiones que había sufrido tenían relación con su trabajo e iban acompañadas de una historia interesante. Por ejemplo, aquella ocasión en la que había interrumpido accidentalmente a una manada de lobos que se estaban comiendo un alce, o su enfrentamiento con una mamá oso. La gente del pueblo le pedía una y otra vez que les contara aquellas historias; parecía que nunca se cansaban de ellas. Así pues, no le entusiasmaba admitir que se había causado aquella herida él mismo, con una cosa que no debería haber sido una amenaza.

Hunt le apartó la camisa para echar un vistazo.

—Que no es nada, ¿eh? Es lo suficiente como para tener que darte unos cuantos puntos. Túmbate en el sofá. Vendré a verte dentro de un minuto.

—Estoy perfectamente —insistió Isaac, y lo siguió al dormitorio.

Claire se había quedado dormida. Estaba en su cama, cosa nada inusual, al menos en el pasado. Tenía el pelo revuelto y la máscara de pestañas corrida, y no estaba en su mejor momento. Sin embargo, no importaba. Era muy guapa. Isaac no quería pensar eso, pero lo pensaba de todos modos.

—Eh... —dijo Hunt, y le agitó suavemente el brazo—. Claire, despierta.

Ella se llevó la mano a la cabeza, como si le doliera; seguramente era así, porque él no le había ofrecido analgésico alguno. Quería esperar hasta que Hunt diera su visto bueno.

Ella frunció el ceño con desconcierto al tocar la venda que le había puesto.

—¿Qué es? —preguntó.

¿No recordaba que le hubiera vendado la cabeza? En aquel momento parecía que estaba lúcida.

—Es un vendaje —respondió Hunt—. Vamos a dejarlo ahí un momento, ¿de acuerdo? —le dijo, y le apartó la mano—. ¿Sabes quién soy?

—Claro. Eres... —ella se quedó callada, intentando recordar el nombre, pero tuvo que conformarse con «el marido de Lila».

—Exacto. Lila va a tu grupo de lectura, ¿verdad?

Ella sonrió débilmente.

—Todos los jueves por la noche.

—Isaac dice que tienes un chichón encima de la oreja. ¿Te importaría que lo viera?

Ella titubeó, y el médico le dijo:

—Tu otra opción sería que llamáramos al helicóptero para que te lleven al hospital.

—No, eso no es necesario.

Entonces, Claire intentó incorporarse con un gesto de dolor, pero el médico hizo que se tumbara.

—Relájate —le dijo y, con suavidad, le quitó la venda de la cabeza y comenzó a examinar la herida que tenía detrás de la sien izquierda. Brotó sangre fresca del pequeño corte—. El cuero cabelludo sangra mucho —murmuró—. Te vendrían bien un par de puntos, pero no es preocupante. Me preocupa más que hayas podido sufrir una conmoción cerebral. ¿Puedes contarme qué ha pasado?

—Estaba intentando llevarme... algunos cuadros de mi madre.

¿Cuadros? A menos que quien la había tirado al suelo se los hubiera robado, ella no llevaba ningún cuadro. A su alrededor solo había algunos papeles. Eso era lo único que tenía, pero cuando él abrió la boca para decirlo, Claire le clavó una mirada que lo enmudeció.

—Me enteré de que no estaba sola cuando me marchaba —dijo ella.

—¿Fuiste a recoger los cuadros por la noche? —le preguntó el doctor Hunt. No estaba cuestionándola, sino que, obviamente, pensaba que había mejores momentos para hacer recados como aquel.

—No me importaba que estuviera oscuro. Tenía una linterna.

Entonces, le lanzó a Isaac otra mirada de advertencia, pero él ya había entendido lo que quería decirle. No quería que el médico supiera lo que estaba haciendo en la cabaña. Isaac no se imaginaba cuál era el motivo, pero era asunto de Claire y de nadie más. Así pues, no dijo nada.

Hunt le pasó una venda limpia y ella se la sujetó contra la herida.

—¿Había alguien esperándote, o algo así?

—No lo sé. Lo único que sé es que un hombre se abalanzó hacia mí, me tiró la linterna al suelo y me empujó con tanta fuerza que me caí.

—¿Y sabes contra qué te golpeaste?

—Supongo que con el pico de la mesa que hay a la entrada. El piso bajo está lleno de muebles —dijo ella, y carraspeó—. Parece que a todo el mundo le parece el lugar perfecto para almacenar lo que no quiere.

No era aquel almacenamiento lo que disgustaba a Claire. Era la facilidad con la que los demás podían depositar allí lo que desechaban, olvidar el pasado y seguir adelante. Isaac lo entendía. Conocía a Claire desde que eran pequeños, y comprendía lo que había tenido que pasar. Él también había perdido a su madre. Ella lo había abandonado a propósito, sí, pero igualmente, él había tenido que enfrentarse a la vida sin ella. Y él había estado buscándola, como Claire. La diferencia era que él no había tenido un padrastro en quien apoyarse. Por suerte, durante aquellos últimos años había ganado dinero como para contratar detectives privados, pero la única pista de la que podían partir era un certificado de nacimiento, así que había resultado difícil averiguar de dónde provenía.

Hunt buscó más heridas en la cabeza de Claire.

—Sabes dónde estás ahora, ¿verdad?

A ella se le reflejó la melancolía en el semblante.

—Esta era la habitación de mis padres —dijo—. Mi habitación está al final del pasillo, al lado de la de Leanne. Cuando nos fuimos a vivir al pueblo, mis padres vendieron la cabaña a una familia que, más tarde, se fue a vivir a Spokane. ¿Te acuerdas de Rod Reynolds?

—Sí.

El doctor Hunt tenía casi veinte años más que ellos, y se había marchado a la universidad más o menos al mismo tiempo que Isaac había sido abandonado en Happy's Inn, justo antes del primer curso. Sin embargo, Hunt no había estado fuera más que el tiempo necesario para licenciarse. Conocía a la mayoría de la gente de Pineview y su pasado.

Sobre todo, el de Isaac. Claro que... todo el mundo conocía la historia de aquel niño pequeño a quien habían dejado abandonado con un dólar en un café de carretera.

Hunt señaló un recipiente con agua que había sobre la mesilla de noche.

—¿Es tuyo? —le preguntó a Isaac.

El agua tenía un color rosado y, sin duda, eso era lo que había promovido la pregunta.

—No, me temo que no. Tú mismo has dicho que las heridas de la cabeza sangran mucho.

Isaac podría haberle limpiado la herida mucho mejor a Claire si le hubiera afeitado esa parte del pelo, pero estaba seguro de que, si lo hacía, solo conseguiría que ella lo odiara más.

Hunt frunció el ceño al mirar el trapo que Isaac sujetaba contra su herida.

El médico ya no estaba tan preocupado por Claire, y quería ocuparse de Isaac. Él se dio cuenta, y Claire también. Insistió en que Hunt atendiera a Isaac, pero él hizo un gesto con la mano para descartar su preocupación.

—Termina primero con ella.

Hunt maldijo en voz baja la terquedad de Isaac y, con una pequeña linterna, alumbró las pupilas de Claire.

−¿Qué has hecho hoy, Claire?

−Yo... he estado trabajando.

Isaac se preguntó si todavía lamentaba no haber podido ir a la universidad. Ella le había hablado de continuar los estudios cuando terminaron el instituto, cuando David estaba fuera y ellos dos estaban saliendo juntos. En aquella época, ella se ganaba la vida con un trabajo sin porvenir, llevando Stuart's Stop'n'Shop. Pero a Leanne le estaban haciendo algunas operaciones, puesto que los médicos pensaban que podrían devolverle algo de movilidad, y Claire no estaba dispuesta a marcharse.

−¿Recuerdas con quién has estado?

−Sí... Le he cortado y teñido el pelo a Joyce Sallow, le he cortado el pelo a Larry Morrill y le he puesto mechas a Alexis Rodgers.

−Has estado muy ocupada. ¿Dónde está tu hermana esta noche?

−En los fuegos. ¿Lo ves? Estoy bien. Solo estoy un poco... nerviosa. Y me duele mucho la cabeza, pero supongo que eso es lógico. Ocúpate de Isaac.

−Ahora mismo. Y te voy a dar un analgésico.

Hunt anotó su presión sanguínea; mientras, alguien llamó a la puerta, e Isaac fue a abrir. Había llegado el sheriff King.

Cosa nada extraña, Myles se interesó primero por Claire, pero la herida de Isaac no se le escapó.

−¿Y qué te ha ocurrido a ti?

−Daños colaterales −respondió él−. Ella está en aquella habitación.

Myles siguió a Isaac hasta el dormitorio. Claire era la mejor amiga de su mujer; era evidente que el sheriff estaba más preocupado por ella que por Myles. Sin embargo, Isaac tenía el presentimiento de que volvería a preguntarle por su herida para ver si tenía alguna relación con la agresión que había sufrido Claire en la cabaña. King era muy minucioso.

—Se pondrá bien —dijo Hunt cuando entraron—. Voy a darle unos puntos de sutura para que deje de sangrar. Debería estar bajo observación, por si acaso tiene una ligera conmoción, pero no es nada grave.

—Bien. ¿Puedes esperar a darle los puntos hasta que haya hablado con ella? —preguntó Myles.

—¿Estás bien como para hablar con el sheriff durante unos minutos? —le preguntó el médico a Claire.

—Por supuesto. Quiero que atrapen a la persona que me ha hecho esto.

King pidió que los dejaran a solas, y el doctor e Isaac salieron del dormitorio. Hunt se empeñó en que Isaac se tumbara en el sofá para poder examinarle la herida.

—Vaya. Es irregular y fea.

—Muy bonito. ¿No se supone que tienes que decirme que me relaje y que todo va a ir bien?

Hunt sonrió.

—Tú puedes soportarlo. Eres lo más parecido que he hecho a crear mi propia muñeca de trapo. A estas alturas ya sabes cómo son las cosas.

Lo sabía gracias a varios encuentros con animales salvajes. Aunque había salido a solas a filmar la naturaleza desde que estaba en el instituto —lo único que él había pedido durante su vida era equipo de filmación, y Tippy, el hombre que lo había criado, se lo había proporcionado generosamente— nunca había resultado herido hasta que había llegado a la edad adulta. Había sido descuidado, y aquel encuentro de hacía cuatro años con la osa había estado a punto de costarle el brazo izquierdo.

En realidad, podía haber más incidentes como aquel en el futuro. Su trabajo era peligroso. Tenía que acercarse mucho a su objetivo para conseguir buenas secuencias; eso era lo que convertía su trabajo en algo mucho mejor que el del resto. Se había situado a medio metro de osos y lobos, de pumas, alces americanos y bisontes. Había ido a Florida a hacer un documental sobre caimanes, y al Amazonas a hacer otro sobre arañas, y había hecho otro sobre serpientes para Disney Channel. Durante aquella última década había recorrido el mundo; no estaba mal para un niño abandonado que había tenido que aprenderlo todo por sí mismo.

Mientras Hunt le daba los puntos de sutura en el pecho, el sheriff salió de la habitación.

—¿Tienes alguna idea de quién pudo agredir a Claire? —le preguntó a Isaac.

—No —respondió él. Hunt le había administrado anestesia local, y no sentía dolor.

—¿No viste nada?

—Las luces de un coche.

—¿Y cómo supiste que estaba herida?

—Porque la oí gritar.

—¿Desde aquí?

—Desde el borde del claro.

Isaac explicó todo lo que había pasado con todos los detalles que pudo, incluyendo su choque contra la rama del árbol.

Cuando terminó, el sheriff se guardó la libreta en el bolsillo e inspeccionó la herida de Isaac para asegurarse de que correspondía con lo que le había contado. Después, se rascó el cuello.

—Así que... podría ser cualquiera con un coche que tenga faros delanteros y traseros. Eso reduce mucho las posibilidades —ironizó.

Isaac estaba deseando que el médico terminara. Con dolor o sin él, no le gustaban las agujas.

—Es alguien que está familiarizado con la zona.

—¿Por qué lo dices?

—Conocía el camino de atrás. La siguió al interior de la casa, así que yo esperaba encontrarme su coche cerca del de ella. Sin embargo, justo después de pasar mi casa tomó el camino largo, subió y rodeó la parcela. Por eso no vi su coche hasta que iba huyendo.

—Eso tampoco reduce mucho las posibilidades. ¿Qué crees que quería?

—Ni idea.

No creía que el culpable quisiera hacerle daño, en realidad. Si Claire no se hubiera caído, no habría terminado herida. Sin embargo, daba miedo pensar que alguien la había seguido y se había metido en la cabaña cuando ella estaba allí sola, de noche.

—Gracias por ayudarla —dijo King, y se volvió hacia el médico—: ¿Está bien como para moverla? ¿Puedo llevarla a su casa?

Hunt vaciló en mitad de uno de los puntos, e Isaac intentó ignorar la mano enguantada y ensangrentada del médico, que sujetaba la aguja.

—Si tiene que quedarse sola, no.

—Su hermana vive en la casa de al lado —dijo Myles—. Leanne puede cuidarla.

—Me parece bien, siempre y cuando Leanne pueda hacerlo.

Isaac se habría ofrecido para cuidarla aquella noche y llevarla a casa por la mañana, pero sabía que ella no querría eso.

Cuando el sheriff se fue a buscarla, Isaac cerró los ojos. Aunque no sentía dolor, sí sentía un tirón cada vez que el doctor daba una puntada.

El sonido de un movimiento hizo que alzara la vista. Claire caminaba por sí misma, pero King la llevaba agarrada del brazo por si acaso se caía.

Isaac pensó que ella iba a marcharse después de darle las gracias de una manera distante. Seguramente no estaba muy contenta de haberse reencontrado con él después de tanto tiempo. Sin embargo, ella se giró hacia él y arqueó las cejas al ver su herida.

—Siento mucho que te hayas visto envuelto en esto.

Envuelto... Él sonrió con amargura cuando el sheriff y ella salieron de la cabaña y la puerta se cerró. Se preguntó qué pensaría Claire si supiera el pánico que había sentido al oír su grito, y lo rápidamente que había corrido para llegar a su lado.

Para demostrarlo, tenía un agujero en el pecho. Sin embargo, a ella le sorprendería saber que lo que había hecho tenía algún matiz personal, y tampoco iba a creer lo mucho que capturaba toda su atención cuando estaba cerca.

Ni cuántas veces pensaba en ella cuando no lo estaba.

Jeremy estaba temblando cuando llegó a casa. Después de aparcar en el garaje, junto al viejo Jeep de su padre, bajó corriendo las escaleras hasta su habitación y se encerró con llave.

—¡Vaya, ya ha vuelto el tonto del pueblo! ¿Dónde has estado?

Su padre lo había oído llegar, y se había acercado a las escaleras. Últimamente no se aventuraba más allá del primer escalón, porque él se había hecho demasiado grande. Sin embargo, antes bajaba muchas veces, normalmente con el cinturón en la mano, preparado.

—Viendo los fuegos artificiales.

—No te he visto.

Mientras intentaba quitarse de la cabeza lo fácilmente que se había caído Claire cuando él la había empujado, se sentó en la cama y posó la cabeza en las manos.

—Pues estaba allí —dijo Jeremy.

Después, esperó a ver si su padre bajaba y se ponía a aporrear la puerta, porque si ocurría eso, él se echaría a llorar, y entonces su padre gritaría y le insultaría. «¡Eres un gigante! ¡Deja de comportarte como una niña!».

Tal vez se comportara como una niña algunas veces, pero no podía evitarlo. ¿Le habría hecho daño a Claire? ¿Y quién estaba en el bosque con una linterna cuando él había salido corriendo del estudio? Había alguien allí. ¿Lo habrían visto?

Lo averiguaría pronto si aparecía alguien de la comisaría por allí.

El crujido de unos pasos en el piso superior le dio a entender que su padre se había ido a ocuparse de sus asuntos. Ojalá se acostara pronto. A Don le gustaba vagar por la casa y ver la televisión durante casi toda la noche. Desde que había recibido la invalidez, ya no tenía que madrugar para ir al trabajo. Sin embargo, a él le gustaba más que la casa estuviera en silencio...

A medida que pasaban los minutos, los latidos de su corazón recuperaron un ritmo normal. No iba a pasar nada malo. Él no había querido causar ningún daño, y no era culpa suya que Claire fuera tan pequeña y él fuera tan grande.

Cuando estuvo seguro de que su padre no iba a volver a molestarlo, se tumbó en la cama y comenzó a repetir mentalmente todos los números. Se le daban bien los números, y eso le calmaba. Recordaba cualquier número que le dijera. Eso enorgullecía a su padre, y hacía que él se sintiera listo.

Pero esas eran las únicas ocasiones en las que se sentía listo.

382-24-6832... 406-385-9472... 406-269-2698... 12/25/89...

¿Por qué había mentido Claire cuando le habían preguntado para qué había ido a la cabaña?

Cuando el médico terminó de darle los puntos de sutura, e Isaac se quedó solo, no pudo evitar sentir curiosidad. Aquellos expedientes tenían que ser importantes porque, de lo contrario, Claire no habría sido tan evasiva. Fuera cual fuera el motivo, no iba a seguir siendo un secreto durante mucho tiempo. En cuanto el sheriff King dejara a

Claire en casa, volvería a la cabaña para ver qué encontraba. ¿Acaso ella pensaba que iban a esperar hasta la mañana siguiente, y que tendría alguna oportunidad de recuperar aquellos documentos por sí misma?

Conociendo a Myles King, Isaac dudaba que esperara. Teniendo en cuenta lo que le había ocurrido a la madre de Claire, el sheriff buscaría huellas dactilares, huellas de neumáticos y todo lo que pudiera darle una pista de quién la había seguido hasta el estudio, y por qué. Y lo haría lo más rápidamente posible, por si acaso conseguía arrojar algo de luz a la desaparición de Alana.

Con cuidado, se puso una camiseta limpia. Si se daba prisa, podría llegar a la cabaña y recoger aquellos papeles antes de que nadie se diera cuenta. Myles tardaría, como mínimo, una hora en volver, así que él solo tenía que evitar a los ayudantes del sheriff que iban a comenzar el registro.

Seguramente, Claire no iba a darle las gracias por su ayuda, pero él se sentía en deuda con ella después de haberla abandonado hacía años. Había sido un imbécil, y tenía que admitirlo. Sin embargo, ella tenía algo que hacía salir lo peor de él.

Por supuesto, Claire había conseguido su venganza. Él llevaba mucho tiempo arrepintiéndose de lo que había hecho y echándola de menos. Aunque desde entonces había mantenido relaciones sexuales con muchas mujeres, nunca había sido igual. Además, tenía un recuerdo de no hacía mucho tiempo y que era toda una tortura para él...

Un día estaba siguiendo a un alce por las Cabinet Mountains, al suroeste de Libby, con la esperanza de conseguir algunas buenas imágenes para la revista *Montana Wilds*, cuando se encontró con Claire y David, que estaban de acampada. Por aquel entonces acababan de casarse y, seguramente, eran demasiado pobres como para hacer otra cosa que no fuera pedirle prestada la caravana al padre de Claire y hacer una escapadita al bosque. A él no le sorprendió que estuvieran tan cerca de casa.

Sin embargo, sí le sorprendió el hecho de toparse precisamente con ellos, de entre todos los campistas que había por la zona. Y le sorprendió aún más lo que sintió al verlos juntos, embelesados el uno con el otro. Se quedó paralizado, escondido a medias entre los árboles, y vio que David besaba y acariciaba a su flamante esposa mientras hacían el desayuno.

Aquella imagen le había puesto enfermo y, por fin, había carraspeado para avisar de su presencia. No quería escabullirse como si los hubiera estado espiando. Claire inclinó la cabeza para mirar por encima del hombro de su marido, y en su rostro se reflejó el azoramiento, pero otra cosa también. Por su mirada, Isaac se dio cuenta de que había percibido la envidia que él estaba sintiendo.

Y, peor aún, se dio cuenta de que sentía cierta satisfacción por ello.

Detestaba aquel recuerdo. Algunas veces odiaba a Claire por tenerlo tan embobado, aunque él luchara tanto por evitarlo. Y estaba seguro de que ella correspondía a aquel sentimiento. Casi ni le hablaba. Si lo veía acercarse, se daba la vuelta y se marchaba en dirección contraria. Y Pineview era demasiado pequeño como para no encontrarse con cierta frecuencia.

Así pues, si quería mantenerse alejado de su vida, ¿por qué estaba volviendo al estudio de Alana para recoger aquellos papeles? ¿Solo porque Claire no quería que los viera?

No sabía cuál era la explicación. Sencillamente, ella tenía algo que le empujaba a hacer tonterías, como por ejemplo, correr desaforadamente por el bosque, de noche, y herirse el pecho con la rama de un árbol.

Cuando entró en el estudio por segunda vez aquella noche, se lo encontró silencioso y vacío. La puerta estaba abierta, tal y como la habían dejado, y las carpetas de cartulina y los papeles seguían en el suelo...

Al agacharse y alumbrarlos con la linterna, comprobó que se trababan de documentos que formaban parte de la investigación sobre la madre de Claire. No sabía por qué era un secreto aquello; el sheriff tendría una copia de todo aquello. Claire tenía que haber conseguido los documentos del sheriff, en primer lugar.

Estaba seguro de ello hasta que leyó un informe que hablaba de incoherencias y se dio cuenta de que ciertos aspectos del caso no habían salido a la luz pública. Seguramente, Claire no debía de estar al corriente, y había conseguido los papeles de un modo extraoficial.

—Así que era esto —murmuró Isaac.

Con cuidado de no desgarrarse los puntos, recogió todos los papeles y dejó la puerta entreabierta, tal y como la había encontrado.

Cuando se acercaba a su casa, vio las luces de un coche y se escondió entre los árboles. Habían llegado los ayudantes del sheriff. Por un momento, pensó en darles lo que había encontrado. Tal vez en aquellos documentos hubiera alguna pista para que el sheriff pudiese averiguar por qué había sido atacada Claire.

Sin embargo, sabía que ella no quería entregar los documentos a la policía. De lo contrario, no habría mentido. Así pues, Isaac pensó que se los devolvería en cuanto tuviera la ocasión de hacerlo discretamente.

Se sintió bien por haber tomado aquella decisión. Hasta que llegó a casa. Después de pasar dos horas leyendo las entrevistas y los informes, comenzó a tener una terrible premonición.

Había algo que no cuadraba en todo aquello...

No. Tenía que estar confundido. Alguien más tenía que haber visto lo mismo que él estaba leyendo en aquel momento.

—Demonios —dijo, y apartó los papeles con frustración y cansancio. Si lo que sospechaba era cierto, Claire estaba a punto de sufrir otro golpe muy desagradable.

Y el sheriff estaba a punto de enfrentarse a su próximo gran caso.

Capítulo 4

Leanne no estaba contenta, pero eso no sorprendió a Claire. Para su consternación, nunca parecía que su hermana estuviera contenta.

Leanne se acercó a la mesilla de noche, donde estaban el vaso de agua y los analgésicos, con el ceño fruncido. Llevaba un camisón rosa, con un escote excesivo, sujeto tan solo con dos lazos negros en los hombros. Aunque le llegaba hasta los tobillos, era demasiado escotado como para llevarlo delante de un hombre que no fuera su novio o su marido; sin embargo, Leanne había abierto la puerta así cuando Myles había ido a llevarla a casa.

Claire ya no pudo contenerse más y rompió el tenso silencio que había entre ellas, antes de que lo hiciera Leanne.

–¿No te importa que Myles te vea así?

Su hermana alzó la barbilla.

–¿Cómo?

–Con un camisón tan sexy.

Sin esfuerzo, Claire veía la sirena que su hermana tenía tatuada en el seno derecho. Cuando Leanne se inclinaba hacia delante, veía hasta su ombligo. Aquella falta de pudor de su hermana la avergonzaba tanto en aquel momento como la había avergonzado unos minutos antes. ¿Qué la había pasado últimamente? ¿Por qué se comportaba así?

Claire sabía que luchaba por sentirse atractiva pese a su discapacidad. Era desgarrador verlo, y era el primer motivo por el que Claire había apoyado la decisión de Leanne de ponerse implantes en el pecho. Incluso había ayudado a pagar la operación. Sin embargo, Leanne había cambiado drásticamente desde la operación, había empezado a comportarse de una forma descaradamente sexual. ¿Estaba intentando demostrar que era tan atractiva y que podía complacer a un hombre tanto como cualquiera que pudiera andar?

Eso parecía. Pero exhibiéndose delante de cualquier hombre que pasara por delante no iba a solucionar aquel problema de autoestima. Además, tampoco era bueno para su reputación, y menos en un pueblo tan pequeño.

—¿De qué estás hablando? —preguntó Leanne—. Ni siquiera es transparente.

—Pero tú detestas los chismorreos. ¿Por qué te expones a que hablen de ti?

Leanne se encogió de hombros.

—La gente me va a mirar y va a hablar de mí haga lo que haga, gracias a la silla de ruedas. Y mamá tampoco nos hizo ningún favor al fugarse.

Claire no pudo evitar irritarse. Leanne acababa de asestar el primer golpe, sin duda, el primero de muchos.

—No sabes si se fugó, Lee.

—Sé que es lo más probable, y tengo la fortaleza suficiente como para asumirlo.

Al contrario que ella. La insinuación era demasiado clara como para ignorarla.

—No empieces.

Los ojos azules de su hermana, un poco más claros que los suyos, brillaron de ira.

—Tienes que oírlo. ¿Crees que si averiguas la verdad las cosas van a mejorar? ¿Que vas a poder demostrar que te quería? Eso es patético. Papá y yo te hemos pedido muchas veces que dejes atrás el pasado, pero tú no quieres escuchar. Tienes que convencerte a ti misma de que nadie te abandonaría voluntariamente.

Al hablar de «papá», se refería a Tug. Llamaban «papá y mamá» a Rony y a Tug, aunque su padre biológico estaba viviendo con su otra familia en Wyoming. Era un hombre tan iracundo, tan difícil, que Alana había preferido que se marchara sin ponerle ninguna condición. Y el plan había sido aceptado de buena gana por él, puesto que había firmado los papeles de la adopción en cuanto se los habían enviado. Seguramente, se había alegrado de librarse de la responsabilidad legal de sus hijas, para poder seguir adelante como si nunca hubiera estado casado.

–He aceptado que nuestro padre no nos quería, ¿no?

–Eso era más fácil. Se largó cuando tú tenías tres años y yo era un bebé. Tug es el que nos ha querido y ha cuidado de nosotras, pero a ti no te importa lo que es mejor para él –replicó Leanne; señaló el chichón que Claire tenía en la cabeza y remachó–: Y eso es lo que consigues.

Claire se incorporó y se sentó en la cama.

–¿Estás diciendo que me lo merezco?

–Estoy diciendo que no te habría pasado nada si no fueras tan egoísta.

–¿Egoísta? ¿De verdad? Esto no tiene nada que ver conmigo. En la desaparición de mamá hay más de lo que tú crees, y yo siento cierta... obligación de llegar al fondo del asunto. Lo que no puedo entender es por qué tú no sientes lo mismo. ¡También era tu madre!

–Lo que yo siento es lealtad hacia el padre que sí se quedó a nuestro lado. ¿Por qué tú no le eres más agradecida a papá?

Claire recordó lo que había leído en los documentos de la cabaña. Estuvo a punto de preguntarle a Leanne por qué nunca le había dicho a nadie que había estado fuera de la escuela durante tres horas el día que su madre había desaparecido. ¿Adónde había ido? ¿Y por qué? ¿Estaba siendo leal a su padre, también, cuando ocultaba aquella información?

Claire se moría por saberlo, pero aún no quería revelar lo que había descubierto. Antes tenía que leer todo lo que había en aquella carpeta, y esperaba poder hacerlo. Tenía pensado volver al estudio en cuanto Leanne se acostara, para intentar recuperar los papeles, aunque había muchas posibilidades de que Myles la adelantara. Mientras se alejaban de casa de Isaac, Myles había llamado a dos de sus ayudantes por radio y les había dicho que fueran a recoger su coche y que dejaran las llaves debajo del felpudo de casa de Leanne. Tal vez también recogieran los papeles. O tal vez el sheriff volviera a la cabaña aquella misma noche, en vez de esperar al día siguiente.

–Yo siento agradecimiento por papá –dijo–. Pero no veo por qué no puedo ser leal a ambos.

–Puede que papá y yo no estemos dispuestos a aceptar que ella no nos quería lo suficiente como para quedarse. ¿Lo has pensado alguna vez?

–Claro que sí, pero... ella te quería. Nos quería a todos. Prefiero tener fe.

–¿Fe? –preguntó Leanne, con un resoplido desdeñoso–. Puede que yo sea paralítica, pero tú estás ciega.

Claire tenía la sensación de que le iba a explotar la cabeza. ¿Cuándo le iban a hacer efecto los analgésicos que le había dado el médico? Volvió a tumbarse y exhaló un suspiro de frustración.

–No quiero hablar más de esto. Le pedí al sheriff que cerrara la investigación. Creo que eso es algo.

–Sería algo si tú también lo dieras por cerrado y nos dejaras vivir en paz, en vez de... calmarnos.

–Muy bien, yo lo daré por cerrado si tú empiezas a demostrar algo de contención y de respeto por ti misma –replicó Claire, antes de poder contenerse.

Leanne había empezado a ir hacia la puerta, pero al oírlo, giró la silla de ruedas.

—¿Cómo?

—Ni siquiera llevas sujetador, Lee. Cuando te inclinas, se te ve todo.

—El sheriff no ha estado aquí el tiempo suficiente como para que yo me inclinara —dijo Leanne—. Y de todos modos, tengo derecho a ponerme cosas bonitas. ¿Por qué no puedo disfrutar de la ropa interior sexy, como cualquier mujer?

Otra vez su discapacidad. Aquella era la manera más rápida de desarmarla, y Leanne utilizaba sin reparos su poder.

Claire se sentía tan mal por lo que había sufrido su hermana, y por lo que continuaba sufriendo, que estaba dispuesta a aguantarle casi cualquier cosa. Sin embargo, Leanne había ido demasiado lejos con el sheriff King aquella noche. A Claire nunca se le iba a olvidar la cara de asombro de Myles. Tenía que hablar con Leanne antes de que su comportamiento fuera a peor.

—No he dicho que yo tuviera ningún problema con el hecho de que tú tengas ropa interior sexy.

—Pues tú eres la que ha sacado el tema.

—Porque has salido a abrir con un camisón que casi no te tapa el pecho. Myles es un hombre casado. Y no solo eso, sino que está con mi mejor amiga, y tienen tres hijos.

—Pero no son hijos en común.

—¿Y qué importa eso?

Leanne hizo un gesto desdeñoso.

—Estás sacando las cosas de quicio. Él está casado con una mujer muy guapa. ¿Por qué iba a interesarle una paralítica?

Claire se masajeó las sienes. Por suerte, el analgésico estaba empezando a hacer efecto.

—¡Deja de definirte exclusivamente según tu condición! Ese no es el tema del que estamos hablando.

Leanne alzó la voz.

—Entonces, ¿cuál es? Llevas diciéndome lo que tenía que hacer desde que éramos pequeñas, pero ahora soy adulta y puedo hacer lo que quiera. ¡Estás enfadándote por nada! Él ni siquiera se ha dado cuenta.

Pero ella estaba esperando que se fijara, que no pudiera resistirse a admirar su pecho, pese a que tuviera una esposa tan guapa.

—Claro que se ha dado cuenta. Cualquiera se habría dado cuenta. El encuentro lo incomodó mucho, y a mí me avergonzó.

—¡Ah, y yo no debo avergonzarte nunca! ¡Dios, solo te preocupas por ti misma!

Algunas veces, Claire quería alejarse de Leanne, pero no podía hacerlo. Sentía mucha responsabilidad hacia todos los miembros de su familia, incluyendo a su madre desaparecida.

—Lo único que digo es que podías haberte tapado cuando él llamó a la puerta, eso es todo. Deja de tergiversar mis palabras.

—Era tarde, y estaba acostada. Sabes que para mí es mucho más difícil cambiarme de ropa que para otra gente.

Era una excusa. El sheriff había llamado a la centralita de la comisaría para pedir que llamaran a Leanne y le contaran lo que había ocurrido. Leanne había tenido tiempo de sobra para ponerse una bata.

—Estoy intentando decirte que últimamente te comportas de una manera extraña, y los demás también se están dando cuenta.

Su hermana hizo un gesto de exasperación.

—No intentes asustarme.

—Por las noches oigo los coches que paran delante de tu casa.

—Ah, ¿así que ahora quieres enterarte de con quién salgo? ¿Es que tengo que pedirte permiso para acostarme con alguien? Aunque tú hayas decidido no volver a tener relaciones sexuales, yo no. ¿Por qué no puedo disfrutar del placer mientras soy joven? Mi vida no va a mejorar de todos modos. ¿Qué hombre va a querer casarse conmigo?

—¡Eso no es cierto! Tienes mucho que ofrecer...
—Déjalo —dijo Leanne, y se marchó hacia el pasillo—. No me digas lo que tengo o no tengo que hacer. Yo soy la que toma esas decisiones. Mi forma de entretenerme, sea de día o de noche, no es cosa tuya. No le importa a nadie. A mí no me importa lo que piensen los demás.
—Te estoy diciendo esto por tu propio bien. Quiero que seas feliz.
Leanne se giró hacia Claire en el umbral de la puerta.
—¿Quieres que sea feliz?
—Por supuesto que sí.
—Entonces, deja de remover el pasado. ¿Podrás?
Ojalá pudiera prometerle que sí, pero no podía. Y era el momento de admitirlo.
—Lo siento, pero no, no puedo. Tengo que saber lo que ocurrió. Tengo que asegurarme de que mamá obtenga justicia.
—Justicia —dijo Leanne con amargura—. ¿Y si la justicia no es lo que tú piensas?
—No te entiendo.
—Pues puede que entiendas esto: se ha marchado, Claire. Eso es lo único que importa.
No. Para ella no.
—Algunas veces te odio —susurró.
Sin embargo, también quería a su hermana, y sabía que aquellos sentimientos tan enrevesados no iban a cambiar. Leanne siempre había sido difícil, incluso antes del accidente. Siempre se había complicado la vida a sí misma y se la había complicado a los demás.
Claire no quería que su conversación terminara tan negativamente, así que se levantó y fue a buscarla. El analgésico le había hecho efecto y no se tambaleó. Sin embargo, al acercarse a la cocina, oyó a Leanne sacar una botella del armario de los licores y se detuvo.
Aparte de todo lo demás, Leanne estaba bebiendo demasiado, y Claire sospechaba que llevaba una temporada ha-

ciéndolo. Seguramente, esa era la razón por la que su hermana había cambiado tanto durante aquel último año. Sin embargo, ella sabía que no podía hacer nada con respecto al hábito de tomar alcohol de su hermana, como no podía hacer nada con respecto a sus relaciones con los hombres.

Era mejor no seguir hablando con ella aquella noche. Solo conseguiría que se pelearan más.

Volvió silenciosamente a su habitación y esperó hasta que oyó un coche fuera. Después se vistió, se escabulló mientras Leanne seguía en la cocina y sacó las llaves de debajo del felpudo.

La carpeta había desaparecido. No quedaba ni un solo papel.

–Maldita sea –dijo Claire.

Estaba apoyada en el marco de la puerta, apuntando con la linterna al suelo.

Oyó el crujido de la rama de un árbol en el bosque, y se giró bruscamente para alumbrar la zona. Podría ser un roedor, o un oso, o el hombre que la había agredido, pero no estaba demasiado preocupada. Los analgésicos le habían hecho efecto de tal modo que no sentía ansiedad. Incluso estaba demasiado mareada como para conducir...

Así pues, ¿qué podía hacer? En el ático había más cajas, y podía llevarse alguna a casa para aprovechar el viaje pero, en realidad, no le apetecía subir al ático con el recuerdo de su agresión tan fresco en la memoria.

Pensó en qué iba a decirle al sheriff King cuando la llamara para preguntarle de dónde había sacado aquellos documentos. Y... ¿cómo iba a volver a casa, si seguramente no debía conducir?

Recordó a Isaac Morgan, que la había llevado en brazos por el bosque. Él vivía muy cerca. Tal vez fuera una decisión destructiva para ella, pero era la persona a la que más le apetecía ver en aquel momento.

Y, en realidad, casi siempre era así a aquellas horas de la noche, ¿no?

No podía negar el deseo que sentía por él. La tentación era mucho más fuerte desde que David había muerto. Sin embargo, siempre se había prometido que no iría a su casa, que no volvería a verlo. Sabía que terminarían en la cama.

Sin embargo, ¿sería eso tan malo? Si David ya no estaba con ella, ¿por qué iba a contenerse?

De repente, no se le ocurrió ningún motivo para no ir a casa de Isaac. Se había acostado más veces con él, así que una más no tenía importancia.

Cuando se acercó a la casa, la encontró oscura; ni siquiera estaba encendida la luz del porche. Evidentemente, él estaba en la cama, y ella se sintió culpable por molestarlo a aquellas horas. Isaac también estaba herido y, seguramente, su herida del pecho era más grave que la que ella tenía en la cabeza. Sin embargo, eran casi las tres de la mañana y estaba mareada. Ni siquiera recordaba lo que había hecho con las llaves del coche...

¿Se enfadaría si lo despertaba?

Tal vez se enfadara si pensara que ella quería que la llevara a casa, pero no era eso lo que deseaba. Solo quería más de lo que él solía darle, una noche llena del sexo más excitante que nadie podía imaginar. El Isaac que conocía no titubearía con respecto a usar su talento, con herida o sin ella. Después de que ella dejara de frecuentar su casa, pero antes de que se casara con David, él la había llamado varias veces, siempre a medianoche, solo para recordarle que la estaba esperando, que quería que volviera.

Había tardado diez años, pero allí estaba.

Capítulo 5

Isaac abrió la puerta. Estaba medio dormido, pero Claire lo prefería así. Si hubiera estado alerta, tal vez la hubiera interrogado, hubiera conseguido que ella se arrepintiera o la hubiera rechazado, incluso, para vengarse por el hecho de que ella hubiera ignorado sus intentos de recuperarla. A ella nunca se le olvidaría lo disgustado que parecía aquella vez, cuando se había encontrado con David y con ella en el bosque. Ella no le importaba a Isaac, pero él era posesivo, y el hecho de verla con otro hombre le había molestado, aunque seguramente no estuviera dispuesto a admitirlo. Él nunca había reaccionado con celos en ninguna otra ocasión.

Se quedó un poco sorprendido al verla en el umbral, y le preguntó qué sucedía, pero cuando ella apagó la luz y lo tocó, él lo comprendió rápidamente. Al instante la abrazó y, con la respiración entrecortada, empezó a acariciarla por debajo de la ropa.

–Sí... –suspiró ella, cuando su camiseta cayó al suelo y los labios perfectos de Isaac encontraron su pecho.

Cerró los ojos y se rindió completamente. Ya no recordaba por qué había estado negándose aquello; por supuesto, había razones, pero no había ninguna sobre la que quisiera reflexionar en aquel momento.

Cuando crispó los dedos sobre su pelo negro y comenzó a jadear, él gruñó de satisfacción al percibir su avidez, y la tomó en brazos.

Claire pensó por un momento en los puntos de sutura de Isaac y quiso decirle que no hiciera ningún esfuerzo que pudiera desgarrárselos, pero no parecía que él estuviera preocupado ni tuviera dolores. Tal vez los dos estaban demasiado afectados por los analgésicos. Se habría echado a reír al pensar que algo tan imprevisible como una agresión podía unirlos de nuevo después de la prolongada batalla que ella había mantenido consigo misma. Sin embargo, sabía que aquello no era un asunto de risa; sabía que al día siguiente se iba a arrepentir.

Cuando él la dejó en la cama, ella pensó que él iba a apartarse lo suficiente como para quitarse los pantalones que se había puesto para abrir la puerta, esperó que fuera directamente al grano. Después de todo, había ganado, ¿no? Seguramente, querría demostrárselo, querría que lo supiera. Aquello no era una sesión de sexo dulce y tierno que iba a progresar con lentitud. La ternura y la dulzura eran cosa de David. Cuando ella había mantenido relaciones sexuales con Isaac, el deseo de acercarse más y más a él la consumía. Él hacía que se agitara y que gimiera.

Sin embargo, no parecía que Isaac quisiera separarse de ella todavía, ni siquiera durante los pocos segundos que iba a tardar en quitarse los pantalones. La aplastó con su peso, le sujetó las manos por encima de la cabeza y la besó de tal manera que Claire no tuvo más dudas de que anhelaba todo lo que ella le había estado negando durante aquella última década.

En pocos minutos, Claire fue incapaz de contener la excitación que le producían sus caricias. No sabía cómo era posible que sintiera cosas tan fuertes hacia él cuando seguía estando enamorada de David, pero así era.

Isaac le soltó las muñecas y le cubrió el pecho con las palmas de las manos. Ella sentía su miembro erecto en el vientre mientras él le pellizcaba suavemente los pezones. Entonces, fue ella la que intentó quitarle los pantalones, porque no podía esperar más.

−Dios, te he echado de menos −murmuró él, mientras ambos se desnudaban el uno al otro.

Claire no creyó lo que le decía. ¿Cómo la iba a haber echado de menos, si ella nunca le había importado realmente? Lo que echaba de menos era la satisfacción sexual que ella podía proporcionarle. Era como si él la tuviera hechizada, y ella también lo tuviera hechizado a él. Los dos estaban malditos.

La lástima era que, para ella, las cosas eran mucho más profundas que la mera satisfacción sexual. Ella había estado enamorada de él. Y tal vez lo estuviera todavía, al menos un poco. Aquella era la parte que la asustaba, el motivo por el que temía que haber vuelto a su casa fuera un error. No estaba segura de cómo iba a encontrar las fuerzas necesarias para separarse de él otra vez sin que David estuviera allí para que las cosas fueran distintas.

Pero ya pensaría más tarde en todo aquello. Por el momento, iba a disfrutar de todo lo que pudiera darle Isaac.

−Nadie hace el amor como tú −le susurró.

Él se quedó paralizado sobre ella, como si lo hubiera abofeteado en vez de hacerle un cumplido.

−¿Ese es el motivo por el que has vuelto?

¿Y qué importaba? Él ya tenía lo que quería, ¿no?

−Sí. Las cosas no han sido fáciles para mí después de... lo de David. Pero esto es mejor que estar sola. Y, como parece que tú tienes la noche libre, tampoco tienes nada que perder.

Silencio. Y entonces:

−Él te hacía feliz.

−Sí.

Y, sin embargo, ella se alegraba de que Isaac estuviera acariciándola en aquel momento. Pero eso no lo dijo, porque no tenía sentido.

Isaac se movió para poder apoyar parte del peso del cuerpo en el colchón.

—Entonces... esto no significa nada para ti.

Tenía la voz ligeramente ahogada, y a Claire le pareció un poco raro que se lo preguntara. Nunca lo había hecho, pero antes eran jóvenes, y las cosas habían terminado mal entre ellos. Así pues, para tranquilizarlo, se apresuró a decirle que no tenía que preocuparse, que en aquella ocasión, ella no iba a comportarse como una boba enamorada.

—No. Todavía estoy enamorada de él. No tienes por qué preocuparte.

—¿Preocuparme de qué?

—De que te pida algo más.

—Entiendo —dijo Isaac.

Ella sintió la elevación de su pecho cuando él tomó aire rápidamente.

Aquella reacción la desconcertó.

—Estás aliviado, ¿verdad?

—Por supuesto. David era... un gran tipo, el marido perfecto.

—Él lo era todo para mí —respondió Claire.

Con solo decirlo, los ojos se le llenaron de lágrimas. David era generoso, amable, coherente, transparente. Y, sin embargo, allí estaba ella, pidiendo más de la única cosa que podía darle Isaac: placer.

Él, que estaba apoyado sobre un codo en el colchón, le enjugó las lágrimas.

—Bueno, no podemos permitir que te sientas sola...

¿Era sarcasmo? Su caricia era tan... suave. Maldito fuera, ¿por qué tenía que complicarlo todo?

Ella intentó aclararle más lo que quería decir. ¿Acaso no la creía? ¿Estaba acordándose de la última vez, de cómo se había aferrado a él?

—Ni siquiera tenemos por qué reconocer que ha ocurrido.

—E incluso tú puedes fingir que yo soy él.

Eso era imposible, pero ella no estaba dispuesta a explicarle que nadie podía comparársele, ni siquiera David.

–Claro, tal vez. O puede ser... como era para ti antes –le recordó–. Una cosa física. No tenemos por qué contárselo a nadie.

Poniéndole las cosas tan sencillas, Claire pensó que Isaac se tranquilizaría. Él era el que no podía aceptar los compromisos. La última noche que habían estado juntos, cuando ella le había dicho que lo quería, él había tenido un ataque de pánico y le había dicho que él no era de los que se casaban, que debería encontrar a alguien que fuera un buen marido. Incluso le había dicho que era tonta si creía que él llegaría a enamorarse de ella alguna vez. Así que Claire había seguido adelante. Había vuelto con David, pero a David se lo habían arrebatado, y ella se había quedado sin nada.

Salvo aquel encuentro clandestino y erótico con su antiguo amante.

–Será nuestro secreto –le dijo él.

Ella exhaló un suspiro de alivio.

–Sí.

No quería provocar ninguna habladuría, no quería responder a ninguna pregunta sobre él. Y lo que menos quería era tener que explicarle a su hermana que había vuelto a verse con Isaac Morgan después de haberle advertido que tuviera cuidado con quién pasaba el tiempo.

–Seguramente, así es mejor.

Al notar que no había respuesta por su parte, ni movimiento, Claire se sintió insegura.

–¿Qué sucede?

–Nada –respondió él.

Pero algo le dio a entender que no era cierto. Su forma de acariciarla, su forma de hacer el amor con ella a partir de aquel momento, fueron diferentes. Casi parecía que le estaba doliendo la herida. Ella le preguntó si había cambiado de opinión, pero él no respondió. Le dio lo que quería, por lo menos en el aspecto físico, pero solo con los labios. No quiso hacer el amor completamente.

Ella no sabía si se le habían acabado los preservativos, o quería negarle lo que más deseaba: sentirlo dentro de su cuerpo después de tanto tiempo. Tal vez no fuera ninguna de las dos cosas. Tal vez él hubiera perdido ya su deseo por ella, y la excitación desenfrenada que había sentido al principio hubiera sido solo una imaginación suya, porque ni siquiera permitió que ella lo satisficiera a cambio.

Terminó como si solo le estuviera haciendo un favor, se dio la vuelta y se echó a dormir, y ella se quedó despierta, sintiéndose como una idiota. ¿Por qué estaba pidiendo las mismas señales contradictorias y la misma confusión que había soportado diez años antes?

Su olor estaba por todas partes. En su almohada. En sus sábanas. En su piel.

Pero ella se había ido.

Gracias a Dios. Era demasiado duro tenerla tumbada a su lado sabiendo que aquello no era una segunda oportunidad, tal y como él esperaba. Cuando Claire había aparecido en la puerta de su casa, él había creído que iban a recuperar el pasado, que tendría la oportunidad de empezar de nuevo con ella.

Pero no era así. Claire le había dicho que seguía enamorada de David, y era imposible competir con un tipo así. David era el chico más querido de todo Pineview. No era áspero ni descortés, no tenía un pasado problemático y, para empeorar más las cosas, después de su muerte lo habían canonizado. San David.

Para intentar disminuir la fuerza que tenía el olor de Claire, Isaac apartó las sábanas. Tal vez David fuera un santo, pero Isaac seguía siendo humano y nunca podría borrar su pasado. Lo habían echado tantas veces del colegio que no era capaz de recordar cuántas. Había dejado los estudios antes de graduarse. También lo habían echado muchas noches del bar del pueblo, el Kicking Horse Saloon, a causa de varias peleas, y había terminado pasando la noche en la comisaría. Una vez le habían ahuyentado a tiros cuando se había atrevido a salir con una chica cuyo padre pensaba que su hija era demasiado para él. Y su mayor logro era el robo de un coche, delito que había cometido antes de cumplir los dieciocho años y por el que había pasado varios meses en un correccional.

Lo que había creado con su carrera profesional había sido una gran sorpresa para todo el mundo. Había ganado más dinero que la mayor parte de la gente de la zona, y los residentes de Pineview no sabían ni la mitad. Pese a todo, nadie lo tenía por alguien fiable. Admiraban la celebridad que había conseguido, pero tenían miedo de acercarse a él de verdad. En resumen, por lo general la gente pensaba que no era recomendable.

Entrecerró los ojos. Por la ventana, que no tenía cortina, entraba toda la luz de la mañana. Le gustaba levantarse pronto; tenía tanta energía que a veces no sabía qué hacer con ella. Sin embargo, aquella mañana todavía no quería levantarse. Se sentía como si lo hubiera atropellado un camión, y estaba seguro de que no solo se debía a la herida del pecho.

Al recordarla, se quitó el vendaje e inspeccionó la ordenada fila de puntos de sutura.

–Maravilloso. A cada día que pasa me parezco más y más al monstruo de Frankenstein –dijo, a través de un bostezo.

Seguramente tendría otra cicatriz, y aquella estaba justo sobre el corazón. Era lo más adecuado. Se merecía todo lo que le ocurriera si tenía relación con Claire. Claire le había ofrecido amor, y él lo había rechazado. Le había contestado que no la quería, aunque todo lo que ella le había dicho era todo lo que él anhelaba oír. Le había dicho la verdad con su cuerpo, muchas veces, y lo habría hecho de nuevo la noche anterior, si ella no le hubiera confesado que él ya no le importaba. Sin embargo, no era capaz de expresar sus sentimientos con palabras. Le había resultado demasiado difícil creer que su amor no se desvanecería en cuanto él empezara a corresponderla, a contar con ella. Su pasado era un obstáculo demasiado grande. Su madre lo había abandonado delante de Happy's Inn cuando tenía cinco años y nunca había vuelto a buscarlo. Él había esperado en aquel lugar todos los días, durante dos meses, antes de comprender que ella quería dejarlo allí cuando le había permitido salir del coche para ir al servicio y comprar unos caramelos.

Todavía no sabía qué hubiera sido de él si el viejo Tippy no lo hubiera adoptado. Sin duda, lo habrían enviado a un orfanato cualquiera. Sin embargo, cuando Tippy se ofreció voluntario, las autoridades hicieron la vista gorda para que él pudiera tener una casa sin toda la burocracia. Y había sido un buen hogar. Tippy había sido bueno con él. Le había dado un techo, le había proporcionado lo básico y le había enseñado todo lo que sabía sobre fotografía. Sin embargo, Tippy no había vivido demasiado tiempo. A los dieciséis años, Isaac había heredado todo el equipo fotográfico y de vídeo de Tippy, además de la pequeña cabaña en la que vivían, en Crystal Lake. Él había mejorado el equipo más de una vez, pero todavía conservaba la cabaña e iba allí de vez en cuando. Había estado solo desde la muerte de Tippy, y así era como se sentía más seguro. Si estaba solo, no tenía que preocuparse por el abandono de los demás.

Volvió a colocarse la venda sobre la herida y se incorporó. Había sido después de la muerte de Tippy cuando había empezado a comportarse como un demonio. Estaba tan enfadado que se había vuelto autodestructivo. Era incapaz de dominar sus emociones, y en Pineview no sabían cómo enfrentarse a él. Cuanto más intentaban controlarlo los demás, más luchaba.

La primera vez que se acostó con Claire tenía veintiún años. Había estado con otras chicas, pero con ninguna como ella, y no estaba preparado para lo mucho que le afectó. Tal vez, si hubieran mantenido aquella relación más tarde, cuando él ya había aprendido a canalizar su energía en el trabajo, hubieran tenido una oportunidad. Sin embargo, en vez de reconocer cuánto le importaba, había negado lo que sentía por ella, se lo había negado incluso a sí mismo, y había hecho todo lo posible para demostrar que, para él, Claire solo era un objeto sexual.

Así que ella había vuelto junto a David, donde debía estar. David sabía tratarla bien. Era la única persona a la que Isaac había envidiado de verdad. David se había graduado con honores y había ido a la universidad. Tenía una gran familia y muchos amigos. Isaac no sabía de nadie que no lo quisiera.

Y, sin embargo, tenía que haber alguien, ¿no? Si lo que había empezado a sospechar Isaac después de leer los documentos sobre Alana era cierto, aquel accidente de caza que había terminado con la vida de David no había sido ningún accidente.

Miró hacia el teléfono. No le había contado a Claire lo que pensaba, ni que tenía los documentos. El hecho de verla le había causado tal torrente de emociones que sus pensamientos se habían ido por otro camino completamente distinto. Y, cuando pudo pensar con claridad, comenzó a poner en duda sus propias conclusiones. No tenía nada en qué basar sus sospechas, salvo el hecho de que David estaba llevando a cabo su propia investigación sobre Alana, y que había muerto justo cuando estaba haciendo avances.

¿Coincidencia o asesinato?

Morir por el disparo de otro cazador era algo tan raro...

Al ponerse en pie, sintió que los puntos le tiraban. Necesitaba otro par de aspirinas.

Se sintió un poco mejor después de concederse unos

minutos para acostumbrarse a la posición vertical. Después fue hacia la cocina, donde cambió las aspirinas por el listín telefónico.

El día que recibió el disparo mortal, David había ido de caza con dos amigos suyos del instituto, Rusty Clegg, un ayudante del sheriff, y Leland Faust, que tenía una granja cerca de Big Fork y estaba casado con Bella Wagoner. A Isaac no le caía demasiado bien Rusty. Habían tenido un par de encontronazos en el Kicking Horse Saloon. Él tenía la impresión de que a Rusty le gustaba demasiado el poder que ejercía, y eso le sacaba de quicio. Así pues, buscó el teléfono de Leland. Su mujer respondió la llamada y le dijo que Leland ya estaba en la granja, pero le dio su número de teléfono móvil.

Isaac también tenía un móvil. Lo usaba durante sus viajes, pero en Pineview no había cobertura, así que allí no le valía. Solo había cobertura en Kalispell, en Big Fork y en otros pueblos grandes de la zona. Parecía que Leland vivía lo suficientemente cerca de Big Fork como para poder usar el suyo.

—¿Diga?

Una voz ronca sonó a través del auricular, por encima del ruido de un motor… ¿Quizá el de un tractor?

—Leland, soy Isaac Morgan.

El motor se apagó.

—¿Quién?

—Isaac Morgan —repitió. No le había llamado nunca. Nunca habían tenido ningún problema, pero no eran exactamente amigos.

—Eso me ha parecido oír. ¿Qué puedo hacer por ti?

—Me preguntaba si podrías contestarme a unas cuantas preguntas…

—¿Sobre qué?

—Sobre David O'Toole.

Un largo silencio.

—¿Y por qué quieres saber algo sobre David?

—Por ahora, digamos que es una curiosidad general.

—No sé si eso es motivo suficiente como para que yo hable sobre él.

Isaac lo entendió. Aquellos recuerdos tenían que ser difíciles.

—Entonces, seré más concreto. Me temo que el accidente en el que murió no fue un accidente.

Esperaba escuchar una exclamación de horror o de sorpresa, pero no hubo ninguna. Hubo una pausa cargada de una emoción fuerte, pero como Leland no hablaba, Isaac no sabía qué emoción era, ni el motivo.

—¿Sigues ahí? —preguntó.

—Sí, estoy aquí. ¿Por qué dices eso?

—Preferiría no explicártelo en este momento —respondió Isaac—. Pero... tal vez tú puedas convencerme de lo contrario.

—¿Y si no puedo?

Isaac arqueó las cejas.

—¿Qué significa eso?

—No significa nada. No importa. No quiero hablar de esto —dijo Leland, y colgó.

Capítulo 6

Cuando Claire abrió los ojos y vio la luz del sol entrando por los laterales de las persianas, se puso la almohada sobre la cabeza. No podía ser ya por la mañana. Todavía no.

—¿Claire? ¿Vas a responder o no?

Ojalá pudiera hacer caso omiso. Cuando se despertara por completo y se levantara, tendría que pensar en lo que había hecho la noche anterior. Después de diez años había vuelto a casa de Isaac, a su cama. Sin embargo, en vez de sentirse reconfortada, en vez de sentirse tan satisfecha como siempre se sentía en el pasado, solo sentía arrepentimiento, tal y como había pensado. Y se lo merecía.

Leanne volvió a llamar a la puerta.

—¿Qué quieres? —le preguntó, sin suavizar la voz.

—No estaría mal saber que has sobrevivido esta noche, para empezar —respondió su hermana—. Se supone que tengo que venir a ver cómo estás cada pocas horas, ¿no te acuerdas?

¿Lo habría intentado, o se había emborrachado y se había quedado dormida?

Claire estaba casi segura de que su hermana no había vuelto a acordarse de ella hasta aquella mañana.

La negligencia de Leanne le habría dolido de no ser porque estaba acostumbrada. Leanne era la que siempre recibía su atención y sus cuidados, y no al revés.

—Estoy viva, sí —respondió Claire—. Puedes irte a casa. Ya has cumplido.

—¿Es que no vas a salir?

—¿Se te ha olvidado que tengo una herida en la cabeza?

—Entonces, ¿hoy no vas a trabajar?

Claire se inclinó y tomó el despertador de la mesilla. Eran las ocho y media. Tenía la primera clienta a las diez de la mañana y, después, estaba ocupada hasta las seis de la tarde, con tan solo media hora para comer.

Le dolía mucho la cabeza, así que no podía estar de pie todo el día. Además, tampoco quería responder a las preguntas que, seguramente, iban a hacerle. Sin duda, la noticia de su accidente ya había corrido de boca en boca, o incluso había salido publicada en el periódico local.

—Tendré que cancelar las citas.

—Bueno...

Parecía que Leanne estaba un poco desconcertada. No era suficiente excusa que Claire estuviera herida; Leanne estaba acostumbrada a que Claire estuviera siempre pendiente de ella.

Al recordar la boca de Isaac sobre su pecho, y en otros lugares, Claire tuvo que reprimir un gruñido. Era una idiota. Sin embargo, el hecho de haberse acostado con su examante no era su único problema. ¿Qué pasaba con el hombre que la había agredido en la cabaña? No sabía quién era, ni qué quería.

Y la carpeta de documentos complicaba aún más las cosas...

—Espera un segundo —dijo.

—Sigo aquí —respondió Leanne.

Claire se levantó y, apoyándose en las paredes, salió hasta el salón para abrir la puerta.

—Vaya, tienes muy mala cara —murmuró Leanne.

—Me encuentro mal. Pero gracias por hacerme la mañana mucho más agradable. Siempre puedo contar contigo para estas cosas.

Leanne la miró de un modo extraño.

—Creí que querrías saberlo.

—No necesariamente —respondió Claire.

Leanne tampoco tenía mucho mejor aspecto. Se había puesto una bata, pero todavía llevaba el camisón de aquella noche, y a Claire no le agradaba en absoluto.

Por suerte, no tenían vecinos. Vivían al final de una calle sin pavimentar, cortada, que estaba junto al viejo parque del pueblo. Aquel parque ya no se usaba, y aquella zona, llamada River Dell, estaba considerada como la zona pobre del pueblo, pero a Claire le gustaba poder disfrutar de la privacidad de su propio fondo de saco. Las dos trabajaban en su casa, que habían comprado con el dinero que les habían dejado sus abuelos en herencia. Leanne fabricaba vidrieras para ventanales y lámparas, y las vendía por Internet o gracias al boca a boca. Su taller, como la peluquería de Claire, estaba en un local anexo a su casa.

No se estaban haciendo ricas, pero tenían trabajo y se mantenían a sí mismas. Aquella libertad era muy importante para Claire.

De repente, Leanne se inclinó hacia delante.

—¿Tienes un chupón en el cuello?

Isaac había querido dejarle aquella marca. Lo había hecho a propósito para despreciarla.

—Claro que no. Me golpeé al caer. Es un moretón.

Leanne no parecía muy convencida, pero no insistió.

—Bueno... ¿Necesitas que te haga el desayuno?

—No, gracias. Pero tengo que hacerte unas preguntas.

La expresión de su hermana se volvió pétrea.

—Si es algo sobre mi vida personal, no quiero hablar de ello.

—Es algo sobre el día que desapareció mamá.

Leanne comenzó a hacer rodar su silla.

—Eso es peor todavía.

—¿Adónde fuisteis cuando ella te sacó del colegio?

El zumbido del motor de la silla se acalló cuando Leanne se detuvo.

—No sé de qué estás hablando.

—¿Seguro? En los registros del colegio figura que saliste de clase por enfermedad.

—¿Quién dice eso? —replicó Leanne después de un momento—. Papá me recogió después de clase, igual que a ti. Lo sabes, porque las dos lo esperamos juntas.

—Saliste del colegio y estuviste fuera durante tres horas. Alguien volvió a llevarte a las dos. ¿Quién?

—Nadie. No sé dónde has oído eso, pero es mentira. Yo no fui a casa, ni enferma ni sana —dijo Leanne, y se marchó.

Tug despertó a Claire dos horas después de que ella hubiera cancelado todas sus citas. Al ver su nombre en la pantalla del teléfono, no quiso responder. No quería hablar con nadie aquel día, ni siquiera con su padrastro. Sin embargo, sabía que él estaría preocupado y, si ella no respondía, Roni y él se acercarían a verla.

En aquel momento, no quería recibir visitas.

Descolgó el teléfono de la mesilla y respondió.

—¿Hola?

—¿Estás bien?

Claire hizo un esfuerzo por sobreponerse al agotamiento y se pasó la mano por la cara. Tug estaba preocupado, tal y como ella había pensado. Lo notó por su tono de voz.

—Muy bien. ¿Quién te ha contado lo de la agresión?

—¿No ha salido en el periódico?

—Puede ser. No lo he mirado.

En cualquier caso, todo el mundo se iba a enterar, y la gente hablaría de ello.

—¿Estás enfadado conmigo?

Claire sabía que no podía estar muy contento. Él estaba

tan empeñado como Leanne en que ella debía dejar atrás el pasado.

–En absoluto –dijo él–. Me alegro mucho de que estés bien.

Por fin, un rayo de sol para su alma.

–¿De veras? –preguntó. Casi temía creerlo.

–Por supuesto. Entiendo que la pérdida de tu madre es muy dura para ti. Lo único que ocurre es que... Ojalá pudieras olvidarlo y ser feliz. Eso es todo.

¿Y por qué era ella la única que no podía hacerlo? Eso la volvía loca, casi tanto como todo lo demás sobre la desaparición de su madre.

–¿Es que tú no quieres saber lo que pasó, ni adónde fue? ¿Ni siquiera te lo preguntas?

Claire tuvo la sensación de que él elegía cuidadosamente las palabras.

–Por supuesto que sí. Si no quisiera, no sería humano. Sabes que contraté a un detective privado después de que desapareciera y que, incluso, ofrecí una gran recompensa, pero no sirvió de nada. No podemos dejar que la tragedia nos destroce la vida. Algunas veces, estas cosas suceden y no hay respuesta, y en algún momento hay que olvidar lo malo y concentrarse en lo bueno, olvidar el pasado y concentrarse en el futuro.

Él lo había hecho, y Leanne también. Ella era la única que se aferraba al recuerdo de Alana. ¿Estaba siendo leal, o se estaba destrozando la vida a sí misma?

–Pero, ¿y si hay respuesta? Cabe la posibilidad de que hallemos respuestas si investigamos lo suficiente.

–Pero también puede ser que invirtamos todo nuestro tiempo, nuestra energía y nuestros recursos en esto y acabar con las manos vacías y el corazón deshecho.

Él tenía a Roni para mirar hacia el futuro. Su padre estaba felizmente casado. Parecía que era más feliz, incluso, de lo que había sido con su madre. ¿Cuánto influía eso en su actitud?

¿Estaría ella tan empeñada en seguir investigando si David no hubiera muerto?

Seguramente, no. Se había sentido menos obsesionada cuando lo tenía a él como incentivo para amar y vivir de nuevo, para olvidar.

Sin embargo, David había muerto, y aquel impulso ciego había vuelto, y con más fuerza todavía. Por eso tenía que preguntarle a Tug lo mismo que le había preguntado a Leanne.

—¿Sabías tú que Leanne salió del colegio por enfermedad el día de la desaparición de mamá, papá?

Ella percibió su sorpresa, pero cuando respondió, Tug lo hizo con un tono de voz tranquilo.

—No. ¿Quién te lo ha dicho?

—Figura en el registro de asistencias de la escuela.

Hubo una breve pausa.

—Vaya. Entonces estás investigando esto de nuevo, y de verdad, ¿no? —dijo él finalmente.

—Tengo que hacerlo, papá. Sea cual sea el motivo, no puedo dejarlo pasar.

Él no respondió inmediatamente; sin embargo, cuando lo hizo, ella se dio cuenta de que había cambiado algo.

—Está bien. Haz lo que tengas que hacer, cariño. Yo te apoyaré.

—¿Lo dices en serio?

—Claro que sí.

—¿Y por qué has cambiado de opinión?

—Lo que ocurrió anoche me tiene muy asustado. Perdí a tu madre, y no quiero perderte a ti.

A Claire se le encogió el corazón, y se dio cuenta de que lo que su padrastro había pensado siempre sobre la investigación había sido un problema muy grande para ella, más de lo que había estado dispuesta a admitir.

—Leanne me dijo que ha sido culpa mía, por ir a la cabaña.

—Deberías poder ir al estudio de tu madre sin tener

miedo de que te ataquen. Tal vez fuera un encuentro fortuito, o un intento de robo. Acabo de hablar con el sheriff. Él me ha dicho que no hay nada que indique algo diferente a eso, porque el intruso se limitó a empujarte, y nada más. Pero... el hecho de que ocurriera en el estudio de Alana le ha preocupado. A mí, también.

–¿Crees que puede tener alguna relación con el pasado?
–Todo el mundo lo piensa, aunque no hay pruebas. ¿No conseguiste ver al tipo?
–No.
–Concéntrate, cariño. ¿No recuerdas nada de él? ¿Ni su estatura, ni su peso? ¿Ni un detalle de su ropa ni de su olor?

Ojalá, pero todo había sucedido demasiado deprisa.
–No, nada.
–¿Y de su coche?
–No sabía que tenía coche, papá. No vi a nadie por la carretera, y no oí que se acercara ningún vehículo a la cabaña. Debió de seguirme a distancia, y debió de aparcar lejos.
–El sheriff dijo que Isaac Morgan había ido a rescatarte.

De nuevo, recordó el apasionado beso de Isaac, y sus caricias. Justo cuando los recuerdos de las noches que habían pasado juntos se habían vuelto más apagados, ella los había reavivado.
–Sí.
–¿Y cómo sabes que no fue él quien te empujó?
–Porque no tiene ningún motivo para hacerlo. Y él no es así.
–Nunca le gustó que terminaras con David.
Podría haberlo impedido si hubiera querido.
–Créeme, eso no le importaba un comino.
–Pero él te mira con mucha atención. Le he visto hacerlo.

Su padre nunca le había mencionado aquello.

—¿De qué estás hablando? ¿Cuándo me mira Isaac?
—Siempre que coincidís. No te quita los ojos de encima. En el bar. En la cafetería. En el supermercado.

Aquello era por su historia. Ella también lo miraba a él. Sentía su presencia incluso antes de verlo.

—Hazme caso, no fue Isaac. Lo que tuvimos no significaba nada para él. Ya sabes cómo es con las mujeres. Y quizá, si él no hubiera venido a rescatarme, la agresión podía haberse convertido en algo peor. Vino corriendo.

De otro modo, ¿cómo iba a haberse hecho aquella herida en el pecho?

—Tal vez sí, tal vez no. Pero me parece demasiada coincidencia que estuviera allí en el momento preciso.

—Vive muy cerca.

—No lo suficiente como para oír algo. Y, Claire...

—¿Sí?

Parecía que su padre estaba luchando contra lo que quería decir.

—¿Papá?

Él suspiró.

—Es tan difícil saber lo que puedo contar y lo que no...

Claire agarró con fuerza el auricular.

—¿Es que hay algo que no me has contado?

—No está relacionado con la desaparición de Alana, estoy seguro. Pero... a menudo me he preguntado si saberlo te pondría las cosas más fáciles. Y ahora que me lo has preguntado... no quiero que esto te obsesione y te guíe por el camino equivocado.

—Dímelo.

—Me has preguntado si sabía que Leanne salió del colegio el día que desapareció tu madre.

A Claire se le formó un nudo en el estómago.

—¿Sí?

—Ocurrió de verdad.

Pero Leanne se lo había negado. Y él, al principio, también.

–Entonces, ¿por qué me has dicho que...?

–La pregunta me tomó por sorpresa. Estoy tan acostumbrado a protegerla y a minimizar el daño que causó aquel día, que mentir sobre todo esto es algo instintivo para mí.

Claire tragó saliva.

–No lo entiendo. Tiene que haber un motivo para que me digas que sí salió del colegio.

–Sí, lo hay. Y si vas a investigar sobre esto, tienes que saber cuál es.

–Dímelo.

–No era tu madre la que estaba... relacionada de algún modo con Joe Kenyon.

–¿Quién era?

–Leanne.

–Eso no puede ser verdad. Leanne solo tenía trece años. Si Joe... estaba abusando de ella, debería haber recibido su castigo. ¿Por qué mientes para ocultar lo que hizo ese hombre?

–Porque él no abusó de ella. Lo que pasó no fue culpa suya.

–No lo entiendo. Él tenía entonces diecisiete o dieciocho años más que ella.

–Pero ella estaba encaprichada con él. ¿Te acuerdas de Katie?

¿Cómo iba a olvidar a Katie? Era la mejor amiga de su hermana pequeña, y casi tan difícil de soportar como Leanne.

–Claro. Vivía en la casa de al lado de Joe, hasta que su familia se marchó del pueblo, en el tercer curso de Leanne.

–Exacto. Creo que... creo que Leanne estaba insinuándosele.

Claire se tapó la boca. Después, habló por entre los dedos.

–¿Cómo va a insinuársele una niña de trece años a un hombre de treinta y tantos?

—No puedo hablar de esto. No quiero. Es demasiado doloroso para mí, y preferiría mantener los detalles en secreto por el bien de tu hermana. Para ser justo con ella, tengo que decir que eso ocurrió hace mucho tiempo, y que... algunas veces, las chicas se sienten muy confusas cuando están descubriendo su sexualidad. Por lo menos, eso es lo que me han dicho —añadió en un murmullo.

Claire nunca había sentido la tentación de insinuársele a un hombre que tuviera veinte años más que ella, pero... decidió concederle a su hermana el beneficio de la duda.

—Lo único que tienes que saber es que ella era muy joven, estaba muy confusa e intentó... seducirlo —continuó su padrastro.

—¿Y estás seguro de que... de que él no aceptó el ofrecimiento?

—No.

—Tal vez hiciera más de lo que tú piensas. Puede que estimulara el interés de Leanne.

—Tenía pruebas cuando nos llamó, Claire.

—¿Qué tipo de pruebas?

—Un vídeo que ella le hizo.

Dios Santo... Claire no podía soportar ni siquiera pensarlo. Sin embargo, necesitaba obtener respuestas.

—¿Y qué tiene que ver todo esto con el hecho de que Leanne saliera del colegio el día de la desaparición de mamá?

—Esa mañana, Joe se puso en contacto con nosotros y nos lo contó todo. Tu madre se disgustó mucho al enterarse y me llamó llorando. Yo la había dejado en casa después de tomar un café y un donut con ella y me había marchado a la armería. Acababa de llegar, así que le pedí que esperara hasta que pudiera salir del trabajo y le aseguré que nos encargaríamos de todo. No podía marcharme, porque no había nadie más en la tienda. Walt estaba fuera del pueblo y Don Salter, que podía haberme sustituido, no respondía al teléfono. Sin embargo, parece que no pudo esperar. Fue al colegio y sacó a Leanne de clase para poder hablar con ella antes de que tú llegaras a casa.

—¿Y qué dijo Leanne?

—Lo negó todo. Entonces, Alana se la llevó a casa de Joe, y él les enseñó la cinta.

Aquel era el motivo por el que Leanne nunca había mencionado su salida del colegio. No quería admitir que había hecho un vídeo pornográfico a los trece años, y que se lo había enviado a un hombre casado. Claire también entendía por qué Tug había guardado el secreto durante todos aquellos años.

—¿Y por qué Joe no se lo ha dicho a nadie? —preguntó Claire—. Por ejemplo, a uno de los detectives que tú contrataste.

—Porque es un buen hombre.

Si lo que acababa de oír era cierto, Claire estaba de acuerdo. Joe había soportado muchas habladurías; la opinión pública le había considerado culpable de haber sido infiel a su esposa y, sin embargo, él nunca había acusado a Leanne. Verdaderamente, eso cambiaba la opinión que Claire tenía de él.

Ahora se explicaba algunas de las incoherencias que figuraban en los documentos. Sin embargo, ¿qué tenía que ver con la desaparición de su madre? ¿O acaso aquel incidente con Joe y el secuestro eran dos cosas totalmente separadas?

—Entonces, ¿mamá volvió a llevarla al colegio?

—No. Estaba llorando demasiado. Había tenido una pelea muy grande con Leanne. Ya puedes imaginarte lo que ocurrió después de que salieran de casa de Joe. Así que cerré la tienda y llevé a Leanne al colegio yo mismo. Pensé que a tu madre le vendría bien estar un rato a solas.

—¿Y a qué hora fue eso?

—No lo recuerdo exactamente. Más o menos a la una, creo.

Pero en el registro de entrada del colegio decía que Leanne no había vuelto hasta las dos.

—Y mamá estaba en...

—En casa. Allí fue donde yo la dejé.

—¿Y estaba bien?

—Todo lo bien que puede esperarse en esas circunstancias.

Eso significaba que Alana había desaparecido entre la una y la una y media, cuando Leanne y ella llegaron a casa.

—Por eso estabas tan preocupado cuando llamé aquel día.

—Sí. Ya estaba preocupado antes de que llamaras.

Aquello tenía sentido, pero ¿por qué habían visto el coche de Alana en casa de Joe otras veces, previamente? Al menos, eso era lo que decían los informes.

—Gracias por contármelo.

—¿Qué vas a hacer con esta información? No lo sabe nadie, Claire. Ni siquiera Roni, ni tampoco la mujer de Joe. No quiero que salga a la luz. Podría hacerle mucho daño a Leanne, y causarle muchos problemas a Joe.

—Nada, por ahora —dijo ella.

—Leanne es tu hermana —dijo él.

Con aquel tono de cautela, quería decirle que debía guardar el secreto tal y como había hecho él. Sin embargo, si todo el mundo estaba guardando un secreto u otro, ¿cómo iba a llegar el sheriff al fondo de lo que había ocurrido?

Claire sentía que le debía mucho a Leanne. Eran hermanas, tal y como acababa de decirle su padrastro. Entendía que el más ligero disgusto podía hacer que Leanne se desmoronara, sobre todo, después del accidente. Sin embargo, ¿tenían más peso todas aquellas consideraciones que la esperanza de que el descubrimiento de la verdad pudiera llevar a Alana de vuelta a casa, o atrapar al hombre que la había matado?

Capítulo 7

El hecho de trabajar por cuenta propia permitía a Isaac aceptar tan solo los encargos que le gustaban. También le daba la oportunidad de elaborar proyectos personales. A menudo, editaba sus propias filmaciones y creaba programas piloto y tráileres, que su agente enviaba a varios productores de televisión y de cine. En cuanto a la faceta fotográfica de su trabajo, tenía otro agente que vendía sus fotografías a varias revistas internacionales y a editoriales. Recientemente, había vendido un libro que reunía sus mejores imágenes.

Le encantaba lo que hacía. Podía perder la noción del tiempo mientras editaba y pulía sus filmaciones y sus fotografías. Después de que Claire se casara con David, el trabajo había sido su refugio.

Sin embargo, en algún momento, había empezado a cansarse de los vuelos, los aeropuertos, los taxis, los hoteles. Viajar tanto había empezado a parecerle más una huida hacia delante que un avance en su profesión. Por ese motivo, había decidido tomarse un descanso. En realidad, no tenía por qué ir a ninguna parte, tenía abiertos varios proyectos que podía terminar allí mismo, como por ejemplo, un reportaje sobre los perros de los trineos de Alaska que, con toda seguridad, iba a vender al National Geographic.

Sin embargo, aquel día no estaba haciendo demasiados progresos, porque no podía concentrarse. No dejaba de mirar la carpeta que había recogido del suelo del estudio de Alana, ni de preguntarse quién había atacado a Claire y por qué, ni de darle vueltas al supuesto accidente de caza de David. Tampoco sabía si debía airear sus sospechas o cerrar la boca. Además, la respuesta de Leland le había dejado aún más inquieto; estaba claro que el amigo de David tampoco creía que hubiera sido una muerte accidental.

Aunque, seguramente, Leland callaba por la misma razón que David: no había pruebas. Isaac no quería hacerle daño a Claire removiendo aquel drama. Ya la había herido suficiente cuando ella le había dicho que lo quería y él no había sido capaz de corresponderla.

Ni la muerte de David ni la desaparición de Alana eran cosa suya, y él ya tenía suficiente con enfrentarse a su propia vida.

Así pues, ¿por qué estaba tan tentado a involucrarse en aquel asunto?

Porque no podía quitarse a Claire de la cabeza. Sabía lo mucho que significaba para ella encontrar a su madre, y sabía lo mucho que quería que el asesino de David fuera castigado. Si había sido un asesinato.

¿Debía llamarla para decirle que tenía aquellos documentos? Después de acariciarla la noche anterior, se había dado cuenta de que, para él, las cosas no habían cambiado en absoluto durante aquellos diez años. Con un suspiro, sacó la carpeta que había guardado debajo de la cama.

Sabía que no había olvidado a Claire, pero lo haría. En cuanto sacara aquellos documentos de su casa, se lavaría las manos y la olvidaría para siempre.

Claire estaba en la cama, donde había pasado todo el día, acurrucada. Pensaba en David. No entendía cómo podía echarlo tanto de menos, cómo podía quererlo tanto, cuando Isaac seguía afectándola de aquel modo.

Nunca había engañado a David, pero jamás había sido capaz de erradicar por completo el deseo que sentía por Isaac. La única forma de mantenerse alejada de él había sido concentrarse en lo que sentía por su marido y en su deber de esposa.

Sin embargo, David ya no estaba.

Alguien tocó el timbre. Ella esperó, pensando que sería Leanne una vez más, pero nadie la llamó. Siguió callada, esperando que, fuera quien fuera, decidiera marcharse al ver que no respondía. Sin embargo, el timbre sonó tres veces más.

—Debería haber puesto un cartel —gruñó, y se levantó de la cama.

Se miró al espejo. Tenía cara de sueño, y sus ojos enrojecidos e hinchados revelaban que había estado llorando. Durante aquel último año había llorado tanto que ya no se ponía maquillaje. Y, con el pelo cayéndole despeinado por los hombros, tenía un aspecto tan malo como le había dicho Leanne aquella mañana.

Sin embargo, ¿a quién tenía que impresionar? No estaba saliendo con nadie, y no tenía esperanzas de encontrar ningún idilio en Pineview. Algunos hombres del pueblo le habían pedido que saliera con ellos. Había uno que no se rendía: Rusty Clegg, el ayudante del sheriff que, probablemente, era quien había ayudado a David a conseguir los informes sobre su madre. Rusty la llamaba incesantemente, pero tanto él como los demás habían sido buenos amigos de David, y suyos. A ella le caían muy bien, pero no existía la química.

Se apartó el pelo de la cara y se puso una bata de lana. En julio hacía calor para llevar aquella bata, pero por la reacción de su hermana al ver que tenía un chupón en el cuello, sabía que tenía que tapárselo.

Sin embargo, al ver el tamaño de la figura que había al

otro lado del cristal de la puerta, titubeó. No era Leanne, y no tenía sentido taparse el chupón, puesto que se trataba del hombre que se lo había hecho.

—Vamos, Claire. ¡Abre!

¡Demonios! Aquel sería su tercer encuentro en menos de veinticuatro horas. Y una o dos veces al mes ya era lo suficientemente difícil.

Se dijo que no le importaba en absoluto que la viera en uno de sus peores momentos y abrió la puerta.

Él llevaba una camiseta y unos vaqueros, y le sacaba casi treinta centímetros de altura. En general, a ella no le importaba ser bajita, pero cuando trataba con él, siempre lamentaba no medir un poco más...

—¿Qué puedo hacer por ti? —le preguntó, bloqueando la entrada, con una mano en el pomo de la puerta. Sin embargo, cuando vio la carpeta bajo su brazo, entendió por qué había ido a su casa.

Rápidamente, abrió la puerta de par en par y le indicó que entrara.

Con una sonrisa sardónica, Isaac le dejó claro que sabía que no se alegraba de verlo a él. Pero se equivocaba. Para su consternación, Claire siempre se emocionaba al verlo.

—Bonita casa.

Él nunca había estado en su casa. Cuando estaban juntos, ella vivía en un pequeño apartamento encima de Stuart's Stop'n'Shop. Cuando David volvió de la universidad y consiguió un trabajo en Kalispell, ella también se mudó allí para ir a la escuela de peluquería. Después de graduarse, David abrió su propia oficina, State Farm, y los dos volvieron a Pineview, donde habían vivido en casa de los padres de David hasta que Tug había terminado de construirle una casa a ella. Cuando estuvo acabada, David y ella se habían casado y se habían instalado en ella.

—Es pequeña, pero cómoda.

No estaba segura de si el cumplido había sido sincero,

pero tampoco le importaba. Desde la muerte de David había perdido el interés en muchas cosas, entre ellas cocinar y limpiar.

—¿De dónde has sacado eso? —preguntó, señalando la carpeta.

—¿De dónde crees tú?

—¿Fuiste al estudio antes que el sheriff?

—Sí. Y me di cuenta de que esto era lo que querías.

—Pero esa no puede ser la única razón.

Isaac la miró con dureza.

—¿Por qué no?

—Era tarde, tú estabas herido, y este es mi problema, no el tuyo.

—Claro. ¿Por qué iba a importarme a mí? Yo no haría nada solo porque fuera importante para ti. Eso solo lo haría David.

Ella no supo cómo responder. No estaba en condiciones de mantener una discusión en aquel momento, y parecía que Isaac estaba más a la defensiva que nunca.

—Sean cuales sean tus razones, te lo agradezco —dijo, e intentó tomar la carpeta de manos de Isaac para que él se marchara. Sin embargo, él la puso fuera de su alcance.

—¿Por qué no querías que el sheriff se hiciera con estos documentos? —le preguntó—. En un principio salieron de su oficina, ¿no? Lo cual significa que siempre podrías conseguir otra copia.

Ella no quería fijarse en sus ojos castaños, pero tampoco quería fijarse en sus dedos largos y bronceados, que podían producir magia allí donde acariciaban. Carraspeó y mantuvo la mirada puesta en la carpeta de los documentos.

—No necesariamente. En esa carpeta hay muchas más cosas de las que él me dio.

Él frunció el ceño.

—¿Y no sabe que la tienes?

—Ni siquiera yo lo sabía, hasta que me la encontré ayer,

en la buhardilla del estudio. David debió de reunir todos esos documentos para mí...

–Ah, otra vez David –dijo él, con un gesto desdeñoso–. Tu caballero andante.

Ella alzó la barbilla.

–Sí. Siempre –dijo.

Hacía mucho tiempo que había notado que a Isaac no le caía bien David. A David tampoco le gustaba nada Isaac, y no solo por una cuestión de celos. Él detestaba a Isaac por cómo la había usado y, a menudo, le había dicho que ella también debería odiarlo. Ella había fingido que lo odiaba, sí, pero era difícil culpar solo a Isaac cuando los dos se habían dejado arrastrar con igual entusiasmo por el torbellino de pasión que los unía. Él nunca la había obligado a ir a su cabaña. Ella deseaba tanto sus caricias que casi no podía esperar desde una visita a la siguiente.

Él bajó la voz.

–¿Qué sabía de nosotros?

Ella no quería hablar de eso. Era algo demasiado íntimo. Estuvo a punto de decírselo, pero no quería confirmarle que, entre David y ella, él había sido un tema muy delicado. Decidió que sería mejor responder la verdad de la manera más sucinta posible.

–Sabía que nos acostamos juntos. Yo no le oculto... ocultaba nada.

Aparte de la profundidad de lo que sentía por Isaac, y del hecho de que esos sentimientos nunca cambiaban, ni se desvanecían.

–¿Y has estado llorando por él?

–No he estado llorando.

–Ya. Claro –respondió él, poniendo los ojos en blanco.

Ella ignoró su reacción y respiró profundamente.

–Bueno, ¿vas a darme la carpeta?

Isaac frunció los labios.

–Me lo estoy pensando.

–No entiendo por qué.

—¿Has comido hoy?

Ella se quedó mirándolo boquiabierta.

—¿Que si he comido? ¿Y eso qué importa? —preguntó. Sobre todo, ¿qué le importaba a él?

—Es una pregunta sencilla —dijo él, encogiéndose de hombros.

—Casi es la hora de cenar. Por supuesto que he comido.

Otra mentira. Había adelgazado mucho durante aquel año. Todo el mundo se lo decía, especialmente su mejor amiga, Laurel, y su padrastro.

—¿Qué has comido?

—Eso no tiene ninguna importancia.

—Entonces, debería resultarte fácil decírmelo.

Ella miró hacia la cocina. No tenía hambre ni siquiera en aquel momento. Había perdido el apetito cuando David había muerto.

—He desayunado.

—¿Y qué has desayunado?

—Huevos. Cereales. Leche —dijo, y se frotó la cara con las manos—. No sé.

Él volvió a fruncir los labios.

—No has comido nada.

—¿Y qué? —respondió ella, secamente.

—¿Dónde está tu hermana?

—Supongo que estará en su casa, o trabajando en su taller.

—Debería estar aquí, cuidándote.

—Yo puedo cuidarme solita.

—No lo estás haciendo muy bien, que digamos.

—Lo único que necesito es lo que tienes ahí —dijo ella, señalando de nuevo la carpeta.

Él le clavó una mirada fulminante.

—¿Por qué piensas que San David tenía tanta información sobre tu madre?

—¿San David?

—Es para que sepas que tengo muy claro cuál es su estatus.

—Tú... No importa —dijo Claire, y se clavó las uñas en la palma de las manos—. Supongo que estaba investigando sobre su desaparición. Seguro que has leído los informes, así que, ¿no te ha parecido lo mismo?

—¿No sabías que lo estaba haciendo?

—No. Nunca me dijo nada.

Isaac puso una cara muy rara, y a ella le pareció que quería decir algo más.

—¿Qué pasa? —preguntó.

—Nada —dijo él. Exhaló un suspiro y le mostró la carpeta—. ¿Hasta qué punto quieres hacerte con esto?

—¿Tú qué crees?

—¿Lo suficiente como para compensarme por el tiempo y el esfuerzo que he invertido en recuperarlo para ti?

A ella se le aceleró el pulso instantáneamente.

—¿Qué es lo que quieres?

Él alargó la mano hacia la bata, y ella pensó que ya sabía la respuesta. Sin embargo, él no le hizo ninguna insinuación sexual. Se limitó a examinar la marca que le había dejado en el cuello.

—Quiero la oportunidad de arreglar lo de anoche.

—¿Por qué? ¿Qué es lo que ha cambiado?

—He tenido la oportunidad de pensarlo mejor.

—¿Y?

—Eso es todo.

¿Qué estaba pasando? ¿Acaso le había molestado que ella hubiera podido alejarse de él la última vez que habían estado juntos, y que hubiera podido reemplazarlo por alguien que la había tratado mucho mejor? ¿O acaso estaba empeñado en demostrar que podía recuperarla?

Pues ella estaba igualmente decidida a demostrarle que no podía.

—No, no es buena idea.

—¿Por qué?

Porque entonces, volvería a caer en sus redes y, cuando él la abandonara, no tendría a David para hacer que se sintiera querida y valorada.

—Ya tengo suficientes problemas en estos momentos. No creo que debamos vernos más —dijo.

Él se echó a reír suavemente y miró el chupón. Claire se apresuró a cerrarse el cuello de la bata.

—Anoche me dijiste que sigues enamorada de David, y que lo que querías de mí era solo físico.

—¿Y qué?

Él la estudió con atención.

—¿Es cierto?

Ella estaba dispuesta a morir antes de admitir que no.

—Por supuesto.

—Entonces, ¿qué puedes perder?

Podía perderse a sí misma, como antes. Sin su marido, que también había sido su mejor amigo, ya estaba perdida. ¿Qué iba a sacar de bueno del hecho de meterse en el mismo lío de antes?

Y, sin embargo, Pineview no tenía nada mejor que ofrecerle. Incluso la gravedad la estaba arrastrando hacia él, hacia sus brazos.

—Yo hago la cena para los dos —dijo él.

—No te molestes. No voy a ir.

—Espero que vayas. Alguien tiene que obligarte a que empieces a comer —dijo él, y se marchó.

Capítulo 8

Claire encontró en los documentos una información muy importante que no conocía: Joe Kenyon no tenía coartada para el lapso de tiempo durante el que había desaparecido Alana. A Claire siempre le habían dicho que Peter, su hermano, había confirmado que Joe estuvo en el trabajo toda la tarde. Según su declaración, y la de Joe, Joe fue a casa a comer al mediodía; Claire suponía que aquel fue el momento en el que Alana y Leanne lo visitaron en su casa y vieron la cinta. Después, supuestamente, Joe volvió al trabajo y permaneció allí hasta las cinco.

Sin embargo, en un segundo interrogatorio que se había llevado a cabo años después, cuando el sheriff King había estado investigando el caso brevemente, el hermano de Joe había admitido que solo lo había visto volver al trabajo, pero que, después, él se había ido a Marion a darle un presupuesto a alguien.

Como Marion estaba a unos veinte minutos de camino, Peter tuvo que estar fuera cerca de una hora, sobre todo si el presupuesto era complicado. Durante aquella hora, se suponía que Joe había estado apilando un cargamento de leña en el patio de Patty Chicawa, pero ella trabajaba en el banco hasta las cinco, y no podía decir si él había estado allí todo el tiempo o no.

Además, la casa de Patty estaba a menos de cinco minutos de la casa en la que, por aquel entonces, vivían Tug y Alana.

Tal vez Joe estuviera enfadado por lo que había pasado durante la hora de comer, o tal vez temiera que Alana pudiera causarle problemas con su esposa o con las autoridades... Tal vez apareciera en casa de su madre para convencerse de que había hecho lo correcto dándole la cinta de vídeo y, teniendo en cuenta cómo debían de estar las cosas en aquel momento, se hubieran peleado y él hubiera perdido los estribos...

Era posible, pero también era muy difícil discernir si Joe era capaz de asesinar a otra persona o no. Claire suponía que todo el mundo era capaz de hacerlo si tenía el incentivo adecuado. ¿Era Joe tan honorable como pensaba Tug? ¿O tenía una aventura con Alana y, en un intento de salvar su relación, había ido a su casa para convencerla de que él no había tenido ningún comportamiento vergonzoso con su hija?

Fueran cuales fueran las respuestas a las preguntas que suscitaba la revelación de Peter, a Claire le molestaba que él hubiera cambiado su declaración. Según las anotaciones que había leído, eso también había molestado a David. Él pensaba que Peter sabía más de lo que había contado.

Sin embargo, Peter solo había hecho lo que habría hecho cualquiera con uno de sus familiares. Posiblemente había temido por su hermano y le había proporcionado una coartada para que no se convirtiera en sospechoso de asesinato. Después de que hubieran pasado muchos años y la amenaza ya no le pareciera tan real, podía haberse relajado lo suficiente como para decir la verdad.

Una hora no era demasiado tiempo como para matar a alguien y ocultar su cadáver, pero Joe había tenido privacidad, y eso significaba que no todo tenía por qué haber ocurrido en el mismo momento. Su suegra llevaba años enferma, y su esposa pasaba mucho tiempo en Idaho, cuidándola. Aquella misma semana la estaba pasando allí, con los niños. Joe podía haber matado a Alana y haberla metido en una maleta para transportarla a su casa. Esa maleta podía haber estado en su garaje, por ejemplo, durante todo el tiempo que el sheriff y los ayudantes habían estado buscando a Alana. Ellos no tenían por qué entrar en su casa.

O tal vez todos los demás tenían razón: quizá Alana se había marchado voluntariamente de Pineview.

Claire apartó los informes con una maldición y se levantó de la mesa de la cocina para estirar las piernas. Llevaba allí sentada más de cuatro horas, estudiando todas las páginas para intentar resolver el misterio, pero no había suficiente información para conseguirlo.

Necesitaba salir, hacer algo distinto, darse un respiro.

Inmediatamente, recordó la invitación de Isaac. Mientras leía los informes, no podía dejar de mirar el reloj, pensando en llamarlo para ver si todavía la esperaba. Sin embargo, no lo llamó. No quería ir a su casa. ¿Para qué iba a darle tanto poder?

Porque era una vía de escape y porque, después de estar todo el día en casa, lo necesitaba. No podía acudir a su hermana. No había vuelto a ver a Leanne desde su visita anterior. Seguramente, Leanne estaba enfadada por lo que ella había insinuado al preguntarle por qué había salido del colegio el día en que había desaparecido su madre. O tal vez no quisiera hablar de ello, porque había negado algo de lo que Claire tenía pruebas fehacientes. Teniendo en cuenta lo que le había dicho Tug, ella tampoco quería hablar de eso.

Con inquietud, se acercó a la ventana y miró al otro lado del patio. ¿Estaría Leanne bebiendo otra vez? Pensó en pasar a verla. Tal vez el hecho de haber sacado a relucir el pasado hubiera provocado otra depresión en Leanne. Claire no quería eso, pero tampoco quería permitir que su hermana la castigara por haber hecho la pregunta equivocada. Leanne podía llegar a ser tan oscura...

Sin embargo, ella tenía sus propios problemas; por ese motivo debía salir de casa, o flaquearía y terminaría por llamar a Isaac. Para evitarlo, llamó al ayudante Clegg, a Rusty, y le preguntó si quería salir aquella noche.

Él se entusiasmó tanto que le dijo que iría a buscarla rápidamente, y se presentó en su casa antes de que ella hubiera terminado de arreglarse. No le resultó fácil encontrar una camisa que tapara el chupón de Isaac. Por fin, se puso un jersey de cuello alto sin mangas que formaba parte de un conjunto de invierno.

Cenaron en un restaurante italiano, Seritella, y mientras ella jugueteaba con la ensalada, él se tomó una pizza. Después, fueron a bailar al Kicking Horse Saloon. Ella creía que la multitud y la música la distraerían y le impedirían pensar en Isaac o en los detalles desconcertantes que había descubierto en los informes sobre el caso de su madre.

Sin embargo, no fue así. El tiempo pasó muy despacio, y Claire no tardó en darse cuenta de que estaba tan poco interesada en Rusty como cuando había rechazado sus invitaciones anteriores.

A las once, él sugirió que fueran a su casa a ver una película. Ella acababa de decirle que era demasiado tarde para eso cuando apareció Joe Kenyon.

Claire siempre le había temido un poco y, después de lo que había leído en los informes, le temía más. Si él había matado a su madre y después a David por retomar la investigación, podría ir por ella algún día. Era un hombre tan... lacónico, tan difícil de conocer...

En cuanto Rusty fue a buscar otra cerveza, ella se acercó a Joe y se sentó en un taburete vacío que había a su lado, en la barra.

–Hola.

Él estuvo a punto de caerse al suelo cuando vio quién le había saludado. La última vez que ella se había dirigido a él había sido durante la investigación del sheriff Meade.

Él no salió a abrirle la puerta, y ella había perdido los estribos y se había puesto a gritarle, desde la calle, que era un asesino. No había sido su mejor momento, y entendía perfectamente que, ahora, él no quisiera hablar con ella.

Él saludó también, pero por su forma de tomar el cuenco de cacahuetes y encorvarse sobre su copa, estaba claro que quería que ella lo dejara en paz.

Lo estaba molestando, y eso no le gustaba, pero Claire no estaba dispuesta a rendirse tan pronto.

–No vienes por aquí muy a menudo –dijo Claire, aunque, en realidad, era posible que Joe fuera todas las noches. Ella era la que casi nunca iba al bar.

Él no la corrigió. Se metió un cacahuete en la boca y se encorvó aún más.

–¿Cómo está la familia?
–Bien.
–¿Tu esposa se ha ido del pueblo otra vez?
–Sí. Su madre ha tenido una recaída.
–Entonces, ¿estás solo en casa?
Él la miró con exasperación.
–Si se han ido, estoy solo en casa, sí.
–Entonces, ¿los niños se han ido con ella?
–Es verano. Les gusta ver a sus abuelos.
–¿Y cuánto tiempo van a estar fuera?
Él frunció el ceño.
–¿Querías algo?
–Solo charlar.
–Van a estar fuera todo este mes, o tal vez más tiempo. Como ya te he dicho, es verano. ¿Algo más?

Claire respiró profundamente.

–Seguro que te sientes solo cuando están fuera.

Él apartó el cuenco de cacahuetes, se levantó y tomó su copa, pero ella lo agarró del brazo antes de que pudiera marcharse.

–¿No podemos tener una conversación, Joe? Por favor, siéntate y... habla conmigo un minuto.

Él miró hacia la puerta.

–Preferiría no tener que hacerlo.

–Quisiera decirte que siento lo que hice. Las cosas no han sido... No es justo para ti. Me doy cuenta, ahora que sé todo lo de Leanne.

Él dejó la jarra de cerveza, de golpe, sobre la barra, y agitó la cabeza.

–Por lo que a mí respecta, es agua pasada. Ya he dicho todo lo que tengo que decir –afirmó, y salió del local.

Claire apoyó la barbilla en una mano. Estaba claro que Joe Kenyon no quería tener nada que ver con ella. Seguramente, eso era extensible a toda la familia, salvo a Tug, que le daba mucho trabajo con el mantenimiento de los árboles de su finca.

Rusty se le acercó serpenteando entre la gente, con su cerveza. Ella pensaba decirle que quería irse ya, pero él dejó la cerveza sobre la barra y tiró de ella hacia la pista de baile. La banda de música estaba tocando una canción lenta, lo cual le dio la excusa perfecta para ceñirla contra él.

Olía a cerveza y, para intentar evitar su boca, Claire giró la cabeza en dirección contraria, lo cual él tomó como una invitación a que le rozara con los labios el cuello por encima del jersey. Ella se estremeció, pero no porque le hubiera gustado, sino más bien por todo lo contrario. No quería estar tan cerca de él, no quería que la tocara en absoluto.

Temerosa de que alguien los viera bailando de una manera tan íntima y pensara que eran pareja, intentó poner más espacio entre ellos, pero él la agarró y frotó la pelvis contra ella, como si pensara que la estaba excitando.

Claire tuvo que hacer un esfuerzo por no liberarse y salir corriendo de la pista. En realidad, lo que estaba sucediendo era culpa suya. No tenía que haberlo llamado, porque no sentía el más mínimo interés por él. Sin embargo, nunca hubiera pensado que él fuera a moverse con tanta prisa.

–Yo... no he olvidado a David –murmuró ella, esquivándolo cuando él intentó besarla.

Él se puso tenso, pero no la soltó.

—Ah, vamos, Claire. Te conozco de toda la vida, y he esperado siempre esta cita. Yo siento mucho lo que le ocurrió a David. Sabes que también lo quería. Pero se fue hace más de un año. ¿Cuánto tiempo piensas guardarle la ausencia?

Aquella respuesta irritó a Claire.

—No puedo darte un día específico, Rusty. No lo estoy echando de menos solo para ser difícil. Las cosas son así. Él era mi marido.

—¡Y uno de mis mejores amigos!

—Por eso mismo, deberías entenderme.

—Bueno, supongo que los hombres somos más prácticos, ¿sabes? Fue una tragedia, pero tú no perdiste la vida al mismo tiempo que él. Él no querría que tú fueras infeliz. Entonces, ¿por qué estás siempre metida en casa, marchitándote?

—No puedo olvidar que lo quise y traspasar mis afectos al siguiente —dijo ella. Estaba muy tensa, pero no quería empeorar la situación—. Yo... solo necesitaba que fueras mi amigo.

—Llevo años siendo amigo tuyo, y estoy listo para ser algo más. No te voy a mentir. Siempre me has gustado, incluso cuando estabas casada con David. Yo pensaba que él era el tipo con más suerte del mundo.

—Te lo agradezco, pero...

—Tu hermana se me ha insinuado algunas veces. Lo sabes, ¿verdad?

Claire se ruborizó. Aquella noticia no era muy agradable, pero tampoco le causó una gran sorpresa.

—Lo que hayáis hecho Leanne y tú no es asunto mío.

—Pero si es que no hemos hecho nada. Yo la rechacé. Te deseo a ti, no a ella.

—Yo no estoy preparada —dijo Claire.

—Muy bien. Entonces, estamos perdiendo el tiempo.

—¿Otra respuesta práctica? —le espetó ella.

—Es la verdad. Vamos.

Rusty se dirigió hacia la puerta, pero Claire no lo siguió. No quería pasar ni un segundo más en su compañía. Aquella cita había sido un desastre.

—¿Vienes, o no? —le preguntó él, con las llaves en la mano.

—No, gracias. Mi padre me llevará a casa.

—¿De verdad quieres llamarle a estas horas?

—Sí.

Él alzó las manos con un gesto de exasperación.

—Como quieras —dijo.

En cuanto se marchó, Claire se fue al teléfono público del bar, junto a los servicios, y llamó a Isaac.

—¿Diga?

Ella cerró los ojos. Tan solo con oír su voz, lo deseaba tanto como siempre lo había deseado.

—¿Diga? —repitió él.

Sin embargo, Claire no respondió. Colgó, salió del bar y comenzó la larga caminata hacia su casa.

Jeremy pasó dos veces junto a Claire. Ella iba por la cuneta, y él estaba intentando verle la cara para dilucidar si estaba llorando.

Era difícil distinguirlo. Quizá. Él se imaginó consolándola, abrazándola y enjugándole las lágrimas con suavidad. Se alegraba de que estuviera bien después de lo que había ocurrido la noche anterior, pero no le agradaba ver que estuviera sola, y menos tan tarde. Ella no prestaba ninguna atención a lo que estaba ocurriendo a su alrededor. Nunca lo hacía, y eso era peligroso. Se sentía segura, pero podía sucederle cualquier cosa.

Pensó en advertírselo, pero no creía que ella fuera a escucharle. Parecía que estaba demasiado triste como para que le importara.

Tal vez debiera preguntarle si quería que la llevara a casa.

¿Se atrevería? ¿Y qué diría su padre?

Don Salter le diría que no, pero él no estaba allí. Y Jeremy estaba convencido de que ella entraría en el coche con él. ¿Por qué no iba a hacerlo? Él siempre había sido muy cuidadoso cuando estaba con ella, nunca había dicho nada que pudiera hacerle parecer un imbécil. Nunca la había asustado, nunca había intentado tocarla. A ella, él le caía bien. Cuando le cortaba el pelo, una vez al mes, lo trataba de una forma tan agradable como a todos los demás.

Por supuesto que debía parar a ayudarla.

En cuanto tomó la decisión, se le aceleró el pulso. La idea de tener a Claire O'Toole tan cerca, en su coche, le ponía nervioso. A su padre no le gustaría; él le había advertido muchas veces que no se acercara a ella. Pero... oh, cómo soñaba con estar cerca de ella. Y, gracias a su jefe del puesto de hamburguesas, tenía coche. Hank le había regalado su viejo Impala hacía un año, para que no tuviera que ir andando como Claire en aquel momento. Mucha gente, incluido su padre, pensaba que no debería conducir. Alguien que había estado en educación especial no debería tener permitido llevar un vehículo, decían. Pero él les había demostrado que podía hacerlo, que era un buen conductor.

Deceleró poco a poco e hizo un cambio de sentido en el lugar adecuado. Sin embargo, antes de que pudiera llegar hasta Claire, una furgoneta blanca se paró a su lado.

¡No! Alguien la había visto primero. Era Isaac Morgan. Jeremy reconocería aquella furgoneta en cualquier sitio. Cuando pasó a su lado, la vio hablando por la ventanilla del asiento del pasajero. Se habría dado la vuelta para ver qué ocurría, pero temía que ella se diera cuenta. O tal vez Isaac. Isaac le ponía nervioso. No quería tener nada que ver con él. Isaac podía luchar contra un oso y vivir para contarlo. ¿Cuántas veces había oído aquella historia?

Isaac la llevaría a casa.

Jeremy decidió ir a su punto de observación favorito, junto a la casa de Claire, para esperarla. Después de que Isaac la dejara allí, la vigilaría mientras ella veía la televisión, como de costumbre, y podría imaginarse que lo invitaba a pasar para que pudieran verla juntos.

Sin embargo, cuando llegó a River Dell, esperó y esperó, pero fue en vano.

Ella no volvió a casa.

Capítulo 9

Claire frunció el ceño al ver el filete que Isaac le había puesto delante.

−Ya te lo he dicho. He cenado.

Isaac se cruzó de brazos y se apoyó en la encimera. Las tarteras que había sacado de la nevera estaban allí todavía, como si él creyera que Claire iba a repetir. Sin embargo, por muy buen aspecto que tuviera la comida, ella nunca podría comer más de lo que le había servido.

−Tú eres el motivo de que cocinara de más −dijo él, guiñándole un ojo.

−No me lo reproches −replicó ella, arqueando las cejas−. Ya te dije que no iba a venir.

−Ahora estás aquí.

Porque no se le había pasado por la cabeza que en la pantalla de identificación del teléfono de Isaac pudiera aparecer el número del Kicking Horse Saloon. Ni que él fuera a levantarse para ir a buscarla a mitad de la noche.

−No entiendo por qué te importa a ti que coma o no.

−¿Quieres decir que soy tan desgraciado que no me importa ver cómo te quedas en los huesos?

−No me estoy quedando en los huesos.

−No, si comes no −respondió él−. Vamos, empieza.

−De acuerdo −dijo Claire, que estaba demasiado cansada como para seguir discutiendo. Se metió un poco de patata en la boca y tragó–. Es raro estar sentada en la cocina de la casa en la que vivía de niña –dijo.

Él le sirvió un vaso de zumo de arándanos y se lo puso junto al plato.

–¿De verdad? ¿Te gusta lo que he hecho con este sitio?

Era evidente que estaba bromeando. La casa estaba bien mantenida, pero Isaac no había cambiado absolutamente nada desde que se había ido a vivir allí, hacía tres años, ni la gente que la había habitado antes tampoco.

–Yo no intentaría conseguir trabajo de decorador de interiores si fuera tú.

Él se encogió de hombros.

–Puede que algún día la remodele.

Había hecho mucho con la pequeña cabaña que había heredado de Tippy. Era pequeña, pero estaba muy bien arreglada, y en un lugar tan bonito que él había seguido viviendo allí durante mucho más tiempo del que hubiera creído. Allí era donde ella lo había visitado siempre, donde se lo había imaginado siempre, incluso después de que él comprara aquella otra casa.

–¿Por qué dejaste la casa de Tippy?

–Por el tamaño, sobre todo. Necesitaba más espacio, y aquí lo tenía.

–Las fotografías que has colgado son muy bonitas –dijo ella. Eran, sobre todo, fotografías que había hecho él mismo, y le daban al ambiente un toque masculino–. Es evidente que te gusta lo que haces.

Claire miró la imagen de un hipopótamo que estaba sumergido en un río, y del que solo se veían las orejas, los ojos y las ventanas de la nariz por encima de la superficie del agua.

–Me parece estupendo que te guste tanto tu trabajo. Eres la persona perfecta para ello.

Él también se sirvió un vaso de zumo.

–¿Y cómo es la persona perfecta para ese trabajo?

—Alguien a quien le guste viajar, moverse, que se encuentre como pez en el agua en carretera. O en el bosque, como es el caso —dijo Claire. Ojalá él comenzara a recoger la comida y dejara de mirarla. La estaba obligando a comer más de lo que deseaba—. ¿Has tenido otros encuentros desde el ataque del oso, aparte del árbol que estuvo a punto de terminar contigo anoche?

Él se bebió el zumo y enjuagó el vaso.

—Me picó una araña en Kenia, hace unos meses —dijo él—. Se me hinchó la mano hasta tres veces su tamaño original —añadió, y le mostró la cicatriz.

—¿Sabes qué tipo de araña era?

—No. Estaba durmiendo cuando ocurrió.

—¿Y había asistencia médica cerca?

—No. Uno de los tipos con los que viajaba me sajó la herida y chupó el veneno.

—Debió de ser divertido —dijo Claire, y mordisqueó un espárrago—. ¿Cuál es tu lugar favorito, de todos en los que has estado?

Él se apoyó de nuevo en la encimera.

—¿Aparte de este?

—¿Te gusta Pineview?

—¿A ti no?

—Bueno, está bien —dijo Claire, y le dio un sorbito al zumo—. Pero algún día me voy a ir de aquí.

—¿Cuándo?

—En cuanto averigüe lo que le pasó a mi madre y me asegure de que Leanne va a estar bien sola.

—¿Y adónde quieres ir?

—No lo sé. A algún sitio lejano. A Nueva York, o Los Ángeles.

—Has vivido en un pueblo pequeño durante toda tu vida. ¿No crees que te sentirías sola?

Ya se sentía sola, y no creía que pudiera empeorar. Por lo menos, de ese modo existiría la promesa de encontrar algo nuevo a la vuelta de la esquina.

—Estaría muy bien cambiar de ritmo y conocer gente nueva.
—Parecía que te gustaba estar aquí cuando David vivía.
—Entonces era diferente. Pensaba que íbamos a formar una familia. Este es un buen sitio para criar a los hijos, pero si voy a quedarme soltera, preferiría vivir en un lugar con más posibilidades.

Él se metió las manos en los bolsillos.
—¿No hay nadie en Pineview con quien te gustaría salir?
—No.

Él frunció los labios.
—Cada vez me resulta más fácil entender por qué viniste aquí anoche.

Ella le debía una disculpa por eso. Él no la había invitado, y se había hecho una herida por ayudarla.
—Lo siento —dijo—. No debería haberte tenido despierto.

Él respondió en un tono irónico.
—No me importó.
—Me alegro.

Sin embargo, si era cierto, ¿por qué había dejado de hacerle el amor? Ella quería preguntárselo, pero sabía que era mejor evitar aquel tema de conversación.
—Gracias por la cena. Será mejor que me marche ya.

Aunque él recogió su plato, no se dio la vuelta.
—¿No te vas a quedar?
—No... esta noche no —dijo Claire. Se levantó y se dirigió hacia la puerta—. Pero te agradezco la cena.

Él dejó el plato en la encimera.
—No has comido casi nada.
—Pero estaba bueno.

O, por lo menos, suponía que lo estaba. Últimamente todo le sabía a cartón.

Cuando él se le acercó y le acarició el brazo, ella tuvo que contener un escalofrío.

—¿No disfrutaste anoche? –le preguntó Isaac en un murmullo.

Claire lo miró a los ojos. Estaba tan cerca... Lo único que tenía que hacer era ponerse de puntillas, y él la besaría.

Estuvo a punto de hacerlo. Sin embargo, satisfacer su deseo no merecía la pena el arrepentimiento que iba a sentir al día siguiente.

–Fue muy agradable y generoso... er... por tu parte... eh... complacerme, teniendo en cuenta que tú no estabas interesado. Es solo que... en este momento estoy un poco confusa. Creo que necesito averiguar quién soy sin David, y adónde voy con mi vida, antes de empezar a mantener relaciones sexuales con cierta frecuencia. Pero, si alguna vez decido echar otra cana al aire, tú serás la primera persona a la que llamaré.

–Nadie hace el amor como yo –dijo él, repitiendo, con una expresión indescifrable, lo que Claire le había dicho la noche anterior.

Sin embargo, ella sabía que había tomado la decisión correcta en aquella ocasión. Tenía que curarse, que recuperarse, antes de poder mantener cualquier relación, en especial con alguien que podía acumular tanto poder sobre ella como Isaac Morgan.

–Cierto –dijo, y chasqueó la lengua–. Es una de las muchas razones por las que las damas forman cola a tu puerta.

–¿Y cuál puede ser otra?

–Sabes asar una chuleta –dijo ella.

–Solo has tomado un par de bocados.

–Eso no significa que no estuviera buena.

–Bueno, ahora que eres inmune a mi atractivo y a mi forma de cocinar, podrías quedarte –dijo Isaac–. No tengo habitación de invitados, porque una es mi despacho y la otra es un almacén. Pero el sofá está libre. Por lo menos, no estarás sola.

Era un ofrecimiento tentador. Estaba muy cansada, y no quería volver a casa para ver todas las fotografías de David y suyas colgadas por las paredes. ¿Por qué no escapar un poco de su vida cotidiana?

—Me parece bien —le dijo, y le tocó ligeramente el pecho para darle las gracias—. Tal vez podamos ser mejores amigos que amantes, ¿eh?

Eso le sorprendió. Seguramente, nunca había tenido en casa a una mujer que eligiera dormir sola.

—¿Eso es lo que quieres? ¿Que seamos amigos?

Ella lo pensó durante un segundo, y después asintió.

—Sí. Me vendría bien tener un amigo en estos momentos.

Él bajó la mirada, y Claire tuvo la sensación de que estaba mirando el chupón que le había hecho, que le ardía como si todavía tuviera su boca pegada a la piel.

—Voy a buscarte unas mantas.

«Fue muy generoso por tu parte complacerme, teniendo en cuenta que tú no estabas interesado».

Isaac estuvo a punto de echarse a reír al recordar aquella frase. Tal vez llevara meses sin sentir interés por otras mujeres, pero en absoluto había perdido el interés por Claire.

Ella no tenía ni idea de cuánto le afectaba, pero él no iba a explicárselo. Tenía razón al decir que estaba un poco perdida. La pérdida de peso lo demostraba. Si realmente se preocupara por ella, sería el amigo que necesitaba y lo dejaría así. Había menos probabilidades de que le fallara siendo su amigo que siendo su amante. Algunas veces, él todavía quería marcharse al bosque y estar solo una temporada. No se imaginaba cómo iba a poder hacerlo si mantenía una relación estable. Él no era el hombre fiable y sólido que había sido David.

Claire necesitaba a otro David. No lo necesitaba a él.

Sin embargo, no era fácil tenerla tan cerca y no llevársela a la cama. Debería haber hecho el amor con ella la noche anterior, cuando había tenido la oportunidad. Tal vez así, en aquel momento no estaría mirando al techo, sin poder dormir. Había deseado hacerlo, pero estaba demasiado dolido y decepcionado al saber que ella no había ido a su casa por los motivos que él deseaba...

La ducha continuó, y eso lo empeoraba todo. Él le había dado una toalla y le había dicho que estaba en su casa, pero al imaginarse el agua deslizándose por su cuerpo, se estaba volviendo loco. La ducha era uno de sus lugares favoritos para hacer el amor.

En realidad, no recordaba ningún lugar donde no les gustara hacer el amor.

Sonó el teléfono, e Isaac se sorprendió de que lo llamaran tan tarde. ¿Acaso era alguien que buscaba a Claire?

Era un número oculto.

–¿Diga?

–¿Qué demonios te crees que estás haciendo metiéndole a Leland en la cabeza esas idioteces de que la muerte de David no fue un accidente?

Su interlocutor no se había molestado en identificarse, pero Isaac reconoció su voz. Era Rusty Clegg.

–¿Y a ti qué te importa lo que yo hable con Leland? A ti no tengo nada que decirte.

–Si tiene relación con David, sí es asunto mío. Tú no lo conocías.

–Lo conocía lo suficiente. De todos modos, eso tampoco tiene nada que ver con que su muerte fuera un accidente o no.

–Me pregunto por qué te estás metiendo en esto.

–Y yo me pregunto por qué estás tan enfadado. ¿Es que me he acercado mucho a la verdad, Rusty? ¿Sabes algo que deberías haberle dicho al sheriff?

–Yo trabajo para el sheriff, maldita sea, y si hubiera la menor posibilidad de que la muerte de David no fuera un accidente, yo lo habría investigado.

—Sabes que David estaba investigando la desaparición de Alana O'Toole, ¿no?

Hubo un momento de silencio.

—Eso es mentira. David no estaba haciendo tal cosa.

—¿Estás seguro?

—Me lo habría dicho, y no solo porque fuéramos amigos, sino porque yo ya estaba trabajando para el sheriff. Habría acudido a mí en busca de ayuda.

—Tal vez no confiara en ti.

—¿De qué demonios estás hablando?

—O eso, o no tenía confianza en tus capacidades, porque él estaba investigando. Y es un hecho.

—Tú no puedes saberlo. Ni siquiera estabas en el pueblo.

—No sabía que seguías mis pasos, Rusty.

—Me fijo en ti.

—¿Por qué?

—Porque nunca me has caído bien. Y a David tampoco. Él sabía que deseabas a su mujer.

Podía haber tenido a su mujer antes de que se casara con él. Y estaba seguro de que podía conseguirla ahora. Ella había estado en su cama la noche anterior, ¿no? Conseguirla no era el problema, el problema era portarse bien con ella. Entre ellos dos existía el mismo magnetismo de siempre.

Tal vez los demás podían sentir también esa química. Tal vez aquel fuera el problema.

—¿Por qué te ha molestado tanto que llamara a Leland, Rusty?

—No es precisamente el mensaje que quiero encontrarme en el contestador cuando llego a casa después de trabajar durante todo el día. Si hubieran asesinado a David, yo habría hecho algo al respecto.

—Entonces, por lo menos has pensado en esa posibilidad.

—¡No! ¿Por qué iba a hacerlo? Fue un accidente. Yo estaba presente aquel día, por si se te ha olvidado.

—Y no hay forma de que te hayas equivocado.

—¡Claro que no! El cazador que le disparó se sintió horriblemente mal. ¿Es que no puedes imaginarte cómo fue?

Sí, podía imaginárselo. Había cometido suficientes errores como para entender el dolor que causaba el arrepentimiento. Sin embargo, también podía imaginarse que alguien hubiera usado una jornada de caza para cometer el crimen perfecto y encubrirlo.

—¿Comprobó alguien el calibre de la bala? ¿Era del rifle de ese cazador?

—Por supuesto. Cumplimos con nuestro deber.

—¿Y cómo se llamaba el cazador? ¿De dónde era?

—No voy a darte esa información. Era un tipo de otro estado que creyó que estaba disparándole a un oso. No empieces a remover las cosas, porque disgustarás a Claire sin motivo. Ella todavía se está recuperando de la muerte de David.

—Si te importa tanto Claire, ¿por qué la has dejado tirada en el Kicking Horse Saloon esta noche?

Isaac se había dicho a sí mismo que no iba a mencionarlo. Era mejor que Claire y él fueran discretos en cuanto a lo que sentían. Así tendrían más privacidad. Sin embargo, estaba enfadado con Rusty por ser tan idiota como para dejarla sola tan tarde, por la noche, sobre todo teniendo en cuenta lo que había pasado en el estudio de Alana. Rusty era un ayudante del sheriff, por el amor de Dios. Precisamente él debía haber sido más prudente.

Hubo un largo silencio.

—Volví a buscarla. Me pasé una hora conduciendo por todas las calles que van desde el bar a su casa, y vuelta atrás. ¿Qué pasa? ¿Te llamó a ti para que la llevaras? ¿Por eso lo sabes?

Ella lo había llamado, pero no había dicho nada. Sin embargo, Isaac sabía que era ella, aunque otras mujeres también se hubieran puesto en contacto con él desde aquel teléfono. Hayley Peters era una de ellas; lo llamaba siempre que tomaba suficiente alcohol como para olvidar sus inhibiciones. Sin embargo, él había estado toda la noche esperando noticias de Claire, y se había arriesgado a ir al bar por si era ella, y no Hayley. Y había acertado.

–Pasé por allí casualmente, y me la encontré caminando sola.

Rusty soltó una imprecación, suspiró y maldijo de nuevo.

–Fue un error. Estaba... disgustado. ¿Estaba bien cuando la encontraste?

–Estaba bien, pero no gracias a ti.

–He intentado llamarla para disculparme, pero no responde al teléfono.

–Seguro que ya está dormida.

Ojalá fuera así. Entonces, él podría dejar de obsesionarse con el hecho de que ella estuviera duchándose en su cuarto.

–No debería haber reaccionado así. Es muy lógico que quiera hacer las cosas despacio.

–¿Es que crees que está interesada en ti?

–¿Por qué no? A mí me importa.

–Pues tienes una manera muy extraña de demostrarlo.

Rusty volvió a irritarse.

–Lo que ha pasado esta noche no es cosa tuya. Ni tampoco lo que le pasó a David.

Isaac no estaba dispuesto a aceptar eso. Tenía confianza en Myles King. Myles era muy buen sheriff. Sin embargo, Rusty no era muy buen ayudante, y era él quien estaba con David cuando murió, no Myles.

–¿Comprobasteis si el cazador tenía relación con alguien del pueblo?

–¿Y por qué iba a hacer eso? ¡Fue un accidente! Además, ¿quién podía tener algo contra David en Pineview? ¿Y cómo iba alguien de aquí a encontrar a un asesino, y mucho menos contratarlo, para que matara a David?

Por medio de Internet. O de amigos de amigos de amigos. En Montana había muchos aficionados a las armas, y los aficionados a las armas tenían contactos que las personas corrientes no tenían. Tal vez los asesinatos por encargo no ocurrieran a menudo, pero sucedían. Si había alguien que no quería que David investigara la desaparición de Alana, había muchas posibilidades de que su muerte hubiera sido un asesinato, tantas como de que hubiera sido accidental. Rusty estaba dejando que su familiaridad con el pueblo y sus habitantes lo influyera demasiado. Si la persona que mató a Alana, suponiendo que fuera asesinada, tenía la sensación de que estaban a punto de descubrirlo, podía decidir actuar de nuevo.

Sin embargo, aquella confrontación con Rusty no le estaba sirviendo de nada. Isaac decidió fingir que estaba aceptando su punto de vista. Tal vez, de ese modo, Rusty se relajaría y bajaría las defensas.

–Sí, tienes razón. Es descabellado. Olvida lo que te he dicho.

–¿Así, sin más?

–Exacto. Salvo... un detalle más.

–¿Qué?

–¿Cómo supisteis qué cazador fue el que disparó a David? ¿Fue él quien acudió a vosotros?

–No. No encontraba ningún oso herido, ni abatido, así que pensó que había fallado el tiro y se estaba marchando. Nosotros seguimos su rastro.

–¿Y qué dijo el tipo cuando lo encontrasteis?

–Se quedó horrorizado, dijo que lo sentía. Acababa de matar a uno de mis mejores amigos. ¿Qué crees que dijo?

–¿Fue al funeral?

–No. Dijo que molestaría al pueblo. Pero le envió flores a Claire y un cheque para pagar el entierro de David. Dijo que era lo mínimo que podía hacer.

Eso significaba que Claire sabía quién era. Tal vez ella supiera cómo podía ponerse en contacto con él.

–Sí, es lo mínimo que podía hacer.

Y con eso, conseguía que su arrepentimiento pareciera más sincero.

—Ahora soy yo quien quiere preguntarte una cosa —dijo Rusty.

Isaac se puso tenso.

—¿Por qué estás sacando a relucir todo esto ahora? Hace un año que murió David. Si pensabas que estaba investigando la desaparición de Alana y que su muerte se debe a eso, ¿por qué has esperado tanto para decirlo?

—Creo que ya sabes la respuesta.

—Acabas de saberlo.

Isaac no se molestó en confirmarlo. Era demasiado evidente.

—¿Tiene algo que ver con lo que le ocurrió a Claire anoche, en el estudio?

—Tú eres el ayudante del sheriff. Dímelo tú —dijo Isaac. Ya había terminado de hablar con él; no iba a obtener más información de él, así que colgó.

Cuando se dio la vuelta para poner el teléfono inalámbrico en su base, vio a Claire, en la entrada del salón, envuelta en una toalla.

—¿De qué estabas hablando? —preguntó.

Sin embargo, a juzgar por su expresión, ya lo sabía. Él se había concentrado tanto en la conversación que no se había dado cuenta de que Claire había salido de la ducha, y no sabía cuánto tiempo llevaba allí. Parecía que había oído bastante, y ahora sabía lo que él pensaba. Isaac se pasó una mano por el pelo. Debería haber hablado antes con ella.

—Seguramente, tú también te has preguntado si la muerte de David fue accidental o no —dijo, con un suspiro.

Ella apretó tanto la toalla que se le pusieron blancos los nudillos en el pecho.

—¿Crees que Les Weaver lo mató a propósito?

—¿Así se llamaba el cazador?

—Sí.

—Leíste esos informes que encontraste en el estudio. ¿Crees que es posible?

Claire se mordió el labio.

—No lo sé. Tenía una explicación lógica para su muerte, así que me concentré en lo que podía averiguar sobre mi madre. Podía entender perfectamente que David estuviera investigando para descubrir la verdad por mí. Él era ese tipo de hombre, tan bueno, que no puedo creer que nadie quisiera hacerle daño.

Isaac se estaba sintiendo cada vez peor. ¿Y si se había equivocado con respecto a la muerte de David? No tenía pruebas. Y ahora, por su culpa, Claire tenía que enfrentarse a aquella dolorosa posibilidad.

—Supongo que no tiene nada que ver con querer hacerle daño. Tal vez estuviera acercándose demasiado a la verdad, y se había convertido en una amenaza para alguien. Tal vez el asesino se viera obligado a hacerlo.

—Pero Les no era del pueblo.

—¿Un asesino a sueldo?

—Pero si... Weaver me envió el dinero para pagar los gastos del entierro.

—Sería un idiota si no disimulara.

—¿Y el departamento del sheriff no habría investigado todo esto?

—Investigaron un poco, pero no lo suficiente. Piénsalo. Hasta el verano pasado, cuando tuvimos nuestro primer asesinato, aquí nunca había ocurrido nada tan violento. Aparte de la desaparición de tu madre, que se había convertido en un antiguo misterio cuando Myles ocupó la plaza de sheriff, él no había tenido que ocuparse de nada más que unas multas por exceso de velocidad desde que sustituyó al sheriff Meade. Además, acababa de perder a su esposa y estaba criando él solo a su hija. Supongo que se dejó convencer de que este era un lugar tan tranquilo y sencillo como le habían asegurado. Además, David recibió el disparo muchos años después de la desaparición de Alana, y

Myles no tuvo por qué darse cuenta de que había relación entre ambos sucesos. Para empezar, no parece que sepa que David estaba investigando la desaparición de tu madre.

–¿Por qué dices eso?

–Rusty no lo sabía.

Ella frunció el ceño.

–Entonces, ¿quién le dio a David la copia de esos documentos?

–Ni idea.

Ella se irguió.

–Si alguien mató a David, tiene que ser la misma persona que secuestró a mi madre.

–Pero, en realidad, no tenemos la certeza de que fuera así. Por eso no te lo había dicho antes. Por lo que he leído en esos informes, David no solo estaba empeñado en averiguar la verdad, sino que estaba pidiéndole respuestas a la gente, señalándoles las incoherencias que había en los interrogatorios y poniendo de relieve todo lo que podía indicar que Alana no se marchó por voluntad propia. Entonces, todo se interrumpió muy oportunamente con su muerte. Parece una coincidencia demasiado grande, teniendo en cuenta sus progresos. Pero eso es todo lo que tengo para continuar. Entiendes que esto solo son conjeturas, ¿no?

–Pero hay algo que relaciona ambas cosas. Yo...

El teléfono volvió a sonar y la interrumpió. De nuevo, el número oculto.

–Es Rusty otra vez –dijo Isaac, y contestó la llamada.

–Ella está ahí contigo, ¿verdad? –le espetó Rusty.

Era evidente que había estado en casa de Claire, y que había deducido que ella no estaba durmiendo allí.

–¿Quién?

–Déjate de jueguecitos. Ya sabes quién. ¿Le estás llenando la cabeza con esas chorradas sobre la muerte de David para poder acercarte a ella y llevártela a la cama?

–Creo que tienes que colgar, Rusty. Lo que estás preguntando no te concierne.

–David era uno de mis mejores amigos.
–¿Y eso te da prioridad con su viuda?
–¡Él preferiría que fuera yo, y no tú!
–¿Y cómo lo sabes? ¿Ha venido a verte en sueños?
–¡Cabrón!
–Tú tampoco me caes bien –dijo Isaac, y colgó.
Claire lo observó mientras colgaba.
–¿Qué ha pasado?
–Tienes un admirador.
–¿Rusty sabe que estoy aquí?
–Creo que ha ido varias veces a tu casa y se ha dado cuenta de que no estás allí.

Ella se tapó la cara con la mano con la que no estaba sujetando la toalla.

–¿Quieres que te lleve a casa? –le preguntó él.

–No, no –respondió Claire. Se apartó la mano de la cara y lo miró–. Sobre todo, si él está esperando en mi casa para ver si vuelvo.

–Puedo decirle que te deje en paz.

–No, no quiero que te enfrentes a él. Tendrá que dejarme en paz si estoy aquí. Y Leanne también. Yo... necesito dormir.

–Sécate el pelo –le dijo él–. Te dejo la cama.

Cuando ella volvió a la habitación, llevaba la camiseta que Isaac le había dado junto a la toalla. No tenía ni idea de qué llevaba debajo, pero se pasó las siguientes dos horas en el sofá, preguntándoselo.

Capítulo 10

Claire se despertó al percibir el olor del bacón, y supo que Isaac pensaba obligarla a comer otra vez.

—¡A mí no me hagas nada! —gritó—. No me apetece.

Él abrió la puerta y apareció en el hueco, recién duchado y con una espumadera en la mano.

—Por si no lo habías oído nunca, el desayuno es la comida más importante del día.

Era un listillo. Ella bostezó y se tapó la boca.

—No hace mucho que me has obligado a comerme una chuleta.

Él arqueó una de sus oscuras cejas.

—No seas maleducada con tu anfitrión.

—Tengo clientes en la peluquería. He de irme.

—El desayuno estará listo para cuando termines de arreglarte.

—No tengo nada para arreglarme. Solo voy a ponerme la ropa.

—Y entonces, desayunarás.

—No, entonces me iré —dijo ella, y soltó una carcajada fanfarrona, como si siempre hiciera lo que quería.

Empezó a levantarse, pero había subestimado la convicción de Isaac. Él se la echó a un hombro y la sacó del dormitorio.

—Así que llevas braguitas —murmuró Isaac cuando la

camiseta se levantó un poco y, sin querer, él le rozó la nalga.

—¿Y qué tiene que ver eso?

—Todo.

Estaba flirteando con ella, y ella debía ignorarlo. Isaac la dejó en una de las sillas de la cocina, y después la señaló con la espumadera para ordenarle que permaneciera donde estaba.

—Aquí tienes —le dijo, poniéndole el plato delante.

Ella miró circunspecta los huevos, el bacón y las tostadas.

—Debería haberme ido a casa anoche.

—Tuviste tu oportunidad.

—No sabía que, si aceptaba tu ofrecimiento de darme refugio, tendría que consumir un determinado número de calorías obligatoriamente.

—Estoy cuidándote. Ahora somos amigos, ¿o ya no te acuerdas?

Ella puso los ojos en blanco.

—Me gustabas más como amante.

—Eso no es lo que has dicho antes —dijo él, sonriendo significativamente—. Aunque a mí también me gustaba más ese plan. Avísame cuando quieras recuperarlo.

Seguramente, así podría obtener más de él. Si eran solo amigos, Isaac no tendría motivos para erigir todas sus defensas y ahuyentarla, y ella no esperaría más de lo que él estuviera dispuesto a darle. Aquel término medio resolvía su dilema. Salvo por el deseo, que aumentaba más y más a cada segundo que pasaba.

Claire bajó la mirada antes de que él pudiera leerle el pensamiento.

—No soy tan tonta.

—Entonces, tú puedes ser fuerte por los dos —dijo él, y echó otro huevo a la sartén.

—¿Siempre haces desayunos tan grandes y con tanta grasa animal?

—Solo cuando tengo que alimentar a alguien.

—¿Y eso sucede muy a menudo? —preguntó Claire, mientras jugueteaba con el tenedor.

—En realidad, es la primera vez.

—Y si me lo como todo, como una niña buena, ¿qué?

—Entonces, te llevo a casa para que no pierdas todas las citas de la peluquería.

—Qué generoso por tu parte.

—¿Tengo algo más que puedas desear?

Tenía mucho que ofrecerle a una mujer, pero el matrimonio y los hijos no estaban en la lista, y ella quería ambas cosas. Después de David, ella nunca estaría satisfecha con una relación superficial.

—Me gustaría que me hicieras una copia de esa foto del hipopótamo.

Él miró la foto.

—Eso podría arreglarlo. Porque somos amigos, y todo eso —respondió él, y se sentó con su plato a la mesa—. Pero hay una condición.

—¿Cuál?

—A cambio, quiero una cosa.

—¿Y qué es?

Ella esperaba que le tomara un poco más el pelo, pero él se puso serio.

—La forma de contacto de Les Weaver.

Claire tuvo que carraspear.

—¿Vas a llamarlo?

—Quiero hacerle algunas preguntas, sí.

—Lo único que recuerdo es que vive en Coeur d'Alene.

—¿Tienes su número de teléfono?

—Sí, por algún sitio. Tengo una copia del cheque que me envió, por si alguna vez me hacen una inspección fiscal.

—Estupendo.

Claire tragó unos cuantos pedacitos de huevo revuelto mientras él se tomaba todo el desayuno.

—¿Isaac?

Él tenía la boca llena, así que no respondió, pero la miró para darle a entender que la estaba escuchando.

—¿Por qué lo haces?

—¿El qué? —preguntó él después de tragar.

—Ayudarme.

Él la miró a los ojos.

—Puede que no quiera que pienses que soy tan malo.

—Estás de broma, ¿no? —le preguntó ella con incertidumbre. A él no le importaba lo que pensaran los demás, ni ella tampoco, y siempre había hecho todo lo posible por demostrárselo a todo el mundo.

Isaac recogió los platos y los llevó al fregadero.

—Sí, estoy de broma.

Eran las ocho y, como Leanne no era muy madrugadora, Claire esperaba que fuera lo suficientemente temprano como para que no se hubiera despertado todavía y no la viera entrar en casa. Sin embargo, su hermana ya estaba levantada y, en cuanto la vio bajar de la furgoneta de Isaac, se acercó a ella.

—¿Dónde has estado? —inquirió, mientras él se alejaba.

—Yo... me metí en un pequeño lío.

Leanne miró el vehículo de Isaac con desconfianza y curiosidad. Claire esperaba que no lo reconociera, pero no era muy probable. Todo el mundo conocía a Isaac. Debido al éxito que tenía en su profesión, y a su fama de enigmático, era toda una celebridad en la zona. Y, como se llevaba el todoterreno tan a menudo a sus viajes de filmación, tenía *kit* de elevación, una barra de focos de largo alcance y una enorme caja de herramientas que lo distinguían de todos los demás.

—¿En qué lío? —preguntó Leanne—. No me digas que has vuelto con tu antiguo novio. Y menos, después de decirme a mí que no provocara habladurías.

Claire bajó la cabeza y buscó la llave de casa en su bolso.

—No, solo me ha dejado pasar la noche en su casa.

—¿Me estás diciendo que has dormido en casa de Isaac Morgan, pero que no te has acostado con él?

Claire lamentó haberle hablado de Isaac a Leanne, pero lo había hecho. Toda su familia sabía que él le había roto el corazón hacía diez años.

—No me he acostado con él, de verdad.

—Eso no tiene sentido.

—¿Por qué?

Claire había abierto la puerta, y se hizo a un lado para que Leanne pudiera pasar al salón. Allí, su hermana giró la silla para mirarla de frente.

—¿Qué otra cosa podía querer de ti?

—Tal vez le caiga bien, Leanne —dijo Claire mientras cerraba la puerta—. Puede que solo se haya comportado como una persona agradable y buena.

—¡Sí, claro! —exclamó Leanne, poniendo los ojos en blanco—. Si mal no recuerdo, él nunca ha sido agradable ni bueno contigo. No habías vuelto a decir nada de él desde que te casaste con David, pero yo siempre he tenido la impresión de que ya no te caía bien... después de lo que pasó.

—No somos enemigos.

Claire le explicó lo que había ocurrido con Rusty, y que ella iba caminando por la cuneta cuando Isaac la había recogido.

—¿Y por qué no te trajo aquí?

—Dijo que yo necesitaba comer algo, pero no había nada abierto.

—¿Que Isaac Morgan quería obligarte a cenar?

—Pues sí. Dice que estoy demasiado delgada.

—¿Y qué le importa a él?

Claire no tenía respuesta para eso. Tal vez Isaac se sintiera culpable por cómo había terminado con su relación, pero no había manera de saberlo. Isaac podía cambiar de actitud de un día para otro, según su estado de ánimo.

—¿Quién sabe?

—¿Y qué pasó después de la cena?

—Me quedé dormida en el sofá mientras él recogía, así que me tapó con una manta y me dejó dormir allí.

—Eso es lo más improbable que he oído en mi vida –dijo Leanne, admirada–. Él se cree superior a todos nosotros. No le importa divertirse con las mujeres del pueblo, y tú lo comprobaste por ti misma, pero nunca se ha tomado a ninguna en serio. Somos todas unas paletas para el famoso fotógrafo.

—Gracias por recordarme lo que pasó, pero a él le encanta este sitio.

—Le gusta vivir en un lugar apartado. Eso no significa que le guste la gente del pueblo.

Claire había oído a otras personas decir lo mismo de Isaac. Ciertamente, podía dar la imagen de alguien arrogante. Sin embargo, en parte era consecuencia del hecho de ser tan atractivo. Era guapísimo, tenía talento y mucha inteligencia, y eso intimidaba a la gente, les empujaba a buscarle algún defecto para demostrar que no era tan perfecto como parecía. Y él estaba más que dispuesto a mostrar todos sus defectos con tal de demostrar que no necesitaba su aprobación.

—Vamos a concederle el beneficio de la duda, ¿de acuerdo?

—¿Lo defiendes porque haya sido amable contigo una sola vez, después de cómo te trató?

—No, no lo estoy defendiendo. Lo que pasa es que quiero tenerlo todo en cuenta, y no solo una parte. Nosotros estuvimos juntos hace mucho tiempo, y la gente cambia. Isaac es muy... reservado, pero no olvides que su madre lo abandonó de pequeño, y que después lo crió el viejo Tippy, que casi nunca decía una palabra, a no ser que fuera para hablar de su amada fotografía. Ya sabes cómo era

Tippy. Es comprensible que Isaac no tenga muchas ganas de acercarse a los demás.

–Oh, vamos. Él se acerca constantemente a los demás. A ti se acercó una vez. Y muchas otras han visitado su cabaña de noche y han salido tan bien servidas que casi no podían andar.

La crudeza de aquella afirmación hizo que Claire se encogiera.

No le gustaba nada aquella imagen; además, implicaba que ella había sido una idiota por relacionarse con Isaac. Sin embargo, Leanne no sentía tanto desprecio por él como quería dar a entender. Claire también percibió envidia, y lo último que necesitaba era que Leanne se insinuara a Isaac.

–Ha cometido algunos errores, pero no creo que sea tan... malo como antes –dijo ella.

–¿Estás convencida de que ya no es un mujeriego empedernido, solo porque te hizo la cena y después no se acostó contigo?

–Estoy diciendo que no lo sabemos. Entonces, ¿por qué vamos a juzgarlo?

–¡Pero si es imposible ignorar su comportamiento!

–Tal vez utilice esa imagen de chico malo para ocultar cómo es de verdad.

–¿Por qué?

–Es un mecanismo de defensa. Si todo el mundo espera lo peor de él, no tiene que cumplir las expectativas de nadie, y no tiene que enfrentarse a ninguna decepción.

–¿Dónde has aprendido todas esas tonterías psicológicas?

Era algo que había estado pensando ahora que era más adulta y podía ver las cosas desde una perspectiva menos influida por sus propios deseos insatisfechos. Sin embargo, comprender sus motivaciones no impedía que pudiera hacerse daño si se acercaba demasiado a él, y no debía olvidarlo.

—¿Podrías dejarlo ya? Lo que haga él no es asunto nuestro.

—Como quieras, siempre y cuando te des cuenta de que no importa que te ayudara ayer. Isaac Morgan no ha cambiado tanto como tú quieres creer. Ha hecho todo lo que ha podido para ganarse su reputación.

Y Leanne también se estaba forjando la suya, por lo que resultaba irónico que ella estuviera haciendo aquella acusación. Sin embargo, Claire no iba a mencionárselo. Su hermana tenía motivos para comportarse así.

—Tengo que ducharme. La primera clienta llegará dentro de tres cuartos de hora.

—Espera un segundo. He venido porque... quiero explicarte una cosa antes de que saques conclusiones equivocadas.

Por su tono de voz, Claire supo que Isaac ya no iba a ser el tema de conversación.

—Dime.

—Ayer me preguntaste si había salido del colegio el día que mamá desapareció.

Claire se puso tensa. Le sorprendió mucho que Leanne quisiera hablar de aquello, teniendo en cuenta lo que le había contado Tug.

—¿Sí?

—Sé que te lo han contado todo.

Su padrastro debía de sentirse demasiado culpable por habérselo dicho. Claire se frotó la frente, sin mirar a Leanne.

—¿Es cierto?

—Yo estaba encaprichada con Joe. Pensaba que estaba enamorada de él.

—Eso es un sí.

Silencio.

Entonces, Claire miró a Leanne.

—Estaba casado y te doblaba la edad. ¿En qué estabas pensando?

—No estaba pensando. Tenía trece años.
—Pero... ¿por qué tenías tú una cámara de vídeo?
—Mamá me prestó la que le había regalado papá por Navidad. Yo estaba haciendo un trabajo del colegio en aquel momento. Llevo avergonzada muchos años por lo que pasó, pero... hay algo más, aparte de mi estúpido error. Es lo que tienes que oír, si quieres encontrar a mamá.

Claire sintió un escalofrío.
—Cuéntamelo.
—Mamá tenía una aventura con Joe.
—No...
—¡Sí!
—¿Por qué estás tan segura?
—Por eso se enfureció tanto. Consideraba que era su hombre, su placer secreto, y tenía miedo de que él hubiera estado liado con las dos a la vez. Así que la confrontación que hubo en casa de Joe también incluyó acusaciones. Por eso él le enseñó la cinta, para poder echarme la culpa de todo a mí.
—¿Ella creía que él había... respondido a tus insinuaciones?
—Peor aún: él se me insinuó primero a mí.
—No. No puede ser cierto.
—Sí, es cierto. Llevábamos semanas flirteando. A una niña de trece años no se le ocurre hacer algo así de repente, sin saber si va a ser aceptado...

Eso tenía sentido, pero...
—¿Y mamá no se lo creyó?
—No, y menos después de ver la cinta.

Claire negó con la cabeza.
—Yo tampoco puedo creer lo que estás diciendo.

Leanne se quedó boquiabierta.
—¿Qué parte?
—Nada. Que él se te insinuara. Que tú y él tuvierais relaciones. Que mamá se pusiera celosa en vez de sentirse herida y asqueada por lo que habías hecho.

−¿No me crees? ¿No me crees solo porque no quise decirte que me masturbé en un vídeo para regalárselo al hombre al que creía que quería?

Claire cerró los ojos con fuerza.

−Llevas mucho tiempo guardando eso en secreto. ¿Cómo sé que lo que me has contado es la verdad?

−¡Porque ya no tengo nada más que ocultar! ¡Te he contado lo peor!

−Es una reacción ante los rumores, nada más. Tal vez te estés justificando. Seguro que para ti es más fácil decirte a ti misma que no tienes motivos para sentirte mal por lo que has hecho si alguien más también ha tenido un comportamiento reprobable.

Leanne se echó a reír.

−Los vi juntos aquel día. Él la seguía con la mirada por la habitación, y vi que intentaba acariciarla. Así no se comportan dos meros conocidos.

−Seguramente, ella estaba destrozada porque su hija pequeña había hecho un vídeo pornográfico, y él estaba intentando consolarla.

Leanne hizo un gesto de exasperación con las manos.

−Esto es una pérdida de tiempo. Tienes a mamá en un pedestal, y nunca vas a cambiar de opinión.

−¿Dónde está ese vídeo?

−Ella lo destruyó. Sacó la cinta para velarla y después lo quemó todo en la chimenea de casa.

A Claire ya solo le quedaban veinte minutos para que llegara su primera clienta, pero no podía dejar aquella conversación.

−¿Y por qué me lo cuentas todo ahora?

−Porque tienes que entender por qué se marchó mamá. ¿No te acuerdas de que la policía registró la casa y comprobó que faltaba una maleta? ¿Adónde crees que fue a parar?

¿Quién podía saberlo? Claire siempre había temido que la hubieran usado para deshacerse del cadáver de Alana.

Su madre no se había llevado nada. No faltaba ni una sola prenda de ropa, ni uno de sus cosméticos... Y su coche estaba en el aparcamiento de la casa, con el motor frío.

–Si se llevó una maleta, alguien la habría visto por la calle con ella.

–Tal vez viniera algún amigo a recogerla a casa.

–¿Qué amigo, Leanne? Si tenía una aventura con Joe, ¿por qué iba a marcharse con otro?

–Porque él no quería romper su matrimonio por su amor, o por lo que tuvieran. Mamá estaba tan disgustada por eso como por el vídeo.

La persona a la que estaba describiendo Leanne no era su madre.

–¿Y cómo conoció a este otro... amigo?

–Puede que fuera un antiguo novio, alguien del instituto, por ejemplo. De California.

–¿Y cómo se habían mantenido en contacto, tanto como para decidir que iban a huir juntos?

–Por correo electrónico, lógicamente.

–No, no puede ser. La policía registró nuestro ordenador. Mamá se había escrito con algunas viejas amistades, pero no había nada cuestionable en esa correspondencia.

–La comisaría de este pueblo no es lo más sofisticado del mundo, por si no te habías dado cuenta. Y esto ocurrió hace muchos años, antes de que la ciencia forense fuera tan avanzada como ahora. ¿Quién sabe todo lo que se les escapó?

–De todos modos, ella se lo habría contado a alguien, y no lo hizo.

–¡Nosotras éramos unas niñas! ¿Crees que nos lo hubiera contado?

¿Era eso lo que pensaba? Los seres humanos eran muy complejos, y a menudo reaccionaban de formas distintas dependiendo de las circunstancias. Y ella solo tenía dieciséis años en aquel momento, y estaba encerrada en los típicos dramas adolescentes. ¿Era su madre menos feliz de lo que ella pensaba? ¿Se había desencantado Alana con su matrimonio y había empezado a buscar algo más gratificante? ¿Acaso había tenido un idilio con Joe Kenyon y se había dado cuenta, después de que todo terminara debido al vídeo de Leanne, de que allí tampoco iba a encontrar la felicidad? ¿Había seguido en contacto con alguien de su pasado y había decidido abandonar todo lo que había construido en Montana para volver a California?

Claire sabía que Alana echaba de menos su estado natal. Le gustaba mucho ir de visita, sobre todo después de que sus padres, hartos ya de los fríos inviernos, hubieran vuelto a casa, pero...

—Si hubiera habido alguien más, papá se habría dado cuenta. Se lo habría dicho a la policía. Pero él nunca la acusó. Fueron otras personas, y lo hicieron sin pruebas. Algunos ni siquiera la conocían.

—Tal vez papá no dijera nada para no hacernos daño a nosotras manchando su reputación.

—Eso no hubiera servido para encontrarla.

—Tal vez él no quisiera que la encontraran. Tal vez se sintiera aliviado cuando se marchó.

Aquello fue como un jarro de agua fría para Claire. Nunca había pensado en que su padrastro no estuviera tan afectado como parecía. Si aquello era cierto, no podía dejar de preguntarse si era el culpable de la muerte de su madre. E incluso si no había sido él quien le había hecho daño a Alana, ¿se había alegrado de que desapareciera?

—Cuando mamá se marchó, él ya no tenía que preocuparse por si nos perdía —dijo Leanne.

—¿Así que ahora le estás echando la culpa a papá? ¿Es que estás sugiriendo que fue él quien la mató?

—¡Claro que no!

—Pero ¿por qué iba a querer él quedarse con nosotras? ¡Ni siquiera somos hijas suyas!

Entonces fue Leanne la que se quedó horrorizada.

—Tú sabes que nos quiere mucho. Siempre nos ha querido. Fuimos uno de los motivos por los que se casó con mamá. Se lo dice a todo el mundo. Además, ni siquiera tuvo que enfrentarse a nuestro padre biológico para adoptarnos.

¿Era todo una cuestión de amor, o su padrastro lo había hecho porque no podía tener hijos propios? Claire no estaba del todo segura de que fuera estéril; él nunca había hablado de ello. Sin embargo, nunca había tenido hijos biológicos, ni siquiera con su primera esposa. Y Claire estaba segura de que su madre había mencionado, cuando estaba al teléfono hablando con la abuela Pierce, que creía que era estéril. Claire había entrado en la habitación en mitad de la conversación y había sentido curiosidad, pero su madre había cambiado de tema y le había pedido que se callara cuando había intentado confirmar lo que había oído.

—Mamá se marchó, así que él podía quedarse con nosotras y, además, era libre sin tener que pasar por un desagradable divorcio —dijo Leanne—. Y él heredaría todo lo que mamá acababa de recibir por parte de los abuelos. Era la situación perfecta para un hombre que nos quería a nosotras, pero que ya no la quería a ella.

—No sabemos lo que siente papá. Eso solo lo sabe él. Sin embargo, sí tenemos los hechos: solo nos falta una maleta, pero nada más. ¿Adónde iba a ir mamá con una maleta vacía?

—Puede que la llenara de ropa nueva para su nueva vida.

—No usó la tarjeta de crédito, ni ninguna otra tarjeta, después de desaparecer.

—Claro que no. Eso dejaría un rastro muy fácil de seguir. Pero tal vez tuviera dinero en efectivo. Su hermana y ella acababan de heredar cuatro millones y medio de dólares entre las dos. ¿Quién sabe cuánto se guardó?

El dinero había cambiado muchas cosas en sus vidas, pero poco después de heredarlo, Alana había desaparecido. Tug había trabajado casi durante veinte años en la armería de Walt Goodman, y Alana trabajaba medio día de dependienta en Stop'n'Shop. También vendía algunos de sus cuadros, pero no por mucho dinero. Todavía no había conseguido ganarse la vida en el mundo del arte. Vivían austeramente, hasta la muerte de los abuelos Pierce.

Lo que Leanne decía era posible, pero ella no podía aceptar que Alana los hubiera abandonado. Tampoco creía que hubiera abandonado a su única hermana. Claire nunca olvidaría el día del funeral de su primo, el hijo de la tía Jodi, que se había ahogado haciendo surf en las costas de Maui. Ella había mirado repetidamente a los asistentes por si encontraba a alguien con el más mínimo parecido a su madre. Para ella, aquel día había sido la confirmación de que su madre no se había marchado voluntariamente. Nunca habría faltado al funeral de Chris.

–¿Qué estás ocultando, Lee? –susurró Claire–. Hay más cosas de las que me has contado. No puedo imaginarme de qué se trata, pero... no es solo que mamá tuviera una aventura con el hombre casado al que tú querías seducir. Hay algo más.

Su hermana palideció.

–Estás loca. Yo no te estoy ocultando nada. Lo que pasa es que no quiero que acuses a alguien y después te des cuenta de que estabas equivocada.

–¿Por qué? ¿Porque crees que te voy a acusar a ti? ¿Tienes miedo de que la investigación me lleve hasta ti?

–¡No! –gritó Leanne, que ya se había girado hacia la puerta–. Yo tenía trece años, Claire. No sé cómo puedes preguntarme algo así.

Ella tampoco lo sabía. Sin embargo, nunca hubiera pensado que su hermana pequeña se había encaprichado con un hombre casado mientras estaba en el instituto. Ni que sería tan agresiva como para filmar un vídeo pornográfico para él. Ni que se acostaría con todos los hombres solteros del pueblo, de adulta. ¿Acaso no la conocía en absoluto?

–¿Le hiciste daño tú, Lee? –le preguntó, y se echó a temblar al pensar que pudiera ser cierto.

Leanne se volvió hacia ella.

–No seas idiota –le dijo, y Claire se sintió aliviada al ver que respondía con tanto énfasis–. Tenía que haber sabido que no ibas a poder aceptar la realidad. No importa que pasen los años, sigues siendo tan obcecada y tan ciega como siempre.

¿Obcecada y ciega, o decidida a revelar hechos que Leanne quería que siguieran ocultos?

–Voy a averiguarlo, Lee –dijo Claire suavemente–. Sea lo que sea, voy a averiguarlo.

La única respuesta fue un portazo.

Capítulo 11

Claire había llamado a Isaac para darle los datos que tenía de Les Weaver aquel mismo día, pero solo era un apartado de correos. Isaac encontró la dirección de su casa con el número de teléfono en el listín.

En aquel momento, se preguntó si era la dirección correcta. El hombre que le abrió vivía en una casa de estilo mediterráneo situada en un barrio lujoso. Llevaba un traje hecho a medida, algo que Isaac no esperaba en absoluto. Había cazadores de muy distintas profesiones, pero aquel tipo no tenía el rostro ni las manos curtidas que Isaac veía normalmente en los hombres acostumbrados al contacto con la naturaleza. Era delgado, anguloso, moreno; debía de tener unos cuarenta años, y parecía demasiado sofisticado como para haber cometido semejante error.

–¿Señor Weaver?

Tenía un llavero en la mano izquierda, y lucía una alianza con un diamante grande. Isaac supuso que estaba a punto de marcharse.

–¿Sí?

–¿Es usted Les Weaver?

–Sí. ¿Quién es usted?

–Isaac Morgan. Soy de Montana –dijo, y le tendió la mano. Sin embargo, Weaver no se la estrechó.

–Está muy lejos de casa, señor Morgan. ¿Qué puedo hacer por usted?

Isaac bajó la mano e inclinó la cabeza hacia arriba.

–Bonita casa.

–Gracias. Creo. Pero todavía no me ha dicho qué desea.

–Me preguntaba si podía hablar con usted de lo que ocurrió hace un año en Cabinet Mountains.

Weaver observó a Isaac sin cambiar la expresión del rostro.

–¿Es usted del departamento del sheriff?

–No, soy un detective privado contratado por la esposa del señor O'Toole.

Weaver miró el todoterreno de Isaac.

–¿Tiene tarjeta?

Isaac lamentó no haber creado algún tipo de prueba para confirmar la mentira. Sin embargo, no había hecho planes; en cuanto había dado con la dirección, se había puesto en camino.

–No, no la llevo conmigo, pero seguro que tengo alguna en el coche. Voy a buscarla...

–Tengo un poco de prisa –dijo Weaver, y miró hacia atrás por encima del hombro, como si temiera que alguien oyera su conversación–. Dígame por qué ha venido. ¿Por qué ha contratado la señora O'Toole un detective privado?

–Recientemente han salido a la luz algunas pruebas que dan a entender que el accidente de su marido no fue tal, sino un asesinato.

Weaver palideció.

–¿Qué pruebas?

–No puedo decirlo.

–Esa muerte no pudo ser un asesinato.

–¿Por qué no?

–Porque yo fui quien hice el disparo, y fue algo accidental. La policía lo sabe todo. Ya he hablado con ellos.

—¿Les? ¿Es para mí? —preguntó una voz femenina.
—No, no te preocupes, cariño —respondió él.
Isaac continuó como si no los hubieran interrumpido.
—Están pensando en reabrir el caso, así que seguramente tendrá noticias de las autoridades.
—Oh, Dios —dijo Weaver, y se pasó una mano por el pelo—. No sé qué más puedo decir. Vi un movimiento. Pensé que era el oso al que estaba siguiendo y disparé. Fue la peor decisión de mi vida.

Su remordimiento parecía auténtico y, si Weaver era inocente, tal y como aseguraba, él no quería hacerle la vida más difícil. La educación, la forma de vestir y la casa de aquel hombre le daban cierta credibilidad. No era un matón, como se había imaginado Isaac.

Estuvo a punto de disculparse y marcharse. Sin embargo, pensó en terminar aquella entrevista, ya que había ido hasta allí.

—¿Estaba usted solo cuando ocurrió el accidente?
—Sí. El sheriff que me interrogó ya lo sabe.
—¿Y a menudo va a cazar solo?
—Antes sí. Me servía para despejarme la mente.
—¿Y por qué eligió las Cabinet Mountains?
—Están relativamente cerca, y había oído que hay mucha caza.
—¿No tiene amigos en Pineview?
—No.
—¿No conoce a nadie por aquella zona?
—No, a nadie. Era la primera vez que iba a esa parte de Montana y, desde entonces, no he vuelto.
—¿Pero sigue cazando?
—No, claro que no. Lo he dejado, y seguro que usted entiende bien el motivo. Después de lo que ocurrió, me deshice de todas mis armas. No quiero volver a ver ninguna, ni dispararla.
—Estoy seguro de que las armas no forman parte de su trabajo diario —dijo Isaac, señalando su traje.

Weaver sonrió mientras se quitaba una mota de polvo de la solapa.

—No. Ese último incidente no tuvo nada que ver conmigo. No directamente, al menos.

—¿Qué incidente?

Weaver hizo una mueca de desagrado.

—Soy abogado de empresa. Hace poco, un cliente que estaba en quiebra se suicidó de un disparo en mi despacho. Perderlo todo es muy duro, ¿sabe? Las quiebras son un golpe muy fuerte para algunas personas —dijo, y después se mostró confuso—. He supuesto que eso es lo que ha puesto en marcha esta investigación de nuevo. Su esposa niega que tuviera tendencias suicidas, así que ha estado indagando en mi pasado e intentando causarme problemas. Sin embargo, yo no hubiera podido salvar a su marido. Todo ocurrió demasiado deprisa. Fue horrible.

—Me lo imagino.

—Bueno, ahora ya sabe por qué no quiero que se remueva la pesadilla del accidente de caza —dijo Weaver—. La muerte de David O'Toole fue culpa mía, pero yo no quería matarlo. Lo juro.

—Les, ¿estás listo? —preguntó de nuevo la mujer.

Isaac la vislumbró por la rendija de la puerta, mientras ella bajaba por una escalera de caracol.

—Ya tengo las llaves —le dijo él. Después, bajó la voz—. Hoy tenemos una comida. Recaudamos dinero para los niños autistas, y vamos a reunirnos con la junta directiva de nuestra organización benéfica. Así pues, si tiene más preguntas, ¿le importaría ir a verme a mi oficina? No quisiera disgustar a mi mujer. Ambas tragedias la han afectado tanto como a mí.

—Por supuesto, por supuesto —dijo Isaac, y tomó la tarjeta que le tendía Weaver. Después, se alejó. *Les Weaver, abogado*, leyó mientras la puerta se cerraba.

Isaac todavía estaba sentado en su coche, con el motor encendido, mirando la tarjeta, cuando Weaver y una rubia muy atractiva salieron del garaje a la calle en un Mercedes negro. Isaac miró por si acaso el abogado saludaba, pero se comportó como si él no estuviera allí y se marchó.

Isaac frunció el ceño. Metió la primera marcha y aceleró, pero después dio la vuelta. No estaría de más echar un vistazo rápido mientras los Weaver estaban fuera, para asegurarse de que Les era tan sincero como parecía.

No le costó demasiado. Lo que vio a través de una de las ventanas traseras de la casa lo convenció de que no había hecho aquel viaje en vano, después de todo.

El padrastro de Claire entró a la peluquería a cortarse el pelo a última hora. Teniendo en cuenta lo tensas que estaban las cosas entre Leanne y ella, Claire no estaba segura de si necesitaba cortarse el pelo de verdad, o si quería hablar. Él siempre había intentado resolver cualquier problema que tuviera Leanne. La pequeña de la familia siempre había sido su favorita, incluso antes del accidente.

Normalmente, a Claire no le importaba, pero aquel día se puso nerviosa al pensar que él quería conseguir una disculpa por su parte. Ella se sentía muy mal por la pérdida de movilidad de su hermana, pero Leanne tenía que ser responsable de sus actos, como todo el mundo. No le estaban haciendo ningún favor al excusarla cada vez que tenía un comportamiento censurable.

—¿Ocurre algo? —le preguntó a Tug.

Él la miró en el espejo, pensativamente, y ella se dio cuenta de que estaba envejeciendo. Tenía tres años menos que su madre cuando se casaron, pero ya había cumplido los cincuenta y seis años, y tenía algunas arrugas alrededor de los ojos y de la boca.

—Solo quería avistarte de que le expliqué a Leanne nuestra última conversación.

—Te refieres a lo de la cinta.

La última clienta de Claire, Wanda Fitzgerald, estaba

sentada en el secador, leyendo una revista. Tug la miró como si temiera que estuviese escuchando, vio que estaba distraída y murmuró:
—Sí.
—¿Y has venido por eso?
—Por eso, y para que me cortes el pelo.

O tal vez no quería hablar de lo que tenía en la cabeza mientras había otras personas en la peluquería. Claire tampoco quería hacerlo. Desde que había hablado con Isaac, no podía dejar de pensar en la posibilidad de que David hubiera muerto asesinado.

Terminó de peinar a Wanda, mientras su padre barría su propio pelo.

—¿Le has preguntado a Joe alguna vez por mamá? —le preguntó ella, cuando estuvieron a solas.

Tug suspiró.
—Sí.
—¿Y qué?
—Dice que no había nada entre ellos.
—¿Pero?
—Yo creo que sí.

Claire cerró la caja registradora y miró fijamente a su padrastro.

—Me dijiste que no era así. Me dijiste que no era mi madre quien estaba con Joe, ¿y ahora me dices que crees que mamá te estaba engañando?

Él asintió.
—¿Por qué lo crees? ¿Y por qué no me lo dijiste antes?
—No quería reconocer que ella no era tan feliz conmigo como yo esperaba.

—Pero... Joe y tú sois amigos. Él te poda los árboles de la finca.

—Él también perdió a alguien a quien quería, y siempre ha protegido su memoria. Además, respeto el hecho de que tampoco ha contado nunca lo que hizo Leanne.

—¿Y por qué piensas que tenían una aventura?

—Por muchos detalles.
—¿Como por ejemplo?
—Alana estaba muy callada, muy misteriosa, durante los meses anteriores a su desaparición.

Claire no recordaba nada de eso. Según el informe de la policía, Tug y su madre habían ido a desayunar donuts y un café la mañana del día en cuestión. Parecía algo cordial.

—¿Estás seguro de que es algo que notaste antes de que ella desapareciera, y no un modo de hacer que su pérdida te resulte más fácil?

—Estoy seguro. Había otras señales. Ella estaba tomando píldoras anticonceptivas, cosa que conmigo nunca hizo, porque quería tener otro hijo. Encontré la caja en un falso fondo de su joyero una semana antes de que desapareciera.

—¿Y dónde está ahora?

—Ya no existe. Estaba tan furioso que la tiré el día que le pregunté por todo esto.

Según lo que le había oído Claire decir a su madre por teléfono, aquello no tenía sentido. Sin embargo, él no iba a admitir su infertilidad. Claire tuvo la tentación de contarle que había oído aquella conversación, pero temió que Tug lo tomara como una prueba más de que Alana lo había engañado con otro. Si su madre realmente creía que él no podía tener hijos, ¿por qué estaba usando anticonceptivos?

—Tenías cuarenta y un años cuando te casaste con Roni, y ella, treinta y siete. ¿Por qué no tuvisteis un hijo?

Él siguió sin admitirlo.

—Roni ya había criado a los cuatro hijos de su exmarido, y tres de ellos nunca la trataron bien. No pudieron superar el hecho de que ella hubiera sustituido a su madre, y la culpaban del divorcio.

También la acusaban de ser demasiado controladora y estricta. Los tres a quienes se refería Tug ni siquiera le dirigían la palabra. Por suerte, Roni había cambiado cuando se casó con Tug y se convirtió en su madrastra y en la de Leanne.

—Ella no quería tener un bebé —dijo su padre—. Además, tu madre había desaparecido hacía poco tiempo, y vosotras dos estabais tan tristes y tan confusas que no era el mejor momento para traer a otro niño a la familia.

—No lo entiendo. Primero me hablas del vídeo, que es un secreto que has guardado durante años...

—Porque no tenía nada que ver con el caso, y porque no quería que nadie supiera lo que hizo tu hermana.

—¿Y cómo sabes que no tiene nada que ver con el caso? Tal vez la policía interpretara ciertas cosas de manera muy diferente si tuviera esa información. Y ahora, además, me dices que piensas que mi madre te era infiel.

Él bajó la cabeza.

—Sé que puedo parecer poco fidedigno. Roni siempre me ha dicho que Leanne y tú necesitáis que sea más coherente, y que no tenéis por qué conocer mis dudas. Así que me he mantenido fiel a mi versión de los hechos. Además, para ser sincero, nunca he querido enfrentarme a las posibilidades que surgen cuando me aparto de ella. Sin embargo, después de que te agredieran en la cabaña y te hicieran daño, estoy reflexionando sobre todo esto. Si hay alguien por ahí que le hizo algo a tu madre, tenemos que saber por qué, y si esa persona es una amenaza para Leanne y para ti —dijo. Guardó la escoba en el armario y añadió—: Algunas veces estoy convencido de que Alana me quería. Otras, de lo contrario.

Sonó el timbre.

—Podías haberme dejado una nota —le dijo Roni a su marido, al entrar en la peluquería—. Te he estado buscando por todo el pueblo.

Tug carraspeó y miró a Claire para indicarle que la conversación había terminado.

—Lo siento, pensaba que ibas a volver más tarde.

La única hijastra de Roni que se hablaba con ella tenía una niña y vivía en Kalispell. Roni iba a visitarla de vez en cuando. Normalmente, Tug la acompañaba. Claire no sabía por qué no lo había hecho en aquella ocasión.

—Ashley tenía clase de ballet, así que no me he quedado mucho.

Tug le dio un beso a Claire en la frente y se dirigió hacia la puerta.

—¿Te ha contado Liz qué tal están sus hermanos? —le preguntó a Roni.

—No he preguntado —respondió ella—. Ya sabes que esos chicos no merecen la pena.

Después de aquella afirmación tan áspera, hubo un silencio. Sin embargo, Claire no se sorprendió por lo que había dicho Roni; la había oído decir cosas parecidas más veces. No parecía que a Roni le importara el efecto que producía en los demás.

—Tienes mejor aspecto —dijo su madrastra, mirando a Tug de pies a cabeza.

Tug asintió.

—Sí, me encuentro mejor.

—¿Has estado enfermo? —le preguntó Claire.

Él no la miró a los ojos.

—Me he despertado un poco mareado, nada más.

Hacía pocos minutos, ella había pensado en lo rápidamente que estaba envejeciendo. ¿Acaso podía tratarse de algo más grave?

—Lo siento. Espero... espero que no tenga relación con lo que estoy haciendo.

—No.

—¿Estás seguro? —preguntó, y le dio un abrazo.

Ella quería a Roni, la respetaba por ser responsable y, en general, una madrastra buena. Sin embargo, quien tenía el pedazo más grande de su corazón era su padrastro, y ella sabía que Leanne sentía lo mismo.

—No te preocupes por mí.

Cuando se separó de él, se dio cuenta de que Roni tenía una expresión rara.

—¿Qué pasa?

Claire titubeó, y dejó que Tug respondiera.

—Nada nuevo —dijo él, y tomó el pomo de la puerta. Sin embargo, Roni lo detuvo.

—¿Qué pasa? —repitió ella—. ¿Por qué no me lo dices?

Tug apretó los labios. Era la primera vez que Claire le veía mostrar desagrado por el comportamiento de Roni. Normalmente, siempre aceptaba lo que ella decía con paciencia y una sonrisa cariñosa. ¿Había algo de tensión en su matrimonio después de todo?

—Claire está investigando otra vez la desaparición de su madre.

Roni se volvió hacia Claire.

—¿Es cierto eso?

—En realidad, nunca he dejado de investigar —respondió Claire—. Algunas veces me he desanimado y lo he interrumpido durante una temporada, y después de la muerte de David he estado muy triste, pero... siempre tengo la necesidad de saber la verdad.

—¿Y qué más puedes hacer? —preguntó Roni—. Incluso el sheriff ha tirado la toalla.

—Sus ayudantes y él no tienen el interés personal que tengo yo.

Roni arrugó la frente, y Claire se dio cuenta de que ella también había envejecido mucho.

—¿Y Leanne? Esto no puede ser bueno para ella. Ya tiene que lidiar con su ira y con otros problemas emocionales como para tener que revolver en una de las experiencias más dolorosas de su vida. Creo que deberías tenerlo en cuenta. Ahora bebe demasiado. Lo sabes, ¿no?

—Lleva bebiendo una buena temporada. Y creo que ella también debería querer averiguar lo que ocurrió. Tal vez, una vez que sepamos las respuestas, su ira se calme. Nuestra madre no nos abandonó.

—Esa es solo una de las posibilidades —replicó Roni—. Pero, de todos modos, ¿cuándo será suficiente para ti? ¿Cuándo vas a aceptar la situación y vas a seguir adelante con tu vida?

—Cuando sepa que he hecho todo lo que podía.

—Creo que ya has llegado a ese punto.

—No —dijo Claire, negando con la cabeza—. David averiguó más cosas y, si él pudo hacerlo, yo también.

—¿De qué estás hablando?

—David retomó la investigación donde la había dejado la policía. Estaba haciendo pesquisas cuando lo mataron. Me pregunto si hay relación entre la desaparición de mi madre y su muerte.

Tug la miró con sorpresa.

—No querrás decir que...

—Sí, eso es. Creo que tal vez su muerte no fuera un accidente.

—Pero ¡eso es una locura! —exclamó Roni—. Claro que fue un accidente. Todo el mundo lo sabe.

—Yo no.

—Entonces, te estás engañando a ti misma. Estás buscando a alguien a quien culpar del accidente y, a veces, no hay culpable. Piensa en el accidente de Leanne. Las dos os habíais tirado en el trineo por esa ladera muchas veces. Pero, en aquella ocasión, ella iba demasiado deprisa cuando llegó abajo. No hay responsable. Es algo que sucedió así.

¿Por qué sacaba Roni a relucir el accidente de Leanne? ¿Solo para hacer que se sintiera más culpable? Claire había estado jugando con el trineo todo el día. ¿Por qué no fue ella la que tuvo el accidente?

—La gente no desaparece por arte de magia.

—No, pero sí puede marcharse sin dar explicaciones. Y los accidentes de caza no son algo tan raro.

Su madre no se había marchado así, y David no había tenido un accidente. Cuanto más lo pensaba, más creía que ambos incidentes tenían una conexión. Además, no era la única que lo pensaba; Isaac era el primero que lo había sugerido. Aunque Claire no pensaba mencionarlo.

–¿Quién iba a querer hacerle daño a David? –le preguntó su padre, con la voz ronca de horror y preocupación.

Claire no apartó la mirada de Roni.

–La misma persona que mató a mi madre, la descuartizó y la metió en su propia maleta.

–Eso es horrible –dijo Tug, que había palidecido.

Sin embargo, Roni se había puesto muy roja, y tenía los ojos muy brillantes. Le clavó un dedo a Claire en el pecho.

–Lo único que quieres es disgustarnos. Quieres disgustar a todo el mundo. ¿Por qué le dices eso a tu padre? Estás hablando de la que fue su esposa.

–¿Te preocupa que se disguste? Mi madre lleva quince años desaparecida. Estoy segura de que él ya se ha imaginado esto varias veces.

–¡Tal vez no sea ella la que está en esa maleta!

–Entonces, ¿qué?

Roni tenía la respiración entrecortada.

–Mira, Claire, tienes que dejarlo. Somos felices tal y como estamos. No queremos que lo estropees todo.

–¿Estoy estropeando vuestra felicidad porque quiero encontrar a mi madre? ¿Porque no la olvido, como vosotros queréis? ¿Porque no puedo fingir que tú has estado aquí desde el principio?

–Claire, por favor, esto no sirve de nada –dijo Tug. Intentó ponerle la mano en el hombro, pero ella se apartó.

–Es demasiado tarde –dijo Roni–. ¿Qué es lo que no entiendes de todo esto? Ella ya no está aquí, y tú no puedes hacer nada por evitarlo. ¡Dios, eres tan mala como mis otros hijastros!

–¿Por qué? ¿Porque no te obedezco? ¿Porque quiero saber la verdad, aunque tú preferirías que no quisiera?

—¡Porque ni siquiera sabes cuándo te estás pasando de la raya!

—¿Estabas liada con mi padre antes de que mi madre desapareciera? —gritó Claire.

Roni se quedó boquiabierta.

—¿Cómo?

Claire se tapó la boca. Lo estaba echando todo a perder con aquellas acusaciones. Pronto iba a quedarse sin amigos, pero parecía que ya no podía contener sus dudas ni sus preguntas.

—Vosotros dos os fuisteis a vivir juntos a los seis meses de que desapareciera mi madre.

—¿Y qué? ¿Qué te da a entender eso? ¿Ahora crees que la maté yo? ¿Confías en alguien?

—No —dijo Claire con suavidad—. No confío en nadie.

Por fin había confesado algo que había mantenido en secreto desde que su madre había desaparecido. Sospechaba de su padrastro y de su esposa. Y, desde que sabía que Leanne había salido del colegio aquel día fatídico, sospechaba incluso de su hermana.

Capítulo 12

El teléfono sonó justo después de que oscureciera.
Jeremy se situó junto a las escaleras para escuchar la conversación de su padre. Escuchaba a hurtadillas con frecuencia; era la única forma de saber lo que iba a ocurrir.
Sin embargo, aquella conversación no le gustaba. Era algo sobre un detective privado que había aparecido de repente. Sin embargo, allí en casa no había aparecido ningún detective, y eso era lo importante.
Bostezó. Estuvo a punto de irse a escuchar música de nuevo, pero entonces, percibió la ira del tono de voz de su padre y oyó el nombre de Les. Se quedó helado. Sabía quién era Les; su padre había encontrado a Les por mediación de un primo que vivía en Wyoming. El primo Blake se metía en muchos líos, y había estado en la cárcel dos veces. Les había dicho que Les podía ocuparse de todo. Entonces, Jeremy había oído a su padre usar esas palabras al pedirle a Les que «se ocupara de David». Y después, David había muerto, y todo el mundo había empezado a decir que había sido un accidente. Así de bueno era Les.
Después surgió el nombre de Claire. Él tenía razón al preocuparse tanto durante aquellos últimos días. Claire se estaba metiendo en un lío, justo lo que él temía cuando la había seguido hasta la cabaña. Si Les volvía a Pineview, sería malo para ella. Su padre le había preguntado una vez

a Les: «¿A cuántas personas has ayudado como a mí?». Y la respuesta debió de ser grande, porque a su padre se le había escapado un silbido.

Jeremy quería advertírselo a Claire, pero no podía hacerlo. Ella le preguntaría por qué sabía todo aquello, y él no podía revelárselo.

Su padre colgó de golpe. El suelo de arriba crujió, tintinearon unas llaves, se abrió la puerta del garaje y se encendió el motor del coche.

¿Adónde iba su padre? No podía ir a hacerle daño a Claire...

Jeremy se retorció las manos y se paseó por el cuarto de la lavadora durante varios minutos, pensando en cosas horribles. Su padre no iba a hacer nada malo, ¿verdad? Alguien podía verlo. Esperaría a Les, y Les vivía en un lugar que sonaba muy lejano. Idaho.

Una vez más, Jeremy quiso ir a avisar a Claire, pero no lo hizo. Tomó su linterna y se metió en el espacio que había debajo de las escaleras. No había vuelto a entrar durante muchos años, desde que había puesto seis candados para asegurarse de que nada ni nadie pudiera entrar ni salir. El olor a humedad y las telarañas eran suficientes para ahuyentarlo. Sin embargo, tal vez ya fuera hora de comprobar cómo estaba la situación allí dentro. Siempre había sabido que tal vez tuviera que hacer algunos cambios en algún momento. Por eso se quedaba despierto tan a menudo por las noches.

Nunca olvidaba un número, así que no tuvo problemas para abrir los candados. Sin embargo, aquel espacio de un metro y medio era demasiado bajo para él, y la altura disminuía al llegar al fondo. Para seguir avanzando, tuvo que arrastrarse.

La nariz se le llenó de olor a tierra mojada. Recordó otro olor y tuvo náuseas. Sin embargo, continuó hasta que iluminó con la linterna la maleta polvorienta que había escondido allí hacía quince años. Estaba desgastada por un lado, arañada, porque había tenido que arrastrarla por el pavimento. Era una maleta de mala calidad, y eso le había dificultado la tarea. Le habría venido bien que tuviera ruedas...

El corazón comenzó a latirle a martillazos, como siempre que recordaba lo que había sucedido aquella noche. Qué débil se sentía cuando metió allí la maleta. Estaba sudoroso y temblaba. Había vomitado después de llegar a su habitación. El contenido de aquella maleta era mucho más pesado de lo que él había creído. Además, estaba aquel líquido asqueroso que había empezado a gotear. Jeremy pensó que el rastro iba a guiar a quien investigara directamente hacia él.

Sin embargo, la tormenta lo había borrado. Justo cuando él ya estaba completamente seguro de que iban a descubrirlo, habían empezado a caer unas pesadas gotas de lluvia, y el viento había amortiguado el sonido de sus gruñidos y su respiración jadeante. Casi se había hecho invisible, aunque nadie hubiera podido oírlo de todos modos; su padre y él vivían en el bosque.

Jeremy se frotó el estómago distraídamente. Tenía calambres, como aquella noche. Observó lo que quedaba de la maleta. Seguramente, ya no pesaría tanto. Las cosas cambiaban con el tiempo; él lo había visto en la televisión. ¿Qué encontraría si abría la cremallera?

«¡No pienses eso! ¡Vomitarás otra vez!».

Tal vez debería tomar una pala y enterrarla. Sin embargo, si la policía empezaba a buscar y veía la tierra removida... Jeremy no quería ir a la cárcel. Su padre le había dicho lo que iba a ocurrirle si acababa allí. Los otros presos le pegarían y lo violarían...

Jeremy se tapó los oídos, pero aquellas palabras siempre estaban allí, resonando en su cabeza. Seguramente porque, como Claire estaba causando problemas igual que David había causado problemas, él iba a tener que hacer algo. Si el sheriff iba a su casa, debía estar preparado...

Por el sabor de la sangre, se dio cuenta de que estaba

mordiéndose el labio con demasiada fuerza. «Tranquilízate». Tenía que pensar en algo. Su padre no se iba a poner muy contento si se enteraba de que la maleta estaba en la casa. Sin embargo, él no había podido dejarla abandonada en el bosque, tal y como le habían ordenado. Podía encontrársela un oso, por ejemplo.

Si la enterraba, la enterraría allí, donde nadie pudiera toparse con ella. Entonces, estaría segura.

A menos que la policía buscara con un sensor especial...

Jeremy empezó a mecerse hacia delante y hacia atrás. ¿Qué podía hacer? Siempre le resultaba tan difícil decidirse...

Bajó la cabeza y se frotó los ojos. Tenía las mejillas húmedas. ¿Cuándo había empezado a llorar? Los hombres adultos no lloraban. Su padre se enfadaba mucho cuando lo veía.

«¡Qué niñato! ¿Qué he hecho yo para merecerme un hijo como este?».

—¡Cállate, papá! —exclamó con vehemencia, pero solo porque su padre no estaba presente. Él nunca se atrevería a decirle algo así a su padre. Si lo hacía, empezarían los golpes.

Tal vez, lo mejor sería dejar la maleta donde estaba. Conociendo a su padre, quizá hubiera pronto otra maleta que esconder...

Jeremy hizo una mueca de disgusto. Ojalá él pudiera evitarlo.

Pero no podía. A menos que quisiera que aquellos hombres de la cárcel le pegaran...

El teléfono sonó y sonó, pero Claire no respondió. No quería hablar con nadie aquella noche. Ya había discutido con su hermana y con sus padrastros, y no quería ahuyentar a nadie más.

Sin embargo, no era su familia quien llamaba, sino Isaac. Ella veía el número en la pantalla del teléfono, pero no podía responder. ¿Por qué había permitido que sus caminos volvieran a cruzarse? No podía confiar en él, ¿verdad?

—Ya basta —dijo, y lanzó la almohada hacia el teléfono.

El auricular se descolgó a causa del golpe, y Claire oyó la voz de Isaac.

—¿Claire? Claire, ¿estás ahí?

No, no estaba. No completamente. De lo contrario, no le habría hecho daño a todo el mundo.

«¿Confías en alguien?».

«No, no confío en nadie».

Aquellas palabras desagradecidas siguieron reverberando en su mente mucho después de que la voz de Isaac se hubiera acallado. Los pitidos que habían empezado después de que él colgara también habían cesado. Ya solo había silencio, bendito silencio...

Pero empezó a sonar el motor de una sierra mecánica, y le destrozó los tímpanos. Claire oía su propia voz por encima del ruido. Gritó al notar que la sangre le salpicaba en la cara y le impedía respirar.

La maleta de su madre estaba abierta frente a ella, y en su interior había un brazo y una pierna cercenados. Ante su vista, la cabeza de su madre también cayó dentro de la maleta y se hundió en el charco de sangre, que cada vez era más grande. La persona que estaba manejando la sierra cambiaba de identidad. Eran Leanne, que podía caminar, Tug y Roni.

—¡No, por favor! ¡Para! —gritó, pero sus palabras fueron ahogadas por el rugido de la sierra mecánica.

Claire estaba intentando impedirle a Leanne que la atacara con la sierra cuando oyó que alguien llamaba a la puerta y despertó.

Entre jadeos, empapada en sudor, se quedó mirando al techo hasta que se dio cuenta de que estaba a salvo, en la cama, y que tenía todas las partes del cuerpo intactas. Miró el reloj y comprobó que solo llevaba media hora dormida. Se enjugó las lágrimas y dijo irónicamente:

—Enhorabuena. Sigues viva.

—¡Claire!

Isaac la estaba llamando desde la puerta. Sin embargo, ella no quería que la viera en un momento tan bajo. Ese era uno de los motivos por los que no había respondido a sus llamadas de teléfono; necesitaba estar fuerte cuando hablaba con él, para poder mantener la distancia emocional.

Sin embargo, él no iba a marcharse, así que se levantó, respiró profundamente para recuperar la compostura y abrió la puerta.

—Es muy tarde —dijo—. ¿Ocurre algo?

Ella no había encendido la luz, pero había luna llena, y se veía bien. Él la miró a la cara.

—¿Estás bien?

—Sí, gracias.

—¿De verdad? No tienes buen aspecto.

—Yo... he tenido una pesadilla.

—¿Por eso no me has respondido al teléfono antes? ¿Ya estabas dormida? Me he asustado mucho.

—Yo... lo siento. Debo de haberle dado un golpe al teléfono en sueños.

Una ligera brisa le revolvió el pelo a Isaac. Además de sus ojos castaños y su boca de artista, el pelo era uno de sus mejores rasgos. Lo llevaba un poco largo, y tenía tendencia a rizársele un poco.

—Tenemos que hablar —dijo él.

—¿Sobre qué?

—Sobre Les Weaver.

El hombre que había disparado a David. Ella se irguió.

—¿Ya lo has llamado?

—Fui a visitarlo.

—¿Has ido hasta Coeur D'Alene?

–Sí. Volví hace una hora.
–¿Y por qué no lo has llamado por teléfono?
–Quería verle la cara y comprobar cuál era su situación.

¿Y qué había averiguado? No habría aparecido en la puerta de su casa con una cara tan seria si quisiera decirle que David había muerto accidentalmente.

–Yo... no me encuentro muy bien en este momento –admitió–. Creo que será mejor que te llame mañana por la mañana, cuando haya dormido un poco.

«Y haya tenido ocasión de prepararme mentalmente para lo que vas a decirme...».

Él le enjugó con el dedo pulgar el sudor que tenía en el labio superior. Fue un gesto íntimo. Ella habría dicho que había sido un gesto tierno, pero no creía que Isaac quisiera demostrarle ternura.

–¿Por el sueño?
–Por... todo.
–¿Qué has comido?

El pánico que le atenazaba el pecho disminuyó un poco.

–¿Por qué piensas que la comida lo resuelve todo?
–No puedes enfrentarte a las situaciones si no te cuidas. Y cada día que pasa tienes un aspecto más frágil.
–Estoy bien –dijo ella, pero Isaac empujó la puerta y pasó por delante de ella–. ¿Adónde vas?

No necesitaba respuesta. Él fue directamente hacia la cocina.

–Ven aquí –le dijo Isaac, al ver que ella no lo seguía.

Claire se acercó a la entrada con un suspiro.

–¿Qué estás haciendo?

Él estaba rebuscando en los armarios.

–¿Tienes alguna infusión?
–A la derecha del fregadero. Espero que no sea para mí. No me gustan las infusiones.
–Entonces, ¿por qué las tienes?
–Para Leanne.

—Dependiendo de lo que tengas, tal vez te ayude a conciliar el sueño —dijo él, y sacó una de las cajas—. Tila —añadió, mostrándosela a Claire—. Esto es muy bueno.

—¡Aj! —exclamó ella con una mueca de repugnancia—. Ahora, lo único que necesito es una pastilla para dormir.

Él llenó una taza de agua y la metió al microondas.

—Lo siento, pero no vas a empezar con las pastillas.

Ella se quedó asombrada.

—Estás de broma, ¿no?

—En absoluto. Tal vez, si no pareciera que estás tan deprimida, lo pensaría, pero...

—¡Tú no puedes decirme lo que tengo que hacer!

—Lo que tienes que hacer es enfrentarte al problema y resolverlo, no enmascararlo.

Claire estaba segura de que Isaac tenía buena intención, pero su respuesta la irritó de todos modos.

—¿Y cómo se supone que voy a solucionarlo si cada vez que cierro los ojos veo que alguien descuartiza a mi madre con una sierra mecánica?

Isaac titubeó. Debió de percibir la aspereza del tono de voz de Claire, pero no reaccionó. Por su parte, ella detectó comprensión y simpatía en su voz, mientras metía la bolsa de tila en la taza y se la ponía delante.

—Vamos a probar primero con esto.

Cuando se convenció de que no iba a poder sacarlo de su cocina hasta que se hubiera bebido la dichosa tila y hubiera escuchado las averiguaciones de Isaac, Claire se sentó en una silla.

—Dímelo.

—Por la mañana.

—No, ahora.

—Te vas a disgustar, cuando lo que yo quiero es que te relajes.

—La verdad tiene que ser mejor de lo que me estoy imaginando.

—No necesariamente —dijo él. Entonces, se sentó frente

a ella y le habló en un tono sombrío–. Les es un canalla. Es abogado.

–¿Y por eso sabes que no es de fiar?

–No, más bien por su aspecto. No encajaba con el estereotipo del cazador.

Ella hizo un gesto de repulsión al probar la tila, pero él le puso una cucharada de azúcar y removió el líquido. Después no estaba tan malo.

–No todos los cazadores son iguales.

–Exacto. Por eso hice caso omiso del instinto y le pregunté unas cuantas cosas.

A pesar del suspense, la infusión caliente la calmó un poco.

–¿Y qué?

–Les tampoco habla como un cazador. Le pregunté por otras cacerías, pero no me dijo nada. Todos los cazadores que he conocido tienen un centenar de anécdotas que contar, y pueden recitarte la lista de todo lo que han cazado.

–Puede que después de matar a David no quiera hablar más de ese tema.

–Eso es lo que él quería que creyera. Incluso me dijo que, después del accidente, se había deshecho de todas las armas que poseía. Que ni siquiera podía mirar un arma.

–Lo entiendo.

–Yo también. Pero, en realidad, todavía tiene un armario lleno de escopetas. Eso no es deshacerse de todas las armas que poseía.

–¿Cómo sabes que tenía armas, si te dijo que…?

–Las vi a través de la ventana trasera. Están en medio del salón, al lado del sofá.

–Mierda… ¿Por qué ha mentido Weaver?

Isaac se frotó la barbilla mientras respondía.

–No se esperaba que yo lo comprobase. Solo pensaba que así parecería más arrepentido todavía, seguramente, para que nadie lo investigue.

Claire miró a Isaac fijamente.

—Es porque mató a David a propósito.
—Eso creo.
—Esto lo cambia todo.
—Sí, podría ser que sí.
—Tendríamos que demostrarlo. Tendríamos que encontrar a alguien de Pineview que tenga alguna relación con él. Y eso puede ser difícil.
—No, si el sheriff vuelve a la investigación —replicó Isaac—. Alguien tiene que revisar los registros de las llamadas telefónicas, y para eso hace falta una orden judicial.
—¿Crees que un juez firmaría esa orden solo porque Weaver haya mentido acerca de sus armas? Es una violación de la privacidad demasiado grande. Y él es abogado, con lo que todo el mundo será precavido.
—Antes voy a hacer algunas pesquisas más sobre él.
Ella asintió y terminó la infusión. Sin embargo, cuando se levantó para dejar la taza en el fregadero, él la tomó y la aclaró en su lugar.
—¿Te encuentras mejor?
—Un poco —dijo Claire.
Y era cierto. Pero estaba segura de que la presencia de Isaac, y su apoyo, tenía más que ver con aquella mejoría que cualquier otra cosa.

Capítulo 13

Claire se despertó acurrucada contra algo maravilloso. Cálido. Sólido. Confortable. Algo que, además, olía bien, a desodorante, jabón y piel masculina...

Alzó la cabeza y, con los ojos entrecerrados, miró a Isaac. Los dos tenían la ropa puesta, aunque estuvieran en la misma cama. Eso era buena señal. Sin embargo, si Leanne había visto el coche de Isaac en la puerta, no iba a saberlo.

La noche anterior, cuando ella había salido de la ducha después de aquella terrible pesadilla, y él le había dicho que iba a tumbarse a su lado por si tenía otro mal sueño, ella no había protestado. Después de lo que le había contado sobre Les Weaver, estaba demasiado inquieta, y el confort y la seguridad que le ofrecía Isaac eran una tentación demasiado grande como para rechazarla.

Sin embargo, él no se había levantado y se había marchado, tal y como esperaba Claire. Se había quedado dormido a su lado, y Claire se preguntó por qué. No podía ser porque pensara que iban a darse un revolcón; los parámetros de su nueva relación estaban perfectamente definidos.

Alguien llamó a la puerta, y a Claire se le aceleró el corazón. ¿Quién podía ser, tan temprano?

Giró la cabeza y miró el despertador de la mesilla. ¡No era tan temprano! ¡Eran las nueve y cinco!

—Oh, no.

Era su primera clienta, casualmente, Laurel King, su mejor amiga. Laurel tenía que haber visto el coche de Isaac. Y, seguramente, si salía a abrir la puerta con el pelo revuelto, su amiga se daría cuenta de que acababa de levantarse.

—Tienes el corazón muy acelerado —dijo Isaac, que estaba medio dormido, pero también preocupado—. ¿Qué te pasa? ¿Has tenido otra pesadilla?

—No. Me he quedado dormida. Mi primera clienta ya ha llegado.

—¿Y eso es todo? —murmuró él, conteniendo un bostezo.

—¿Que si eso es todo?

El mulló su almohada con la mano.

—Bueno, te has dormido. Lógico, porque ayer te acostaste tarde.

—La falta de sueño no es una excusa válida. Tengo que trabajar y, para eso, tengo que levantarme pronto y arreglarme.

—Vaya fastidio, ¿no? —bromeó él, y cerró los ojos como si fuera a dormirse de nuevo.

Laurel volvió a llamar a la puerta.

—Claire, ¿estás ahí? Soy yo, Laurel.

Ya sabía que era Laurel. Eso era parte del problema. ¿Qué iba a hacer?

—¿Por qué no vas a abrir la puerta? —preguntó Isaac.

—No sé si fingir que no estoy en casa.

—¿Con mi coche aparcado fuera? Si no vas a abrir, tu clienta pensará que nos ha pillado en mitad de algo.

Pero, si respondía, tendría que dar explicaciones sobre su invitado, y no sabía cómo hacerlo.

—¿Claire? —dijo él.

—Tienes razón.

Se levantó rápidamente de la cama y se pasó los dedos por el pelo, pero no iba a poder atusárselo adecuadamente si no se lo humedecía primero.

—Estoy hecha un desastre —refunfuñó.

Él la miró a los ojos en el espejo.

—Te estás estresando por nada.

—¿De verdad? Mi mejor amiga va a pensar que hemos estado... juntos.

Isaac se movió, y la cama chirrió ligeramente.

—Es que hemos estado juntos.

—Hace años que no.

—A menos que cuentes eso de hace tres noches.

—No vamos a tenerlo en cuenta. Acababan de darme un golpe en la cabeza, y no pensaba con claridad.

—Pues parecía que sabías muy bien lo que querías.

—Además, en realidad no hicimos el amor —añadió Claire.

Él se apoyó en ambos codos y arqueó una ceja.

—¿Fingiste el orgasmo?

Ella se giró para mirarlo.

—¡Ya está bien! Deja de tomarme el pelo. Ese desliz no cuenta.

Él entrecerró los ojos.

—Pues a mí, tus gemidos me resultaron muy convincentes.

—¿Claire? —insistió Laurel—. ¿Por qué no contestas?

—¡Estoy en el baño! ¡Ahora mismo voy! —gritó. Después, le hizo un gesto a Isaac para que se levantara—. ¿Podrías, por lo menos, dejar libre mi cama?

Él obedeció, pero con un gesto malhumorado con el que daba a entender que no estaba contento con su forma de actuar.

—No entiendo el por qué de esta emergencia. ¿Qué importa que tu amiga piense que estamos juntos? Los dos somos solteros.

—Mi marido acaba de morir.

—¡Hace un año! ¿Es que piensas pasarte el resto de la vida en el celibato?

—No necesariamente, pero prefiero que la gente del

pueblo no piense que soy idiota por dejar que vuelvas a utilizarme.

Él apretó la mandíbula.

—Claro, porque eso es todo lo que yo soy capaz de hacer.

—Todo el mundo sabe que eres un mujeriego. Tú te has asegurado de que lo sepan —respondió ella.

Tenía que quedarse en ropa interior para ponerse los pantalones, pero estaba demasiado nerviosa como para esperar a que él saliera de la habitación. Además, no tenía mucho sentido, después de todo lo que él había visto, y acariciado, en aquellos años.

Los pantalones le quedaban grandes, pero Claire rogó que no se diera cuenta. No quería que él volviera a reprocharle que hubiera perdido tanto peso. Ya lo había oído suficientes veces.

—No es necesario que todo el mundo empiece a advertirme que no me enrede contigo otra vez.

Mientras se vestía, Claire se dio cuenta de que la mirada de Isaac se había vuelto fría.

—¿Estás convencida de que soy una mala opción? ¿De que ellos me conocen mejor que tú? ¿De que no he madurado nada durante estos diez años?

No estaba dispuesta a arriesgarse. Para ella, sus defectos tenían más que ver con el tipo de persona que era que con su nivel de madurez. Él era adulto desde que tenía dieciséis años; eso significaba que había madurado muy rápidamente. Sin embargo, no era momento de discutir.

—Si te das prisa y entras a la peluquería, ella pensará que has venido a que te corte el pelo.

Ella nunca le había cortado el pelo. A menudo se preguntaba dónde iba a cortárselo. Si los hombres del pueblo no iban a su peluquería, normalmente iban a la barbería de Libby, pero el pelo de Isaac tenía demasiado estilo como para que se tratara de un corte de diez dólares.

—No, voy a salir por detrás.

—¡No! No puedes escabullirte. Ella ha visto el coche, así que tiene que verte a ti también, y tenemos que comportarnos como si fueras un cliente más.

—Ya, entiendo —respondió él, y volvió a apretar la mandíbula. Sin embargo, entró en el pasillo que comunicaba su casa con la peluquería sin decir una palabra más.

Ella sonrió forzadamente y fue a abrir la puerta.

—¿Por qué has tardado tanto? —le preguntó Laurel. Tenía los brazos cruzados y las llaves en la mano, como si estuviera a punto de marcharse.

—Lo siento. No sé por qué, pero no apunté tu cita en el horario y tengo dos clientes a la misma hora —dijo con una risa que sonó muy falsa. Ojalá Laurel no se diera cuenta—. Estaba en la peluquería.

Laurel se quedó desconcertada.

—Ah, debes de haber llegado antes de lo que pensaba. Le he ofrecido una taza de café a Isaac. Seguramente, estábamos en la cocina.

—He visto su coche fuera, claro, pero no sabía por qué estaba aquí. No sabía que fuera cliente tuyo. Siempre me ha dado la impresión de que no te cae bien.

—La verdad es que no me importa mucho, ni de un modo ni de otro.

A Claire se el encogió el corazón al oír una puerta que se cerraba suavemente. Había sido un clic apenas audible, y ella estaba segura de que Laurel no lo había percibido. Sin embargo, ella se quedó consternada al pensar en que Isaac hubiera podido oír lo que acababa de decir. Estaba luchando contra la atracción que sentía por él, pero no quería tratarlo mal, y, mucho menos, después de lo bueno que él había sido con ella durante aquellos últimos días.

—¿Quieres que vuelva más tarde? —preguntó Laurel—. Si estás demasiado ocupada...

Claire se dio cuenta de que no se había apartado de la puerta para que su amiga pudiera pasar.

—Claro que no. Ya sabes que trabajo rápido. Puedo atenderos a los dos. Vamos, entraremos por la casa.

Isaac se mantuvo inmóvil mientras Claire le cortaba el pelo. A ella le gustaba pasar los dedos entre sus rizos, pero teniendo en cuenta la situación no podía disfrutar tanto como hubiera querido. ¿Había terminado con su incipiente amistad?

Tenía esa impresión. Se sentía muy culpable, pero no podía pedirle perdón delante de Laurel.

Cuando Laurel respondió a una llamada de su teléfono móvil, Claire aprovechó la oportunidad para apretarle el hombro suavemente a Isaac, a modo de silenciosa disculpa. Sin embargo, él la miró de tal modo en el espejo que ella dejó caer la mano. Estaba enfadado, y no había nadie más formidable que él cuando estaba enfadado.

—¿Te importaría... um... inclinarte un poco...? Así... —murmuró.

Él le permitió que le moviera la cabeza y soportó el corte de pelo, pero la miró con dureza todo el tiempo. Claire quería hacer un buen trabajo, al menos, pero, con tantas emociones como emanaban de él, y con Laurel observándolos curiosamente, tenía demasiada prisa.

¿Y si su mejor amiga podía ver todo lo que ella estaba intentando ocultar? ¿Y si Laurel se daba cuenta de que el mero hecho de estar junto a Isaac le aceleraba el corazón? ¿Que era la única forma de aliviar el dolor que sentía por la pérdida de David?

Si Laurel veía la verdad, ella tendría que aceptarla también, y no podía hacerlo. Todavía no.

Siguió cortando y cortando y, después, con el secador de mano, le quitó todo el pelo que le había caído en el cuello. Entonces sonrió forzadamente y le quitó el paño que le había puesto por encima.

—Ya está. Muchas gracias por venir.

Estaba deseando que se marchara...

—¿Cuánto te debo? —preguntó él, secamente.

Por un corte de pelo que él ni siquiera quería. Claire no quería cobrárselo, pero tenía que hacerlo si quería que el engaño fuera creíble.

—Veinte dólares.

Él se inclinó hacia delante.

—¿Cómo has dicho?

Claire había hablado en voz muy baja. Carraspeó y lo intentó de nuevo.

—Veinte dólares.

Él le dejó el dinero sobre el mostrador y salió de la peluquería.

Al oír cerrarse la puerta, a Claire se le formó un nudo en el estómago. Había estropeado la confianza que estaba empezando a crearse entre ellos. Sin embargo, en aquel momento no tenía tiempo para lamentarse por ello. Siempre había sabido que estaría mejor sin Isaac Morgan en su vida.

Intentando sonreír, se volvió hacia Laurel.

—Siento haberte hecho esperar.

—No pasa nada, no me importa. Pero... ¿él siempre está tan malhumorado?

No, también podía ser amable, sexy, dulce y divertido, tanto como feroz o indiferente. Se había quedado con ella toda la noche porque sabía que le daba miedo estar sola. Claire no quería pensar en todo eso, porque se sentía peor.

—Supongo que sí —dijo, encogiéndose de hombros—. En realidad, no lo conozco bien.

—Yo tampoco, pero es un magnífico fotógrafo.

—Eso tengo entendido.

—¿No has visto su trabajo?

—Sí, algunas cosas. En la tienda *amish* que hay de camino a Libby se venden algunas fotos suyas.

—Y en el Kicking Horse Saloon hay algunas, también, pero esas no están a la venta.

—Es estupendo que pueda ganarse la vida con lo que más le gusta.

—¿No te impresiona su obra?

—Claro. Lo único que pasa es que no le he prestado demasiada atención a sus fotos, eso es todo.

—Espera... Él fue quien te ayudó la otra noche, cuando te dieron el golpe en la cabeza, ¿no? Me lo dijo Myles.

—Sí.

Laurel se sentó en la silla del lavabo, para que Claire pudiera lavarle el pelo.

—No hemos tenido ocasión de hablar de eso. Te he llamado un par de veces, pero...

Ella no le había devuelto las llamadas. Se sentía mal por eso también, pero Laurel no era la única amiga a la que había descuidado. Había ignorado todas las llamadas.

—Estuve acostada un día entero por el golpe, y se me acumuló el trabajo.

—¿Pero ahora estás bien?

El agua no se calentaba lo suficientemente deprisa.

—Por supuesto —dijo ella con energía—. Estoy perfectamente.

Laurel se resistió cuando ella intentó reclinar la silla.

—¿Estás segura? He estado muy preocupada por ti. Estás perdiendo tanto peso que...

—Últimamente, todo el mundo me lo dice.

—Es que es verdad. No quería decirte nada para no disgustarte, pero... creo que ha llegado el momento de reconocer que tal vez haya algún problema. No te estás recuperando como deberías.

Claire se irritó y, aunque sabía que no debía ofender a Laurel, no pudo evitar ponerse a la defensiva.

—¿Estás diciendo que tú podrías superar la muerte de Myles en un año?

—Eso es demasiado horrible como para preguntármelo —dijo Laurel—. No te estoy culpando, ni quiero decir que yo lo haría mejor. Solo quiero que... que seas feliz. Eso es todo. Y si para eso tienes que admitir que necesitas ayuda...

—¡No necesito ayuda!

Una vez más, Laurel se resistió cuando Claire iba a empezar a lavarle el pelo.

—Está bien. Entonces, ¿quieres hacerme un favor?

—No voy a ir al psicólogo, si es lo que vas a pedirme.

—No. Lo que quiero es gratis, y fácil de hacer.

—¿Y qué es?

—Me gustaría que salieras con ese chico con el que me gustaría emparejarte.

Claire puso los ojos en blanco.

—Otra vez no.

—¡Vamos! Es muy agradable. Y muy guapo.

Laurel llevaba semanas intentándolo.

—No estoy lista para eso.

—¿Cómo lo sabes, si no lo has intentado?

—Sí lo he intentado. Lo intenté con Rusty, la otra noche.

—¿Saliste con Rusty? ¿Con el ayudante de Myles?

—El mismo.

—¡Eso es estupendo! Él siempre ha querido salir contigo. No lo ha mantenido en secreto.

—Ya lo sé.

—¿Y qué tal fue?

—Horrible. Discutimos, porque me presionó demasiado, y terminé yéndome a casa a pie —dijo Claire, pero no mencionó la parte en que Isaac la había recogido y la había llevado a su casa para pasar la noche.

—Es una pena —dijo Laurel—. Pero esto no será igual. Myles y yo estaremos contigo, y podemos salir a cenar. Lo pasaremos bien, y no habrá presión de ningún tipo. Te lo prometo.

Claire exhaló un suspiro. ¿Por qué no? No podía ser peor de lo que había sido con Rusty. Y tal vez, con aquella cita a ciegas, consiguiera quitarse a Isaac de la cabeza.

—¿Y por qué crees que es tan adecuado para mí?
—Para empezar, es muy estable.
—Has dicho que es contable.
—No pongas esa cara. Es un contable interesante.
—Que no está casado porque...
—Porque todavía no ha encontrado a la chica idónea.
—O se mete el dedo en la nariz en público, o algo por el estilo.

Laurel se ofendió.

—¿Esa es la idea que tienes de mi gusto en cuanto a los hombres? ¡Vaya, hoy no estás muy positiva!

Claire se echó a reír.

—Myles es maravilloso, y lo sabes. Lo siento –dijo.

Pensó en contarle a Laurel por qué lo estaba pasando tan mal. Su amiga la comprendería, e incluso le daría buenos consejos para reparar el daño que les había hecho a sus familiares.

Sin embargo, no estaba preparada aún para arreglar su relación con Tug, Roni ni Leanne. Por algún motivo, había llegado a un punto en el que lo que más le importaba era conocer la verdad, y ser agradable con los demás era un obstáculo para conseguirlo.

—¿Claire? ¿Te encuentras bien?

Se había quedado mirando a la nada. Intentó sonreír y dijo:

—¿Y conoces bien a ese interesante contable?

Por fin, Laurel le permitió a Claire que reclinara el sillón hacia el lavabo.

—Casi todo el mundo del departamento del sheriff lo contrata para que le haga la declaración de la renta.

—Así que, en el peor de los casos, habré conseguido un asesor fiscal.

Laurel aplaudió aquella actitud positiva.

—Así se habla.

—¿Y cuándo quieres salir?

—Le diré a Myles que hable con él y te llamaré.

Eso no parecía muy inminente. Con la esperanza de poder posponer la cita indefinidamente, Claire asintió y se apresuró a terminar. Estaba impaciente por que Laurel se marchara para poder llamar a Isaac y pedirle disculpas.

Sin embargo, darse prisa no le sirvió de nada. Isaac no respondió a sus llamadas. Y peor aún, Laurel la llamó una hora más tarde para decirle que el contable, Owen Rodriguez, estaba libre el sábado siguiente, por la noche.

–Parece que su agenda social está tan llena como la mía –murmuró Claire.

Laurel suspiró.

–Déjate de sarcasmos, ¿de acuerdo? No empieces a ser negativa otra vez.

–Está bien, está bien. Nos vemos a las siete.

–¿Qué te vas a poner?

Claire no estaba tan entusiasmada con el evento como para hacer planes con tanta antelación.

–Ya pensaré algo.

Veinticuatro horas más tarde, Claire todavía tenía los veinte dólares de Isaac en el bolsillo. Él seguía sin responder a sus llamadas ni a sus mensajes, y ella quería disculparse. Además, quería contarle que un extraño la había llamado la noche anterior para preguntarle si ella había contratado a un detective privado. No había querido identificarse, y ella no había querido responder, así que él había colgado el teléfono. Además, había utilizado un número oculto. Seguramente se trataba de Les Weaver, que quería confirmar que lo que le había dicho Isaac era cierto.

Quería hablar de todo aquello con Isaac. Él le había dicho que iba a investigar un poco más, pero después de lo que había ocurrido el día anterior, seguramente había desechado la idea, además de su amistad.

Sin embargo, ella necesitaba arreglar lo que había destrozado, así que aquella tarde fue a su casa. Tampoco le sirvió de nada: él no estaba allí.

Frunció el ceño al ver que su coche tampoco estaba allí. ¿Adónde había ido? ¿Se había marchado del pueblo para hacer otro viaje largo? Le había dicho que iba a descansar un poco de los viajes, y ella había pensado que se quedaría en Pineview durante una buena temporada... Tal vez hubiera recibido una oferta que no había podido rechazar...

No. Seguramente, estaba intentando evitarla.

Le irritó que no quisiera darle la oportunidad de disculparse y devolverle su dinero, y se quedó sentada al volante de su Camaro con el motor encendido, con la esperanza de que él estuviera haciendo algún recado y apareciera pronto.

Después de veinte minutos, pensó que la espera no servía de nada.

—Muy bien —gruñó—. Como tú quieras.

Metió el dinero en un sobre que había llevado consigo, escribió una rápida nota y lo dejó debajo de su felpudo. Después volvió al pueblo y, una vez más, se dijo que debía olvidarse de él, aunque sabía que no iba a servirle de nada, como en las otras cientos de miles de ocasiones.

Al ver a April, la menor de las hijastras del matrimonio anterior de Roni, pisó el freno. April volvía de su trabajo en Merkley's Mercantile. Aunque solo se llevaban dos años y habían ido juntas al colegio, generalmente apartaban la mirada al cruzarse, y no se saludaban. Claire se ponía de parte de su familia por lealtad, y Roni era de su familia. Sin embargo, después del enfrentamiento que había tenido con su madrastra el día anterior, sentía curiosidad. Si ella quería reconciliarse con Roni y con Tug tan solo después de un día, ¿cómo era posible que April tuviera aquel resentimiento después de tantos años? Incluso el exmarido de April odiaba a Roni. ¿Qué podía haber hecho ella para que April prefiriera no tener madre? Roni era difícil en algunos sentidos, pero también había momentos, y muchos, en los que Claire se sentía muy cercana a ella.

Cuando se paró, April la miró, pero debió de pensar que era uno de aquellos encuentros casuales durante los cuales ambas se ignoraban la una a la otra, porque siguió caminando con la cabeza muy alta.

Claire aparcó y salió rápidamente del coche, pero April ya estaba a bastante distancia de ella. Cuando se dio cuenta de quién la seguía, giró hacia el pavimento con intención de cruzar a la otra acera, pero Claire gritó:

—¡Espera!

April miró hacia atrás, pero no dejó de caminar.

—¡April! Quiero hablar contigo.

Entonces, April se detuvo, pero la rigidez de su postura daba a entender que no le agradaba la situación.

—Eso no significa que yo quiera hablar contigo. Tengo que ir a recoger a mis hijos.

—¿No puedes... esperar un segundo?

—¿Por qué? —preguntó April con exasperación—. ¿Qué quieres?

Claire exhaló un suspiro.

—Quería... Esperaba que pudiéramos hablar.

—¿Sobre qué?

—Sobre Roni, claro, ¿de qué otra cosa?

—No tengo nada que decir sobre ella.

Miró a un lado y a otro de la calzada, pero Claire la tomó del brazo antes de que pudiera bajar de la acera.

—Por favor, ¿no puedes hablar durante cinco minutos conmigo? ¿No pueden esperar tus hijos cinco minutos?

April miró su mano fijamente, y Claire la soltó al instante. Después, April miró las tiendas que estaban a su alrededor, como si se esperara que Roni fuera a salir de alguna de ellas en cualquier momento.

—¿Eres solo tú? ¿De verdad?

—Sí, solo yo.

—¿Y por qué? ¿Qué quieres que te diga?

—Me gustaría saber qué tienes contra Rony, y por qué... la odias tanto.

—Eso es algo personal —dijo April, pero se quedó pensativa unos instantes. Después, dijo—: Tengo que ir a recoger a los niños ahora, pero si quieres hablar, ven a mi casa dentro de media hora. ¿Sabes dónde está?

Claire no podía creer que fuera a ir a casa de una de las mayores enemigas de su madrastra, un lugar que siempre había ignorado tanto como a sus ocupantes, pero asintió.

—Nos vemos allí —dijo April, y se alejó apresuradamente.

Capítulo 14

Claire observó las motas de polvo que entraban por la ventana, iluminadas por la luz de la tarde. Estaba sentada junto a la mesa de la cocina de la casa de April, esperando el té helado que le había ofrecido su anfitriona. Hacía demasiado calor y, si April tenía aire acondicionado, no lo había puesto. Había encendido un ventilador al entrar en casa, pero no era suficiente.

Había más señales de reducción de gasto. Los muebles estaban desgastados y sin brillo; había sábanas en vez de persianas. Las alfombras estaban deshilachadas, y la casa era tan vieja que tenía una estufa de hierro forjado en un rincón. Sin embargo, estaba limpia, bien mantenida y olía a pintura fresca. Y estaba a solamente una manzana de distancia de la calle principal del pueblo, Main Street. April se la había alquilado a Roger Bigelow y a su hijo Clyde, que tenían un rancho de ganado fuera del pueblo.

–No puedo creer que hayas tardado tanto en venir a hablar conmigo.

Era April la que había roto el silencio, pero aquello no era lo que se esperaba Claire.

–¿Disculpa?

Cuando April puso el vaso de té helado sobre la mesa, los hielos tintinearon suavemente.

—Después de lo que le dije a la policía hace años, esperaba tener noticias tuyas mucho antes.

Claire no supo qué responder.

—Disculpa, pero en los informes no hay nada sobre ti ni nada que tú dijeras.

—Mi declaración tiene que estar ahí. La firmé, incluso.

—Te digo que no hay ninguna declaración tuya.

Por lo menos, no la había en la carpeta que había encontrado en el estudio. Ella lo había leído todo dos veces.

—¿Cómo lo sabes? —preguntó April—. Tal vez la policía no te lo haya contado todo.

—He visto los informes.

—¿Todos?

—Creo que sí. Lo que leí parecía muy exhaustivo.

Cuando le explicó lo que había descubierto en el estudio de su madre, April frunció los labios con disgusto.

—En realidad, no me sorprende que mi declaración se perdiera.

—¿Qué significa eso? —preguntó Claire.

—Vivimos en un pueblo pequeño donde todo el mundo se conoce.

—¿Estás diciendo que alguien lo hizo desaparecer a propósito?

—Como favor a un amigo, es decir, a tu padre. Hoy día es un hombre importante en Pineview.

Desde la herencia. Antes de ser rico, no era importante. Trabajaba en una armería. Sin embargo, a Claire no le gustó el tono de voz de April, aunque tuviera razón: Tug tenía más poder en aquel momento de lo que había tenido nunca.

—¿Qué decías en tu declaración?

—¿No te lo imaginas? —preguntó April, después de observar a Claire.

—¿Que Roni es la culpable de la desaparición de mi madre?

—Exacto. Pero te equivocas en todo lo demás.

—¿A qué te refieres?

—Crees que lo dije solo porque la odio y me encantaría verla metida en un buen problema.

Claire le dio un sorbito al té.

—Nunca habéis tenido buena relación –dijo Claire. Sobre todo, después de que el padre de April se ahorcara en el establo de Copper Grady.

—¿Y te parece raro? Lo que no entiendo es cómo has podido soportarla tú.

Roni tenía sus momentos, pero también podía ser dulce y sorprendentemente generosa, y siempre las había apoyado. Incluso cuando su madrastra se ponía difícil, Claire lo soportaba para mantener la paz familiar. ¿De qué le hubiera servido rechazar a su madrastra? ¿Quería terminar como April, amargada, sola y distanciada de los demás?

—Leanne y yo nos llevamos bien con ella.

April se encogió de hombros.

—Supongo que sobre gustos no hay nada escrito. Sin embargo, pensaba que tú tendrías más sentido común que la tonta de tu hermana.

Claire se puso en pie.

—No he venido a aguantar que insultes a mi hermana.

April dio una palmada en la mesa.

—Tampoco has venido a escuchar la verdad. Ya lo tienes todo decidido, así que, ¿por qué quieres hablar conmigo?

Porque estaba intentando ampliar su investigación, con la esperanza de averiguar algo valioso.

Claire se agarró al borde de la mesa y respiró profundamente.

—¿Tienes alguna prueba en la que fundamentar esa acusación hacia Roni?

—Creo que es capaz de hacer algo así.

—¿Y por qué dices eso?

—Vi lo que le hizo a mi padre.

—Tu padre tuvo una vida muy dura. Yo... siento mucho

lo que pasó, pero creo que fue la depresión lo que le venció, no Roni.

—Lo que le venció fue la desesperación. Los juegos psicológicos que ella jugaba, eso fue lo que le venció. Y todo eso empezó cuando la conoció.

Podrían hablar de aquello durante todo el día, pero no les serviría de nada. Claire no conocía la situación, y no podía saber lo que era cierto y lo que no.

—Dime por qué crees que mató a mi madre.

—Quería quitársela de en medio.

Claire se dejó caer en la silla.

—¿Por qué?

—Roni odiaba a tu madre. Tuvo celos de ella muchos años antes de hacer algo al respecto.

Claire apartó el vaso de té y se inclinó hacia delante.

—No lo digas como si fuera un hecho probado, porque...

—Lo diré como quiera —la interrumpió April—, y si de verdad quieres justicia para tu madre, deberías escucharme.

Claire estuvo a punto de levantarse otra vez, pero pensó que, si había llegado tan lejos, podía aguantar un poco más. Apretó los dientes. Después, dijo:

—Dime lo que tengas que decir.

—Tenían una aventura. Eso no es ninguna conjetura por mi parte. Oí todo lo que ella dijo.

—Pero... Tug y Roni ni siquiera eran amigos.

—Ahí es donde te equivocas —dijo April, y tocó el agua condensada de su vaso—. Trabajaban juntos en la armería.

—Eso ya lo sé, pero...

—Se enamoraron, Claire.

—Según tú. Yo no me lo creo.

—Hazme caso. Roni lo deseaba, pero había un problema: Tug ya tenía mujer.

—Y Roni ya tenía marido.

—A ella no le preocupaba eso. Había estado jugando

tanto tiempo con su corazón que él estaba completamente destrozado. No era el mismo hombre que conocí cuando era pequeña. No sé por qué la quería tanto, pero parte de su angustia era porque sabía que no tenía posibilidades de que siguiera con él. Mi padre, que Dios lo tenga en su gloria, no tenía las mismas expectativas que Tug.

–¿Estás hablando del dinero que acababan de heredar mis padres?

–Sí.

Claire había pensado que iba a oír algo parecido, pero de todos modos, aquello la crispó.

–¿Tienes alguna prueba?

–Cuando empecé a sospechar, quise saberlo todo con certeza. Entré en la cuenta de correo de Roni y leí sus mensajes. Eran bastante explícitos.

–Pero… a Tug no le han acusado nunca de ser infiel.

Salvo ella misma. ¿Acaso no les había preguntado eso mismo a Roni y a él en la peluquería?

–Lo disimularon bien. Es una pena que tu madre no hiciera lo mismo.

A Claire se le formó un nudo en la garganta.

–Quieres decir que piensas que mi madre también tenía una aventura.

–Claro. ¿Tú no? ¿Por qué lo dice tanta gente, si era mentira?

–Porque están buscando respuestas que no tienen, así que se conforman con la única explicación que pueden.

April tamborileó con los dedos sobre la mesa.

–Si eso es lo que tú quieres creer…

–¿Y por qué no iba a creerlo? Tú no entraste también en su cuenta de correo, ¿verdad?

April no respondió inmediatamente. Cuando lo hizo, su tono se había suavizado.

–No. Eso sí es una conjetura mía.

Claire se arrepintió de haber propiciado aquella conversación.

—Entonces, según tú, Tug y Roni tenían una aventura, y mi madre también. Pero si los dos habían encontrado la felicidad con otra persona, ¿por qué no se divorciaron sin más? ¿Por qué tuvo que haber un asesinato de por medio?

—Me temo que es evidente. Roni estaba haciendo que Tug se sintiera como un hombre deseable, un hombre único para ella, y tú y yo sabemos que él es muy sensible a ese tipo de cosas.

Claire no le dio a entender que estuviera de acuerdo con ella, pero sabía que ser atractivo para el sexo contrario era algo importante para Tug. Vestía con ropa apropiada para gente mucho más joven que él, por ejemplo. Sin embargo, April no conocía a Tug. No lo conocía de verdad.

—Siempre y cuando pudiera proporcionarle el estilo de vida que ella quería, cosa que mi padre no pudo hacer, Tug sería su ídolo.

Claire no pudo evitar acordarse de que Roni vivía en una mansión gracias a la herencia de su madre. Leanne y ella habían recibido noventa mil dólares cada una, que habían invertido en los estudios y en sus casas, pero Tug se había quedado con la mayor parte de la herencia de Alana.

—Así que tú crees que todo fue por el dinero.

—Por eso, y porque Tug no quería perderos a Leanne y a ti.

Claire pensó en lo que le había dicho Leanne durante su última discusión. Su hermana no había acusado a Tug de asesinato, pero sí había afirmado que a Tug no le había importado mucho perder a Alana porque, de ese modo, no tendría que preocuparse de que lo separaran de ellas. Había ya dos personas que opinaban lo mismo, pero ¿eso bastaba para convertir una hipótesis en la realidad?

—Tú no sabes lo que él sentía por nosotras, así que no finjas que...

—En eso también te equivocas. Él escribió lo que acabo de decir en uno de esos correos electrónicos. Os quiere de verdad, por si eso te hace sentir mejor.

No. Claire se sentía enferma.

—Ningún padrastro llegaría tan lejos por quedarse con unas hijas que no eran suyas.

—Él no podía tener más hijos. Roni se había esterilizado cuando se casó con mi padre; él ya nos tenía a nosotros cuatro, y ella no quería una boca más que alimentar. Y Tug no podía tener hijos.

A Claire estuvo a punto de caérsele el vaso de té.

—¿Qué has dicho?

April la observó con atención.

—¿No sabías que Tug es estéril?

—¿Quién te lo dijo?

—Estaba en uno de los correos electrónicos. Seguro que él debió enviárselo antes de que ella le dijera que no podía tener hijos, porque estaba intentando asegurarle de que no tenía que preocuparse de quedar embarazada. Si no recuerdo mal, Tug decía que, como su primera esposa no conseguía quedar en estado, lo llevó al médico, y descubrieron que tenía una cuenta espermática baja. Decía que por eso ella le pidió el divorcio.

Al ver que Claire la estaba mirando con la boca abierta, April se encogió.

—No pensaba que esto te fuera a afectar tanto. Seguro que ya creías que alguien había matado a tu madre. ¿Qué otra persona iba a ser?

Cualquiera. Joe. Su hermano. Su esposa. Un... un extraño. Un psicópata.

—Alégrate de no haber leído todos esos empalagosos correos electrónicos —le dijo April—. Me dan náuseas cada vez que me acuerdo. Los que realmente me asqueaban eran los de contenido sexual.

Claire alzó una mano para interrumpirla.

—Ahórrame los detalles, por favor.

—No hay problema. Ya los he borrado de mi mente.

Parecía muy conveniente que sí fuera capaz de recordar tanto contenido de los demás, sobre todo después de quince años.

—¿Tienes copias de esos correos?

—No. Temía que mi padre los viera y... —respondió April con un temblor en la voz—. No quería que sufriera.

April también había perdido a uno de sus padres, y Claire se identificaba con ella. Sin embargo, eso no significaba que pudiera culpar a Roni.

—Entonces, ¿ella nunca supo que tú lo sabías?

—Después de unos cuantos meses, se lo dije. La acusé de todo esto.

Claire se cruzó de brazos.

—Si es tan diabólica, ¿no tenías miedo de lo que podía hacer para silenciarte?

—En ese momento, todavía no había matado a nadie. Sabía que era una bruja egoísta, pero nunca pensé que llegaría tan lejos hasta que ocurrió. Entonces, me convencí rápidamente —dijo April—. Nunca olvidaré lo que sentí cuando me enteré de que tu madre había desaparecido. Estaba sentada en el tráiler de mi padre, llorando. Él estaba borracho, inconsciente otra vez, pero la televisión estaba emitiendo imágenes de la policía, que entraba y salía de tu casa.

—¿Y pensaste inmediatamente que Roni era la culpable?

—Claro. Por eso fui a la policía.

Sin embargo, no había ningún registro de esa denuncia en el departamento del sheriff. Tendría que preguntarle a Myles si sabía algo al respecto.

—Si no te habías asustado antes, no tenías por qué haberte asustado cuando ocurrió todo.

—Antes sí tenía miedo, pero cuando desapareció tu madre, yo ya estaba casada y me sentía menos vulnerable. A medida que pasaron los meses y los años, y ella iba consiguiendo todo lo que quería, me di cuenta de que yo no corría ningún riesgo. Roni no me consideraba ninguna amenaza. Si lo que yo sabía hubiera podido causarle algún perjuicio, ella habría ido a la cárcel hacía mucho tiempo.

–Todavía no puedo creerme que te quedaras aquí.

–¿Y adónde iba a ir?

–Tienes hermanos en varias zonas de Montana.

–Pero este es el único lugar que conozco, y el padre de mis hijos trabaja en los bomberos. Scott no me permitiría que me llevara a los niños, aunque yo quisiera mudarme.

Claire contó las rotaciones del ventilador. Tenía el susurro constante de las aspas metido en la cabeza.

–Entonces, lo que quieres decirme es que ella no tiene por qué preocuparse, porque no tienes pruebas de que esos correos electrónicos existieran.

April se irguió en la silla.

–La policía debería haber confiscado su ordenador, pero no lo hicieron.

–Entonces, no hay ninguna copia, como he dicho.

April miró la mesa.

–No, no hay copias. Solo lo que yo recuerdo, lo que te he contado –dijo. Entonces, alzó la cara y miró a Claire a los ojos–. Me crees, ¿no?

–No, no te creo –dijo Claire.

Se levantó y salió corriendo de la casa antes de que las lágrimas le cayeran por las mejillas.

Sin embargo, no podía engañarse tan fácilmente. Tal vez no quisiera creer que April había entrado en el ordenador de Roni y había leído aquella correspondencia, pero si no era cierto, ¿cómo podía saber que Tug era estéril?

En aquella ocasión iba a rechazarla, pasara lo que pasara.

El día anterior, cuando salió de la peluquería, Isaac había tomado la decisión de no tener más contacto con Claire. Sus problemas no tenían por qué importarle. Ni siquiera sabía por qué se había implicado tanto. Después de pasar dos días en las montañas, haciendo fotografías, había vuelto a casa decidido a suprimir todas las emociones que ella le provocaba, cosa que solo podía hacer evitándola.

Sin embargo, una hora después de haber llegado, ella apareció en su puerta deshecha en lágrimas, como si el mundo se hubiera terminado. Isaac quiso preguntarle qué le había pasado, porque se dio cuenta de que era algo importante. Sin embargo, no podía dejarse arrastrar otra vez. Ya no iba a desearla más, a arrepentirse, a tener esperanza, a anhelar.

—Encontré el dinero debajo del felpudo. No tenías por qué devolvérmelo. Me cortaste el pelo. Pero gracias, de todos modos —dijo, y cerró la puerta.

No le había dado la oportunidad de decir ni una sola palabra. En parte, esperaba que ella se hubiera enfadado tanto como para volver a llamar; sería mejor que se gritaran el uno al otro que soportar aquel silencio opresivo. Se sentía como si no pudiera respirar. Sin embargo, ella no hizo ningún intento. Él no oyó nada hasta que Claire arrancó el motor de su coche. Entonces, sintió una punzada de arrepentimiento, y tuvo que contenerse para no salir corriendo tras ella.

Lo habría hecho, si hubiera creído que sería de ayuda para alguno de los dos.

Pero no lo sería. Tenía que ser más realista con respecto a sus propias limitaciones. Si el sexo era lo más significativo de una relación, bien, él podía darle eso. Ya lo había hecho antes. Sin embargo, ¿amor? Él no sabía dar amor, ni recibirlo. Ni siquiera su propia madre había sido capaz de quererlo.

Exhaló un suspiro al oír que el coche se alejaba. La tentación había pasado. Ella se había ido.

Sin embargo, en cuanto aquello se le pasó por la mente, agarró las llaves del coche y salió tras ella.

Por mucho que tratara de ignorarlo y convencerse de que no le importaba, sí le importaba. Tenía que saber por qué estaba llorando Claire.

Capítulo 15

Isaac llegó rápidamente por detrás, tocando la bocina, pero Claire estaba demasiado furiosa como para parar. No debería haber ido a buscar consuelo a su casa. ¿En qué estaba pensando?

No, no estaba pensando. Estaba tan alterada que había seguido conduciendo y, antes de darse cuenta, estaba delante de la cabaña de Isaac, porque necesitaba más que nunca estar entre sus brazos.

¿Y qué había hecho él al verla, tan destrozada y tan vulnerable? La había mirado con altivez, le había murmurado unas cuantas palabras y le había dado con la puerta en las narices.

Era una estúpida por haberlo intentado. Sabía que él estaba enfadado con ella, y que tenía un buen motivo para estarlo. Ella se había portado mal en la peluquería. Sin embargo, él también le había dado una buena razón para estar enfadada durante diez años, y ella lo había dejado pasar.

A causa de un bache, su Camaro viró peligrosamente hacia un lado y estuvo a punto de chocar contra un árbol, pero Claire consiguió dominar el coche. Miró por el retrovisor y vio que Isaac estaba justo detrás de ella. ¿Por qué la perseguía? ¿Por qué no podía dejarla en paz?

Porque eso sería demasiado sencillo, y con Isaac nada

podía ser sencillo. O tal vez fuera ella la que estaba complicando las cosas... Tal vez no era capaz de adaptarse a que él volviera a su vida porque tenía otras muchas cosas que resolver. Cosas muy dolorosas.

Isaac derrapó ligeramente y se puso a su altura. Tocó la bocina y giró hacia ella para obligarla a detenerse, pero Claire no se lo permitió. En algunos puntos, la carretera no tenía la anchura suficiente para los dos coches, y ella notaba que las ramas de los árboles estaban arañándole la carrocería. Sin embargo, aceleró, pensando que él se rendiría al ver que ella no paraba.

No lo hizo. Siguió tocando la bocina.

Cuando lo miró, se dio cuenta de que él había bajado la ventanilla y estaba gritándole que frenara. Claire sabía que estaba conduciendo de una forma temeraria, pero él también. Y la ira entumecía un poco el dolor que había sentido unos minutos antes. Solo por eso, ella estaba dispuesta a seguir actuando así.

Intentó cortarle el paso para que fuera él quien tuviera que detenerse, pero no lo consiguió. Isaac era demasiado terco y conducía demasiado bien como para preocuparse por su propia seguridad...

La raíz del árbol surgió de la nada. Al toparse con ella, el coche viró bruscamente a la izquierda. Entonces, ella giró demasiado el volante hacia la derecha para corregir la trayectoria y, finalmente, tuvo que frenar en seco para no chocar contra un alerce de Canadá.

Aquella fue la oportunidad de Isaac. La rodeó y frenó delante de su coche, de modo que ella no podía seguir adelante.

Los dos salieron del coche al mismo tiempo.

—¿Qué demonios querías demostrarme? —le gritó él, mientras caminaba hacia ella en medio de una nube de polvo—. ¿Es que querías matarte?

—Tú eres el que ha estado a punto de provocar un accidente. ¡No tenías derecho a perseguirme por esta carretera!

—¡Solo quería que frenaras!

—¿Por qué? ¿Qué quieres de mí?

Isaac se quedó mirándola durante unos segundos y, después, su ira se desvaneció. Se quedó desconcertado, como si estuviera tan perdido como ella.

—No lo sé —admitió—. Es que... no puedo evitar lo que me haces.

—Te odio —susurró Claire.

Sin embargo, aquellas palabras no tenían ningún ardor. Además, se le estaban cayendo las lágrimas por las mejillas, porque ella tampoco podía librarse de lo que sentía por él.

—Entonces, seguro que esto no va a empeorar las cosas.

Se le acercó con una expresión desafiante, como si quisiera que ella lo apartara de un empujón. Pero Claire no pudo. Solo quería estar entre sus brazos, lo deseaba con todas sus fuerzas. Así que, cuando él bajó la cabeza y posó los labios, con gentileza, sobre los de ella, Claire cerró los ojos y se abandonó al deleite de su contacto.

—Quieres esto, ¿verdad? —le preguntó Isaac, e hizo que inclinara la cabeza hacia atrás para que lo mirara.

Ella pensó en mentir, pero tenía miedo de que él aceptara su palabra y la dejara allí sola, en mitad de la carretera. Así pues, metió las manos entre su pelo y lo besó con fuerza.

—¿Tú qué crees?

—Dios, haces que me sienta tan impotente... —murmuró él.

Su tono de voz había cambiado. Ya no era de enfado, sino de cansancio. Sin embargo, no se comportó como si estuviera cansado; la estrechó con fuerza entre sus brazos, como si aquel beso hubiera acabado con todas las restricciones.

Claire arqueó el cuello mientras él deslizaba la boca por su piel, lamiendo, succionando, devorando. Le había hecho un chupón en el cuello hacía tres noches y, vagamente, ella se dio cuenta de que podía hacerlo otra vez. De repente, Isaac estaba salvaje, fuera de control; los dos lo estaban. Pero ella no tenía intención de contenerse. Aquello era lo que quería, lo que había deseado durante mucho tiempo: Isaac desencadenado.

Le subió la falda. El viento frío de la noche le acarició la piel desnuda antes de que él la sujetara contra el metal del coche con las caderas. Entonces, deslizó los dedos en sus braguitas.

Ella se sobresaltó al sentir sus caricias.

—¿Cuánto me odias? —le preguntó él, en un murmullo.

—Mucho.

Él succionó su pecho mientras metía un dedo en su cuerpo.

—¿Y cuánto me deseas?

—Mucho —respondió Claire, mientras le desabrochaba el cinturón y le bajaba los pantalones vaqueros.

Ambas respuestas eran ciertas. Lo odiaba porque no podía dejar de quererlo.

—Yo siento lo mismo —dijo Isaac, y la levantó sobre su erección.

A Isaac le temblaron los músculos debido al placer, que cada vez era mayor. Habían adoptado un ritmo frenético, perfecto, que hacía que él quisiera echar la cabeza hacia atrás y aullar como un lobo. El corazón le latía tan deprisa que pensó que tal vez tuviera un ataque, pero no se le ocurría mejor forma de morir.

—Eh —dijo. Tenía la respiración tan entrecortada que casi no podía hablar.

Ella abrió los ojos y clavó la mirada en los de él. Estaba perdida en sus caricias, completamente absorta en aquel momento, y aquello le excitó aún más.

—Por si te importa algo, nunca he deseado tanto a una mujer como a ti.

Aquello debió de recordarle un aspecto práctico de la cuestión.

—¿Por qué no has... sacado ya... un preservativo?

—Yo... no tengo. Hace meses que no he tenido ocasión de usarlos.

Las aventuras casuales, que lo habían mantenido ocupado durante algunos años después de romper con ella, habían empezado a parecerle tan vacías que ya no le interesaban. Había salido con alguna mujer, pero rara vez se había acostado con alguien. Tenía la sospecha de que la mayoría de la gente de Pineview se quedaría sorprendida al saberlo. Parecía que pensaban que seguía siendo alguien salvaje. Sin embargo, él no había podido sustituir a Claire, así que había perdido las ganas incluso de comprar preservativos.

Y, ciertamente, no esperaba tener aquella oportunidad. Quince minutos antes estaba plenamente convencido de que no iba a volver a verla.

Parecía que ella estaba luchando por pensar en medio de aquella deliciosa fricción, pero sus manos, que lo guiaban presionándolo en la espalda, le urgían a continuar.

—Antes siempre... estabas preparado...

—Saldré —le prometió.

Aunque no era ninguna garantía, era el único método que tenían disponible. Sin embargo, eso significaba que tenía que retirarse en aquel momento, el más crítico para Claire, y ella ciñó las piernas para sujetarlo durante un instante demasiado largo. Seguramente, no sabía que él estaba al borde del éxtasis. Debería habérselo advertido, pero cuando ella tuvo el orgasmo, él lo tuvo también. Ocurrió tan deprisa que él ni siquiera se dio cuenta de que estaba en un lío hasta que le recorrió la primera onda de placer.

Para entonces, ya era demasiado tarde.

Isaac no recordaba cuándo había hecho algo tan irresponsable. De joven había sido muy temerario, pero nunca con el sexo. Él mismo había sido un niño no deseado.

Pero, por algún motivo, con Claire nunca tenía el control de la situación. Con ella, todo lo hacía mal.

—¡No te has retirado! —exclamó ella, con los ojos muy abiertos.

Era evidente.

—He llegado tarde.

—¿Y si... si me quedo embarazada?

Él apoyó algo de su peso en el coche.

—Sabes que yo te ayudaría —dijo. Por lo menos, era capaz de mantener al niño, si acaso tenían uno, pero dudaba que eso fuera algún consuelo para Claire—. Aunque no creo que tengas que preocuparte —añadió, después de recuperar un poco el aliento—. Ha sido solo una vez. No es probable que te quedes embarazada. Si tenemos suerte...

Solo era necesaria una vez, pero ¿qué iba a decir? Aunque la idea de tener un hijo no le parecía tan mala, ella todavía estaba enamorada de David, y no sentía demasiada admiración por él. Seguramente, sentía lo contrario.

—¿Estás bien? —le preguntó, al ver que ella no decía nada.

Se había preparado para lo peor: más lágrimas. Pero ella no lloró. Tampoco respondió. Tiró de su cabeza hacia abajo y lo besó de nuevo, con fuerza.

—Vamos a volver a tu casa —le susurró contra los labios.

Isaac no se lo discutió. Para él, acababan de empezar. Pero primero tenía que ir a comprar algunos preservativos.

Claire no había hecho tantas veces el amor en la misma noche desde su luna de miel, pero Isaac y ella estaban recuperando el tiempo perdido. Comenzaron en cuanto entraron por la puerta de la cabaña, en el salón. Después en el dormitorio y después en la ducha. Cuando se habían quedado demasiado agotados para moverse, estaban en la cama, con el sol asomando por el horizonte.

—¿De veras no tienes persianas? —preguntó Claire, al notar la luz, mientras apoyaba la barbilla en su pecho.

Él le apartó el pelo de la cara.

—¿Qué?

—No tienes nada para tapar las ventanas.

—Podríamos poner unas sábanas. Si tuviéramos fuerzas, claro.

—Esa luz es muy molesta —dijo Claire, y escondió la cara entre su brazo y su pecho—. ¿Cómo va a dormir una chica aquí? Y tengo que irme a trabajar dentro de dos horas.

—Vaya, a mí la luz nunca me había molestado.

Ella levantó la cabeza.

—¿Y no se ha quejado ninguna de tus compañeras de cama?

—¿Qué compañeras? —preguntó él, en medio de un bostezo.

—Sí, claro.

Isaac no respondió, y ella se alegró. No quería saber nada de sus otras amantes.

—Esto ha sido increíble —dijo él, después de unos segundos de silencio.

Aquella frase había sonado muy seria, pero Claire no quería hacerse demasiadas ilusiones, así que apoyó la cabeza en su pecho e hizo un comentario ligero.

—No has perdido tus habilidades. ¿Era eso lo que querías que dijera?

Él cerró los ojos.

—Solo si te sientes en la obligación de hacerlo.

—Se lo dejo a las demás.

Se arrepintió de haber mencionado su vida amorosa por segunda vez, pero necesitaba mantener una actitud despreocupada hacia las relaciones sexuales con Isaac. Así, tal vez, pudiera mantenerse distante emocionalmente. Quererlo era una cosa, pero saber que él no podía, o no quería, amarla como ella necesitaba, era otra.

Por suerte, él no se quejó ni la acusó de estar celosa.

–¿Y qué pasa con tus otros amantes?

–Ya sabes que no tengo ninguno. Ya no.

Isaac le dio un beso en la frente.

–¿Y cómo voy a saberlo?

–Porque mi marido murió, y no ha habido ningún otro entre vosotros dos.

Por su tono de voz, seguramente él se dio cuenta de que había tocado una fibra sensible. Suspiró, y Claire notó que su pecho se elevaba.

–Entonces, esta ha sido tu primera vez desde David.

–¿Creías que no?

–Sé que sigues enamorada de él, pero un año es mucho tiempo para dormir solo cuando estás acostumbrado a tener a alguien a tu lado en la cama. Y yo he estado mucho tiempo fuera. No tengo por qué saber si has estado con otros hombres.

–No, no ha habido nadie más –dijo ella.

Él jugueteó con su pelo. Siempre había dicho que le gustaba mucho.

–¿De verdad vas a ir a trabajar a la peluquería después de estar despierta toda la noche?

–Tengo que ir.

–¿Y qué pasaría si no fueras? ¿No puedes cancelar las citas?

–No, ya he perdido un día de trabajo últimamente. Además, hoy es sábado, mi día más ocupado. Pero por suerte, tengo libre mañana y el lunes. Entonces me recuperaré.

–Esta noche nos acostaremos pronto.

Ella estuvo a punto de decir que sí, pero recordó que tenía un compromiso.

–No puedo quedar contigo esta noche.

–¿Por qué no?

–Tengo una cita.

Hubo otro silencio. Claire tuvo una pequeña esperanza de que él lo dejara pasar, pero no fue así.

–¿Con quién?
–Laurel llevaba mucho tiempo diciéndome que quería presentarme a un conocido. Voy a conocerlo esta noche.
–¿Cómo se llama?
–Owen Rodriguez. Es de Libby.
–¿Y en qué trabaja?
¿Y qué importaba eso? Claire tuvo que contener un bostezo.
–Es contable.
–Parece muy estable.
Ella no podía distinguir si él estaba molesto porque saliera con otro hombre, o no. No creía que lo estuviera, en realidad.
–Se supone que es un tipo muy agradable.
–Es tu tipo.
–Sí...
–Bueno, ¿y por qué llorabas anoche?
Claire se quedó callada al recordar su conversación con April.
–No, no quiero hablar de ello.
–¿Por qué no?
–No puedo asimilarlo.
–Tendrás que enfrentarte a ello en algún momento.
–Mañana, o pasado mañana.
Él señaló con la mano hacia la ventana para hacerle notar la luz que inundaba la habitación.
–¿No acabas de decir que ya es por la mañana?
–Después de que duerma un poco.
–Está bien. Supongo que me lo dirás cuando estés preparada.
Se movieron hasta que quedaron tendidos de costado, y él curvó el cuerpo para adaptarlo a la espalda de Claire.
–Pero, ¿me vas a hacer un favor?
¿Lo había soñado, o Isaac acababa de pedirle un favor? Cada vez le resultaba más difícil hablar. Sentía demasiada languidez, demasiada calidez; estaba cómoda y contenta.

Se aferró a aquella sensación de paz. No quería perderla todavía.

—¿Umm?

—Prométeme que vas a comer mejor.

—Creía que nos odiábamos —murmuró ella.

Él le mordisqueó el hombro.

—*Nah*, somos amigos. ¿No te acuerdas?

Amigos con beneficios. Claire se dio cuenta de que había vuelto a hacerlo: se había puesto en la misma situación en la que estaba hacía diez años. Sin embargo, no podía pensar en eso, porque entonces pensaría también en lo que le había dicho April. Todo era parte de la misma realidad.

Cuando Claire se marchó, Isaac se puso ropa cómoda y entró en su despacho. Allí, abrió la caja fuerte en la que guardaba los dispositivos USB que contenían todos los originales de su trabajo y sacó un sobre marrón de la estantería de abajo. Dentro de aquel sobre había dos hojas de papel con toda la información que los detectives privados habían podido conseguir sobre su madre.

No era fea, pensó al mirar su foto. Tal vez hubiera sido guapa antes de engancharse a las drogas. Cuando fue hecha aquella fotografía, dos años antes de que sufriera una sobredosis mortal, ella vivía en la calle y se prostituía. Si no la hubieran arrestado por ejercer la prostitución, ni siquiera tendría aquella foto que le habían hecho en la comisaría.

Lo que había averiguado al investigar a la persona que lo había abandonado de niño no era lo que esperaba. Sin embargo, por lo menos había conseguido respuestas. El misterio que lo había estado obsesionando durante tanto tiempo se había resuelto: su madre lo había abandonado en una cuneta, junto a una cafetería de carretera, porque quería al crack más que a él.

Bailey Rawlings era el nombre que utilizaba en el momento de su arresto. No sabía si era su nombre real; tal vez se lo hubiera inventado para no avergonzar a su familia, o por si acaso ellos querían encontrarla alguna vez. A los cinco años, para él solo era «mamá». El detective privado había encontrado el certificado de nacimiento de Isaac, y en él figuraba el apellido «Morgan», pero ningún padre.

Cuando el detective consiguió encontrar a los padres de Bailey, cuyo apellido era Morgan, Isaac fue a visitarlos a Carolina del Sur. Ellos no sabían si su hija se había casado alguna vez, ni tampoco que hubiera tenido un hijo, así que su encuentro había sido embarazoso. En cuanto él se dio cuenta de que no iban a poder contarle nada sobre su padre, se despidió y, desde entonces, ellos no se habían puesto en contacto con él salvo para enviarle una tarjeta las últimas Navidades. No se había molestado en buscar más a su padre; para él era suficiente saber lo que le había ocurrido a su madre. Conociendo su estilo de vida, seguramente su padre era algún cliente que no iba a alegrarse mucho al saber que había tenido un hijo con una prostituta.

Por muy escasa que fuera, la información que había en aquel sobre le había hecho cambiar. Se sentía agradecido por lo que tenía, y se daba cuenta de que había estado mucho mejor de lo que habría estado si su madre se hubiera quedado con él. Se había criado en un buen lugar, con buena gente que tenía buenas intenciones pese a todos los problemas que él les había causado. Ojalá hubiera tratado al viejo Tippy con más respeto cuando había tenido la ocasión.

Tenía sus respuestas, así que podía cerrar aquellas heridas. Sin embargo, Claire estaba en el mismo lugar donde él estaba hacía dos años, y no podía hacerlo. Antes de marcharse, le había contado lo que le había dicho April, y él se había dado cuenta de que ella estaba más angustiada que nunca. Tenía que saber en quién podía confiar. Las preguntas estaban empezando a reconcomerla, y a él le estaba matando verlo, porque lo entendía muy bien.

Tal vez fuera aquel el motivo por el que se sentían tan atraídos el uno por el otro, por el que su relación siempre había sido tan intensa.

«Te odio». Si eso era cierto, ella tenía una manera muy rara de demostrarlo. En realidad, se odiaba a sí misma, porque no podía aliviarse el dolor y cumplir con sus responsabilidades como hermana e hija.

Ella necesitaba contratar a un detective privado, tal y como había hecho él, para llegar al fondo de lo que había ocurrido hacía quince años. Era la única manera de que encontrara la paz. Sin embargo, Claire no tenía el dinero necesario, y Tug había dejado de buscar mucho tiempo antes. Por eso, él iba a intervenir. Tal vez Claire siguiera enamorada de David, y tal vez él nunca pudiera compararse con aquel hombre. Sin embargo, por muy imperfecto que fuera, era lo único que tenía Claire.

Tomó la tarjeta que estaba prendida con un clip al sobre marrón y descolgó el teléfono.

Capítulo 16

−¿Dónde estuviste el jueves por la noche?
Claire estaba cortándole el pelo a Carrie Oldman, una de las ocho mujeres que formaban parte de su grupo de literatura. Ya había recibido un mensaje de Carrie, otro de Laurel y otro de una amiga, preguntándole por qué no había ido a la reunión semanal del grupo. Sin embargo, había estado demasiado ocupada con todo lo demás como para responder.
−Yo... eh... no me encontraba bien −dijo torpemente.
Si hubiera estado enferma, lo más normal habría sido llamar para avisar a sus compañeras. Casi ninguna se perdía las reuniones. Sin embargo, aquella fue la mejor respuesta que se le ocurrió.
Carrie frunció el ceño.
−¿Y ya estás mejor?
−No es nada contagioso, así que no te preocupes. ¿Por qué?
−No sé. Parece que estás un poco... fatigada.
Claire se concentró en el corte de pelo de Carrie. Su amiga necesitaba un cambio, y ella había tardado casi un año en convencerla para que se librara de su larga cabellera y luciera una melena corta. Y ella había elegido, precisamente, aquel día para hacerlo.
−No he dormido mucho últimamente −dijo Claire.

Pero eso no era todo. Lo que más le pesaba era lo que le había dicho April durante su conversación del día anterior.

−Estoy preocupada por ti −dijo Carrie−. Todas estamos preocupadas por ti. Lo sabes, ¿no? Cuando nos dimos cuenta de que no ibas a ir a la reunión, Laurel casi no volvió a decir una palabra.

Claire tendría que tranquilizar a Laurel aquella noche. Tenían la cita a la que ella no quería ir.

−Estoy bien, de verdad. No os preocupéis más.

−¿Solo te encontrabas un poco mal? ¿Eso fue todo?

−Sí, eso fue todo.

Claire tuvo la impresión de que Carrie estaba dolida.

−Pero si te llamamos y, al ver que no respondías, vinimos a tu casa. No estabas.

−Eh… Debía de haber pasado a casa de Leanne.

−Tu coche no estaba, así que llamamos a casa de Leanne. Ella nos dijo que no te había visto.

−No sé… Supongo que la vería después, cuando volví. Fui a ver a mis padres. Como no me encontraba bien, me apetecía que me cuidaran un poco.

Carrie la miró con incertidumbre.

−Ah, fuiste a ver a Roni y a Tug.

Esperaba que no hubieran ido allí también. Claire quería mucho a las chicas del grupo de lectura, pero había algunas que se metían demasiado en los asuntos de los demás. Por supuesto, eso podía decirse de la mayoría de la gente de Pineview.

−Estuve un rato en su casa.

−¿Y qué pasó ayer?

−¿Ayer? Nada. ¿Por qué?

−Ellie vio tu coche en casa de April.

A Claire se le aceleró el corazón, pero siguió cortándole el pelo a Carrie.

−No sabíamos que erais amigas −dijo Carrie.

−Nunca hemos discutido.

—Entonces, ¿estabas allí? ¿Fuiste a ver a April?
—Sí. Roni tenía una foto del sobrino de April, y quería que se la diera —dijo Claire. Prefería no hablar de aquella visita, ni de lo que había averiguado durante su conversación con April.

Carrie debió de quedar satisfecha.

—Ya lo entiendo. Es lógico que no quisiera llevársela en persona. Todavía no se hablan.

—No sé si se hablarán alguna vez —dijo Claire. Teniendo en cuenta lo que pensaba April, lo dudaba mucho.

Carrie bajó la voz.

—April piensa que Roni provocó la muerte de su padre. Los divorcios son muy difíciles, pero un suicidio... Eso es una elección personal.

Tal vez. Sin embargo, también cabía la posibilidad de que Roni fuera culpable de más cosas de las que pensaba Carrie: del suicidio del padre de April y de la desaparición de Alana. Claire no quería aceptarlo, porque tenía muchos recuerdos buenos de su madrastra.

En vez de responder, Claire fingió que estaba completamente concentrada midiendo el pelo de un lado de la cabeza de Carrie.

—Parece que está recto —murmuró, y retrocedió unos pasos—. ¿Qué te parece?

La sonrisa de Carrie era más vacilante de lo que a ella le hubiera gustado.

—Me va a costar acostumbrarme a esto.

Estaba muy guapa, mucho mejor que cuando había entrado, pero la familiaridad era muy importante. Claire esperaba que Carrie se acostumbrara al cambio, y que su marido, que era muy conservador, reaccionara positivamente. No podría aguantar a una clienta descontenta aquel día.

—A mí me parece que has rejuvenecido cinco años.

Carrie se animó.

—¿De verdad?

—Sí.

Sonó la campanilla de la puerta. Mientras Claire le quitaba el paño de encima a Carrie, se giró para ver quién era su próxima clienta, pero se encontró con su hermana.

—¿Adónde fuiste anoche? —preguntó Leanne, sin saludar. Obviamente, todavía estaba enfadada.

Claire se sintió insegura. No deseaba otra confrontación con su hermana, y menos delante de Carrie. Si sus padres, o los padres de David, se enteraban de que estaba viendo a Isaac, no iban a ponerse muy contentos. Le recordarían lo que había ocurrido la última vez y, seguramente, acabaría discutiendo con ellos.

—Dame un minuto, Leanne, para no hacerle perder el tiempo a Carrie —dijo, y se giró hacia su clienta—. Son veinticinco dólares, como siempre.

El desagrado de Leanne era patente, y Claire estaba segura de que Carrie lo notaba. Miró a su hermana mientras escribía el cheque.

—Aquí tienes —dijo, y se detuvo para quedarse un poco más. Sin duda, quería escuchar su conversación.

Sin embargo, Claire la acompañó hasta la puerta.

—Me alegro mucho de haberte visto, Car. Siento haberme perdido la reunión del otro día, pero la semana que viene no faltaré.

Carrie miró a Leanne.

—Tú también deberías venir, Lee. Esta semana vamos a leer *La habitación*, de Emma Donoghue. Es una historia de intriga verdaderamente interesante.

—No me interesan los libros —dijo Leanne secamente.

—Gracias otra vez —dijo Claire, sujetando la puerta para que Carrie saliera.

Finalmente, Carrie asintió.

—Nos vemos el jueves.

Claire exhaló un suspiro de alivio cuando se cerró la puerta.

—Estoy esperando a otra clienta —dijo—. Así que, si quieres comenzar una discusión, te agradecería que esperaras hasta que termine de trabajar. Tú tienes tu taller para ti sola todo el día, pero yo debo mantener un ambiente profesional.

Leanne la miró fijamente.

—Ahora estamos solas, y no vas a tardar ni un segundo en explicarme por qué no viniste a dormir a casa ayer, una vez más.

—Si lo que tú haces no es asunto mío, ¿por qué te metes en lo que hago yo?

—¿Eso es todo lo que tienes que decirme?

—Sí, eso es todo.

Su hermana la miró con los ojos entrecerrados.

—¿Estás saliendo con alguien, Claire?

—No. Ya basta.

—¡Estás saliendo con Isaac Morgan! Has vuelto con él.

A Claire no le sorprendió que lo adivinara, porque había visto su coche aparcado delante de casa en dos ocasiones. Sin embargo, debía restarle importancia a su relación con Isaac, o la noticia de que la viuda de David se estaba acostando con su antiguo amante correría como un reguero de pólvora por el pueblo.

—Solo es mi amigo.

—¿Un amigo que pasa la noche contigo?

Negarlo no iba a servir de nada. Aunque pudiera convencer a Leanne, ella no era la única que sabía que habían estado juntos. Rusty también lo sabía. Y otras personas podían haberla visto subir al coche de Isaac cuando él la recogió en la carretera. Isaac no era un desconocido en el pueblo. Tenía cierta reputación. Nadie iba a creerse que salían juntos solo como amigos.

Claire solo tenía una opción: responder a las preguntas con transparencia. Si admitía que había un idilio, suscitaría menos curiosidad, y el escándalo se desvanecería más rápido.

—Sí, en realidad sí. Somos amigos con beneficios. Has oído hablar de eso, ¿no?

–Todo el mundo ha oído hablar de eso, salvo las señoras con las que vas al grupo de literatura, que son de otro siglo. Entonces, ¿no estáis saliendo?

–No. Solo nos acostamos juntos. ¿He respondido a tu pregunta?

Leanne se quedó boquiabierta.

–¿Te das cuenta de quién es, Claire?

–Me doy cuenta de lo increíble que es en la cama. Eso es lo único que me importa en este momento.

–Hace un par de noches me estabas advirtiendo que no destrozara mi reputación, ¿y ahora eres tú la que quiere convertirse en el tema de conversación de todo el pueblo? Aunque Isaac intentara ser discreto, la gente le presta demasiada atención. Es una celebridad, por el amor de Dios.

Claire alzó la barbilla.

–Tú dijiste que los cotilleos no te importaban. Tal vez yo piense lo mismo.

Se fulminaron la una a la otra con la mirada, hasta que Leanne volvió a hablar.

–Claire, escucha. Yo... lo siento. No sabía que estabas tan angustiada. Sé que lo que pasó con mamá te hizo mucho daño, pero siempre has sido fuerte. Creo que di por sentado que, si yo podía seguir adelante, tú también. Tampoco fue fácil para mí perder a mamá, pero... me siento responsable de esto. Es como si yo te hubiera empujado a los brazos de Isaac. Últimamente no nos hemos llevado bien, y te has quedado sin nadie con quien poder hablar. Pero no quiero que te haga daño otra vez.

Claire no quería oír aquello. Se inclinó sobre el mostrador para ver cuántas clientas quedaban en el horario de aquel día. Estaba muy cansada; ojalá pudiera acostarse.

Por suerte, su jornada terminaba a las cuatro; solo le quedaban dos horas más. Tal vez tuviera tiempo de dormir una siesta antes de la cita.

–Vamos, no seas exagerada –le dijo a Leanne–. ¿Qué crees que me va a hacer?

—¿Estás de broma? —le preguntó su hermana—. Isaac Morgan es un rompecorazones, y tú lo sabes muy bien. Y ahora estás con él de rebote. Te masticará y te escupirá antes de que te des cuenta.

Dios Santo, incluso su hermana veía lo que la esperaba. Sin embargo, Claire no estaba dispuesta a reconocer el peligro. Si tenía que pagar un precio por sus actos, lo pagaría sin que nadie se enterara.

—No me va a hacer daño. Es solo un amigo, una forma de romper con la monotonía.

Leanne se pasó la lengua por los dientes.

—Tiene que ser más divertido que el grupo de lectura de tus amigas las ancianas.

—Esas señoras no son ancianas.

—La mitad tiene más de setenta años.

—¿Y qué? Son muy agradables.

—No estoy hablando de eso. Digo que ellas no pueden causarte las mismas emociones.

—Ninguna mujer puede.

—Ni muchos hombres, tampoco —dijo Leanne con una risa conspirativa.

A Claire no le pareció divertido el comentario. El tono de apreciación de su hermana le provocó una punzada de miedo en el pecho.

—Espera un segundo... Tú nunca has estado con él, ¿no?

Al hacer aquella pregunta, se le cortó el aliento. «Por favor, di que no, o voy a vomitar aquí mismo...».

Su hermana le guiñó un ojo.

—Yo no soy de las que hablan de esas cosas...

No hubo tiempo de presionarla para que respondiera. Selina Spangler entró por la puerta para cortarse y teñirse el pelo.

Myles King se levantó y cerró la puerta de su despacho cuando llegó Isaac.

—Me alegro de que hayas venido —dijo—. Rusty Clegg me pidió que hablara contigo.

Isaac se quitó las gafas de sol. El trayecto hasta Libby duraba unos treinta minutos, y el sol lucía con fuerza aquel día.

—Rusty ya me ha dicho que lo deje, si es lo que vas a decirme tú.

—Rusty estaba disgustado por vuestra conversación, y por eso me pidió que interviniera. David era muy importante para él.

—David era muy importante para mucha gente. Ese es uno de los motivos por los que creo que debería confirmarse la causa de su muerte.

Myles no tardó ni un segundo en responder.

—No sé si lo que tienes que decir me va a gustar más de lo que le gustó a Rusty.

Magnífico. No solo le habían puesto sobre aviso, sino que tenía prejuicios. Isaac no permitió que eso le irritara y se sentó frente a Myles. Si quería llegar a alguna parte en su investigación sobre Les Weaver necesitaba al sheriff.

—No te culpo —dijo—. El asesinato es una acusación muy grave.

—Y no solo eso, sino que no quiero ver a todo el pueblo levantado en armas hasta que no tenga pruebas fehacientes. Los padres de David han sufrido mucho al perder a un hijo tan joven de ese modo. Claire también ha sufrido mucho, y todavía no se ha recuperado. Solo hay que mirarla para darse cuenta.

—¿Y crees que yo no he pensado en todo lo que me estás diciendo?

El sheriff se sentó en su silla, detrás de su escritorio.

—Creo que lo que me confunde es esto: ¿qué interés tienes tú en esta situación, Isaac? ¿Por qué te has involucrado?

Su interés era Claire. Ahora que ella había vuelto a su vida, él quería asegurarse de que consiguiera las respuestas que necesitaba para cerrar sus heridas. Sin embargo, también sabía que la gente desconfiaría de él si decía que estaba intentando hacer algo bueno. Nadie creería que era así de sencillo. Aunque llevaba muchos años sin meterse en ningún lío, lo tratarían como si fuera el lobo, que había ido a derribar a soplidos la cabaña de la pobre viuda.

La gente de Pineview había tolerado, con más bondad de lo normal, al pobre niño abandonado, pero tenían una memoria muy antigua. Nunca permitirían que se desligara de su pasado.

—Alguien tendrá que asegurarse de que es lo que parece que es. Ese alguien puedo ser yo.

—¿Eso es todo?

—Sí, eso es todo.

Myles reflexionó sobre la respuesta de Isaac.

—Pero yo no estoy convencido de que haya relación entre la muerte de David y la desaparición de Alana —dijo, por fin.

—Creo que te equivocas.

—¿Tienes alguna prueba de lo contrario?

—No, todavía no, pero me he encontrado con algunas coincidencias muy interesantes.

Myles abrió su libreta.

—Soy todo oídos.

—En primer lugar, David estaba investigando la muerte de Alana, y había suscitado suficientes preguntas como para negar el argumento de que ella se fugó de Pineview. Con lo que estaba haciendo iba a conseguir que la policía se involucrara de nuevo en el caso, y eso debió de poner nervioso a alguien.

—¿Y cómo sé yo lo que estaba haciendo David?

—Está todo en los informes.

—¿En qué informes?

—Los informes del caso.

—¿Y cómo sabes tú algo de esos informes?

—David consiguió una copia de los documentos antes

de morir. Tienen que ser de tu oficina, así que, al principio, pensé que se los habría dado Rusty. Sin embargo, cuando se lo pregunté, Rusty lo negó, y parecía que no sabía que su amigo estuviera investigando el caso.

—Pero no me has dicho cómo sabes que él tenía esos documentos.

—Claire los encontró en el estudio de Alana la noche que la agredieron. Los papeles tienen muchas anotaciones de David.

El sheriff empezó a mostrarse verdaderamente interesado.

—¿Y por qué no estaban allí cuando yo fui a registrar el estudio?

—Porque yo ya me los había llevado. Ella temía que iba a quedarse sin ellos. Contienen información que no había visto antes; progresos que había hecho David. Y también declaraciones contradictorias, y hechos que no concuerdan con lo que le habían contado a ella. Cosas que las autoridades le habían ocultado a ella y a la prensa.

—¿Como por ejemplo?

—Como por ejemplo, que Leanne estuvo ausente del colegio durante varias horas el día de la desaparición de su madre.

Myles apretó los labios. Si aquello había sido una prueba, él acababa de superarla.

—Entonces, tienes razón. Eso ha tenido que salir de mi oficina, pero no sé cómo.

—Yo tampoco lo sé.

El sheriff se apoyó en el respaldo de la silla.

—El hecho de que David tuviera esos informes no significa que lo asesinaran.

—Tengo más cosas que contarte.

—Continúa.

—Fui a ver al hombre que le disparó.

Myles se irguió.

—¿A Idaho?

–Sí.
–Te lo estás tomando muy en serio.
–Sí.
–¿Y qué averiguaste?
–Es muy distinto a todos los demás cazadores que yo he conocido. Y no es un tipo de fiar.
–¿Y sacaste esa conclusión después de una sola entrevista? ¿Cuánto tiempo estuviste con él?
–No mucho. Él me despachó en cuanto pudo, pero antes me contó lo muy destrozado que estaba por lo que había hecho.
–Y tú no te lo creíste.
–Al principio, sí. Me dijo que estaba tan traumatizado que había dejado de cazar y que se había deshecho de todas las armas que poseía, porque no podía soportar verlas.
–Cualquiera se sentiría así.
–Pero era mentira. Todavía tiene un armario lleno de rifles. Lo vi desde su jardín trasero, a través de una ventana.
–¿Y si son de un amigo o de un familiar?
–Estaban dentro de su casa. Además, hay otra cosa que me pareció extraña.
–¿El qué?
–Es abogado de empresa y está especializado en quiebras.
–Bueno, entonces es un vampiro, no un asesino –dijo Myles bromeando.
–¿Cuántos abogados de empresa de los que tú conozcas han presenciado cómo uno de sus clientes se volaba la cabeza en su despacho?
Myles se puso en pie.
–¿Cómo?
–Él mismo me lo contó.
–¿Y por qué te lo contó?
–Porque pensaba que ese era el motivo de mi visita.
–Mierda –dijo Myles y se giró para mirar por la ventana.

Isaac también se puso en pie.

–Así que ahora tenemos a alguien que disparó accidentalmente a un hombre durante una jornada de caza y que ha estado involucrado en otra muerte inusual.

–El suicidio no es un asesinato –dijo Myles.

–Tal vez no fuera un suicidio.

Myles exhaló un suspiro.

–Reconozco que estas coincidencias son muy extrañas, pero... la policía debió de investigar el suicidio.

–Si la policía hizo una investigación, será fácil encontrar los informes en los archivos. Tal vez los detalles nos den más información sobre Les Weaver.

No hubo respuesta.

–Vamos, solo te estoy pidiendo que hagas algunas pesquisas para saber cómo y por qué murió alguien en su oficina, y si tenía alguna relación con Pineview. Él dice que vino aquí solo, por primera vez, sin conocer a nadie. Si se revisan los registros de llamadas telefónicas de los meses anteriores a la muerte de David, tal vez pudiéramos saber si tuvo alguna conversación con alguien de esta zona. Y si la tuvo...

–Entonces, nosotros tendríamos a un asesino suelto –dijo Myles.

Capítulo 17

Claire desperdició su oportunidad de dormir la siesta yéndose de compras al pueblo. De todos modos, después de que Leanne le hubiera provocado la terrible duda de que quizá Isaac y ella habían estado juntos, no hubiera podido dormir.

¿Las había usado él a las dos?

No quería enfrentarse a ello. Estaba cansada de tantas preocupaciones. También estaba cansada de su aspecto descuidado. Si iba a acudir a una cita a ciegas, quería sentirse tan atractiva como fuera posible. Así pues, se distrajo comprándose unos pantalones vaqueros ajustados, una blusa dorada y unas sandalias de tacón, e incluso se permitió el lujo de adquirir unos pendientes largos, que se agitaban cuando movía la cabeza, y una crema corporal que le dejó la piel suave como la seda.

Cuando Myles y Laurel llegaron a recogerla, estaba deseando actuar como una persona normal, para variar, como alguien que era capaz de salir a cenar y a charlar con amigos. Alguien que no estaba obsesionada con su marido muerto y su madre desaparecida, ni siquiera con el escándalo que se iba a producir cuando se supiera que era la última conquista de Isaac Morgan. Con suerte, la noticia no iba a propagarse hasta el día siguiente, así que podía disfrutar de aquella noche sin que la compadecieran por ser una boba.

Si él se había acostado con Leanne, aunque solo fuera una vez, ella era una idiota, y nunca se perdonaría su propia estupidez.

Owen Rodriguez se reunió con ellos en Harry Dog's Steakhouse. Llevaba unos zapatos mocasines, unos pantalones negros y una camisa blanca que contrastaba de un modo muy agradable con su piel bronceada. Tenía el pelo oscuro, corto, una mirada inteligente y una sonrisa amplia y amigable. Las gafas eran el único rasgo típico de un contable, pero no eran las típicas gafas de un ratón de biblioteca, sino elegantes. A Claire le gustó Owen a primera vista.

—Bueno, ¿qué te parece? —le susurró Laurel, cuando él se detuvo a hablar con un señor que conocía, de camino a su mesa.

Claire le apretó la mano.

—Es muy mono.

Myles estuvo distraído durante toda la cena. De vez en cuando miraba a Claire brevemente, pero no habló demasiado. Claire se preguntó si se había enterado de que tenía una aventura con Isaac. Seguro que no iba a gustarle la idea. Era tan protector con ella como Laurel.

Aparte de eso, la cena transcurrió agradablemente; sin embargo, cuando salieron del restaurante, la fatiga de aquellos días ya le había pasado factura. Todo el mundo quería ir a bailar, así que se resignó a dejar el descanso para el día siguiente. Tenía el domingo y el lunes libres, afortunadamente.

Pero nunca habría accedido a ir al Kicking Horse Saloon de haber sabido que Isaac estaba allí.

Lo vio en cuanto entró por la puerta. A juzgar por la expresión de su cara, él tampoco esperaba encontrársela allí. Se sentó cuando ellos pasaron hacia la barra e, inmediatamente, su mirada recayó en la mano de Owen, que descansaba en su cintura.

—¿Te apetece tomar algo?

Claire pestañeó y se volvió hacia su acompañante.
—Yo... um... sí, muchas gracias.
—¿Una copa de vino, o...?
—Una copa de vino, por favor. De cualquier clase.

No le importaba lo que él le llevara, siempre y cuando pudiera estar un par de minutos a solas. Era difícil sonreír y actuar con normalidad, porque se había quedado en blanco. Aquella era una situación muy embarazosa, y nada tenía sentido. Por muy agradable que fuera Owen Rodriguez, no quería estar allí con él. Deseaba a Isaac.

«Algunas cosas no cambian nunca...».

Interrumpió el contacto visual y se giró hacia Laurel.

—Bueno, ¿te gusta tu nuevo peinado? ¿Lo he hecho bien esta vez?

Laurel no se dejó distraer por sus preguntas. Ella también había visto a Isaac, y había notado su larga mirada.

—¿Qué pasa entre vosotros? —le susurró a Claire.

Por suerte, Myles había acompañado a Owen a la barra. Ella no quería admitir la verdad, pero sabía que Laurel conocería la verdad en un momento u otro, y se sentiría dolida si fuera la última en enterarse.

—Lo que te dije de que Isaac había ido a la peluquería a cortarse el pelo no era verdad. Se había quedado a pasar la noche en casa.

Hubo un silencio lleno de asombro por parte de Laurel. Después, preguntó:

—¿Me estás tomando el pelo?

—No. Esa noche no nos acostamos, pero sí hemos estado juntos últimamente.

Laurel la tomó del brazo.

—¿Y David?

—Él... ya no está aquí.

—¡Pero tú sabes que Isaac no se va a portar bien contigo! Ya has estado con él antes.

Claire cerró los ojos y se frotó la frente. Ojalá tuviera la energía necesaria para fingir que eso no tenía ninguna importancia para ella, como había hecho delante de Leanne. Sin embargo, estaba demasiado cansada.

—Ya lo sé.

—Owen es un chico estupendo, Claire —dijo Laurel—. No permitas que Isaac se interponga. Por favor, dale una oportunidad.

—Lo estoy intentando.

—Dios, no puedo creer que Isaac esté aquí. ¿Por qué tiene que estar aquí?

Claire se estaba haciendo la misma pregunta. Aquella era la primera vez que había sentido una pequeña esperanza de encontrar cierto interés sentimental en alguien, de una manera cabal, desde la muerte de David.

Y ya solo quería irse a casa. Sin embargo, se sentía obligada a terminar la velada, porque Laurel había preparado aquella salida por ella, y porque Owen había accedido. Lo mínimo que podía hacer era intentar divertirse.

Isaac tenía que salir del bar. Si no lo hacía, iba a terminar peleándose con el amigo del sheriff, y pasaría la noche en la comisaría.

Sin embargo, no era capaz de levantarse y caminar hacia la puerta. Permaneció en su mesa, mirando torvamente su cerveza y observando subrepticiamente a Claire mientras bailaba con su acompañante, y recordando lo duro que había sido verla con David durante aquellos años.

No quería pasar por lo mismo otra vez. Pero, si realmente le importaba Claire, debía dejarla en paz. Ella necesitaba un hombre como aquel con el que estaba bailando. Gafas tenía una sonrisa de oreja a oreja mientras se movían suavemente al ritmo de la música, y no dejaba de inclinar la cabeza para decirle cosas que la hicieran reír.

Pero, si seguía bajando la mano hacia su trasero...

—¿Estás bien?

Isaac alzó la vista y vio a Myles ante él. Estaba tan absorto en sus celos que ni siquiera se había dado cuenta de que el sheriff se había acercado a su mesa.

–Sí, muy bien. ¿Por qué? ¿A ti te parece que no estoy bien?

–A mí me parece que estás como una serpiente enroscada, a punto de atacar. Y eso no me parece una buena señal en un hombre como tú.

Isaac hizo girar el vaso de cerveza sobre la condensación que había en la mesa.

–¿Y qué tipo de hombre soy yo, sheriff?

–Uno que tiene mucho resentimiento.

–¿Ah, sí? ¿Y a quién le importa un bledo lo que pienses tú? No he hecho nada malo, y no tienes derecho a molestarme.

Aquella mañana, en el despacho de la comisaría, Myles y él habían charlado en términos amistosos, más o menos. Pero eso había sido aquella mañana. Era evidente que el sheriff estaba apoyando a Gafas, lo cual los situaba en bandos opuestos. Seguramente, Myles había elegido al mejor hombre, pero él no se sentía muy bien por ello.

–Voy a hacer como que no he oído eso. Sé que en este momento no eres tú mismo –dijo Myles–. Y te voy a dar un incentivo para asegurarme de que no estropees la velada.

¿Qué era eso de un incentivo? ¿Desde cuándo tenía el sheriff algo que él pudiera querer?

Apartó la vista de los ajustados pantalones vaqueros de Claire y miró a Myles. Apuró la cerveza.

–¿De qué estás hablando?

–He solicitado al juez que nos facilite los registros de llamadas telefónicas de Les Weaver. Si te vas ahora, cuando me los den te llamaré y los estudiaremos juntos. ¿Te parece justo?

Aquello solo era una cita a ciegas; la misma Claire se lo había dicho. Isaac nunca hubiera pensado que iba a tener que presenciarlo en directo, ni que sería tan difícil ver cómo se conocían. Tal vez fuera porque Gafas se parecía mucho a David; no físicamente, pero sí en su comportamiento general.

—No voy a empezar ninguna bronca, sheriff —gruñó Isaac.

Después, dejó unos dólares sobre la mesa y se marchó.

Jeremy estaba paseándose por la casa vacía. Normalmente le gustaba estar solo en casa, porque podía ver la televisión o comer algo sin que su padre se enfadara con él por haber cometido algún error tonto. Sin embargo, aquella noche no quería estar solo. La forma de comportarse de su padre durante aquellos últimos días, las llamadas que recibía y las maldiciones constantes que salían de sus labios le ponían muy nervioso. ¿Qué estaba ocurriendo?

Su padre no había querido decirle quién estaba al otro lado de la línea. Le había gritado por preguntárselo. No obstante, él estaba seguro de que hablaba con Les Weaver. Y sabía quién era Les Weaver, y cómo se ganaba la vida. Una vez, cuando su padre estaba borracho, le había contado que Les mataba a gente a cambio de dinero, y que algún día podía matarlo a él si causaba problemas.

Jeremy no quería dar problemas a nadie. Solo quería ir a casa de Claire. Quería asegurarse de que ella estuviera bien, pero no podía hacerlo. Su padre le había dicho que no saliera de casa, y se había llevado su Impala, el coche que le había regalado su jefe, porque el Jeep no arrancaba. Si quería ir a alguna parte, tendría que caminar. Caminar por la autopista era peligroso, pero a su padre no le importaba. Y tampoco le importaba que el Impala no fuera suyo. Se lo llevaba a todas partes.

La luna brillaba sobre el lago. Las amadas montañas de Jeremy se alzaban más allá. Pensó en salir, pese a lo que le había ordenado su padre. Tal vez se fuera de acampada hasta que tuviera que volver al trabajo, el lunes. Así, le enseñaría a su padre que no podía manipularlo como quisiera, ¿no? ¿Y si no volvía a casa aquella noche? Su padre se echaba a reír siempre que le amenazaba con hacerlo. Según él, no duraría ni un solo día, pero su padre no sabía nada. Las montañas iban a ser su refugio. Allí, ni siquiera Les podría encontrarlo. Y tenía todo el equipamiento necesario, porque había estado años reuniéndolo, poco a poco.

Sin embargo, nunca había pasado en las montañas una noche entera, aunque a veces había acampado en el jardín.

Le rugía el estómago de hambre, así que fue a la cocina y abrió la nevera. Dentro solo había cervezas, un frasco de aceitunas y algunos condimentos. Su padre se estaba gastando en alcohol todo el dinero de la pensión de invalidez; también se había gastado su paga. Por lo menos eso era lo que le había dicho aquella mañana cuando él le había preguntado si podían ir al supermercado.

La idea de no tener ni un dólar le producía un odioso sentimiento de pánico. No quería que les cortaran la electricidad otra vez. Le daba miedo vivir a oscuras en su habitación del sótano, tan cerca del hueco al que solo se podía entrar arrastrándose... Se preguntó si de verdad existirían los zombis que salían en la televisión.

Era mejor no pensarlo.

Cerró la nevera. Si quería comer, tendría que ir a Hank's. Llevaba casi quince años trabajando en la hamburguesería, dándoles la vuelta a las hamburguesas en la parrilla, friendo patatas y haciendo batidos, fregando el suelo y sacando la basura. Hacía lo que le pedía Hank, incluso si solo había pasado por allí a saludar, y Hank se lo agradecía. Hank le había dicho, hacía poco: «Jeremy, haces muy buen trabajo, hijo. No sé qué haría sin ti». Y después le había prometido que podía comer allí siempre que quisiera. «Nunca tendrás hambre mientras yo viva. Que no se te olvide, ¿eh? Aquí hay comida para ti. Siempre habrá comida para ti».

«Gracias, Hank», había murmurado él, porque no había mucha comida en casa últimamente.

Jeremy se encaminó hacia la puerta para ir a buscar una hamburguesa, pero había un problema: su padre se iba a enfadar si salía. En realidad, había dos problemas: ¿cómo iba a llegar hasta la hamburguesería, aunque tuviera el valor de desobedecer? No quería pasar por delante del cementerio. Le asustaba que allí hubiera tanta gente muerta, y desde que su padre había fingido que iba a atropellarlo, también le daba miedo caminar por la autopista. Creía que Don iba a atropellarlo algún día.

Si pudiera llegar al otro lado del pueblo, podría comer y podría visitar a Claire. Le gustaba vigilarla. Hacía que se sintiera mejor por Alana. Él le había prometido a Alana, hacía mucho tiempo, que iba a cuidar de Claire. También habría cuidado de Leanne, pero Leanne no era una persona agradable. Le gruñía cada vez que se acercaba a ella. Leanne no le caía bien.

Sonó el teléfono. ¿Era su padre, para comprobar si había obedecido y seguía en casa?

Tal vez. No tenían identificador de llamadas. Costaba dinero.

Respiró profundamente, porque nunca sabía de qué humor iba a estar su padre, y descolgó el auricular.

—¿Diga?
—¿Jeremy?
—¿Sí?

No era su padre. Era Tug. Sin embargo, aunque hubiera reconocido su voz, Jeremy no pudo relajarse. Tug ya había llamado antes, y parecía que estaba disgustado. Aquel día no estaba normal, y Jeremy lo sabía porque lo conocía; cuando trabajaban en la tienda de armas de Walt, su padre y él eran muy amigos.

—¿Está Don?
—No, señor. No ha vuelto a casa.
—¿Y sabes dónde puede estar?
—No.
—¿Estás seguro? Necesito hablar con él.

¿Por qué? Tug y su padre ya no se llevaban bien. Su padre decía que Tug se creía mejor que los demás ahora que tenía dinero. También decía que no era justo que Tug tuviera tanto cuando ellos tenían tan poco. Nunca explicaba por qué, pero, algunas veces, cuando se emborrachaba, decía que Tug tenía un «dinero de sangre».

A Jeremy no le gustaba cómo sonaba aquello.

—Ha dicho que me iba a despellejar vivo si salía de casa, y después se ha llevado mi coche.

Tug se disgustó aún más.

—Veo que sigue tan bueno contigo como siempre.

Jeremy no supo qué responder. Lo que había dicho Tug era agradable hacia él, pero no hacia su padre.

—Bueno, no te preocupes por nada —dijo Tug.

—Tal vez esté en el Kicking Horse Saloon, tomando una copa.

—No puedo ir a buscarlo esta noche. Tengo mucho que hacer —dijo. Después, distraídamente, añadió—: Ahora mismo voy, cariño.

—¿Disculpe? —preguntó Jeremy.

Su voz sonó más fuerte. «Cariño» era otra persona.

—Si vuelve durante la próxima hora, dile que me llame, ¿quieres? Si no, iré a buscarlo por la mañana.

Después de colgar, Jeremy se quedó mirando el teléfono. Si su padre estaba en el bar, seguramente llamaría el camarero. Normalmente, Sam lo llamaba para que fuera a recoger a su padre cuando pasaba demasiado tiempo allí.

Tal vez debiera llamar para comprobarlo. Si su padre estaba en el Kicking Horse, él podría dejar de preocuparse por Claire.

Al instante se sintió mejor. Sacó el listín telefónico y llamó al bar. Sin embargo, Sammy le dijo que no había visto a Don en toda la noche.

¿Adónde había ido su padre? Ya no le quedaban demasiados amigos...

—Por favor, a casa de Claire no. Que la deje en paz... —susurró Jeremy.

Pero, si Claire representaba una amenaza para él, no creía que su padre lo hiciera. La mataría de noche y escondería su cadáver en el bosque. O tal vez la llevaría a casa, para que la escondiera él. Su padre creía que él iba a hacer todo lo que le ordenara, fuera lo que fuera.

Jeremy miró hacia la puerta. Tenía que ir andando a casa de Claire, por la autopista, más allá del cementerio. Solo así podría asegurarse de que ella estaba bien.

Entonces se acordó de Isaac. Ella había estado mucho tiempo con Isaac durante aquella semana, igual que cuando terminaron el instituto. Seguramente en aquel momento estaba con él, y eso significaba que estaba bien. Nadie quería meterse en líos con Isaac. Incluso su coche tenía aspecto de ser malo.

Ignorando el dolor de estómago que le producía el hambre, Jeremy se sentó delante de la televisión a esperar a su padre. Sin embargo, Don no había vuelto a casa horas después, y Jeremy se puso tan frenético que decidió que tenía que marcharse. Por mucho que le asustara ir andando, tenía que llegar a alguna cabina de teléfono. Tenía que avisar a Isaac de que debía proteger a Claire, y no podía utilizar el teléfono de su casa, o Isaac sabría quién lo estaba llamando. Eso lo había aprendido al meterse en problemas por llamar demasiadas veces a Claire.

—¡Vamos, vamos! —se dijo. Podía hacerlo.

Pero, cuando miró el reloj, se preocupó aún más. Tal vez su padre ya había llegado hasta ella. Tal vez ya fuera demasiado tarde.

Claire se miró al espejo. Tenía buen aspecto, pero eso era todo lo que podía decir de aquella noche.

Suspiró, dejó el bolso sobre la cama y se quitó las sandalias. Después de que Isaac se marchara del bar, ella había tenido que quedarse dos horas más, que le habían parecido como dos días, y en aquel momento estaba tan cansada que no podía mantenerse en pie.

Tenía que dormir. Sin embargo, no podía dejar de darle vueltas a su conversación con April: «¿No sabías que era estéril?». Y con Leanne: «No soy de las que hablan de esas cosas». Y con Owen: «Me gustaría volver a salir contigo».

Le había dado su número de teléfono, aunque no sentía entusiasmo por tener una nueva cita con él. Parecía un chico estupendo, pero no había chispa. La diminuta chispa que hubiera podido sentir al principio se había apagado instantáneamente al ver a Isaac en el Kicking Horse. No podía renunciar a él, ni siquiera después de diez años, y ni siquiera a pesar del amor que había sentido por David.

Mientras pensaba en todo aquello, vio que la luz del contestador automático parpadeaba y, distraídamente, pulsó el botón para escuchar los mensajes.

–*¿Claire? Por favor, dime que no eres tan tonta como para volver a enredarte con Isaac Morgan.*

Era Roni. Ya le había llegado el rumor.

–*¿Qué te pasa? Has cambiado. Ninguno sabemos qué hacer al respecto, pero si no tienes más cuidado, vas a terminar sufriendo mucho.*

No hacía falta ser un genio para darse cuenta de eso. Claire pasó el resto del mensaje rápidamente. El siguiente era de Carrie.

–*¿Isaac? ¿De verdad? Me di cuenta de que te estabas callando algo, pero nunca hubiera pensado que era una aventura con Isaac Morgan. No te culpo, a mí también me gustaría tener una aventura con él* –dijo su amiga, riéndose–. *Pero ten cuidado, de todos modos. Es tan salvaje como los animales a los que fotografía...*

–E igual de peligroso –añadió Claire, y pasó también aquel mensaje.

Aparte de los dos mensajes, alguien había llamado y

colgado tres veces. La última de aquellas llamadas era de las doce y media, una hora muy tardía para llamar a una casa. ¿Sería Isaac? ¿Debía devolverle la llamada?

No. Debía olvidarse de todo lo que le causaba tanta confusión y concentrarse en dormir.

—¿Por qué tengo que quererte? —se preguntó en un murmullo, y se acurrucó sobre la cama sin quitarse la ropa.

«Si David estuviera aquí, no estaría ocurriendo nada de esto», pensó.

Sin embargo, no fue con David con quien soñó al quedarse dormida.

Capítulo 18

Cuando Claire abrió los ojos, se dio cuenta de que no había dormido mucho tiempo, y el reloj se lo confirmó: eran la 1:58 de la madrugada. ¿Por qué se había despertado? Quería volver a sumirse en la oscuridad de la que acababa de salir, pero oyó un ruido extraño junto la puerta trasera de su casa.

Era como si alguien estuviera intentando entrar.

¿Sería Leanne? No se le ocurría nadie que pudiera ir a verla tan tarde...

Al instante, se incorporó de golpe. Leanne no iría a la puerta trasera de su casa a medianoche. Alguien estaba intentando entrar. Oyó el clic del pomo, como si estuvieran girándolo insistentemente. ¿Quién podía ser?

Se levantó y salió de puntillas al salón, desde donde podía mirar hacia la cocina, en la penumbra.

No se había imaginado nada. A través del cristal de la puerta vio la silueta de un hombre.

Se le subió el corazón a la garganta. Vio que él se apartaba de la puerta y se acercaba a la ventana que había sobre el fregadero para mirar al interior.

A Claire se le escapó un grito cuando se dio cuenta de que era Isaac. Se posó la mano sobre el corazón para intentar calmarse después del susto. ¿Por qué estaba merodeando por su casa?

Isaac la había oído. Seguramente no podía verla, porque estaba escondida detrás de la pared del salón, y estaba más oscuro dentro de la casa que fuera, pero echó a correr hacia el porche delantero, donde Claire se encontró con él.

—¿Qué estás haciendo aquí? —gritó—. ¡Me has dado un susto de muerte!

No parecía que él estuviera contrito, sino preocupado. La miró de arriba abajo.

—¿Estás bien?

¿Por qué no iba a estar bien? Antes de que él la despertara estaba descansando.

—Sí, estoy perfectamente. ¿Por qué?

—Alguien me ha llamado desde una cabina. Estoy seguro de que era un hombre, aunque era difícil de distinguir. Tenía el auricular tapado con la mano, y hablaba tan bajo que apenas podía oírlo. Me dijo: «Claire está en peligro».

—¿Lo dices en serio?

Isaac tenía el pelo revuelto, como si él también acabara de salir de la cama.

—¿Te parece que estoy haciendo esto para divertirme un rato?

—No, pero… es tan raro… ¿Tienes idea de quién podía ser?

—No, ninguna.

—¿Y cuándo te ha llamado?

—Hace veinte minutos, el tiempo que he tardado en venir hasta aquí. Cuando llegué, todo parecía en orden, así que he creído que era una broma pesada. Estaba comprobando que no había nada extraño por tu casa e intentando averiguar si tenía motivos para preocuparme.

—¿Y por qué iban a gastarte una broma conmigo?

Él se encogió de hombros.

—¿Quién sabe? Puede que fuera alguien que se enteró de lo que había ocurrido en el estudio de tu madre y pensó que sería divertido sacarme de la cama para nada.

Podía ser eso, o… Claire recordó la llamada que le habían hecho a ella, preguntándole si había contratado un detective privado. Se le había olvidado contárselo a Isaac; había tenido tanto ajetreo que apenas había vuelto a pensar en ello.

—Esa llamada debió de ser de Les —dijo Isaac, cuando se lo contó—. Aparte de ti y de mí, ¿quién sabe que le dije que era detective privado?

¿Había sido él también quien había llamado a Isaac?

De cualquier modo, aquel asunto le ponía la piel de gallina, sobre todo después de lo que había pasado en el estudio de su madre.

—Siento que te hayan hecho esto —le dijo—. Has tenido que venir en mitad de la noche, y para nada.

—No importa. Me alegro de que no haya sido nada —dijo él. Se metió las manos en los bolsillos y se apoyó en el marco de la puerta—. Bueno, y... ¿te has divertido en tu cita de hoy?

Ella no se esperaba que se lo preguntara. Pensaba que el hecho de que ella saliera con otros hombres era una de las cosas de las que no iban a hablar, aunque siguieran viéndose. Isaac no quería comprometerse en una relación estable, pero tampoco quería perderla. Así pues, lo único que podía hacer era ignorar a los demás hombres de su vida.

—No ha estado mal.

Él miró en dirección a su dormitorio.

—¿Se ha ido?

—¿Y qué puede importarte a ti si ha estado aquí o no? —replicó ella.

Él la observó atentamente.

—No se me da bien compartir.

—¿No te acuerdas de que solo somos amigos?

—Sí, me acuerdo, pero eso no me sirve de nada.

—Está bien. Sí, se ha ido.

—Bien —dijo él. Entonces, entró y cerró la puerta—. ¿Y qué pasó después de que yo me marchara del bar?

—Bailamos —respondió Claire, y se encogió de hombros—. Nada más.

Él frunció el ceño, como si no quisiera hacer la siguiente pregunta, pero no pudo resistirse.

—¿Te besó?

Ella le devolvió el gesto huraño y dijo:

—No preguntes si no quieres saberlo.

Él arqueó una ceja.

—Habría estado bien un simple «no». Así podría dejar de ver las imágenes de vosotros dos juntos que no dejan de pasárseme por la cabeza.

Ella se puso las manos en las caderas.

—Muy bien, si quieres hablar de imágenes desagradables, ¿te has acostado alguna vez con mi hermana?

Incluso en la penumbra, ella pudo ver que fruncía el labio.

—¿Qué?

—Leanne. ¿Te has acostado con ella?

—¡No, demonios! Ni siquiera la he mirado. Dios, ¿quién te crees que soy?

—Creo que eso ya está claro.

—No, no está claro. Si crees que me acostaría con tu hermana es que no me conoces. ¿Por qué me preguntas eso?

Por fin, el alivio mitigó su miedo, y los nervios que sentía desde que Leanne había ido a verla a la peluquería, fingiendo que había tenido algo que ver con Isaac.

—Por el mismo motivo que tú me has preguntado por Owen.

Él la atravesó con la mirada.

—Estás celosa.

—¡Claro que estoy celosa! ¡Llevo diez años queriéndote!

Aquellas palabras se le escaparon antes de que pudiera darse cuenta. Ni siquiera sabía que iba a decir algo así.

Aquella confesión se quedó suspendida en el aire,

como el olor a pólvora. Seguramente, acababa de echar por tierra cualquier oportunidad de estar con él. Había llegado tan lejos que ni siquiera podía salvar su orgullo. Así era como había acabado con su relación la última vez: dejando que él significara demasiado para ella.

Tal vez fuera lo mejor. Así, él pondría fin a lo que estaba empezando a suceder entre ellos, y ella no tendría que luchar más contra sus inclinaciones naturales.

Claire contuvo la respiración a la espera de que él volviera a hablar, de que le explicara lo que ya le había dicho antes: que no podía corresponder a sus sentimientos.

En vez de eso, Isaac se le acercó y le alzó la barbilla con un dedo.

—Creía que seguías enamorada de David.

Claro, era lógico que se lo recordara. Sin embargo, su voz no tenía un tono sarcástico; la pregunta había sido sincera.

—Sí, lo estoy —susurró Claire—. No me hagas caso.

Cuando él inclinó la cabeza para estudiarla atentamente, ella supo que se había delatado a sí misma.

—¿Y yo no significo nada para ti?

—Eres bueno en la cama. Nada más. Y ahora, márchate —dijo Claire. Intentó empujarlo hacia la puerta, pero él se resistió.

—Puede que estés embarazada de un hijo mío.

Teniendo en cuenta el momento del mes, no era probable, pero sí era posible. No habían utilizado ningún método anticonceptivo aquella primera vez. Había pensado a menudo, aquellos días, en la posibilidad de estar embarazada de Isaac, había dejado que su corazón se acurrucara alrededor de aquella idea como si fuera un deseo secreto. Pero él había hecho un comentario que había surgido de la nada, como si se le hubiera escapado de la misma manera que a ella.

Claire se posó la mano automáticamente en el estómago.

—¿Es que eso te aterra, o qué?

Él la miró fijamente.

—He estado pensando en ello.

Claire se preparó por si él mencionaba el aborto. No iba a hacerlo. Si era necesario, tomaría al bebé y se iría corriendo con él, pero no iba a interrumpir su embarazo.

—Y...

—Me da mucho miedo, sí.

—Lógico.

Entonces, Isaac bajó la cabeza y la besó con ternura.

—Pero también me gusta la idea.

Ella tuvo una sensación cálida, y el nudo que tenía en el estómago desapareció. Se derritió contra él.

—¿Estás diciendo que quieres tener un hijo?

—Lo que digo es que quiero estar contigo. ¿Crees que podríamos conseguirlo? ¿Que podríamos ser felices juntos, si lo intentáramos?

No era un «te quiero», pero estaba muy cerca. De cualquier modo, él era el que tenía que creer que podían superar los demonios de su pasado; él era el que tenía que comprometerse a vencer sus dudas y sus miedos.

—Quizá debiéramos ir paso a paso —dijo ella.

—Eso me parece bien. Pero no quiero que salgas con nadie más.

Ella arqueó una ceja.

—Entonces, tú tampoco puedes salir con nadie.

—Siempre y cuando me des lo que quiero cuando lo quiera, no tendré por qué hacerlo —dijo él, en broma, y la tomó en brazos.

Estaba a punto de llevársela al dormitorio, pero ella lo detuvo.

—Vamos a tu casa.

Él vaciló.

—¿Por algún motivo?

—Un motivo sería la llamada que has recibido. Si hay algún peligro aquí, estaríamos demasiado expuestos. Otro motivo sería que Leanne vive al lado. Y otro, que tengo dos días libres...

—Me gusta el tercer motivo —dijo Isaac, y cambió de dirección.

Sin embargo, había algo que Claire se había callado. Aquella seguía siendo la casa de David. No había ninguna duda de que ella quería a Isaac; lo quería como nunca había querido a nadie. Pero también había querido a David de un modo único. E Isaac todavía no le había demostrado que pudiera ocupar el lugar de su marido. Todavía no.

Isaac estaba haciendo el desayuno otra vez. Claire olía la comida.

—No pensarás que vas a darme de comer cada vez que me quede a dormir en tu casa, ¿no? —gritó, pero no lo decía en serio. Cosa rara, pero tenía hambre, tal vez porque ya era mediodía.

—Ese es el precio de mis servicios amatorios —dijo él.

—¿Es que te crees que eres tan bueno como para que haya que pagarte?

—Anoche no tuve ninguna queja.

Ella sonrió al pensar que solo una mujer demente se quejaría del tipo de placer que él le había dado, y escondió la cara en la almohada.

—¿Bajas a desayunar? —gritó él, un momento más tarde.

Claire estaba tan feliz y tan llena de esperanza que casi no podía soportarlo. Y eso la asustaba. ¿Podía contar con Isaac, cuando todo el pueblo le decía que no lo hiciera? Él tenía unas terribles cicatrices de su niñez, y ya la había hecho daño una vez...

Cabía la posibilidad de que se llevara otro desengaño.

—Sí, un momento —dijo.

Se levantó de la cama y se puso la camiseta. Sin embargo, antes de que llegara a la cocina, sonó el teléfono, e

Isaac respondió. Al principio parecía cordial, pero después, su tono de voz se volvió duro.

—¿Quién es? —preguntó ella, acercándose.

Él miró hacia atrás por encima de su hombro.

—Tu hermana.

Claire sintió una punzada de ansiedad. ¿Ya había ocurrido algo malo? ¿Tan pronto?

—¿Por qué llama?

—Ahora mismo vamos —dijo él, y colgó.

—¿Isaac?

Cuando se giró hacia ella, le puso las manos sobre los hombros como si lo que tuviera que decirle no fuera fácil.

—Anoche entraron en tu casa, Claire.

—¿Qué?

—Rompieron de una patada la puerta trasera, y lo han registrado todo.

Claire no podía creerlo. Había tenido un mal presentimiento, pero solo porque se sentía culpable de ser tan feliz en brazos de Isaac. Nunca se hubiera esperado algo así.

—¿Leanne se lo encontró así, o la llamó alguien, o…?

—Fue a ver cómo estabas y, como no conseguía despertarte desde la puerta delantera, rodeó la casa hasta la trasera, y desde allí vio los destrozos.

Claire hizo una lista de las cosas que se robaban normalmente en una casa. Tenía un ordenador, una televisión de pantalla plana y una pintura de su madre que no quería perder, pero aparte de eso, y de algunos muebles, no tenía nada que alguien pudiera querer. No tenía joyas, ni dinero, ni drogas.

—¿Qué se han llevado?

Él dejó las sartenes que había usado a un lado y apagó el fuego.

—Eso es lo que vamos a tener que averiguar.

Cuando Isaac aparcó en la calle de Claire, la miró y, al

darse cuenta de lo rígida que estaba, lamentó no poder llevarse aquel golpe en su lugar. Pero no podía hacer nada. Ella salió del coche antes, incluso, de que pudiera decirle algo.

El sheriff King había llegado antes que ellos a la casa y ya había visto los daños. Estaba en el porche, hablando por radio. Al verlos juntos, se le hincharon las aletas de la nariz. Sin duda, hablaría con Claire más tarde y le haría advertencias sobre las compañías que frecuentaba, pero él estaba demasiado preocupado por lo que iba a ver Claire como para protestar en aquel momento. Myles saludó a Claire dándole un abrazo, pero ignoró a Isaac.

–Si esperas un minuto, te acompañaré –le dijo Myles, pero la persona con la que estaba hablando demandaba su atención, y ella le hizo un gesto para que continuara con su conversación.

Isaac la siguió al interior de la casa y, al instante, tuvo ganas de encontrar al tipo que había hecho aquello y enseñarle una lección. Todo estaba destrozado. No le habían robado la televisión, pero la habían hecho añicos, además de aplastar su ordenador y casi todas sus otras pertenencias, tuvieran valor o no. Los espejos estaban rotos, habían rasgado su ropa y las sábanas, habían arrancado las fotografías de las paredes. Habían destruido incluso su álbum de boda y el cuadro de su madre. Quien hubiera hecho aquello le había prestado una atención especial a las cosas que más podían importarle.

¿Y por qué? La destrucción no tenía ningún sentido. Isaac no entendía que alguien se arriesgara a ir a la cárcel por practicar el vandalismo. Mientras miraba de habitación en habitación, también se preguntaba cómo iba Claire a reemplazar todas sus cosas con el sueldo de una peluquera. Esperaba que tuviera seguro, porque sabía que el dinero que había heredado de sus abuelos lo había gastado en la escuela de peluquería, construyendo aquella casa y montando su propio negocio.

Algunas de las cosas que había perdido no podían ser reemplazadas. Ella murmuró que Tug y Roni y los padres de David tenían algunas de las fotografías de su boda, pero había muchas de las que no iba a poder conseguir copia. Eso tenía que ser muy doloroso para ella.

La vio pasarse las manos por las mejillas al descubrir varias fotografías flotando en la bañera. Isaac sintió tanta rabia al ver que alguien había querido herirla tanto que apenas pudo quedarse dentro de la casa.

Aparte de enjugarse las lágrimas, ella no reaccionó. Iba de un objeto a otro como aturdida.

Leanne tuvo que quedarse en el salón. No podía seguirlos con la silla de ruedas, porque el suelo estaba lleno de cristales rotos, componentes electrónicos, marcos de fotos y otros objetos de decoración.

—¿Quién ha podido hacer algo así? —preguntó Claire, cuando salieron del dormitorio y fueron de nuevo al salón.

Isaac no tenía la respuesta. Que él supiera, ella no tenía enemigos en Pineview, ni tenía ningún motivo para estar enfadado con ella, salvo, tal vez, Rusty. A Rusty no le había gustado que lo rechazara, pero ¿iría tan lejos? ¿Se arriesgaría tanto?

Isaac oía la voz entrecortada de Myles al fondo. El sheriff estaba hablando con los técnicos forenses. Quería que fueran a la casa y tomaran las huellas dactilares. Estaba tan disgustado como él.

Leanne le había dicho algunas palabras a Claire cuando habían entrado en la casa.

«Lo siento muchísimo, Claire... No me lo puedo creer... Me alegro de que no estuvieras aquí, y de que estés bien».

Sin embargo, desde entonces había estado en silencio. Cuando Isaac la observó, sus miradas se cruzaron y, durante un breve momento, él vio una extraña expresión en su cara.

Desapareció tan rápidamente como había aparecido, así que él no estaba seguro de si lo había visto de verdad, pero tuvo la impresión de que Leanne sentía un placer perverso ante el dolor de su hermana, y eso lo enfureció aún más.

Isaac ya sabía, desde cuando Claire y él estuvieron juntos después del instituto, que Leanne tenía problemas. Claire siempre la disculpaba, pero Leanne era una persona muy difícil. Para Isaac estaba claro que tenía celos de su hermana, pero no sabía hasta qué punto.

¿Sentía Leanne tantos celos de Claire como para hacer aquello?

Esperaba que no. No quería que Claire se llevara aquella sorpresa tan desagradable cuando se supiera la verdad, porque iban a averiguar la verdad. El culpable de aquel destrozo iba a recibir su castigo, aunque Isaac tuviera que gastarse todo su dinero para conseguirlo.

—Esto es... tan... destructivo —dijo Claire con un hilo de voz. Sin embargo, estaba controlando sus emociones—. El que lo ha hecho tiene que odiarme mucho.

No, no necesariamente. ¿Había algo más en juego?

—¿Dónde has puesto los informes del caso de Alana? —preguntó él.

Claire abrió mucho los ojos.

—No pensarás que...

—Claramente, es una coincidencia muy grande.

—Sí. Es cierto. Oh, Dios... —Claire se marchó apresuradamente a la cocina y señaló la mesa de la cocina, que estaba tirada en el suelo, de lado—. Estaban aquí.

Y habían desaparecido. Hasta la última entrevista, hasta la última hoja de papel.

—A alguien no le gusta nada que estés investigando la desaparición de tu madre.

—Pero... si ya lo he leído todo. ¿Qué esperan ganar llevándose ahora esa carpeta?

—Tal vez no sabían que la tenías, o se la hubieran llevado antes. Ya no valen mucho, pero por lo menos saben lo que tú sabes, y si eres o no eres una amenaza para ellos.

–¿Qué estás diciendo? –preguntó Leanne, que había conseguido seguirlos hasta la cocina–. ¿Crees que esto tiene algo que ver con nuestra madre?

Isaac se volvió hacia ella.

–¿Tú no?

Aquella extraña expresión apareció de nuevo.

–Pues no. ¿Es que todo tiene que estar relacionado con ella? Se marchó hace quince años, por el amor de Dios. Y que sepamos, cabe la posibilidad de que esto lo haya hecho una de tus muchas amantes. O alguna mujer que te tenía echado el ojo desde hace tiempo y tiene envidia de que te estés acostando con mi hermana.

–¿Te refieres a alguien que me llama noche y día aunque yo no respondo a las llamadas? –replicó él.

Claire se giró para prestar atención a lo que estaban diciendo, pero sus palabras ya habían tenido el efecto deseado. Leanne se pensó mejor lo que iba a decir, cerró la boca y se marchó de la casa.

Un momento después, la vieron por la ventana de la cocina, cruzando la calle.

–¿Qué ha ocurrido? –preguntó Claire, con la frente arrugada.

Desde que Leanne lo había visto llevar a casa a Claire el miércoles por la mañana, lo había llamado unas diez veces. Y durante aquellos pasados años, se le había insinuado en algunas ocasiones. Sin embargo, Isaac no quería contárselo a Claire, y menos después de que ella le hubiera preguntado si se había acostado con Leanne.

–Tiene sentimientos contradictorios hacia ti. Lo sabes, ¿no?

–Es su peor enemiga, pero... no es tan mala como parece.

¿Podían estar seguros de ello? No. En aquel momento, no.

–Pero sé consciente de que no puedes fiarte de ella –le dijo Isaac, y lo dejó así, porque Myles acababa de entrar en la casa.

—¿Se te ocurre quién puede haber hecho esto?
—No —dijo Claire.
—¿Falta algo?
—Parece que no —respondió ella. Se frotó los ojos como si estuviera cansada, pero Isaac sabía que estaba conteniendo las lágrimas—. Solo los informes del caso de mi madre.

Myles se volvió hacia él.

—Los que mencionaste en mi despacho. Los he estado revisando.

—¿Y?

—Leland Faust me ha explicado lo que ocurrió. David y él aparecieron en la comisaría una noche para visitar a Rusty. Había muy poco personal y, mientras Leland distraía a Rusty, David consiguió lo que quería.

—¿Cómo?

—Fácil. Nadie había abierto esas carpetas desde que Claire pidió que se cerrara la investigación la última vez. Estaban olvidadas en el compartimiento de Jared. David se las metió debajo del abrigo y salió con ellas.

—¿Y cómo devolvió los originales? —preguntó Claire.

—De la misma manera. Salvo que Leland lo hizo por él.

Eso explicaba por qué Leland se había comportado de una manera tan extraña cuando Isaac lo había llamado. Sabía que David había estado investigando la desaparición de Alana, y seguramente se preguntaba si había alguna conexión entre eso y su muerte.

—Claire, si no te di todos los detalles sobre el caso de tu madre fue porque no tenía pruebas ni respuestas —dijo Myles—. La investigación estaba en curso. No podemos revelarlo todo cuando investigamos, o sería mucho más fácil para el culpable mantenerse un paso por delante de nosotros. ¿Lo entiendes?

—Sí. Pero tienes que ver la situación desde mi perspectiva, Myles. Quiero saberlo. Hace quince años que ocurrió, y estoy cansada de esperar respuestas.

Él asintió.

—Lo entiendo. Y tengo una buena noticia en mitad de todo esto.

—¿Cuál es?

—Puede que quien haya destrozado tu casa se haya dejado alguna huella dactilar, alguna prueba. Aunque es muy doloroso, tal vez también sea un avance en el caso. Tienes seguro de hogar, ¿no?

—Sí, pero... no me van a devolver las cosas que me importan de verdad.

—Ya lo sé. Y no creas que van a encontrar huellas —dijo Isaac—. El tipo se pasó un buen rato aquí, lo cual me da a entender que tiene la suficiente experiencia como para haberse puesto guantes.

A Myles no le gustó aquel comentario, pero Isaac no veía motivos para darle falsas esperanzas a Claire. Eso solo le causaría más decepciones.

—Vamos a buscarlas, por si acaso —dijo Myles—. Vamos a hacer todo lo que podamos.

Recibió un aviso por radio, e iba a salir del salón para atenderlo, pero Claire lo detuvo.

—¿Myles?

Él la miró.

—¿Alguna vez has tenido alguna declaración de April Cox en esta investigación?

Él frunció el ceño.

—¿Qué declaración?

—Ella dice que encontró algunos correos electrónicos en el ordenador de Roni, que demuestran que tenía una aventura con Tug ya antes de que mi madre desapareciera.

—Nunca había oído nada de eso.

—Así que su declaración, o su interrogatorio, o lo que sea, no estaba en tu copia del expediente del caso.

—No, pero puedo llamar al sheriff Meade para ver si recuerda algo. Que yo sepa, todavía está disfrutando de su jubilación en Big Fork.

—Pero si él retiró esa declaración a propósito del expediente como favor a mis padrastros, seguramente no lo admitirá —dijo Claire.

Myles se pasó una mano por el pelo.

—¿Crees que Tug o Roni pueden estar detrás de esto?

—¿Puedes descartarlos?

—No —dijo él—. No puedo.

Capítulo 19

Claire no había pensado nunca que iría a vivir a casa de Isaac. Habían pasado de no hablarse a recuperar su tórrida aventura a vivir juntos en una semana. Estaba impresionada por el súbito cambio de Isaac, y se preguntaba si él sentía lo mismo. Si sentía lo mismo, no lo demostraba. Él era el que se había empeñado en que recogiera la poca ropa que quedaba y se quedara en su casa. No creía que fuera a estar segura en ningún otro sitio.

Myles los había oído hablar de su alojamiento temporal y había interrumpido la conversación para decir que también podía ir a su casa. Claire sabía que no le gustaba que tuviera una relación con un célebre rompecorazones y que, sin duda, pensaba que Laurel también se iba a disgustar. Sin embargo, Myles y Laurel tenían que ocuparse de su familia, y ella no quería interrumpir su vida. Intentó decir que podía quedarse en su propia casa, o en casa de Leanne, pero Isaac no lo aceptó. Además, Leanne no había vuelto, así que no parecía que quisiera acogerla.

Después de meter las bolsas en el maletero del coche de Isaac, pasaron varias horas limpiando el desastre, incluyendo el polvo que había usado la policía para sacar las huellas dactilares. Habían conseguido muchísimas, pero seguramente todas eran suyas, o de Leanne, o tal vez de Isaac. Tardarían un par de semanas en identificarlas.

—¿Estás bien?

Isaac la estaba mirando desde el otro lado de una mesa de Hank's Burger Joint. Habían pasado tanto tiempo intentando ordenar su casa y haciendo la lista para la compañía de seguros que ya era por la tarde.

—No has dicho ni una palabra desde que hemos llegado.

Ella miró el plato y suspiró.

—No ha sido fácil ver todas mis cosas destrozadas, pero... sí, estoy bien.

Más o menos. Su vida con David se desmantelaba lentamente; incluso sus recuerdos estaban empezando a parecerle distantes. Eso, sumado a lo desleal que se sentía, complicaba una situación ya de por sí complicada.

Por otra parte, tenía cosas que agradecer. Tenía el seguro, que cubriría gran parte de los gastos. Y podría haber estado en casa cuando se produjo el allanamiento. Seguramente, el intruso la habría agredido.

—No estás comiendo nada —dijo él—. Solo estás picoteando la hamburguesa.

Él frunció el ceño de tal manera que ella tuvo que dar un bocado.

—Voy progresando.

Él apoyó los codos en el borde del respaldo del asiento.

—Me cuesta creer que Leanne no viera ni oyera nada anoche. Vive muy cerca.

—Seguramente estaba dormida cuando ocurrió todo. Y, una vez que está dormida... no creo que haya nada que pueda despertarla. También hay muchas probabilidades de que estuviera borracha.

—¿Tu hermana bebe mucho?

—No sé si bebe hasta el punto de quedarse inconsciente. Solo digo que bebe más de lo que yo quisiera.

—¿Por qué se opone a que reabran el caso de tu madre?

Claire sabía por qué le estaba haciendo aquellas preguntas. A él no le gustaba nada Leanne; eso había quedado claro en la casa. Isaac suponía que su hermana tenía secretos, y estaba en lo cierto. Y, aunque ella no iba a revelarle cuál era su secreto de cuando tenía trece años, tenía que darle alguna respuesta, porque todos sus instintos estaban en alerta.

−Hizo algo de lo que se arrepiente mucho, pero no tiene nada que ver con mi madre ni con su desaparición −dijo. No sabía cómo explicarse sin dejar de ser leal a su hermana.

−Algo de lo que se arrepiente... −repitió él.

−Sí.

−¿No vas a decirme qué?

−No puedo. Es algo personal y muy vergonzoso. No quiero que se haga público.

−Yo no se lo diría a nadie. Espero que lo sepas.

−Sí, lo sé, pero ella no querría que lo supieras. Así pues, tienes razón al pensar que está ocultando información.

−¿Y no tiene nada que ver con tu madre?

−No... directamente.

−¿Es algo que no querrías que descubriera un detective privado?

−¿Cómo?

Isaac se inclinó hacia delante y tomó un par de patatas fritas del plato de Claire.

−He contratado a una detective, Claire.

−¿Para qué?

−Para que investigue la desaparición de tu madre.

−Pero... ¿cuándo? Yo he estado contigo todo el día.

−Tomé la decisión ayer.

¿Antes de que su casa fuera saqueada?

−Pero... yo no puedo permitir que hagas eso. Los detectives privados son muy caros. Y nosotros ya lo hemos intentado.

−Algunos detectives son mejores que otros. Y tú no tienes que pagar nada.

—Ni siquiera sé cuándo voy a poder devolverte el dinero.

—Eso no es ningún problema. Solo te lo he contado porque ella va a investigar para descubrir todo lo que pueda. Si tu hermana tiene un secreto vergonzoso, tal vez no siga siendo un secreto durante mucho tiempo. ¿Crees que será muy problemático?

Claire tuvo un escalofrío al pensar en que el error de Leanne se hiciera público, cosa que sucedería si la detective lo averiguaba. Ella tendría que entregarles todas las pruebas a la policía. ¿Podía permitir que se hiciera una investigación tan extensa? Tal vez Leanne no fuera la única baja. ¿Y si se sabía que su madre utilizaba métodos anticonceptivos sin que Tug lo supiera? ¿O que Tug y Roni tenían una aventura?

¿Y si aquella detective averiguaba cosas terribles, pero no conseguía averiguar nada sobre su madre?

Arrastraría a toda la familia por el lodo a cambio de nada...

—¿Es buena? —le preguntó a Isaac.

—Es la mejor. Encontró a mi madre, y apenas tenía material para empezar.

Aquella revelación fue inesperada para Claire. Su pasado era un tema intocable, y siempre lo había sido. Él nunca hablaba de la mujer que lo había abandonado.

—¿Dónde está tu madre?

—Murió.

Isaac no demostró ninguna emoción, pero ella sabía que tenía que sentir algo. Quería saber qué había ocurrido, por qué había hecho su madre lo que había hecho. Sin embargo, le parecía frívolo preguntar solo por curiosidad.

—Lo siento.

Él apretó la mandíbula.

—Tu madre también está muerta. Estoy convencido de ello. Pero se merece justicia, y tú te mereces las respuestas que buscas.

—Quiero respuestas, pero ¿a qué precio?
—Eso debes decidirlo tú. Yo pagaré a la detective siempre y cuando tú puedas vivir con lo que ella descubra. ¿Podrías soportar ver en la cárcel a tu hermana, o a tu padrastro, o a alguien a quien quieres?
—¿Crees que la persona que la mató es alguien tan cercano a mí?
—¿Después de lo que te dijo April? No tengo duda.

Jeremy Salter carraspeó. Estaba junto a su mesa. Claire estaba tan concentrada en su conversación que no se había dado cuenta de que se acercaba, pero no debería sorprenderla. Jeremy estaba enamorado de ella desde que eran niños. Siempre había gravitado hacia ella, estuvieran donde estuvieran.

—¿Quieres más ketchup... o más refresco, Claire? —le preguntó.

Ella sonrió.

—No, gracias.

Él dejó algunas servilletas de papel junto a su codo.

—Yo... siento mucho lo de tu caída en el estudio. Lo siento mucho. Mucho.

Claire se tocó los puntos que tenía sobre la oreja. Tenía que ir a ver al doctor Hunt para que se los quitara.

—Gracias, Jeremy. Te lo agradezco.

Isaac también se había hecho una herida considerable, pero Jeremy no lo sabía, o no le importaba. Parecía que no se había percatado de que estaba allí. Sin embargo, Jeremy no pensaba como las otras personas; siempre había sido diferente. Aunque sus padres nunca habían buscado un diagnóstico médico oficial, Jeremy tenía problemas mentales y emocionales, pero era bueno.

—¿Vas a tener tiempo para cortarme el pelo esta semana?

Ella se aclaró la garganta. Había aguantado su obsesión durante años, pero, de vez en cuando, aquella devoción la ponía nerviosa.

—¿Has pedido hora?
—No lo recuerdo.

Debería tener una tarjeta en la que ella habría escrito su próxima cita. Siempre lo enviaba a casa con una. No era un cliente que quisiera conservar a toda costa, puesto que le cortaba el pelo a cambio de lo que él llevara en el bolsillo, pero era lo menos que podía hacer por alguien que siempre había sufrido burlas, rechazo y maltrato. Tenía un mal padre con demasiados problemas propios. Don Salter había trabajado muchos años en la armería de Walt después de que Tug se marchara, hasta que Walt le había acusado de robar. Aquello nunca llegó a demostrarse, pero la sospecha fue suficiente para que perdiera su puesto de trabajo.

Después había trabajado en varias cosas hasta que se había convertido en reparador de tejados. A causa de una caída se había dañado la espalda y, desde entonces, no había vuelto a tener ocupación. Ella se lo encontraba de vez en cuando y, si no estaba borracho, tenía resaca. Sin embargo, ese no era el motivo por el que desagradaba a Claire. La gente decía que era negligente con Jeremy; algunos decían, incluso, que lo maltrataba. Nadie había querido nunca avisar a las autoridades para que los servicios sociales intercedieran, porque sabían que enviarían a Jeremy a alguna institución si se lo quitaban a su padre. Su madre tampoco lo quería: se había ido a vivir a Oregón cuando él era niño, y se había negado a llevárselo consigo.

—Seguro que está apuntado. Lo miraré y te llamaré.
—Muchas gracias, Claire.

Ella removió el hielo de su bebida.

—Aunque, si es esta semana, tal vez tenga que retrasarlo, Jeremy —le dijo—. Me voy a tomar unos días libres.
—¿Sí? ¿Por qué? ¿Vas a salir del pueblo?

Casi parecía que le había entrado pánico, pero Claire lo conocía lo suficientemente bien como para saber que las alteraciones en lo cotidiano, por mínimas que fueran, lo angustiaban.

—Tengo que resolver algunos problemas, pero te llamaré pronto. No te preocupes.

—Estoy preocupado —dijo él—. Muy preocupado.

Lo parecía. Claire le apretó el brazo.

—Todo se va a arreglar, te lo prometo.

—Eres muy buena, Claire. No... no te mereces lo que te está pasando.

Supuso que se refería al golpe de la cabeza. Dudaba que se hubiera enterado ya de lo de su casa, aunque en aquel pueblo todo era posible... De todos modos, Jeremy decía a menudo cosas raras.

—Gracias de nuevo. Dile a Hank que la hamburguesa estaba deliciosa.

—¿Quieres que te traiga un batido? Te invito. Es para compensarte por tu caída.

—Te lo agradezco, pero estoy llena.

—De acuerdo.

—Tal vez pudieras traerme un batido a mí —dijo Isaac.

Jeremy se quedó asombrado, como si hubiera olvidado que Isaac estaba allí.

—Eh... sí claro. Supongo que sí. ¿De qué lo quieres?

Isaac sonrió.

—En realidad, yo también estoy lleno, pero gracias.

—Si tú lo dices —respondió Jeremy, y volvió a mirar a Claire—. Me alegro de que hayas venido. Siempre me alegro mucho de verte, Claire.

Por fin, Jeremy volvió a su trabajo. Claire quería volver a la conversación que estaban manteniendo Isaac y él cuando los había interrumpido, pero Isaac tenía una sonrisa irónica que la distrajo.

—Parece que tengo un competidor.

—Jeremy es inofensivo. ¿Te acuerdas de él en el colegio? Era... ¡Espera! Claro que te acuerdas. Pegabas a todos los niños que lo miraban mal.

—Y ya veo que está muy agradecido por ello —dijo él, riéndose—. Parece que mi cochambrosa amistad no puede compararse con tu preciosa cara. Pero de todos modos, no me sorprende. Siempre ha estado enamorado de ti.

Estaba deslizándose para salir del asiento cuando sonó la campanilla de la puerta y entró su madrastra. Roni no comía carne, así que Claire se sorprendió al verla allí, hasta que quedó claro que no había ido a cenar. Se acercó rápidamente, y Claire se dio cuenta de que había parado porque había visto el coche de Isaac.

–¿Es cierto? –preguntó.

–¿El qué?

–¿Fuiste a casa de April?

Ya se había corrido la voz, tal y como ella había temido.

–Estuvimos charlando, pero...

–Pero se supone que no debo ofenderme, ¿no? Seguro que no estuvisteis hablando de mí.

Claire no respondió.

–Por supuesto que sí. ¿De qué otra cosa podíais hablar vosotras dos? ¿Qué es lo que te ocurre? ¿Qué te hemos hecho para que te vuelvas contra nosotros de esta forma?

–No me habéis hecho nada. Es solo que... Tengo que investigar en todas partes y oírlo todo.

A Roni le tembló la barbilla.

–No puedo creer que sospeches de nosotros. Después de todo lo que hemos hecho por ti.

–No sé de quién sospechar, mamá. Solo estoy buscando respuestas.

–Y mientras, te has ido a vivir con un hombre que te va a dejar plantada en cuanto cambie de humor. Como antes.

Isaac se puso tenso. Claire se dio cuenta.

–Mamá, por favor. Deja mi vida personal en paz.

–¿Cómo voy a hacer eso? ¡Te he criado!

No, en realidad no. Pero Claire lo dejó pasar.

–Y te lo agradezco...

–Pues tienes una manera muy extraña de demostrarlo

—dijo Roni, e hizo una pausa—. Leanne ha dicho que vais a vivir juntos.

Claire empezó a preguntarse si todo el mundo tenía razón y ella estaba equivocada.

—Durante un tiempo, sí. Hasta que arregle mi casa. Si has hablado con Leanne, debes de haberte enterado de lo ocurrido.

—Por supuesto que sí. Voy a reunirme con tu padre allí, en tu casa, pero al ver el coche de Isaac me he dado cuenta de que ya te habías ido.

—Pero has entrado aquí enfadada porque hablé con April. ¿No te importa más mi casa y todo lo que me está pasando?

—Yo puedo ayudarte a arreglar tu casa. No tienes por qué ir a vivir con Isaac. Puedes quedarte con nosotros. O con Leanne.

Ella no tenía ganas de ir a ninguno de los dos sitios.

—Ya me he decidido. Y como te he dicho, no será mucho tiempo.

—Lo suficiente para que haya problemas. ¿Y si te deja embarazada? ¿Qué pasaría entonces?

Claire sabía que eso ya podía ser cierto, pero no dijo nada.

—Él nunca te tratará como David —estaba diciendo Roni—. Te dejará en cuanto tengas un bebé en el vientre.

Isaac no se defendió, pero sus ojos adquirieron un brillo duro. Era como una advertencia de que podría vengarse con unas palabras igualmente ofensivas y desagradables.

—Yo me preocuparé de mi reputación, ¿de acuerdo? —dijo Claire.

Quería sacarlo de la hamburguesería antes de que discutiera con Roni. La riña entre su madrastra y ella era complicada, y no sabía si iban a poder superarla.

—¿Crees que ahora se va a portar mejor que antes contigo? —prosiguió Roni—. ¿Crees que va a hacer lo mejor para ti?

Claire no quería seguir hablando de eso delante de Isaac. Él ya había demostrado mucho más dominio del que ella hubiera esperado nunca.

—Hablaremos más tarde —insistió.

Sin embargo, Roni estaba demasiado disgustada como para ceder.

—Leanne me ha contado cómo te has estado comportando últimamente.

—Ella... ¿qué? —preguntó Claire—. Ni siquiera sé a qué te refieres. Estoy haciendo lo que puedo para avanzar. Si no podéis entenderlo...

—Lo que entendemos es que quieres echarnos a nosotros la culpa de lo que le pasó a tu madre. Y eso no nos gusta.

—No quiero culpar a nadie. Solo quiero saber la verdad. ¿Es pedir demasiado?

—¿Y por eso me has apuñalado por la espalda yendo a casa de April? ¿A ponerme verde?

—Roni...

—¿Así que ahora soy Roni? —gritó su madrastra—. ¿No tu madre, como he sido durante quince años?

—¡Claro que sí lo eres!

—Entonces, ¿por qué no me has llamado esta mañana, cuando te has enterado de que han entrado en tu casa? ¿Y por qué no te has disculpado por tu comportamiento de la peluquería?

—Por favor, ya basta. Estás sacando todo esto de quicio.

—¡Déjala en paz! —gritó Jeremy.

Claire se acercó a él para calmarlo.

—No te preocupes por mí, Jeremy. Estoy perfectamente.

Roni se dirigió a él moviendo el dedo índice.

—Tú no te metas en esto, Jeremy Salter, o se lo diré a tu padre, y ya sabes lo que hará.

Claire se puso entre ellos para distraer a Roni.

—Por favor, no le amenaces. Estás enfadada conmigo,

no con él. No he llamado esta mañana porque estaba muy ocupada.

–¿Dándote un revolcón? –preguntó Roni.

Por el gruñido de Isaac, Claire supo que había llegado al límite de su paciencia. Él la tomó de la mano para llevársela, pero Claire respondió a su madrastra.

–No tienes ningún derecho a juzgar a Isaac, ni a mí, ni a nadie.

–No me importa lo que piense de mí –dijo Isaac.

Claire lo ignoró.

–Vete a casa –le dijo a Roni–, y dame espacio, ¿de acuerdo? Llamaré cuando haya resuelto mi vida.

Después, Isaac y ella se marcharon, antes de que el enfrentamiento empeorara. Sin embargo, Roni no le permitió tener la última palabra.

–No te creas que vas a poder venir arrastrándote hacia nosotros cuando él te destroce el corazón –le gritó.

Claire no podía creerlo. Nunca había tenido una pelea tan grande con su madrastra, y en dos días había tenido dos enfrentamientos graves. Le disgustaba pensar que estaban enfadadas y que, tal vez, estaba permitiendo que sus dudas y sus miedos la privaran de sentido común.

Su mundo era un caos, como su casa aquella mañana. Sin embargo, Isaac caminaba con energía, y tenía su mano bien agarrada. Antes de que pudiera darse cuenta estaban en su coche, y ella estaba mirando cómo Hank's Burguer Joint se hacía más y más pequeño en la distancia.

Capítulo 20

Claire se miró al espejo del baño de Isaac entre el vapor. Realmente, no necesitaba darse una ducha, pero no sabía qué hacer. Al llegar a su casa, necesitaba pasar unos minutos a solas para recuperar la calma.

—¿Te has vuelto loca para venir aquí? —se preguntó a sí misma en un susurro—. Completamente —respondió.

Y, sin embargo, ¿podía haber hecho alguna cosa de una manera distinta? Se sentía como si la estuviera arrastrando una ola gigante que provenía de su pasado y la llevaba a un sitio nuevo; sin embargo, todavía estaba por ver si ese sitio era mejor o peor.

De todos modos, ella no tenía la culpa de lo que estaba sucediendo. No podía evitar sentir aquella necesidad de saber lo que le había pasado a su madre, ni era la culpable de que, seguramente, alguien hubiera contratado a Les Weaver para que matara a su marido. Y no era su culpa que cierta gente no tuviera coartada, ni de que hubiera tantos rumores sobre infidelidades maritales, celos y avaricia. Ella solo estaba intentando resolver un enigma.

Sonó el teléfono, pero Claire no pudo oír lo que decía Isaac al responder. Se preguntó si sería para ella, pero Isaac no llamó a la puerta.

¿Y si era otra mujer? Isaac decía que no quería que ella saliera con otros hombres, y parecía que él tampoco iba a salir con otras mujeres, pero para eso, tendría que cambiar su comportamiento y sus hábitos, y Claire no confiaba en que Isaac pudiera soportarlo durante mucho tiempo. Cabía la posibilidad de que, dentro de pocos días, ella tuviera que marcharse de allí humillada porque todo el pueblo iba a enterarse de su ruptura. Había arriesgado su orgullo, además de sus otras relaciones.

Isaac llamó suavemente a la puerta y la sacó de su ensimismamiento.

−¿Vas a quedarte ahí toda la noche?

Ojalá pudiera. En aquel baño se sentía más segura que en ningún otro sitio.

−Voy.

−Ha llamado tu amiga −le dijo él.

−¿Laurel?

−Sí.

−¿Está esperando para hablar conmigo?

−No. Le he dicho que estabas en la ducha.

−¿Y qué quería?

−Venir a recogerte.

−¿Y qué le has dicho tú?

−Que estás bien aquí.

¿Estaba bien allí, de veras?

−¿No es cierto? −preguntó él, al ver que ella no respondía.

−Claro que sí. Te agradezco mucho tu hospitalidad. Pero no veo por qué voy a tener que molestarte durante mucho tiempo.

Hubo una pausa muy significativa antes de que él respondiera.

−¿Es eso lo que estás haciendo? ¿Molestarme?

−Yo... no lo sé −dijo Claire−. Ha sido un día muy largo. ¿Tenemos que definir las cosas?

El tono de voz de Isaac se suavizó.

−No. Creo que los dos estamos demasiado cansados como para eso.

—Gracias.
—Entonces, ¿vas a salir de ahí y a venir a la cama?
—Claro. Ahora mismo voy.

Cuando salió, él estaba apoyado contra la pared, con los brazos cruzados, esperándola.

—¿Estás bien?

Él ya se lo había preguntado durante la cena. Claire tuvo la tentación de darle la misma respuesta automática, para poder disimular el caos de emociones que sentía. Sin embargo, no se encontraba bien, y no quería mentir.

—No. No quiero perder a mi familia —admitió.

—Entonces, ¿quieres que despida a la detective? ¿Preferirías dejar el pasado tal y como está? Es una opción, ya sabes.

No, no era una opción. Ya era muy tarde para eso.

—Esto ha ido demasiado lejos. Si me rindo ahora, siempre dudaré de ellos.

—Si le hicieron daño a tu madre, deberían responder por ello.

En parte, estaba de acuerdo con él. Pero, por otra parte, le parecía que sería una catástrofe, otra pérdida.

—Ya lo sé.

—Tú podrás enfrentarte a lo que ocurra.

No sabía si estaba equivocado, pero sus palabras la reconfortaron. Con una sonrisa, la llevó a la habitación. Claire pensó que, tal vez, Isaac la había esperado porque quería hacer el amor con ella; sin embargo, no tenía ánimos, y pareció que él lo comprendía. Se quitó los pantalones vaqueros y los dejó sobre una silla, pero no se quitó la camiseta ni la ropa interior, ni intentó convencerla para que se desnudara. Simplemente, se acostó a su lado y la abrazó hasta que ella se sintió tan cálida y segura que comenzó a relajarse.

Sería muy fácil acostumbrarse a dormir con él. Incluso en el desastre que era su vida en aquel momento, apoyar la cabeza en su hombro la hacía feliz. Pero eso era, exactamente, lo que más la asustaba. El sueño le pesaba en los párpados, pero se obligó a mantener los ojos abiertos para poder ver su perfil en la penumbra.

–¿Isaac?
–¿Umm?
–Ha podido ser Les Weaver el que ha destrozado mi casa.

Él se movió y le acarició el pelo.

–¿Y por qué piensas eso?
–Porque me llamó. Y puede que también fuera el que te llamó a ti.

Él la estrechó contra su cuerpo.

–Pensar que ha sido Les es más fácil que pensar que ha sido tu hermana.

–Ese no es el único motivo. Mi hermana nunca me haría tanto daño.

Isaac cambió de tema, lo cual le dio a entender a Claire que no estaba de acuerdo.

–Mañana a primera hora llamaré a Myles. No sé si se va a alegrar de oírme, pero quiero saber si consiguió los registros de llamadas telefónicas de Weaver.

Myles no había tratado muy bien a Isaac en su casa aquel día. Habían intercambiado unas cuantas palabras, pero la mayoría de las veces, Myles se había dirigido a ella como si Isaac no estuviera presente.

–Mis amigos solo quieren cuidarme. Lo entiendes, ¿no? –murmuró ella.

–Sí, lo entiendo.

Claire deslizó la mano por debajo de su camiseta y, suavemente, le pasó los dedos por los puntos del pecho para asegurarse de que se le estaba cerrando la herida. Después, posó la palma sobre su corazón, y se deleitó con sus latidos. Se sentía calmada, y le agradecía mucho su apoyo.

–¿Isaac?
–¿Qué?

—Haces que me sienta bien —le dijo.
—¿Aunque no sea David?
—Aunque no seas David.
Él le rozó la sien con los labios.
—Estás a salvo aquí, Claire. Duerme un poco.

Capítulo 21

Cuando Isaac se despertó, era tarde, las diez u once de la mañana. Aunque no fue la luz del sol, que inundaba la habitación, lo que le sacó de la inconsciencia. Era Claire. Se estaba moviendo. No, más que moviéndose. Se había quitado la ropa y estaba intentando quitarle la suya.

Él se movió para que ella pudiera sacarle la camiseta por la cabeza. Siguieron sus calzoncillos. Después, los dos quedaron completamente desnudos. Habían estado así muchas veces, pero en aquella ocasión había algo distinto.

—¿Has dormido?

Intentó sacarla de sí misma para que le explicara aquel cambio, pero el hecho de que no respondiera, de que no quisiera hablar, le dijo lo que necesitaba saber. Ella estaba sombría, apagada, completamente concentrada en él.

Isaac nunca había experimentado tal nivel de intimidad con nadie. Sabía que era imposible, porque ninguna otra mujer había significado tanto para él. Cada una de sus caricias le parecía la verdad en movimiento. Incluso mientras el placer aumentaba, la sensación física no era más que una parte del todo, y no la más importante. Claire estaba bajando la guardia, ofreciéndose por completo y sin renegar del hecho de que deseara hacerlo.

Aquello era una segunda oportunidad.

Hicieron el amor lentamente, en silencio, mirándose a

los ojos. Cuando ella separó los labios y comenzó a respirar entrecortadamente, él rodó por la cama y la colocó sobre su cuerpo para poder mirarla. Tenía el pelo suelto, alrededor de la cara y por los hombros, y cerró los ojos, pero no aceleró el ritmo. Los movimientos eran tan lentos, tan exquisitos, que él supo que nunca olvidaría aquel momento, aunque después las cosas pudieran desmoronarse.

Su unión fue celestial, pero también fue un infierno. El hecho de que ella pudiera provocarle una respuesta tan poderosa lo aterrorizaba. Desde lo que le había ocurrido con su madre, nunca se había permitido formar lazos emocionales tan fuertes con nadie. De ese modo, se sentía menos amenazado por el descuido, el maltrato, el desprecio y la indiferencia.

El amor lo convertía en un ser vulnerable, y la vulnerabilidad lo empujaba a huir.

Por suerte, no podía huir, porque Claire lo necesitaba demasiado. Él nunca permitiría que nadie le hiciera daño.

Sin embargo, no estaba seguro de cuánto tiempo iba a poder salvarla de sí mismo.

—Voy a visitar a Myles —dijo Isaac durante el desayuno—. Ya debe de tener el registro de las llamadas de Les Weaver. Y, si no lo tiene, voy a meterle prisa para que lo consiga. Lo que ocurrió en tu casa ha debido de convencerle de que hay que actuar rápidamente. Para mí, está claro que tiene relación con el pasado.

Claire estaba de acuerdo, pero no tenía mucho con lo que contribuir a sus comentarios. Ya había dejado que su cuerpo lo dijera todo aquella mañana. Sus sentimientos hacia Isaac eran tan fuertes que no había podido disimularlos y, en aquel momento, se sentía exhausta, emocional y físicamente.

—Estás muy callada —dijo él.

—Es que estoy intentando pensar bien todo esto.

Tenía muchas cosas que asimilar, incluido todo lo que sentía por Isaac. Sabía que algunas de las cosas que le había gritado su madrastra en la hamburguesería podían ser ciertas, o que ocurrirían más tarde. Sin embargo, también sabía que ella le importaba a Isaac; de lo contrario, él no contrataría a una detective privada por ella, ni la protegería como lo estaba haciendo. En realidad, ella siempre había sabido que le importaba, porque había visto los celos que él sentía hacia David, y porque había notado la conexión que los unía siempre que se encontraban por casualidad. Sin embargo, todavía le costaba creer que él fuera capaz de mantener una relación estable. Además, estaba bastante segura de que a él también le preocupaba eso; no se había comprometido más allá de lo que se hubiera comprometido un buen amigo.

—Me alegro de que hayas comido, por lo menos —dijo él mientras recogía los platos del desayuno.

Claire no se había dado cuenta de que había terminado todos los cereales de su cuenco, y de que se había bebido todo el zumo. Estaba demasiado absorta en sus pensamientos. Ahora que habían salido de la cama y habían vuelto al mundo real, tenía que volver a soportar sus cargas: la desaparición de su madre y la muerte de David.

—Estaba bueno.

—Te pediría que vinieras conmigo —continuó él, volviendo a la conversación anterior—, pero creo que podré presionar un poco más a Myles si tú no estás presente.

En otras palabras, prefería que no oyera su conversación, lo cual le parecía bien. Ella tenía otros planes. Había permitido que Joe Kenyon la evitara durante demasiado tiempo, e iba a hacerle una visita. Debido al vídeo pornográfico de Leanne y al hecho de que ella no podía contárselo a nadie, ni siquiera a Isaac, aquello tenía que hacerlo sola.

—No te preocupes.

—¿Hay alguna posibilidad de que te quedes un rato aquí, descansando?

–No. Tengo que aprovechar mi día libre. Si no te importa, me gustaría que me llevaras a mi casa. Así limpiaré un poco.

Él frunció el ceño, como si fuera a protestar.

–Estamos en pleno día, y mi hermana vive en la casa de al lado. Estaré perfectamente segura –le dijo ella.

Isaac no respondió. La llevó a su casa, tal y como ella deseaba. Sin embargo, Claire sabía lo que estaba pensando: «Cuando tu madre desapareció, también fue en pleno día».

Joe y su hermano eran socios en la empresa de poda de árboles y venta de madera. Claire pensaba que iban a seguir trabajando juntos durante el resto de su vida. En el grupo de lectura habían comentado que ellos dos eran uña y carne y, por ese motivo, Claire dudaba de lo que Peter tuviera que decir sobre dónde estaba Joe el día que desapareció su madre. También por ese motivo, Claire se preguntaba por qué, si Joe negaba que tuviera una aventura con su madre, Peter había hecho una declaración que contradecía la de su hermano.

Era una curiosa falta de lealtad... ¿Había causado problemas entre ellos? No lo parecía, pero Joe debía de haberse enfadado por el hecho de que su hermano gemelo no hubiera tratado de proteger su matrimonio. La esposa de Joe, Lilly, había seguido con él pese a los rumores, pero Peter no podía saber que ocurriría eso cuando había hablado sobre aquella extraña llamada de teléfono.

Tal vez Peter no tuviera buena relación con Lilly. Él estaba divorciado, y tal vez quisiera librarse de ella también. De ese modo, su hermano y él tendrían una existencia similar y dispondrían de más tiempo para dedicarle al negocio, para ir de caza, de pesca o al bar.

Claire pensaba preguntarle a Joe, una vez más, por qué había dicho su hermano lo que había dicho, si conseguía hablar con él. Su coche estaba aparcado junto a la casa, pero él no abría la puerta.

Claire alzó la mano y volvió a tocar la puerta.

—¿Joe? No me voy a marchar. Será mejor que abras.

Nada.

—¿Joe? Vamos. De veras, necesito hablar contigo.

Oyó su nombre, pero no fue Joe quien lo dijo. Aquella voz venía del otro lado de la calle.

Claire se giró y vio a Carly Ortega, la mujer que decía que había visto el coche de Alana en casa de Joe en varias ocasiones y, una de ellas, por la noche. Claire había hablado con ella un par de veces, nada más, y Carly había mantenido su declaración original.

—¿Me has llamado? —le preguntó.

Carly salió de la sombra y se quedó bajo el sol. Padecía bastantes enfermedades psicosomáticas y, en aquel momento, llevaba una especie de bata.

—Solo quería decirte que no te esfuerces en llamar más. No está en casa.

Como apenas salía de casa, seguramente Carly se aburría mucho. Sin embargo, ¿tenía que ser tan cotilla?

—¿Estás segura? —le preguntó Claire—. Su coche está aquí.

—Lo he visto marcharse con Don Salter hace una hora.

Claire cruzó la calle para poder hablar con Carly sin tener que gritar.

—No sabía que Don y él fueran amigos.

—Yo tampoco. Don no viene mucho por aquí.

—¿Y sabes adónde pueden haber ido?

No era asunto suyo, por supuesto, pero Claire pensó que podía recabar todo lo que le dijera Carly. A Carly no le importaba meterse en asuntos que no eran los suyos; tal vez pudiera decirle cuándo iba a volver Joe.

—Ni idea. Joe es muy reservado —le dijo—. Ya lo sabes.

Seguramente, mejor que nadie. Que frustrante debía de ser para una chismosa como Carly.

—Sí, bueno... gracias por avisarme —dijo, mirando a la casa de Joe.

—¿Quieres que le diga que has venido?

No importaba lo que respondiera. Carly iba a hacerlo de todos modos.

—Si quieres...

Claire se dirigió hacia su coche, pero Carly la sorprendió al hablarle de nuevo.

—Me lo reprochas, ¿verdad?

Claire se giró.

—¿Disculpa?

—Me reprochas lo que le dije a la policía sobre tu madre.

—¿Que Joe y ella tenían una aventura? No, no te lo reprocho, pero no creo que sea cierto.

—Yo no dije que tuvieran una aventura —replicó Carly—. Dije que ella venía por aquí. La vi varias veces. No he mentido.

—Ya me lo has dicho.

—Pero...

—¿Pero qué?

—Pero enamorarse de alguien que no era su marido no la convierte en mala persona.

—La infidelidad marital no es un asunto honorable.

—De todos modos, Joe ha sido infeliz con Lilly desde el principio. Tal vez tu madre también fuera infeliz con Tug.

—Podía haberse divorciado.

—Ya había fracasado en su primer matrimonio, y Tug era un buen padre para ti y para Leanne. Seguramente, tu madre se sentía culpable por no quererlo y no quería enfrentarse a otro divorcio.

—Esa es una opinión muy romántica. De todos modos, ¿por qué piensas que Joe y Lilly no son felices?

—Si fueran felices, ella no se iría tantas veces a Idaho.

—Su madre está enferma.

—Pero ella tiene una hermana que la cuida mucho.

Claire se mordió el labio. No se sentía bien hurgando en las vidas de otras personas. Y, sin embargo, necesitaba tirar de aquellos hilos para saber más.

—¿Y Lilly cree que su marido la estaba engañando?

—Creo que lo sospecha. Solo sigue con Joe por los niños. Ella misma me lo ha dicho, pero que quede entre nosotras. Cuando crezcan, dentro de cuatro años o así, la veo viviendo en Idaho.

Claire miró hacia el otro lado de la calle, preguntándose lo que habría sentido su madre cuando llevó allí a Leanne por el asunto de la cinta. Debía de sentir horror, pero ¿cuáles serían sus otras emociones? ¿Celos? ¿Ira? ¿Miedo? ¿Vergüenza?

—¿Te acuerdas de la familia Fishman?

—Claro —dijo Carly, y señaló la casa contigua a la de Joe.

Por desgracia, ahora estaba ocupada por los Welches, que no la mantenían como era debido, pero en el pasado había sido una casa muy bonita.

—Vivieron allí durante diez años —dijo.

—Leanne era muy amiga de Katie.

—De eso también me acuerdo. Venía todo el rato. Las niñas se turnaban para cuidar de los hijos de Joe y Lilly. Ellos acababan de tener a Chantelle, la mayor. Cómo ha pasado el tiempo.

—¿Y dónde viven ahora los Fishman? —preguntó Claire—. ¿Lo sabes?

Ellos nunca se habían sometido a un interrogatorio, aparte de la entrevista estándar que les habían hecho dos semanas después de la desaparición de Alana. Habían declarado que no se habían dado cuenta de si el coche de Alana estaba aparcado delante de la casa de Joe o no. Sin embargo, el asunto del vídeo pornográfico había suscitado el interés de Claire sobre lo que ellos tuvieran que decir. Seguramente, si Joe le había hecho insinuaciones inapropiadas a Leanne, Leanne se lo habría contado a Katie.

—Están en Salt Lake City —dijo Carly—. La pasada Navidad me enviaron una felicitación.

—¿Y Katie está allí también?

—No lo sé. Se casó hace varios años.

¿Seguirían en contacto Katie y Leanne? Su hermana no había vuelto a mencionar a Katie desde hacía años...

—¿Te importaría darme su dirección? Me gustaría dársela a Leanne.

—¡Es muy buena idea! Seguro que a Katie le encantará saber de ella. Espera un segundo —dijo Carly, y entró en su casa.

Antes de que volviera, un coche giró en la curva derrapando, y recorrió la calle a toda velocidad. Era Don, que llevaba a Joe en el asiento del pasajero. Claire no creía que hubiera reconocido al padre de Jeremy de no ser porque llevaba el viejo Impala de su hijo.

Un momento después, Don entró en la entrada del garaje de Joe, y Joe bajó del coche. La vio, pero bajó la cabeza y se dirigió rápidamente hacia la puerta de su casa.

Claire estuvo a punto de salir corriendo tras él. No quería perder la oportunidad de abordarlo. Sin embargo, Don estaba mirándola por la ventanilla. Había envejecido veinte años desde que lo había visto por última vez.

—¿Ocurre algo? —le preguntó.

Don negó con la cabeza.

—No, nada.

Los neumáticos chirriaron cuando se marchó, pero aquella breve interacción había hecho que Joe también se detuviera. Observó el coche de Don mientras se alejaba con una expresión enigmática. Mientras, Carly salió de la casa.

—Aquí tienes. Podrás ponerte en contacto con Katie a través de sus padres, aunque ella ya no esté en Salt Lake City.

Claire tomó el papel.

—Gracias, Carly. Te lo agradezco —dijo.

Pensó que tendría que cruzar a toda prisa, que Joe intentaría evitarla, como siempre, pero él no lo hizo. En aquella ocasión, la esperó.

—¿Vas a querer hablar conmigo? —le preguntó Claire, cuando cruzó hasta su casa.

—No me queda más remedio. No te das por vencida.

A Claire se le quedó la garganta seca.

—¿Eso es un sí?

Él se puso una mano sobre los ojos para protegérselos del sol y miró hacia la casa de su vecina.

—¿Qué te ha contado Carly?

—Te lo diré si me invitas a pasar.

Él frunció el ceño.

—No. No quiero que ella, ni ninguna otra persona, nos vean hablando. Reúnete conmigo en casa de mi hermano dentro de quince minutos.

—No sé dónde vive.

Él le dio la dirección, entró en su casa y cerró de un portazo, pero a ella no le importó. Por fin había accedido a hablar con ella, después de quince años.

Cuando se sentó detrás del volante, estaba tan contenta que sonrió a Carly y se despidió saludándola con la mano. Estaba segura de que su conversación con Joe iba a ser muy importante.

Sin embargo, cuando llegó a la casa de Peter, se dio cuenta de que estaba en un lugar muy aislado, y sintió inquietud.

Joe no la habría invitado para tenderle una trampa, ¿verdad?

Aparcó detrás del vehículo de Peter. El hermano de Joe estaba en casa, pero eso no consiguió hacer que se sintiera mejor. Hacía poco había visto un programa sobre ciencia forense sobre cuatro hermanos que habían matado a golpes a un hombre y se lo habían dado de comer a sus perros...

Uña y carne... Las palabras que habían usado sus amigas para describir a Joe y a Peter se le pasaron por la cabeza al ver la pequeña cabaña de Peter. ¿Habrían tenido algo que ver los dos hermanos con lo que le había sucedido a su madre?

Claire no podía creerlo. Peter no habría dicho que creía que Joe tenía una aventura con Alana si le hubiera ayudado a asesinarla. Quizá hubiera cometido un error. Quizá hubiera abierto la boca antes de saber que su hermano era el culpable.

Estaba permitiendo que su imaginación se desbordara. Sin embargo, no tenía teléfono móvil, porque en Pineview y alrededores no había cobertura y, al ver que aquel lugar estaba tan aislado, haber ido hasta allí le parecía un riesgo innecesario. Nadie sabía dónde estaba.

Cuando decidió irse y puso la marcha atrás, Joe llegó y aparcó detrás de ella, bloqueándole la salida.

—Mierda —susurró con el corazón acelerado mientras él bajaba del coche.

Joe se acercó con cara de pocos amigos y se detuvo junto a su puerta con las manos en las caderas, como si esperara que ella saliera del coche y entrara en la cabaña con él.

Miró sus botas de trabajo; eran iguales que las que había visto en el estudio de Alana la noche en que la habían agredido. Se le aceleró el pulso.

¿Qué iba a hacer?

En aquel momento salió Peter, y los distrajo a los dos. Joe y él hablaron durante unos segundos, y terminaron con gritos de enfado y con muchas imprecaciones. Ella oyó perfectamente lo que decían.

—Es culpa tuya —dijo Joe—. Tú eres el que le dijiste a todo el mundo que Alana y yo teníamos una aventura.

—Eso fue antes de que supiera que tú ibas a... —Peter miró en dirección a Claire y dijo—: Mierda, Joe. No quiero verme implicado en esto. Yo soy el que te dijo que te alejaras de Alana, para empezar. ¿Y si la policía...?

Claire gritó, y Joe dio un puñetazo en el capó del coche.

−No me importa. ¡Esto no va a terminar nunca! Vamos a llevarla dentro y a terminar con este asunto. De lo contrario, ella irá directamente al pueblo a hablar con el sheriff.

Con desesperación, Claire miró a su alrededor para dar con alguna vía de escape, pero no había ninguna. Joe ya estaba dando golpes en el cristal. Peter había rodeado su Camaro y estaba frente a la puerta del copiloto. Sus coches la tenían bloqueada por delante y por detrás, y los dos hombres la tenían acorralada por la izquierda y la derecha.

Peter se apoyó en el techo de su coche con ambas manos, y agitó la cabeza mientras Joe le gritaba que saliera.

−¡No! ¡Dejadme en paz! −respondió ella.

−Ahora ya no puedes dejar que se vaya −le advirtió Peter a su hermano−. ¡Esto ha sido un error! ¿En qué estabas pensando para traerla aquí?

−¡Cállate! −dijo Joe−. Claire, sal. Te juro que no voy a hacerte daño.

−¿Qué quieres?

−Tengo que enseñarte una cosa. Tal vez te diga lo que ocurrió con tu madre.

O estaba mintiendo y aquello solo era un cebo para convencerla de que saliera.

−¿Qué le hiciste? −le gritó−. ¿Y por qué lo hiciste?

−¡Yo no le hice nada! ¿Quieres dejar de ponerte histérica? ¡Solo quiero ayudarte!

−Entonces, ¿por qué me seguiste hasta su estudio?

−¡Yo no te seguí!

−¿Y has destrozado mi casa?

−¡No!

−¿Y cómo sabes que ha ocurrido?

−Estás de broma, ¿no? En Pineview no hay secretos.

Salvo el que ella llevaba quince años intentando desvelar.

—Sal del coche y ven con nosotros a la casa, y te diré lo que sé. Así, tal vez podamos acabar con lo que está ocurriendo.

No confiaba en él. Arrancó el coche, empeñada en abrirse paso entre los dos coches a base de choques, si era necesario.

Peter tomó una piedra del suelo y le rompió la ventanilla del copiloto cuando ella chocaba contra la barra protectora de su todoterreno. El impacto la aplastó contra el asiento, pero ella intentó meter la marcha atrás y acelerar al máximo. Peter entró por la puerta del copiloto y le sujetó la mano para que no pudiera hacerlo.

Un segundo después, Joe la había sacado del coche.

Capítulo 22

Cuando Isaac pasó por la casa de Claire, su coche no estaba allí y la puerta delantera estaba cerrada con llave. Nadie respondió a sus llamadas.

Dio la vuelta a la casa y abrió la puerta trasera, cuya cerradura estaba aún por arreglar, pero no vio que hubiera ningún progreso en la limpieza de la casa. Todo estaba exactamente igual que como lo habían dejado, así que tuvo la impresión de que Claire ni siquiera había entrado.

La había dejado allí hacía cuatro horas; ella debía de haberse ido inmediatamente después.

Ojalá pudiera ponerse en contacto con ella a través del teléfono móvil, pero eso no era posible en Pineview. Nadie tenía cobertura. Normalmente, Isaac no tenía ningún problema al respecto; le gustaba el estilo de vida tranquilo y relajado del pueblo, y podía renunciar a las comodidades modernas. Sin embargo, el hecho de no poder hablar con Claire significaba que tenía que empezar una búsqueda al azar.

Solo podía pensar en que, si no la encontraba, tal vez le ocurriera algo horrible. Seguramente, alguien había secuestrado y matado a su madre. Alguien la había seguido hasta el estudio y la había agredido unos días antes. Alguien había entrado en su casa y se la había destrozado la noche anterior.

Dios, no debería haberla dejado sola allí. ¿Por qué lo había hecho? La idea le había disgustado desde el principio...

Tal vez estuviera sacando conclusiones precipitadas. Su coche no estaba, así que, posiblemente, ella hubiera cambiado de opinión y hubiera ido a hacer las paces con su familia. O tal vez hubiera ido a casa de Laurel. Laurel le había pedido que fuera el día anterior, ¿no?

Mientras intentaba calmarse, fue a la casa de al lado para preguntarle a su hermana si la había visto.

—¿Leanne? —dijo mientras llamaba. Después del enfrentamiento que habían tenido, esperaba que no se negara a responder—. Soy Isaac.

Para su alivio, ella abrió la puerta casi inmediatamente. Seguramente, había oído su todoterreno y ya sabía que él estaba allí.

—¿Querías verme? —le preguntó ella con una falsa dulzura.

Él estaba demasiado preocupado por Claire como para aguantar sus juegos, así que frunció el ceño.

—Déjate de tonterías. ¿Dónde está?

—¿Quién?

—Tu hermana, claro. ¿Quién, si no?

—¿Y cómo voy a saberlo? No me habla, ¿recuerdas? Dejó de lado a toda la familia cuando se fue contigo a tu casa.

—Esa no era su intención, así que no te lo tomes así. ¿Por qué no la dejas respirar un poco?

—¿Que la deje respirar? ¿Y yo?

—Ella lo está pasando mal.

—Tal vez todos lo estemos pasando mal.

Él agarró el picaporte de la puerta cuando ella intentó cerrar.

—Se supone que Claire debía estar en la casa, limpiando. Tienes que haberla visto.

—No me doy cuenta de todo lo que pasa. De ser así, sabría quién le destrozó la casa.

—Eso fue por la noche. Cuando yo la he traído aquí esta mañana, era de día, y parece que tú te das cuenta de casi todo lo que ocurre de día.

Ella exhaló un suspiro.

—Muy bien. ¿Quieres oír lo que sé? En cuanto tú te marchaste, ella subió a su coche y se marchó también. Eso es todo.

—¿Y adónde puede haber ido?

—Tú sabes tanto como yo. O quizá más. Ahora eres su nuevo confidente.

Él ignoró aquella última pulla.

—Llama a tus padres y a Laurel. Llama a todos aquellos que pueden haberla visto. Y llama a mi casa, para ver si ha vuelto allí por algún motivo.

—No está en casa de mis padres. He hablado con ellos hace dos horas y...

—¡Llama! —gritó él.

—¿Y por qué tengo que ayudarte?

—¡No me estás ayudando a mí!

—¡De acuerdo!

Por su expresión, Isaac supo que ella no quería cumplir sus órdenes, pero dejó la puerta abierta mientras se dirigía a la cocina.

Mientras oía el murmullo de su voz, Isaac se paseó con impaciencia por la entrada de la casa. Estaba intentando convencerse de que había alguna explicación trivial para la ausencia de Claire cuando Leanne salió. Antes de que abriera la boca, al ver su cara, a Isaac se le formó un nudo de angustia en la garganta. Leanne estaba muy preocupada.

—No la ha visto nadie —dijo ella—. Y en tu casa no contestan —añadió, tragando saliva—. ¿Crees que...

Él no esperó a que terminara.

—Llama al sheriff —dijo, mientras corría hacia su coche.

Tal vez, solo tal vez, ella hubiera vuelto a su casa y se

hubiera quedado dormida. O tal vez hubiera ido al estudio de su madre...

Esperaba que fuera así. Sin embargo, en el fondo sabía que el problema no era tan sencillo. Claire estaba en algún sitio en el que no debía estar.

−¿Qué has hecho con ella? −preguntó Jeremy con el corazón en un puño.

Estuvo a punto de orinarse cuando su padre levantó la cabeza. Enfrentarse así a él era buscarse problemas, porque su padre podía pegarle como harían los hombres de la cárcel si alguna vez terminaba allí. Sobre todo, porque su padre había estado bebiendo mucho. Olía a alcohol, y todavía tenía la botella en la mano.

Sin embargo, Jeremy tenía que preguntar. Tenía que saber. Claire lo era todo para él.

−¿Qué has dicho? −preguntó su padre en tono de incredulidad.

Jeremy tragó saliva.

−Claire. Ha desaparecido. Lo he oído en Hank's. Todo el mundo la está buscando.

Su padre lo miró con dureza, mucho tiempo, hasta que Jeremy le pasó una mano por delante de la cara.

La vida volvió a sus ojos.

−No te metas en eso, ¿entendido? −le dijo, y tomó un trago de whisky−. Es lo único que tienes que hacer, mantenerte alejado de esos asuntos y cerrar la boca.

Jeremy sabía que ya había tentado lo suficiente a la suerte. Su padre estaba en el sofá, calmado, dedicándose a terminar lo que quedaba en la botella, pero eso podía cambiar en cualquier momento. Tenía que salir de casa antes de que el alcohol transformara a su padre en un ser malvado.

Quería huir, marcharse para siempre, pero no tenía las llaves del coche. Estaban en la mesa que había junto al sofá, muy cerca de su padre. Él tenía miedo de intentar tomarlas, por si su padre le agarraba la mano.

Necesitaba aquellas llaves. No quería ir andando. No podía. El cementerio estaba entre él y todos los lugares a los que quería ir, salvo la tienda desde donde había llamado a Isaac para advertirle de que tal vez Claire no estuviera a salvo. ¿Por qué no la había cuidado Isaac?

Alguien había entrado en su casa. Y, ahora, ella había desaparecido...

El odio que sentía por su padre le formó una dura bola en la boca del estómago. Si a ella le había pasado algo, la culpa era de Don. Don tenía demasiados secretos como para permitir que ella investigara el pasado. Lo decía una y otra vez. O tal vez hubiera contratado a Les Weaver, como antes. Les había matado a David. Jeremy nunca olvidaría la llamada que había recibido el día que David murió de un disparo.

—Hecho —había oído, al descolgar sin querer uno de los teléfonos de la casa, al mismo tiempo que su padre respondía.

Jeremy reunió valor y se enfrentó de nuevo a Don.

—Ha muerto, como su madre, ¿no?

Su padre frunció el ceño y se echó a reír.

Jeremy no entendía por qué había reaccionado así. Su padre ya nunca se reía. Estaba comportándose de un modo muy extraño.

—¿De qué te ríes?

Don suspiró y se recostó en el sofá.

—No quieras saberlo.

—Sí quiero. Quiero saber qué está pasando. ¿Es Tug? Has vuelto a verlo. Y también has estado con Joe. Te he oído hablando con él por teléfono antes de marcharte.

—¿Y crees que debo darte explicaciones? —preguntó Don. Sin embargo, no esperó su respuesta—. Muy bien, esto es lo que está pasando: yo estoy aquí sentado, preguntándome qué he hecho para merecerte. ¿Por qué me casé con una mujer mala que me dio un hijo retardado, que se divorció de mí y se negó a criar al niño al que habíamos engendrado? ¿Por qué me acusaron injustamente de un robo y perdí mi trabajo? ¿Por qué me rompí la espalda? Es gracioso, ¿no? Aquí estoy, con nada, nada salvo tú, que eres lo único que no quiero...

–Eso no es agradable. Yo no soy... retardado. Esa palabra es mala. No puedes decirla.

–¡La diré si me da la gana! –gritó su padre, y se puso en pie bruscamente–. No estás bien de la cabeza. Debería haberte hecho lo que le hizo George a Lennie. Dios sabe que lo he pensado muchas veces.

¿Quiénes eran George y Lennie? Su padre hablaba de ellos a veces, y también de la mujer de Curly. «Tienes que pegarle un tiro a tu perro», murmuraba, sobre todo cuando estaba borracho.

Pero ellos no tenían perro. Tampoco conocían a George, ni a Lennie, ni a Curly. Jeremy odiaba oír hablar de aquella gente. Si eran amigos de su padre, él nunca los había visto, pero fueran quienes fueran, siempre estaban de su parte.

–No quiero volver a oír hablar de Lennie –dijo Jeremy en voz baja, aunque se sintió orgulloso de sí mismo por haberse atrevido a hablar. Era la primera vez que se enfrentaba a su padre–. Ni tampoco quiero oír hablar de pegarle un tiro a un perro. Tú eres el que no está bien de la cabeza.

Solo había que pensar en lo que le había hecho a Alana... Jeremy tenía la prueba en su habitación, ¿no? ¿Le gustaría a su padre que sacara la maleta?

No tuvo ocasión de preguntárselo.

–Tal vez no sea demasiado tarde. No, no es demasiado tarde. ¿Por qué no hacerlo ahora mismo? –preguntó. Se apoyó en la pared con una mano y le hizo un gesto a Jeremy hacia la cocina–. Tráeme la pistola.

Jeremy dio un salto hacia atrás, y estuvo a punto de

orinarse otra vez. ¿Para qué quería la pistola su padre? Había estado bebiendo, y era muy peligroso.

—No, no quiero. No es... seguro —dijo.

—Por eso, precisamente. Es hora de que le pegue un tiro a mi perro —dijo, y fue tambaleándose hacia la otra habitación—. Todo el mundo te tiene lástima. Piensan que soy un ogro, que debería ser más bueno contigo. Pero ¿qué harían ellos si estuvieran en mi lugar? Nadie se ofrece a ayudar. Tú eres mi responsabilidad. Solo mía.

Jeremy apretó los puños con rabia.

—¿Y por qué iban a hacerlo? —gritó. La ira se había desbordado y le llenaba todo el cuerpo. Aquel era el final para uno de los dos. Su padre y él ya no podían vivir en la misma casa—. Son mis amigos, pero... no son mi familia. No son de mi sangre.

—¿Cuánto ha de hacer un padre?

Como aquello lo dijo en la cocina, Jeremy apenas lo oyó. Su padre ya no gritaba. No lo estaba preguntando como si quisiera una respuesta. Por su tono de voz, Jeremy supo que tenía la mirada perdida, como antes. Don se había encerrado en sí mismo, y él no podía saber qué estaba viendo. Tal vez a sus amigos imaginarios, a la mujer de Curly o... o... a Lennie.

—He hecho lo que he podido para cuidarte —continuó Don—, pero ya no puedo más. Ya no puedo cuidar ni siquiera de mí mismo. Esto es lo mejor para ti.

Jeremy oyó abrirse y cerrarse un armario, y supo que su padre había sacado la pistola de encima de la nevera.

—Yo también he intentado cuidarte —dijo Jeremy, pero muy bajo, tanto que casi ni él mismo se oyó. No importaba lo que dijera. Su padre iba a matarlo. Tenía que marcharse.

Las llaves del coche estaban en la mesa, a su alcance, y su padre ya no estaba en medio. Lo único que tenía que hacer era agarrarlas y marcharse. Y, sin embargo, no pudo moverse. Le temblaban tanto las piernas que iba a caerse en cualquier momento.

Su padre apareció en el salón, pestañeó a causa del sudor que le caía de la frente a los ojos y apuntó.

Pero no disparó. Empezaron a derramársele las lágrimas y a temblarle las manos. ¿Por qué? Aquello era lo que llevaba tanto tiempo deseando. Lo había dicho muchas veces.

—Lo siento —susurró su padre.

Por primera vez, Jeremy lo oyó disculparse.

—Yo no soy un perro —respondió, y alzó los brazos para protegerse la cabeza, pero eso no impidió que su padre apretara el gatillo.

El ruido ahogó el resto de los sonidos.

Los primeros minutos después de que Joe la sacara del coche habían sido angustiosos, sobre todo cuando la habían metido a la fuerza a casa de Peter, y Peter había cerrado con llave para que no pudiera escaparse. Sin embargo, Claire ya no estaba asustada de los hermanos Kenyon. No le habían hecho ningún daño. La habían retenido hasta que consiguieron que escuchara, y después le habían prometido que harían todo lo posible por demostrarle que decían la verdad si se lo permitía.

Lo que le contaron no fue fácil de escuchar. Claire se dijo que debía evitar formarse algún juicio hasta que encontraran la caja de metal que, supuestamente, estaba allí enterrada, en el bosque. Pero, en realidad, ya los había creído, o no habría estado dispuesta a pasarse varias horas cavando.

Tomó aire y se apoyó en el asa de la pala. Su agujero no era tan grande como el de Peter ni el de Joe, pero pronto parecería una tumba bastante profunda. ¿Dónde demonios estaba aquella caja? Si no la encontraban pronto, se quedaría sin brazos. Nunca había hecho tanto trabajo manual.

—¿Estás seguro de que el lugar es este? —preguntó, y

observó los altísimos árboles que los rodeaban, como si pudieran ofrecerle alguna pista.

Joe continuó cavando.

–¿Cuántas veces vas a preguntar eso?

–Lo siento, pero han pasado quince años. Es mucho tiempo. Y aquí, en medio del bosque, todo parece igual.

–Sé dónde lo enterré –respondió él–. Más o menos.

–Estará aquí, seguro –dijo Peter.

A Claire le sorprendió que el hermano de Joe se dignara a hablarle. Todavía no estaba conforme con el hecho de que Joe hubiera decidido confiar en ella, aunque después del enfrentamiento inicial, no había vuelto a protestar. Sin embargo, pensaba que lo que habían contado les hacía correr un gran riesgo, y tenía razón. Aquel riesgo era el motivo por el que Joe había guardado silencio durante tanto tiempo. Tenía mucho que perder si aquello salía a la luz, y saldría, si tenía importancia en el caso de su madre.

Aunque Claire había tenido la tentación de preguntarle por el vídeo de Leanne y por lo que había ocurrido cuando Alana apareció en su casa, el mismo día de su desaparición, no quería sacar el tema delante de Peter. Tenía la impresión de que él no sabía nada, de que Joe se lo había ocultado a todo el mundo. No sabía si lo había hecho porque Alana lo hubiera querido así, o porque Tug no le daría más trabajo si lo contaba, o simplemente porque era buena persona.

Después de las últimas horas, ella estaba dispuesta a creer que Joe era buena persona. No tenía por qué contarle sus secretos, pero lo había hecho porque no quería que Claire corriera peligro. Al menos, eso era lo que le había dicho.

Ella se alegraba de que hubiera roto su silencio, pero la información que le había dado no valdría de nada si no encontraban la caja de metal que contenía las pruebas.

–Al final, alguno de nosotros la encontrará... –dijo Peter.

Claire esperaba que el sol, y sus fuerzas, duraran lo suficiente. Todos estaban sudorosos, y eso significaba que iban a pasar mucho frío cuando anocheciera. Los días de verano en Pineview eran muy agradables, pero por la noche hacía frío.

–¿Cómo era la caja? –preguntó entre jadeos.

–Es una caja fuerte –respondió Joe.

–De acuerdo.

Miró al cielo y maldijo el atardecer. Llevaba fuera demasiado tiempo. Isaac se estaría preguntando dónde estaba. Ojalá pudiera llamarlo para aliviar la preocupación que debía de estar sintiendo, pero no sabía que iban a tardar tanto en conseguir aquellas pruebas. Joe había dicho que se acordaba de dónde las había enterrado.

Peter se detuvo y la miró.

–¿Quieres dejarlo por hoy? Podemos volver mañana, después del trabajo.

–No. No podemos dejarlo.

Peter frunció el ceño.

–Vamos a tener que irnos pronto, en cuanto oscurezca.

Joe se enjugó el sudor de la frente con la palma de la mano.

–No puedo creer que no la hayamos encontrado todavía. Puede que algún animal se la llevara y estemos perdiendo el tiempo.

Claire se mordió el labio. No. Eso no podía haber sucedido, después de que ella hubiera tenido que esperar tanto para que Joe hablara.

–La caja sigue aquí –dijo–. Vamos, sigamos una hora más –añadió.

Haciendo acopio de fuerzas, puso la pala al fondo de su hoyo y saltó sobre ella para clavarla más profundamente en la tierra.

A medio camino, se topó con algo duro.

Capítulo 23

Aunque Isaac seguía buscando, había estado comprobando si tenía mensajes cada veinte minutos. Así fue como, por fin, dio con Claire. Le dijo que su coche estaba abollado y que tenía una ventanilla rota, pero que ella estaba bien y que estaba esperándolo en su casa.

Durante todo el día, Isaac había temido por su vida. Estaba junto a la cabina desde la que había llamado a casa, frente al Kicking Horse Saloon, con la frente apoyada contra el frío metal, después de que colgaran, cuando oyó una voz a su espalda.

–Te crees muy listo, ¿verdad?

Respiró profundamente y se preparó para el enfrentamiento. Después, se giró y se encaró con Tug.

–¿Disculpa?

–Con todas esas tonterías de que a David lo mataron –dijo el padrastro de Claire. Estaba muy pálido y le temblaban las manos–. ¿No te das cuenta de que lo único que consigues es empeorar las cosas?

–Claire está bien. Acabo de hablar con ella –dijo Isaac.

–Ya lo sé. Myles la vio en cuanto llegó al pueblo. La paró y llamó por radio para decir que me avisaran. Pero no está bien gracias a ti. Te estás metiendo en algo que no es cosa tuya. Te sugiero que lo dejes.

–Prefiero no tener esta conversación –dijo Isaac y se

dio la vuelta para ir hacia su coche. Estaba deseando escuchar lo que tenía que contarle Claire. Ella le había dicho que se diera prisa, y él no iba a ganar nada discutiendo con su padrastro.

—Tal vez no fuera una sugerencia.

Isaac se detuvo. ¿Acaso acababa de amenazarlo?

—¿Tienes algo que ocultar? —le preguntó, volviéndose hacia él.

—No me gusta que te entrometas en mi familia.

—¿Es eso lo que estoy haciendo?

—Tú no eres bueno para ella. Te hemos pedido amablemente que te retires. Ahora te lo estoy pidiendo sin amabilidad.

Isaac se cruzó de brazos.

—¿O qué, Tug? ¿Vas a contratar a alguien para que me mate, como hiciste con David?

Tug se quedó boquiabierto.

—¡Desgraciado! ¡Cómo te atreves a acusarme de matar a mi yerno!

—Tal vez no fueras tú, pero podías haber sido. Alguien contrató a un matón. Hay unas diez llamadas entre cabinas públicas del pueblo y la casa de Les Weaver que se hicieron en las semanas previas a la muerte de David. Si no me crees, puedes preguntárselo a Myles. Yo he revisado los registros hoy con él.

—¿Y qué? Tal vez tuviera amigos aquí. ¿No se te ha ocurrido pensarlo?

—No, porque él me dijo que no los tenía, que nunca había estado aquí y que no conocía a nadie por la zona.

Un hombre y una mujer salieron del bar, pero estaban tan absortos el uno en el otro que no se dieron cuenta del drama que se estaba desarrollando junto a la cabina de teléfono.

—¿Cuándo hablaste tú con Les Weaver? —preguntó Tug.

—Hace unos días.

—Te lo estás inventando.

—Pregúntale a Myles, como te he dicho.

Tug se pasó la mano por el pelo con desesperación.

—Pero... ¿por qué iba a querer alguien hacerle daño a David?

—¿De verdad me lo preguntas a mí?

—¿Y qué, si estaba investigando la muerte de Alana? No había probabilidad de que averiguara nada. La policía no fue capaz de hacerlo —dijo Tug, agitando la cabeza—. ¿Por qué no podemos dejar el pasado en paz?

—Porque influye demasiado en el presente.

—No tiene por qué.

—La verdad va a salir a la luz, Tug. Si, por algún motivo, tú no lo deseas, tienes que prepararte.

—Mantente alejado de esto, Isaac. No es de tu incumbencia.

—¿Qué pasa? ¿Que tienes miedo de que Claire tenga por fin el apoyo que necesita para averiguar la verdad?

—Tú no sabes lo que es mejor para Claire.

—¿Y tú sí?

—Yo sé que tú no eres hombre para ella.

—Creo que eso tiene que decidirlo Claire, ¿no te parece?

Isaac subió a su coche, pero durante todo el trayecto de vuelta a casa fue pensando, preguntándose... ¿Y si Tug tenía razón?

Por si acaso terminaban siendo pruebas determinantes en el caso, Isaac utilizó unas pinzas para manipular los objetos que había en la mesa de su cocina.

Claire estaba junto a la ventana, esperando su reacción.

—Bueno, ¿qué piensas?

Isaac recordó su encuentro con Tug. No se lo había contado a Claire, porque no quería darle más importancia al hecho de que su familia lo rechazara. Detestaba reconocer que había creado un conflicto, en parte porque no quería que Claire pensara, como ellos, que iba a traicionarla, y en parte porque temía que ellos tuvieran razón, pese a sus buenas intenciones. Sin embargo, teniendo en cuenta lo que estaba viendo, en aquel momento las amenazas de Tug le parecieron algo mucho más siniestro.

—Creo que tu padre tiene problemas —dijo.

El semblante de Claire se volvió triste, y ella apartó la mirada, seguramente para ocultar lo duro que era todo aquello. Ella quería a Tug, y no podía soportar pensar que tal vez hubiera asesinado a su madre. Sin embargo, Isaac no sabía qué otra cosa pensar, a la vista de las cosas que les había entregado Joe.

Una carta de Tug, en la que amenazaba a Joe con matarlo si no se alejaba de su mujer. Otra carta, una que Alana le había escrito a Joe, confesándole que lo quería, pero que se sentía muy culpable; eso confirmaba los rumores que Claire siempre había estado negando. Había un anillo hecho de lazo. Joe había dicho que se lo había tejido Alana, en broma, una tarde, y Claire reconoció que su madre les había hecho unos iguales a Leanne y a ella cuando eran niñas.

Lo más revelador de todo eran las fotografías de Alana y de Joe. Había unas cuantas imágenes en blanco y negro, en las que los dos aparecían besándose, hechas en un fotomatón. Debían de habérselas hecho en Libby, o en otro lugar. En Pineview no había esa clase de cabinas de fotos.

Isaac se sentía azorado al presenciar el dolor de Claire y los motivos de aquel dolor. Ella estaba intentando soportar la tristeza; acababa de descubrir que el hombre que la había criado tenía una buena razón para asesinar a la madre a la que añoraba tanto, y había visto las pruebas de la infidelidad de su madre.

Además, estaban las llamadas entre Coeur d'Alene y Pineview, y también lo que Myles había descubierto sobre Les Weaver. Aunque nunca había sido arrestado, tenía lazos con las familias mafiosas con más poder de Nueva

York; gente que no tenía ningún reparo en contratar a un asesino a sueldo. Myles había llamado al Departamento de Policía de Nueva York y había averiguado que Weaver había vivido allí, y que era sospechoso de pertenecer al crimen organizado. No habían podido probarlo, pero lo estaban intentando. Seguramente, ese era el motivo por el que Weaver se había ido a vivir a Idaho, para no llamar la atención.

Claire se estremeció mientras escuchaba todo aquello.

–Lo siento –dijo Isaac.

Ella sonrió con tristeza.

–Gracias.

–¿Te arrepientes de haber investigado?

Estaba encorvada, y se tapó la cara con las manos. Cuando él había llegado a casa, la había encontrado exhausta. Casi no podía levantarse del sofá. Sin embargo, en aquel momento estaba pensativa, y parecía que era incapaz de escapar de los fantasmas que la perseguían.

–No estoy segura –dijo–. ¿Crees que es posible que estuviera implicada Roni, en vez de mi padre? ¿Que tal vez él escribiera la carta pero no tuviera intención de hacerle daño a nadie? Amenaza a Joe, no a mi madre.

–Sí, supongo que es posible –dijo él, intentando ser amable–. Aquí no hay nada que sugiera que lo hizo Roni, pero...

–Pero... yo ya te conté lo que me había dicho April.

–April no tiene ninguna prueba.

–Ella sabe algo de Tug que sabe muy poca gente. Tal vez ella y yo seamos las únicas personas con vida que saben su secreto.

–Pero eso no es suficiente para convencer a un jurado.

Claire señaló las cosas que había sobre la mesa.

–Pero esto tampoco. Todo es circunstancial. Demuestra que dos personas tenían una aventura, pero no que hubiera un asesino. Ni siquiera tenemos pruebas de la muerte de mi madre.

—Crea el móvil.
—El móvil de Roni, tanto como el de Tug. Y acuérdate de lo que ocurrió en el estudio.
—¿Qué pasa con eso?
—La persona que me siguió no pudo ser él.
Isaac arqueó una ceja.
—Creía que no habías podido ver bien a tu atacante.
—No lo vi, pero... Tug ya no está tan ágil. No puede moverse tan rápidamente. Y él nunca me haría daño.
—¿Estás diciendo que Roni sí?
—No. La persona que estaba en la cabaña tampoco era Roni. Tiene que ser otro.
—El que te empujó no quería hacerte daño, Claire. Creo que te estaba espiando y sintió pánico porque tú bajaste las escaleras antes de lo que él pensaba.
—No me importa. No era Tug –dijo–. Estaba en los fuegos artificiales con Roni y con Leanne.
—¿Les has preguntado cuánto tiempo se quedó después de que tú te fueras?
—No. Nunca pensé que tuviera que hacerlo.
—Entonces, lo averiguaremos, ¿de acuerdo? Espero que tenga una buena coartada, tanto para esa noche como para la noche en que entraron en tu casa.
Ella frunció el ceño.
—Él no destrozaría mis fotos con David. Ni la pintura de mi madre.
Isaac tampoco lo pensaba. Aquello era algo que no encajaba. Podía ver a Tug encontrando las píldoras anticonceptivas de su mujer y discutiendo con ella hasta que la situación se volviera violenta y a él se le escapara de las manos. Podía verlo contratando a alguien para que matara a David; al fin y al cabo, podía perder su dinero, a su esposa, a su familia, su posición en la comunidad, su libertad. También podía verla siguiéndola hasta el estudio de Alana para ver si tenía que preocuparse por si ella retomaba la investigación de David. Incluso podía verlo re-

gistrando la casa de Claire en busca de aquellos documentos.

Pero, ¿la destrucción? Lo que habían visto en la casa indicaba un odio extremo, y él creía que Tug quería a Claire.

—Me impresiona que Joe te haya dado todo esto, teniendo en cuenta el daño que podría hacerle a su matrimonio —dijo, con la esperanza de cambiar de tema.

—Me indigna que no lo hiciera antes —respondió ella—. Si quería a mi madre, ¿por qué no iba a querer que descubrieran a su asesino?

—Tenía que pensar en su familia.

—Pues no estaba pensando en ellos cuando se acostó con mi madre.

—Puede que pensara que eso no les hacía daño. Además, seguramente también temía que lo consideraran sospechoso. ¿Y si ella quiso romper su relación y él la mató por despecho? En realidad, me sorprende que te haya dado todas esas pruebas.

—Me ha dicho que es porque todavía la quiere, después de todos estos años. Que no estaba dispuesto a quedarse de brazos cruzados y permitir que a mí me ocurriera lo mismo que a ella.

—Cada día me cae mejor Joe —dijo Isaac. Se levantó y fue hacia ella—. ¿Quieres que nos acostemos ya?

Ella se dejó abrazar, y al instante se sintió mejor.

—Sí. Estoy cansada.

Era un horror. Jeremy no había visto nada igual, salvo en las películas de miedo. En vez de dispararle a él, su padre había levantado la pistola y había disparado a la pared. Después había caído de rodillas, llorando, y se había puesto el cañón del arma en la boca.

Antes de que él pudiera impedirlo, había vuelto a disparar y, en aquel momento, su cerebro estaba desparramado por la pared. El resto de su cuerpo yacía en el suelo, junto a la pistola.

Jeremy llevaba horas meciéndose hacia delante y hacia atrás, sin dejar de mirar el cadáver de su padre. Seguía preguntándose si debía llamar a Hank. Sin embargo, Hank estaba trabajando y, además, él llamaría a la policía. Cualquiera lo haría, y eso era muy malo. Sabía lo que iba a suceder si iba la policía. Se llevarían a su padre, cerrarían la casa y lo internarían en un lugar extraño, un sitio que no era exactamente una casa ni un hospital, en algún pueblo muy lejos de allí. Su padre se lo había descrito muchas veces.

«Será mejor que reces para que nunca me pase nada».

No tendría su coche. No tendría a Hank, ni su trabajo. No tendría su habitación. Y no volvería a ver a Claire.

¿Estaba viva Claire? Tal vez su padre se hubiera echado a llorar porque la había matado. Nunca había vuelto a ser el mismo desde lo que había ocurrido con Alana.

Jeremy se imaginó el sitio al que iban a enviarle, como el de la película del nido del cuco que su padre le había enseñado. Después se imaginó a la familia que se mudaría a aquella casa. ¿Y si esa familia tenía un hijo que conseguía quitar los candados y se metía por debajo de la casa? ¿Y si el niño encontraba la maleta? La policía iría al sanatorio, como lo había llamado su padre, y lo llevaría a la cárcel.

Oh, Dios, ¿qué iba a hacer? No había dejado de preguntárselo desde que su padre se había matado, pero no daba con la respuesta.

Eran las tres de la mañana cuando Jeremy se puso en pie. Le dolía la cabeza y le ardían los ojos, pero por fin había encontrado una solución. Tenía que librarse del cadáver de su padre y limpiar la sangre antes de que la viera alguien. Después, seguiría viviendo como había vivido siempre. Tal y como había estado bebiendo su padre últimamente, nadie iba a echarlo de menos durante una buena temporada. Si llamaba alguno de sus amigos, él se inventaría alguna excusa. Podía decir que su padre estaba inconsciente. Nadie le cuestionaría eso, por muchas veces que lo dijera.

Y, si eso no funcionaba... diría que la misma persona que había hecho desaparecer a Alana había hecho desaparecer también a Don. Era cierto, ¿no?

Vomitó la primera vez que tocó el cadáver, y continuó teniendo náuseas mientras lo envolvía en una manta. Desde allí, no le resultó difícil bajarlo por la escalera. Lo difícil fue meterlo debajo de la casa; tuvo que mover su carga empujándola y tirando, centímetro a centímetro, hasta que la puso junto a la maleta. Después se sentó y lloró.

—Tienes compañía —le dijo a la madre de Claire cuando ya no le quedaban más lágrimas.

Después, se arrastró hasta su cama. Aunque era muy fuerte, ya no le quedaba ni un poco de energía.

Pero no pasaba nada. Nadie iba nunca a su casa. Ya terminaría de limpiar por la mañana.

Isaac abrió los ojos de repente. Era muy tarde y estaba muy oscuro. Si había luna, tenía que ser solo una delgada curva, o estaba al otro lado de la casa, porque ni siquiera podía verse la mano frente a la cara.

¿Qué era lo que le había despertado?

Claire no; ella estaba profundamente dormida a su lado.

Se mantuvo inmóvil unos segundos, escuchando atentamente los ruidos por encima de la respiración tranquila de Claire. Todo parecía normal. Se dijo que solo estaba ansioso por lo que había ocurrido recientemente y se acurrucó contra ella. Sin embargo, oyó un ruido fuera de la casa y, al instante, notó una descarga de adrenalina.

¿Qué era eso?

Recordó todo lo que había averiguado sobre Les Weaver, y se le heló la sangre en las venas al pensar que aquel asesino a sueldo hubiera ido a terminar con Claire, o con él, o con los dos a la vez.

Se levantó de la cama con cuidado para no despertar a Claire, porque no quería asustarla si aquello solo era una falsa alarma, y se puso los vaqueros y las botas. Después, sacó su revólver del cajón de la mesilla. No le gustaban las armas, y amaba demasiado a los animales como para dispararles, pero tenía aquella pistola por si acaso sucedía alguna emergencia.

La puerta del dormitorio crujió suavemente cuando la abrió, y Claire se movió, aunque no se despertó. Él esperó hasta que ella se quedó quieta otra vez, y salió de la habitación.

Por desgracia, estaba muy oscuro. Allí, en las montañas, las estrellas brillaban más que en el pueblo, pero había muchos árboles rodeando la casa, y eso no ayudaba. Las únicas luces que tenía eran las que había instalado él mismo: un reflector a cada lado de la casa, que se activaban con un sensor de movimiento.

Mientras esperaba en el salón, uno de aquellos sensores saltó. Algún animal debía de haberse tropezado con él, algo pequeño como una rata o una mofeta, pero Isaac sabía que también podía ser algo más grande.

Se agachó ante la ventana con la pistola preparada y miró por el cristal. No vio nada, pero no pasó mucho tiempo antes de que alguien disparara al reflector y lo hiciera pedazos.

Capítulo 24

Isaac intentó llamar por teléfono a la policía, pero aquella llamada no estaba entre sus opciones. La persona que había disparado a la luz también había cortado la línea telefónica.

–¿Claire? –dijo, sin hablar demasiado alto. Seguramente, la urgencia de su tono de voz sería suficiente para despertarla, si el disparo no la había despertado ya.

–Estoy aquí –respondió ella desde la puerta–. ¿Qué ocurre? ¿Qué ha sido ese ruido?

–Un disparo. Agáchate y no te levantes. Tenemos compañía.

–Oh, Dios.

Aquella también había sido su reacción. Él nunca se hubiera esperado algo tan atrevido. La había llevado allí pensando que en su casa estaría segura.

–¿Tienes alguna idea de quién puede ser? –susurró Claire.

–Me lo imagino –dijo él. Seguramente, ella también.

–Deberíamos llamar a Myles.

–El teléfono está cortado.

El silencio se hizo entre ellos, mientras escuchaban para intentar captar los ruidos que se producían fuera.

Isaac no oía nada. No tenía forma de saber lo que estaba haciendo su visitante.

—¿Qué pasa ahora? —susurró Claire, que se había colocado a su lado.

—No puede dispararnos desde donde está. Tiene que entrar.

—¿Y cómo crees que va a entrar? —preguntó ella con un hilo de voz. Era evidente que estaba intentando controlar los nervios.

Isaac abrió la boca para responder, pero el reflector del otro lado de la casa se encendió, y él salió corriendo hacia la ventana. Esperaba ver al culpable, hacerse una idea de a qué se estaba enfrentando; por lo menos, saber si eran uno o dos hombres. Él diría que era solo uno: Les Weaver. Sin embargo, no podía estar seguro.

No había nadie en el claro. Aquel canalla estaba rodeando la cabaña, lanzando trozos de madera o piedras para activar los sensores y hacer saltar las luces, para poder dispararles.

En diez minutos las había destrozado todas.

Claire sentía la tensión del cuerpo de Isaac. Él había colocado algunos muebles para crear varias barreras de protección, y la tenía aprisionada entre el sofá y una butaca. Sin embargo, a Claire no le gustaba esperar. Como no habían podido pedir ayuda, podían estar allí mucho tiempo.

—Deberíamos salir al bosque y echar a correr —le susurró.

—Es demasiado peligroso —respondió él.

—Conocemos esta zona mejor que nadie.

—Yo ni siquiera pude ir corriendo desde aquí al estudio de tu madre sin hacerme daño. Ahí fuera está muy oscuro, y no podemos llevar linternas, porque lo guiaríamos directamente hacia nosotros.

—Pero... tal vez tendríamos más oportunidades que aquí dentro.

—Sería una apuesta. Por lo menos, aquí estamos a cubierto.
—Bueno, ¿y qué hacemos?
—Tengo un arma. Esperaremos hasta que aparezca alguien a quien dispararle.
—Pero yo no tengo ningún arma. ¿Tienes algún rifle?
—No.
—¿Voy por un cuchillo?
—¿Para que alguien tenga la oportunidad de quitártelo y usarlo contra ti? Olvídalo. Tendrás que fiarte de mí.

Siguieron escuchando durante unos momentos, en silencio, hasta que Claire preguntó en un susurro:
—¿Te arrepientes ya de que seamos amigos?
—Me has dicho que me quieres. Eso es un poco más que ser amigos.

Ella se dio cuenta de que le estaba tomando el pelo para tranquilizarla, pero no había mucho que pudiera aliviar su miedo con un pistolero allí fuera.

—No me has dicho nada a modo de contestación —le dijo.

Hubo una ligera pausa, e Isaac se puso muy serio.
—Me importas.

Lo dijo como si fuera una confesión muy trascendental, pero ella se echó a reír ante su vacilación.
—Gracias. Casi me haces llorar de emoción.
—Tú... —Isaac se interrumpió al oír unos pasos en el porche. El pistolero se acercaba a la puerta principal—. Viene.

Claire cerró los ojos con fuerza. De todos modos no veía nada, y no podía hacer mucho sin un arma.

Isaac se movió. Ella sintió que se giraba hacia la puerta y que apuntaba por si el pistolero entraba. Sin embargo, su asaltante ni siquiera lo intentó. Los pasos se detuvieron. Entonces, oyeron unos martillazos.

—¿Qué demonios hace? —murmuró Isaac—. Quédate aquí.

Se incorporó y se acercó sigilosamente a la puerta. Seguramente quería disparar, pero había pocas posibilidades de que una bala pudiera atravesar la puerta acorazada y herir a quien estuviera al otro lado. Además, Isaac perdió su oportunidad. Los pasos se estaban alejando rápidamente.

–Creo que tenemos problemas –dijo Isaac.

Y lo que oyeron un par de minutos después, unos martillazos en la puerta trasera, se lo confirmó.

–¡Hijo de puta!

–¿Qué está haciendo?

–No está intentando entrar en la casa. Está asegurándose de que nosotros no podamos salir.

–¿Cómo?

–¡Ven aquí ahora mismo!

Ella se arrastró hacia Isaac mientras él abría la puerta delantera. Lo consiguió con facilidad. Sin embargo, la puerta mosquitera no giró.

–La ha clavado –dijo Claire.

Estaba demasiado oscuro como para ver cuál era el problema, pero ella había oído martillazos, y la puerta no se abría. Sin embargo, Claire pensó que podrían romper la puerta, e Isaac debió de pensarlo también, porque se lanzó contra ella varias veces. No consiguió nada.

–¡Maldita sea! Debe de haber utilizado un par de tacos de madera. Vamos, tenemos que salir de aquí, aunque nos encontremos con él.

Corrieron hacia la otra salida de la casa. De repente, su mayor miedo ya no era toparse con el pistolero. Claire estaba empezando a imaginarse lo que pensaba hacer su visitante con ellos y, claramente, Isaac también. Los dos sabían que tenían muy poco tiempo para escapar.

Llegaron a la puerta trasera justo cuando cesaron los martillazos.

¡No! Ya era demasiado tarde. Aquella mosquitera tampoco se abriría. Y, cuando estaban intentando echarla abajo, el intruso les disparó. Isaac la tiró al suelo y cerró la puerta acorazada.

–¿Una ventana? –sugirió ella.

–No podríamos salir tan rápido –respondió él–. Oiría el ruido de los cristales y vendría corriendo mientras caemos al suelo.

Pero tenían que hacer algo. Ya olía a madera quemada.

Isaac no podía creer lo rápidamente que se estaba llenando de humo la cabaña. Siempre había sabido que un incendio sería algo muy malo en una casa que era completamente de madera. El bosque también estaba en peligro, pero en aquel momento, los árboles que tanto amaba le parecían una preocupación secundaria.

–Voy a cazar a ese canalla aunque sea lo último que haga –gritó.

Pero ni siquiera sabía si Claire le había oído. Los chasquidos y las explosiones de las llamas eran muy fuertes, y parecía que ella estaba embobada con la luz cambiante que se reflejaba en las ventanas a medida que el fuego ascendía.

Isaac percibió un olor a gasolina. El pistolero debía de haberla vertido por los cimientos de la casa para conseguir que ardiera casi al instante.

Se metió el arma en la cintura del pantalón, tomó dos toallas y las empapó en el lavabo. Le dio una a Claire, para que se envolviera la cabeza con ella, e hizo lo mismo. Después, ambos se tiraron al suelo y se arrastraron hacia su habitación; el coche estaba aparcado muy cerca de la ventana y, aunque él le había dicho que podían dispararles al salir, ella estaba dispuesta a arriesgarse a recibir un balazo si podía evitar morir en un incendio. Él pensaba lo mismo.

Mientras se arrastraban, el humo llenaba la casa. Claire tosió. A él le quemaban los pulmones y no podía respirar, pero estaba seguro de que tendrían aire suficiente para llegar a la ventana. La cuestión era qué iban a encontrarse fuera. Si el que había provocado el incendio era listo, estaría esperándolos...

Sin embargo, nadie podía provocar un incendio y pensar que iba a pasar desapercibido, ni siquiera allí, en las montañas. Desde fuera, la escena debía de parecer un infierno. La velocidad con la que la cabaña estaba sucumbiendo a las llamas debía de haber sorprendido incluso al pistolero.

Con suerte, habría huido por miedo a que lo descubrieran.

Isaac se imaginó a Les Weaver perdiendo la calma y corriendo montaña abajo. Respiró demasiado profundamente y tosió, pero urgió a Claire a que continuara más deprisa. De todos modos, tenían que arriesgarse a que su atacante no se hubiera marchado, porque era la única oportunidad que tenían.

Claire tenía la sensación de que se le iba a derretir la piel. Aquel tremendo calor le hacía imposible seguir avanzando hacia las llamas. Si Isaac no fuera tan insistente y no estuviera tirando de ella, habría vacilado, habría buscado otro medio de salvación, aunque aquella fuera su mejor apuesta. Teniendo en cuenta lo rápidamente que estaba ardiendo la cabaña, solo tenían una oportunidad, e incluso esa oportunidad dependía de que los árboles de fuera no se estuvieran quemando también. No iban a poder soportar el calor ni el humo durante mucho más tiempo...

Las llamas llegaban a la ventana. Claire las veía, doradas y naranjas, a través del cristal, como un muro de fuego. De nuevo, tuvo la tentación de buscar otra salida, pero Isaac le gritó que las otras paredes estaban igual. Estaban rodeados, porque la persona que había prendido el fuego lo había deseado así. No les había dejado escapatoria.

Claire no sabía cómo había planeado Isaac romper aquella ventana. Él le gritó que mantuviera la cabeza agachada, tan cerca del suelo como pudiera. Después, la soltó por primera vez y desapareció entre el humo. El pánico hizo que levantara la cabeza para buscarlo con la mirada y tomara aire sin querer. Tosió.

—¡Agacha la cabeza! ¡Agacha la cabeza!

Se oyó la rotura de un cristal. Isaac la agarró nuevamente y, en cuanto la tuvo de pie, la tomó en brazos y la arrojó por el agujero que había hecho en la ventana, como si no pesara más que un saco de patatas.

Ella atravesó las llamas y pensó que iba a aterrizar en medio de ellas, pero no fue así. Cayó al suelo y se golpeó con fuerza, de tal modo que quedó aturdida durante unos segundos. Permaneció allí, pestañeando mientras la cabaña seguía ardiendo, maravillándose del brillo de las llamas, hasta que el aire frío la espabiló y se dio cuenta de que Isaac no había salido todavía.

Se incorporó y esperó a que él saltara por la ventana. Debería haber salido detrás de ella...

Pero no lo había hecho. No lo veía por ninguna parte.

Agitó la cabeza, se puso en pie y fue tambaleándose hasta el edificio. Si estaba embarazada, aquello no podía ser bueno para el bebé. El calor amenazaba con abrasarle las pestañas y las cejas, pero no le importaba. ¿Dónde estaba Isaac? ¿Por qué no había salido? ¿Se había desmayado por la inhalación de humo? Ella tenía los pulmones en carne viva, pero no había sido quien había hecho todo el trabajo...

—¡Isaac! —gritó entre lágrimas.

Si el hombre que había incendiado la cabaña la oía, estaba muerta, pero eso no le importaba. Solo le importaba ver al hombre al que amaba.

Estaba descalza y, aunque se clavaba las piedras y las agujas de los pinos, corrió de derecha a izquierda en busca de alguna forma de entrar a la casa de nuevo. Estaba segura de que el pistolero se había marchado, puesto que no veía a nadie. Sin embargo, no estaba buscando al pistolero, sino a Isaac. Tenía los ojos fijos en las llamas, intentando dar con el modo de rescatarlo.

Acababa de tomar la alfombrilla de su coche y estaba apagando las llamas de la ventana de su habitación para poder entrar cuando él saltó al suelo y estuvo a punto de aplastarla.

—¡Qué haces! —le gritó, tosiendo, y recogió la torre de ordenador que había dejado caer—. ¿Qué estás haciendo? ¡Ve al coche!

Con un sollozo, lo abrazó.

—¡Creía que no ibas a salir!

Él la estrechó contra sí y, después, la empujó hacia el asiento del copiloto. Puso el ordenador en la parte trasera del coche y se sentó detrás del volante.

El fuego estaba empezando a extenderse por el bosque.

—¡Es mediodía! ¿Dónde has estado?

Jeremy siempre se asustaba cuando Hank lo miraba con enfado. Hank era bajito, pero hablaba y se movía muy deprisa.

—He llamado muchas veces a tu casa —prosiguió su jefe—. Casi voy a buscarte.

Jeremy no podía mirar a Hank a los ojos. No quería decepcionarlo pero... aquella mañana, todo le había llevado más tiempo del que pensaba. La sangre era el líquido más pegajoso del mundo. Había limpiado, cavado y enterrado, pero aquellas tareas no habían sido lo peor. Lo peor era lo que sentía. En vez de sentir alivio por la muerte de su padre, estaba perdido, solo, enfermo. Y al pensar en que Claire también podía estar muerta, su estado de ánimo empeoraba. Quería preguntar si la habían encontrado, pero si Claire no había aparecido, él no podría hacer frente al día de trabajo, así que mantuvo la boca cerrada. Cada cosa a su tiempo. Hank se lo decía cada vez que se disgustaba.

—¿Me estás escuchando? —le preguntó su jefe.

Jeremy tenía que responder, pero le costaba formar frases. Todo se le mezclaba en la cabeza.

—Claro. Me he quedado dormido. Lo siento —dijo. Con esa respuesta, intentó pasar por delante de Hank, pero Hank lo agarró del brazo.

—Tenías que haber llegado hace una hora, Jeremy, y tú nunca llegas tarde. ¿Estás seguro de que todo va bien? —le preguntó. Después, bajó la voz—: No has tenido otra pelea con tu padre, ¿verdad?

—Oh, no. Él está bien. Va mucho mejor. No nos hemos peleado.

A Jeremy no le gustaba mentirle a Hank, ni tampoco decepcionarlo. De repente, le costaba mirarlo a la cara, así que fijó los ojos en sus propias manos y, con horror, vio que tenía sangre debajo y alrededor de las uñas. Se había preocupado tanto por la pared y el sofá, que se le había olvidado quitársela de sus propias uñas.

Se metió las manos en los bolsillos y rezó por que su jefe lo dejara marchar. Tenía que ir al baño a lavarse, pero Hank todavía no había terminado con él.

—Deja te vea —le dijo a Jeremy, y observó atentamente su cara—. Estás un poco pálido, pero... no veo ningún moretón.

—Estoy bien —insistió Jeremy. De nuevo, estuvo a punto de preguntarle por Claire, pero no lo hizo.

—Si realmente estás bien, entonces yo estoy enfadado, porque has llegado tarde. Vamos, empieza a freír hamburguesas. Hoy tenemos mucho trabajo.

Jeremy volvió a disculparse.

—Olvídalo. No puedo enfadarme contigo. Eso sería como enfadarme con mi San Bernardo.

Jeremy lo detuvo.

—¿Qué has dicho?

—Nada. Vamos, ve a trabajar antes de que me cuestes el negocio.
—Pero yo no soy Sigmund.
—¿Cómo?
—Tu perro.
—No te entiendo.
—He dicho que no soy un perro.
—Claro que no. No es eso lo que quería decir.
Entonces, ¿qué quería decir? ¿Y qué había querido decir su padre?
—¿Conoces a Lennie?
Hank arrugó la frente.
—¿A quién?
—A Lennie.
—No, nunca he oído hablar de él.
—Yo tampoco.
—Vamos Jeremy —dijo Hank y, con gentileza, le apretó el hombro—. Ve a trabajar, ¿de acuerdo?
Antes, Jeremy entró en el baño. Quería lavarse las manos, pero se quedó helado al verse en el espejo. Era exactamente igual que su padre, solo que una versión más grande. Todo el mundo se lo decía, pero en aquel momento, él también lo vio.
Su padre había muerto, y él tenía sangre en las manos.
Alguien empezó a llamar a la puerta, y él se sobresaltó.
—¡Eh, vamos! ¡Tengo que entrar!
Era Millie, la chica que trabajaba en la caja registradora. Cuando Hank no estaba delante, Millie le tomaba el pelo. Tenía solo dieciséis años y acababa de empezar a trabajar en la hamburguesería, mientras que él llevaba años allí, pero la chica pensaba que era muy lista.
—¡Serás bobo! —murmuraba, poniendo los ojos en blanco, cada vez que él cometía un error.
—¿Jeremy? ¿Eres tú?
—¿Y quién va a ser? —replicó él.

En la hamburguesería solo trabajaban cuatro personas: Hank, su mujer, Reva, que llevaba las cuentas y ayudaba cuando era necesario, Millie y él. Si Hank y Reva ya estaban trabajando, solo él podía estar en el baño, ¿no? Tuvo ganas de decirle que ella era la boba, pero no lo hizo, porque él no era malo como ella.

—¡Ya va! —dijo, y abrió el grifo para poder lavarse la sangre. Se inclinó sobre el lavabo y vio marcharse el agua por el desagüe, llevándose al resto de su padre.

Cuando salió, Millie le reprochó que hubiera tardado tanto, pero él no le prestó atención y fue a la parrilla, donde Reva estaba sustituyéndolo.

—Siento llegar tarde —le dijo.

Ella sonrió. A veces se enfadaba con Millie; él tenía la impresión de que la chica no le caía muy bien. Sin embargo, con él nunca se enfadaba.

—No pasa nada, Jeremy. Teníamos miedo de que te hubieras enterado de lo del incendio y estuvieras demasiado disgustado como para venir, eso es todo. Nos tenías preocupados.

Él pestañeó de asombro.

—¿Qué incendio?

—¡Dos hamburguesas grandes, una mediana y un cubo de patatas!

Reva le dio la vuelta a las hamburguesas que había sobre la parrilla.

—¿No te has enterado? —preguntó—. La casa de Isaac Morgan se ha quemado esta noche. Es muy triste. También se han quemado varias hectáreas de bosque. Los bomberos siguen allí, intentando apagar el fuego.

—Pero... ¿cómo empezó?

—Ha sido un incendio provocado, cariño. A mitad de la noche, alguien claveteó las puertas para que nadie pudiera salir, echó gasolina en los cimientos y tiró una cerilla.

Pero... Isaac podía haber muerto allí.

—¿Cómo lo sabes?

Reva le quitó un par de panecillos de las manos y los puso a tostarse sobre la parrilla.

–Isaac se lo dijo al sheriff, pero yo me he encontrado con el ayudante Clegg esta mañana, en la cafetería. En el pueblo había mucha actividad, y él me explicó el motivo.

–¿Isaac estaba en la cabaña?

–Sí. Y Claire también. Pero no te preocupes, los dos consiguieron salir –dijo Reva, y le guiñó un ojo–. Sé que Claire te gusta –añadió. Después, señaló la freidora–. ¿Puedes poner una tanda nueva de patatas? Nos estamos quedando sin ellas.

–Espera –dijo Jeremy–. ¿Has dicho que Claire está bien?

–Sí. Tuvo que ir al hospital para hacerse una revisión, pero creo que los dos están bien.

–Entonces, ¿dónde estaba ayer?

–Creo que estaba con Joe Kenyon.

–Pero... si ellos ni siquiera se llevan bien.

–Supongo que han limado sus diferencias. ¿Estás bien? Porque hoy estás muy raro.

–Sí, sí, estoy bien. Yo me encargo de esto.

–¿Seguro?

–Sí.

–Muy bien, porque ahora te voy a dejar solo.

Él se quedó mirándola mientras ella se marchaba a su pequeño despacho. Claire no había desaparecido. Había estado a punto de morir en un incendio, pero se había salvado. Jeremy se sintió un poco mejor. La noche anterior había sido horrible, pero al menos, Claire estaba bien...

–¿Quién provocó el incendio? –le preguntó a Reva.

–Todavía no se sabe –respondió ella.

Sin embargo, cuando Jeremy tuvo la ocasión de pensarlo, se imaginó perfectamente quién había sido.

Capítulo 25

−Por lo menos, nos han quitado los puntos en el hospital −dijo Isaac.

Claire le acarició el torso desnudo y le besó el pulso que latía en su cuello. Estaban en la cama, en un motel de Kalispell. Llevaban allí más de veinticuatro horas. Isaac no quería volver a Pineview, y se había empeñado en que durmieran un poco allí, donde sabían que estaban a salvo. Incluso había aparcado su coche en la parte de atrás del motel, para que no se viera desde la calle.

−Eso no me consuela −dijo ella−. Tu casa está destruida. Tus muebles, tu ropa... Ni siquiera sabemos cuántas hectáreas de bosque se han quemado.

−Los bomberos ya lo tienen bajo control. Y no llegó al estudio de tu madre. Podría haber sido mucho peor.

−Se ha quemado toda tu casa. Para mí, eso ya es lo suficientemente malo.

−A mí no me entusiasma haberlo perdido todo −dijo él, y movió las sábanas para poder estrecharla contra sí−. Pero estamos vivos, ¿no?

Ella se echó a reír mientras él le frotaba el cuello con la barba incipiente de la mejilla.

−Sí, eso sí.

Él alzó la cabeza.

−Y lo tenía todo asegurado. La cámara, las lentes...

—¿Y lo que no se puede comprar con dinero? Tus grabaciones, los DVD y los negativos, tus notas...

—Lo verdaderamente importante está en una caja fuerte. Si es ignífuga, tal y como me aseguraron cuando la compré, no le habrá ocurrido nada. Y conseguí salvar el ordenador, que tiene mis últimos proyectos en el disco duro...

—Arriesgaste la vida —dijo ella, mirándolo con desaprobación—. Y eso todavía me tiene muy enfadada. No sabes lo largos que fueron para mí esos segundos de espera.

Él sonrió y le pellizcó suavemente la barbilla.

—Todavía no sé qué pensabas intentando volver dentro.

—No estaba intentando volver. Solo lo parecía.

Él posó la palma de la mano sobre uno de sus pechos y se apoyó sobre un codo.

—Di la verdad. Querías entrar a buscarme.

Ella lo miró con descaro.

—No. Quería salvar la fotografía del hipopótamo que me prometiste.

Él la besó en los labios.

—Haremos una copia.

—Tienes suerte de que tu cartera estuviera en el bolsillo del pantalón que te pusiste —murmuró Claire—. De lo contrario, ahora dependerías de mí para todo.

A ella le gustaba aquella idea, al menos como arreglo temporal de la situación, pero sabía que a él no.

—¿Lo ves? —respondió él—. Tenemos muchas cosas de las que estar agradecidos.

Ella sonrió al mirar su pelo revuelto. Habían dormido durante horas; después habían hecho el amor y habían dormido un poco más. A ella ni siquiera le importaba qué hora era. En Pineview, todo el mundo se habría enterado ya de lo del incendio, y Claire dudaba que nadie la esperara en la peluquería. Sin embargo, había llamado a Leanne y le había pedido que pusiera un cartel, por si acaso.

—Entonces, ¿no te sientes muy mal por haber perdido el resto de las cosas?

—Todo se puede reemplazar —respondió él—, salvo la foto de mi madre. Con esfuerzo y dinero, tal vez pueda conseguir un duplicado, aunque lo dudo.

Claire le apartó el pelo de los ojos.

—¿Tenías una foto de ella?

—Sí. Era la fotografía de uno de sus arrestos, así que no iba a enmarcarla de todos modos.

La fotografía de uno de sus arrestos. Claire siempre había sabido que su madre tenía algo malo.

—Háblame de ella.

Él se puso tenso, y ella supo que aquel tema era tan sensible como siempre, pero por lo menos, él respondió.

—No hay mucho que contar.

—¿Quién era?

Él se tendió boca arriba.

—Se llamaba Bailey Rawlings.

—Y era... —ella se acurrucó contra él y apoyó la cabeza en su hombro—. ¿Una falsificadora?

—Nada tan glamuroso —respondió él con ironía.

—¿Atracadora de bancos?

—No, demasiado creativo. Era prostituta y drogadicta.

Claire se incorporó para mirarlo a la cara.

—Bueno, pues ahí lo tienes.

—¿El qué?

—Solo hizo lo que hizo por algo tan poderoso como la adicción a las drogas.

—¿Así es como lo ves tú?

—Sí.

—¿No crees que es demasiado benevolente?

—La única manera de poder dejarlo atrás es perdonarla, Isaac.

Él la observó durante unos segundos y le acarició la punta de la nariz.

—¿Y sirve eso para ti también? ¿Podrás perdonar a tu padrastro si fue él quien mató a tu madre?

Ella había estado pensando mucho en Tug, mientras

hablaban con la policía, mientras estaban en el hospital y después, en el motel. Y siempre había llegado a la misma conclusión:

—Él no la mató.

Isaac ajustó la almohada.

—Claire, tienes que prepararte para aceptar el hecho de que pudiera ser él. Lo tiene todo en contra: su mujer lo estaba engañando, y ella acababa de heredar una gran fortuna de la que él era beneficiario. Quería a sus hijas y no podía soportar la idea de perderlas.

—Pero quien mató a mi madre también mató a David, y Tug no haría eso. Lo sé. Es solo mi intuición, pero lo sé.

—Vamos —dijo Isaac con suavidad—. La gente sorprende a sus seres queridos todo el tiempo. Él pudo matar a David si creía que podía descubrirlo. La adicción de mi madre a las drogas fue lo suficientemente fuerte como para que abandonara a su hijo de cinco años. El miedo a ir a la cárcel pudo empujar a Tug a matar. Quien esté detrás del asesinato de David debe de tener dinero, porque contratar a un asesino a sueldo no es barato. Les Weaver no va a trabajar por cincuenta dólares.

—¡Pero eso significa que mi padre también intentó quemarnos vivos anoche!

—No, no necesariamente. Tal vez Les Weaver trabajara por cuenta propia en esto. Si lo descubren, su propia vida podría estar en peligro. Vivimos en un estado con pena de muerte.

—¿Y Roni?

—¿Volvemos a la malvada madrastra que está detrás de todo?

—Ella no es malvada. Solo digo que tenía tanto que ganar como Tug. Y ahora tiene tanto que perder como él.

—Ya has hablado con Myles, y él no pudo confirmar que April declarara lo que te contó.

—Pero eso no significa que no lo hiciera. Myles no vivía en Pineview entonces. Ella habló con el sheriff Meade.

—Entonces, ¿por qué no está su declaración entre los documentos?

—Porque él no la creyó, o porque... Roni sobornó al sheriff para que hiciera desaparecer su declaración.

Isaac no estaba convencido.

—Entonces, ¿también estamos hablando de corrupción policial?

—No exactamente. Solo de un favor a una amiga a la que no creía culpable. Tal vez se librara de esas notas porque pensaba que April era una adolescente enfadada y capaz de calumniar a una ciudadana íntegra.

—Y, a cambio, Roni le hizo una buena contribución a su campaña electoral.

—Si piensas que esas cosas no pasan aquí, eres un ingenuo.

—Sé que ocurren, pero no creo que debas fiarte de April sin tener pruebas.

Claire frunció el ceño.

—Bien, entonces, ¿qué opinas de Joe? Puede que mi madre quisiera romper con él y él no lo aceptara. Quizá se pelearon y las cosas se le fueron de las manos.

—¿No crees que se haya pasado todo ese tiempo cavando en el bosque porque se preocupa por ti, como te dijo?

—No sé. Tal vez, al admitir su aventura con mi madre, quisiera conseguir que Tug parezca el culpable. Tal vez tema que nos estemos acercando mucho a la verdad.

—O ese podría ser el motivo por el que no confesó nada en su momento.

—Hasta que no me vio hablando con Carly Ortega, no cambió de opinión. Tal vez se pusiera nervioso por lo que ella podía decirme, y se convenció de que tenía que gestionar la situación de otra manera.

Isaac chasqueó la lengua.

—No sé...

—A su hermano no le gustó que me lo contara todo. Decía que era muy arriesgado. Tal vez yo no supe verlo, y él estuviera haciendo el último esfuerzo por confundirnos en la investigación.

—Y nosotros que habíamos decidido que era tan noble...

Claire asintió.

—¿Recuerdas las incoherencias que David marcó en los informes? —le preguntó Isaac—. Mencionó que Jack no tenía coartada.

—Es cierto. ¿Lo ves? Joe tuvo su oportunidad. Y aquel día estaba trabajando muy cerca de nuestra casa.

Isaac se frotó la cara con las manos.

—Creo que ya es hora de que llame a mi detective para ver qué ha descubierto sobre Les Weaver. Espero que tenga detalles que nos ayuden.

—¿Ya esperas resultados? ¿Le has dado tiempo suficiente?

—Tal y como avanzan las cosas, no va a quedar nada sano en Pineview si no se da prisa en conseguir respuestas.

Claire quería reírse, pero aquello no tenía gracia. Habían destrozado su casa, y habían quemado la casa de Isaac. Ella estaba distanciada de toda su familia y perdía dinero cada día que no podía trabajar.

Isaac tenía razón. ¿Qué les iba a quedar cuando todo aquello terminara?

Con Claire fuera del pueblo desde el incendio, Jeremy no sabía qué hacer. Las cosas estaban cambiando mucho, y eso le asustaba.

Normalmente, después del trabajo iba a River Dell. Ya nadie iba a aquel parque, y estaba al lado de la calle de Claire. Si iba por la parte trasera, podía ocultar su coche entre los árboles del otro extremo y caminar por la orilla del río hasta que llegaba a su casa. Como ella no esperaba que nadie la estuviera mirando, y por allí no pasaban coches, no se molestaba en bajar las persianas, salvo en su dormitorio. Él podía verla terminar el trabajo en la peluquería, cenar, ver la televisión, visitar a su hermana. Algunas veces, incluso la seguía hasta las reuniones del grupo de lectura.

Él había ido a su casa en cuanto había salido de la hamburguesería, el día anterior y aquel mismo día, pero la casa estaba cerrada y vacía. ¿Cuándo iba a volver? Los bomberos ya habían apagado el incendio del bosque, pero Isaac tampoco había vuelto. Claire tenía que estar con él.

«Si estuviera conmigo, yo no la traería más a Pineview. Es demasiado peligroso».

Pasó por el pueblo un par de veces y se paró en una tienda a gastarse el dinero que alguien se había dejado en una de las mesas de la hamburguesería. Por suerte, no tenía hambre, porque tampoco tenía mucho dinero, y en casa no había comida. Había sido listo y había comido una hamburguesa para cenar, aunque solo eran las cuatro, cuando había terminado de trabajar.

Podía permitirse comprar una chocolatina, pero cuando se la terminó, no supo qué más podía hacer. Volvió al coche y se dio cuenta de que se le estaba acabando la gasolina, así que tendría que volver a casa, quisiera o no quisiera.

—Hola, papá —dijo al entrar.

Su padre no podía responder, pero era mejor fingir que él podía ser agradable con su padre, y su padre, con él. Además, así no tenía que enfrentarse a lo que había pasado de verdad.

Estuvo así durante una hora, más o menos, contándole a su padre cómo había sido su día de trabajo, que Claire se había marchado y que los bomberos habían conseguido apagar el fuego, pero finalmente terminó paseándose por delante de la puerta del sótano. Tenía que meterse debajo de la casa para ver si había enterrado bien el cuerpo. Había intentado comprobarlo la noche anterior, pero era demasiado pronto, y se había echado a llorar sin poder evitarlo.

Todavía era demasiado pronto, pero ya no podía posponerlo más. También quería comprobar si se había dejado algo allí dentro. Su padre siempre le decía que un día se iba a olvidar la cabeza en alguna parte.

Reunió valor, quitó el candado y entró. Por suerte, no olía a nada salvo a humedad, como siempre. Supuso que había echado suficiente tierra sobre el cadáver de su padre. Desde la puerta no podía ver el montículo, aunque alumbrara en aquella dirección con la linterna.

Se fijó en la maleta. Debería haberla enterrado también, pero se había cansado tanto que no pudo hacerlo.

Con un suspiro de alivio, cerró la puerta y volvió al salón. Allí todo estaba en orden, también. Había guardado la pistola en el armario de la cocina y había limpiado bien la sangre; no se veía ninguna gota más. Lo que no sabía arreglar era el agujero de la bala que había en la pared. Había intentado colgar un cuadro, pero no podía colgar un cuadro tan cerca del techo. No había espacio.

«El agujero es muy pequeño. ¿Quién se va a dar cuenta?».

Escapó del salón y subió las escaleras. Desde que su madre los había abandonado, su padre le había prohibido que entrara en su habitación. Su padre dejaba la puerta cerrada con llave cuando se iba, pero Jeremy siempre había sabido abrir la cerradura con un alambre, desde que tenía doce años.

Aquella noche, la puerta estaba abierta de par en par. No tuvo que usar el alambre.

Jeremy tuvo la tentación de mudarse del sótano a aquel dormitorio para alejarse de las cosas que temía, pero si alguien descubría que se había cambiado de habitación, sabría que su padre había muerto.

Se sentó en la cama y vio la ropa que estaba colgada en el armario y tirada por el suelo, la botella de colonia que había sobre la cómoda, la pila de periódicos de la mesilla de noche y las gafas de lectura de su padre. Él había dormido en el sofá la noche anterior, pero tal vez aquella noche durmiera allí. Solo una noche. Quería ver los álbumes de fotos que había en la buhardilla, sobre el armario de su padre. En uno de aquellos álbumes había fotos de su madre.

Sin embargo, decidió esperar hasta que se sintiera mejor.

Estaba a punto de acurrucarse en la cama, cuando sonó el teléfono.

Se levantó de un salto, pero no supo si responder o no. No quería hablar con nadie.

Sin embargo, si no respondía al teléfono, ¿iría alguien a la casa para ver qué ocurría?

No podía arriesgarse...

Descolgó el auricular y respondió:

—Buenas noches. Residencia de los Salter.

—¿Quién es?

—Jeremy. ¿Y usted?

—Nadie que a ti te importe. ¿Dónde está Don?

A Jeremy empezaron a sudarle las manos.

—Abajo.

—Ve a avisarlo.

—No... no puedo. En este momento está indispuesto.

—¿Quieres decir que está borracho otra vez?

Jeremy no respondió. Odiaba mentir...

—No puede ponerse —repitió—. Pero yo le daré cualquier mensaje que usted desee.

Hubo una ligera vacilación.

—No sé si merece la pena.

—¿Por qué no?

—Porque tú no eres capaz de recordar una cosa de un minuto para otro, ¿no?

Eso no era agradable. ¿Por qué le decía eso? Él no había hecho nada para enfadar a aquella persona, ¿no?

—¿Quién es? —preguntó de nuevo.
—No necesitas saberlo. Volveré a llamar.
Sin embargo, Jeremy estaba seguro de que había reconocido aquella voz.
—¿Ayudante Clegg?
No hubo respuesta.

Capítulo 26

Nancy Jernigan, la detective a la que había contratado Isaac, había descubierto algunos detalles interesantes sobre el accidente del despacho de Les Weaver. Lo más llamativo era que la esposa del hombre que había muerto, Shannon Short, decía que estaban esperando un préstamo de sus padres, lo cual iba a aliviar mucho la situación financiera que, supuestamente, había provocado el suicidio de su marido, James. Eso, y el hecho de que Les le hubiera pedido a James que llevara su pistola a la reunión, porque estaba interesado en comprársela, suscitaba algunas preguntas. No estaba clara la motivación de Les Weaver en aquel asesinato, pero Nancy pensaba que el socio de negocios de James podía haberle contratado. Aparentemente, Ted Abrams culpaba a James del fracaso de su empresa, y quería cobrar el seguro de vida que se había suscrito para protegerlo en caso de que muriera James.

—Así que James valía mucho más muerto que vivo para Abrams —dijo Claire.

Había bajado la ventanilla del coche para disfrutar del aire mientras Isaac conducía. El viento le azotaba los rizos alrededor de la cara, pero no le importaba. Pese a todo, se sentía feliz solo por estar con él, y él sentía lo mismo.

—Exacto. Y puede que Les se lo facilitara todo. A cambio de unos honorarios, claro.

—Me asombra que no tenga antecedentes penales, que haya sido capaz de librarse de todas las acusaciones.

—Al final, lo atraparemos. Nancy está trabajando en ello.

—¿Y la mujer de Weaver? Tal vez ella esté dispuesta a hablar si se entera de quién es en realidad su marido.

—Seguro que no se lo creería. Él se lo oculta todo. Ni siquiera quería que se enterara de que yo estaba en la puerta.

—Pero ella puede decirnos si estaba en casa hace dos noches.

—Vamos a esperar a ver qué averigua Nancy. Después decidiremos lo que vamos a hacer.

Entraron al pueblo, pero Isaac no se alegró de estar de vuelta. Le había sentado bien tener un descanso y estar con Claire a solas un día y medio. En pocos minutos llegarían a Big Sky Diner, donde habían quedado con el sheriff para cenar. Laurel había sugerido que fueran a su casa para poder ver a Claire, pero ellos no querían hablar sobre un intento de asesinato delante de los niños, y Laurel había respondido enseguida que, ciertamente, no era un tema de conversación adecuado para la cena. Además, no necesitaban a un amigo; necesitaban al sheriff.

—¿Vamos a quedarnos esta noche en mi casa? —preguntó Claire—. La habitación ya está limpia.

—Estaremos más seguros en un motel, en Libby o en Kalispell.

—Pero eso nos costará dinero.

—No me importa.

Seguramente, el seguro lo cubriría, pero de todos modos, a él no le importaban los gastos siempre y cuando Claire estuviera segura.

—No quiero que gastes dinero por mi culpa.

—Deja de preocuparte por eso. Si Myles está cerca de hacer algún arresto, puede que nos quedemos —respondió él—. Si no... nos marcharemos. Puede que vayamos a Big Fork.

—Entonces no podremos quedarnos mucho tiempo en el pueblo. Son las seis en punto.

—Tú eres la que no me dejabas salir de la cama —le reprochó él, y le guiñó un ojo porque había sido exactamente al revés.

Isaac temía que todo cambiara cuando salieran del hotel, que la unión que habían experimentado durante aquellas veinticuatro horas se desvaneciera de repente. Sin embargo, por el momento seguía allí. Eso hacía que se sintiera absolutamente feliz y, al mismo tiempo, muy inseguro y asustado. Era la dicotomía más extraña que hubiera sentido. Ella lo desequilibraba, e Isaac estaba seguro de que ese era el motivo por el que luchaba contra lo que hacía. No le gustaba nada que otra persona tuviera el poder de herirle.

—Eres incorregible —le dijo Claire, mirándolo a la vez con exasperación y con ternura.

Ella había dejado de ocultar sus sentimientos, y a él le gustaba eso, lo necesitaba. Aquella mañana, cuando habían hecho el amor, Claire le había dicho de nuevo lo mucho que significaba para ella, y eso había enriquecido toda la experiencia, había hecho que se sintiera más cerca de ella que de ninguna otra persona. Solo esperaba ser capaz de librarse de sus recelos, de la necesidad de contenerse. Quería darle lo que ella le daba a él.

—Eres impresionante, ¿lo sabías? —le preguntó.

Ella sonrió con petulancia.

—Sí.

Isaac se echó a reír y la tomó de la mano. La quería, sí. Tal vez se arrepintiera de quererla tanto, pero ella hacía que se sintiera completo.

Abrió la boca para decirle que, en aquella ocasión, las cosas iban a ser diferentes, que podía confiar en él, pero en aquel momento la cafetería apareció a su derecha, y ella lo distrajo señalando el escaparate.

—Ahí está Myles.

El sheriff ya había llegado. Isaac lo vio esperando en la puerta.

—Esperemos que tenga algo que decirnos —comentó Isaac y le besó los nudillos antes de soltarla.

Myles tenía aspecto de cansado, como si hubiera estado trabajando sin parar aquellos dos días. Claire lo sintió por él, hasta que Isaac se sentó a su lado y Myles lo miró con desaprobación. Aunque parecía que Myles estaba intentando separar sus sentimientos personales del trabajo, no lo estaba consiguiendo. Seguramente, Laurel le había dicho que sería terrible que ella volviera con Isaac, y él estaba de acuerdo.

Claire quería tranquilizarlo, decirle que sentía que Isaac tenía mucho más por dentro de lo que los demás querían atribuirle. Sin embargo, sabía que eso podía ser un intento de engañarlo a él tanto como a sí misma. Y, de todos modos, no era el momento de mantener aquella conversación.

La camarera apareció en su mesa y les entregó las cartas. De repente, Claire se dio cuenta de que tenía tanta hambre que podría comerse tres platos.

Pidieron un refresco, y después ella eligió carne asada y Myles e Isaac pidieron un menú.

—¿Qué has averiguado en la cabaña de Isaac? —le preguntó Claire a Myles en cuanto la camarera se alejó.

—El incendio empezó en la puerta trasera —respondió él—. Y el que lo hizo usó algún tipo de combustible. Supongo que gasolina, pero no tendremos la confirmación del laboratorio hasta dentro de unos días.

—Fue gasolina. Yo la olí —dijo Isaac.

—¿Y había alguna huella de neumático? —preguntó Claire.

—Los bomberos lo borraron todo. El culpable es muy listo, o tuvo mucha suerte. Nadie lo vio, utilizó una sustancia muy común como combustible y creó tanta destrucción con el fuego y con el esfuerzo que hubo que hacer para apagarlo, que no dejó ni una sola pista.

–Me disparó –dijo Isaac–. Y también disparó a los reflectores. ¿No hay casquillos de bala?

–Los estamos buscando entre las cenizas. Si encontramos uno solo, podríamos asignárselo a un arma.

–¿Y los Ferellas no vieron a nadie pasar por delante de su casa?

Él negó con la cabeza.

–No, pero Rusty estaba de servicio, patrullando. Por suerte, él vio el humo y llamó a los bomberos antes de que vosotros llamarais. Seguramente, gracias a eso el incendio pudo apagarse antes de que se propagara más.

–Mierda –musitó Isaac, apoyando los codos sobre la mesa.

Esperaba más. Y Claire también.

–¿Y Les Weaver? –preguntó ella–. ¿Has enviado a alguien a ver dónde estaba cuando empezó el incendio?

–Jared Davis es uno de mis mejores investigadores. Es de Los Ángeles, y tiene mucha experiencia. Visitó a Weaver a primera hora de la mañana. Weaver ha declarado que pasó esa noche en su casa, y su mujer lo ha confirmado.

–Está mintiendo –dijo Isaac.

–Seguramente, pero será difícil de demostrar. Estamos interrogando a los vecinos para ver si vieron ir o venir a alguien, pero si salió antes de que fuera inusualmente tarde y volvió por la mañana, sobre todo si paró a desayunar después de haber estado toda la noche despierto, no habrá llamado la atención de los vecinos.

–Entonces, ¿ya está? –preguntó Isaac–. ¿Todo esto va a quedar en un misterio sin resolver, como lo que le ocurrió a la madre de Claire?

A Myles no le gustó aquel comentario, pero tenía experiencia en su trabajo. Había hablado con muchas otras víctimas durante aquellos años, y entendía su impaciencia y su ira.

—Las investigaciones llevan su tiempo, Isaac. Voy a atrapar a ese desgraciado. Tienes mi palabra. Y hay...

La camarera apareció con sus refrescos.

—Sus cenas llegarán enseguida —dijo, y se marchó apresuradamente.

Myles retomó lo que iba a decir.

—Ayer me llamó Herb Scarborough.

Herb era el director del único banco del pueblo, el Mountain Bank and Trust.

—¿Y qué tiene que ver Herb con esto? —preguntó ella.

—Cuando volvía a casa de trabajar, vio un coche dando tumbos por la carretera y le cedió el paso para ver quién era. Quería llamar para denunciar al tipo, pero se quedó sorprendido por lo que hizo el conductor.

—¿Qué hizo? —preguntó Claire.

—Fue a Petroglyphs Campground, dio unas vueltas, encontró un sitio donde aparcar e hizo una hoguera en uno de los hogares.

Isaac frunció el ceño.

—Para eso es la zona de acampada.

Myles lo miró.

—Ese hombre no estaba de acampada. No iba a comer nada. Además, eran solo las cuatro de la tarde, así que no necesitaba luz para ver nada. Quería quemar algo.

Isaac apartó su refresco.

—¿Quién quería quemar algo? ¿Pudo ver Herb quién era?

—Sí. Me dijo que era Don Salter.

—¿No reconoció el coche? Su Jeep y el Impala son muy reconocibles.

—Sí, pero pensó que tal vez condujera otra persona, y quería estar seguro.

—Don es alcohólico. No se puede saber lo que va a hacer.

—Eso es lo que yo pensé hasta que Herb me contó el

resto. Me dijo que aparcó entre los árboles y vio que Don quemaba algunos papeles. Le pareció raro y, cuando Don se marchó, se acercó a los restos de la hoguera. Casi todo estaba quemado, pero pudo salvar un par de hojas.

Claire apenas podía respirar.

—¿Y qué eran?

Myles bajó la voz.

—Las notas de David sobre la investigación de tu madre.

—¡Las robó de mi casa! ¿Las robó Don? ¿Para qué las iba a querer él? ¿Y por qué las quemó?

—Muy buenas preguntas —respondió Myles.

Isaac acababa de parar en la gasolinera para repostar cuando la suegra de Claire salió de la tienda. Rosemary O'Toole vio a Claire al instante, así que ella no pudo hacer nada, aunque su primer impulso fue evitar el encuentro con su suegra, por lo menos mientras estuviera con Isaac. Imaginaba cuál iba a ser la reacción de Rosemary. La madre de David decía que quería que Claire siguiera con su vida, y al final, aceptaría que se emparejara otra vez, pero no quería que ningún hombre ocupara tan pronto el lugar de su hijo, y menos uno tan controvertido como Isaac. Eso sería un cambio muy decisivo para todo el pueblo, y dejaría a David un poco más en el pasado.

Claire entendía por qué Rosemary se sentía de esa manera. Ella también sentía lealtad hacia David, e incluso un poco de miedo por si realmente se liberaba de algo que había sido constante durante los últimos doce meses: el dolor por la pérdida de su marido. No necesitaba que Rosemary lo empeorara todo con su desaprobación. Isaac no se percató de su tensión repentina. Si había visto a Rosemary, no debió de darle importancia. Bajó del coche y comenzó a echar gasolina mientras ella se acercaba a la ventanilla de Claire.

—Oh, Dios —murmuró.

Acababan de dejar a Myles en la cafetería, y ella estaba completamente concentrada en Don Salter, en si él había sido quien había destrozado su casa. En aquel momento, no quería pensar en David y sentir dolor otra vez.

De todos modos, salió del coche para darle un abrazo a su suegra.

—Hola, mamá. ¿Cómo estás?

Rosemary no correspondió a su gesto.

—Estoy bien —dijo—, pero tú no me has devuelto las llamadas.

Claire debería haberla visitado aquella semana. Normalmente, mantenían un contacto estrecho.

—Ni siquiera he recibido tus mensajes. Mi vida se ha vuelto una locura en los últimos días. Primero, ese incidente en el estudio de mi madre; seguro que te has enterado. Después, alguien entró en mi casa, y todavía no sabemos quién, ni por qué. Y el incendio... No sé qué está ocurriendo.

Rosemary miró a Isaac. Él ya se había dado cuenta de cuál era la situación, porque las estaba mirando fijamente.

—Tal vez sea por las compañías que tienes —dijo su suegra.

«Ya estamos».

—Isaac no tiene nada que ver con lo que ha pasado —respondió ella—. De hecho, me ha salvado la vida.

—Pero no habría tenido que hacerlo si tú no hubieras estado en su casa, durmiendo con él, para empezar.

—Rosemary...

—Hace un momento era «mamá».

—Eras «mamá» hasta que has empezado a comportarte como si yo no te importara.

—No te habría dicho nada si no me importaras. Alguien tiene que decirte que recuperes el sentido común. Si no quieres hacerles caso a tus padres, ni a tu hermana, ¿quién va a decírtelo? ¿Crees que David querría ver a la mujer a la que adoraba con un hombre como él?

—David no está aquí para dar su opinión —replicó Claire.

—Pero... tú no puedes estar contenta con un hombre tan amoral después de haber estado casada con mi hijo.

Claire se acordó de cuando le había dicho a Laurel que, en realidad, Isaac nunca le había caído bien. Había lamentado aquel comentario desde entonces, y no solo porque era mentira y porque le había hecho daño. Ella era una cobarde. Tal vez, Isaac nunca pudiera quererla como ella lo quería a él, y tal vez no terminaran juntos, pero estaban comenzando su relación, y nadie podía predecir el futuro. Y ella iba a tener el valor suficiente para decir lo que sentía.

—David era un buen hombre —respondió—. Le echo de menos terriblemente, y siempre voy a quererlo. Pero Isaac es igual de bueno. Y a él también lo quiero.

Su suegra se quedó boquiabierta.

—¡Quererlo! —exclamó, y la gente se volvió a mirar.

Claire se ruborizó, pero se mantuvo firme.

Isaac dejó el grifo del surtidor enganchado en la boca del depósito del coche y se acercó, pero no intervino. Se situó tras ella, como si quisiera apoyarla en silencio.

—Eso no significa que él te vaya a querer a ti —prosiguió Rosemary—. No es alguien que...

Claire la interrumpió antes de que pudiera terminar. No quería que Isaac oyera nada de eso. Alguna gente decía que se merecía su reputación, pero ¿quiénes eran ellos para juzgarlo? Su psicología era tan compleja que seguramente ni él comprendía por qué había hecho la mitad de las cosas que había hecho.

—Tienes razón. No significa que yo le importe a él —dijo—. Pero eso no es necesario.

Rosemary perdió toda la tensión. Se quedó apagada, encorvada.

—¿Y a ti te parece bien?
—Sí, a mí me parece bien —respondió Claire, y volvió a subir al coche.

Isaac terminó de echar gasolina y se sentó al volante.

—Yo siempre te he querido —dijo suavemente, y arrancó el motor.

Capítulo 27

Aunque Isaac y Claire habían ido a casa de los Salter tres veces desde su conversación con Myles, y también habían llamado, no habían conseguido despertar a Jeremy ni a su padre. Según lo que les había dicho el sheriff, Jared Davis, el investigador del condado, también había intentado ponerse en contacto con ellos.

Claire no sabía dónde podían estar. Que ella supiera, aparte de su trabajo en Hank's, cuyo turno había terminado ya, Jeremy no tenía otro sitio al que ir. No tenía amigos, ni más familia que su padre. Su padre no tenía trabajo en aquel momento. Además, los dos coches estaban aparcados en el garaje...

–¿Por qué crees que Joe estaba con Don? –preguntó ella.

Estaban en su casa, limpiando, pero habían estado analizando la situación mientras trabajaban.

–Tal vez Joe hiciera esto –dijo Isaac, señalando con un gesto los destrozos–, y acababa de pasarle los informes a Don cuando tú los viste. No se me ocurre otra razón para que estuvieran juntos.

–A mí tampoco, pero ¿para qué iba a querer Don los informes? –preguntó Claire–. Hay varios nombres relacionados con el de mi madre, pero el de Don no ha aparecido nunca.

—Cuando volvíamos de la cafetería, tú me dijiste que es amigo de Tug.

—Eso fue hace mucho tiempo; ahora están distanciados, desde que mi padre volvió a casarse y la mujer de Don se marchó del pueblo. Creo que Don está amargado y que siente celos de Tug, porque mi padrastro tiene dinero y es feliz. Por lo menos, eso era lo que solía decir Tug acerca de su ruptura. Y también han discutido por cómo trata Don a Jeremy.

—Jeremy sería muy difícil de criar para todo el mundo.

Claire se sentía un poco protectora con su amigo del instituto. Había tenido una vida muy difícil.

—Es un buen chico.

—Ya no es un chico. Pero yo no he dicho que no fuera bueno. He dicho que sería difícil criarlo.

Claire siguió separando lo que podía arreglarse de lo inservible, y poniendo lo último en una bolsa de basura. Después de unos segundos, dijo:

—Hank lo hace muy bien con él en la hamburguesería, pero su padre... su padre tiene muchos problemas. No me gusta cómo lo trata.

—Tal vez deberíamos... —Isaac alzó la cabeza.

—¿Qué? —preguntó ella.

Isaac no respondió. Dejó caer la escoba y, rápidamente, tiró de ella para meterla detrás del sofá, junto a él. Después, se sacó la pistola de la cintura del pantalón.

—Escucha —le susurró a Claire.

Ella contuvo la respiración, pero al oír el sonido, lo reconoció. Era la silla de ruedas de Leanne.

—No pasa nada. Es mi hermana.

Segundos más tarde, oyeron que Leanne saludaba.

—¿Hola? ¿Puedo pasar?

Claire arqueó las cejas.

—¿La dejamos? —preguntó, en broma.

Isaac no respondió. Se puso de pie y se guardó el arma.

—Vaya, sí que estoy susceptible —comentó y volvió a trabajar.

Claire fue a abrir la puerta.

—Hola —dijo.

Leanne la observó.

—Hola.

A Claire no le gustaba que las cosas estuvieran tan tirantes entre ellas.

—¿Necesitabas algo?

Leanne frunció el ceño.

—¿Es que tengo que necesitar algo para visitar a mi hermana?

Por si Leanne no se había dado cuenta, últimamente no se llevaban precisamente bien.

—Mira, Lee, mi vida está fuera de control en este momento. No puedo ser la misma persona que siempre he sido contigo. Necesito algo de tiempo para...

—No quieres que nadie te agobie más con respecto a Isaac. Lo entiendo —dijo Leanne.

Tenían otros problemas, pero podían empezar por aquel.

—Entonces, ¿para qué has venido?

—Quiero ayudar.

Claire nunca había oído esas palabras de labios de Leanne.

—¿A limpiar?

—En lo que necesites. Si quieres, hablaremos de mamá. Te diré todo lo que recuerdo —dijo Leanne, y miró al suelo, como si lo que tenía que decir no fuera nada fácil—. Todo lo que ha ocurrido, sobre todo el incendio, me tiene muy asustada, Claire. Sé que yo no he sido la mejor hermana del mundo. Tengo... problemas que necesito resolver. Pero... yo no le hice nada a mamá. Te lo juro. Lo que hice con la cinta y con Joe... Fui una imbécil, y me avergüenzo de ello. Por eso reaccioné así —dijo, y alzó la vista. Tenía los ojos llenos de lágrimas—. No quiero perderte.

Claire se inclinó para darle un abrazo.

—No voy a irme a ninguna parte.

Su hermana sollozó suavemente, pero después se calmó.

—Y, si tengo celos de tu guapísimo novio, ¿quién no iba a tenerlos?

Claire bloqueó la vista desde la puerta y señaló hacia la cocina.

—Te va a oír —dijo, formando las palabras con los labios.

—No será nada nuevo para él —respondió Leanne—. Te debo una disculpa también con respecto a Isaac.

A Claire se le encogió el estómago.

—No sé a qué te refieres.

—Si no lo sabes, es porque él es demasiado bueno como para hablarte mal de mí. Pero de todos modos, lo siento. Algunas veces yo... no sé por qué hago las cosas que hago. La vida no me va bien, y yo lo empeoro todo. Es ilógico, pero... así soy yo.

Claire empezó a relajarse. Lo comprendía, porque había visto a su hermana luchar consigo misma casi desde el día de su nacimiento. Claire podía perdonarla, y le agradecía que, por una vez, dijera algo agradable sobre Isaac. Se sintió bien.

Se hizo a un lado para dejar pasar a su hermana.

—Vamos, ven. Estamos separando las cosas que todavía podemos conservar, e intentando ordenarlo todo.

—Por lo menos, yo llevo contigo mucho más tiempo y sé dónde va cada cosa. Eso me hace un poco más valiosa que Isaac.

—Os quiero a los dos —dijo Claire.

Leanne se quedó boquiabierta.

—Sabía que me querías a mí. Se supone que tienes que quererme. Pero ¿a Isaac? ¿De verdad?

Le estaba preguntando por David, pero Claire no quería tratar aquel tema, así que respondió bromeando.

—Shh, se le va a subir a la cabeza.

—Ha ocurrido muy rápido.
—No, en realidad no.
Leanne se puso seria.
—Me alegro por ti –dijo.
—Gracias –respondió Claire.
Se dio cuenta de que aquella era una buena oportunidad para hacerle a Leanne las preguntas que todavía tenía pendientes. Le pidió que la acompañara al dormitorio y cerró la puerta.
—Me gustaría preguntarte algo sobre mamá y... lo que ocurrió con Joe.
Leanne se movió en la silla, como si quisiera prepararse para lo peor.
—Espero que el hecho de que me hayas traído aquí significa que no se lo has contado a Isaac.
—No –dijo Claire, y se alegró de que su hermana pudiera olvidar de verdad aquel error–. Pero... ¿de verdad Joe no se te insinuó, Lee?
Leanne se ruborizó mientras negaba con la cabeza.
—No. Fui yo. Lo que pasa es que... me sentí tan mortificada cuando avisó a mamá que me inventé una historia para justificarme.
Claire se agachó a su lado.
—Esa mentira pudo destrozarle la vida, Lee.
A su hermana se le cayeron las lágrimas de nuevo.
—Algunas veces, me temo que ocurrió.
—¿Qué quieres decir?
—Yo no le hice daño a mamá, pero... –tomó aire y siguió–: Temo que lo que hice provocara una gran pelea y... que él la matara, y que yo tenga la culpa.
No era de extrañar que Leanne no quisiera, al principio, que Claire investigara para obtener respuestas. Nadie querría que se supiera algo así.
—Eso es una carga muy pesada para ti, Leanne.
—Demasiado pesada. Algunas veces tengo que... aliviar el dolor.

Con el sexo y el alcohol. Claire le apretó el brazo.

—Ahora ya te lo has sacado del pecho. Olvídalo. Aunque Joe matara a mamá, tú no tienes la culpa. Lo que hiciste estuvo mal, pero solo tenías trece años. Los niños cometen errores, y provocar una pelea no es lo mismo que un asesinato. Si él tomó esa decisión, es el responsable.

La culpabilidad hizo que Leanne se retorciera las manos.

—Pero... yo siempre tengo la sensación de que ella seguiría con nosotros si yo no hubiera hecho... lo que hice...

—¿Cómo se te ocurrió la idea de hacer esa cinta?

—El primo mayor de Katie tenía dieciséis años. Él nos enseñó ciertas cosas.

—No abusaría de ti, ¿verdad?

—Se acostó con nosotras dos, y más de una vez. Katie creía que estaba enamorada de él. Yo creía que estaba enamorada de Joe.

A Claire también se le llenaron los ojos de lágrimas. Su hermana era tan joven cuando había sucedido todo aquello...

—¿Mamá y papá no lo sabían?

—¡Claro que no! Ni los padres de Katie.

—¿Y dónde está ese primo ahora?

—¿Y a quién le importa? No quiero volver a verlo. Ni a Katie tampoco.

Así que aquel era el motivo por el que habían perdido el contacto. Todo tenía sentido.

—Pero, ¿y si no fue Joe quien mató a mamá?

—Tuvo que ser Joe. Mamá y él se enfadaron mucho aquel día.

Claire recordó que Don Salter había quemado los informes del caso, y preguntó:

—¿Se te ocurre algún motivo por el que Don Salter pudiera tener algún interés en nuestra madre?

Leanne pestañeó varias veces.

—¿Has dicho Don Salter? No. Salvo que... papá y él eran amigos. ¿Le has preguntado a papá por él?

—No, todavía no. ¿Sabes si Don y Joe han sido amigos alguna vez?

—Antes no, pero... Joe y yo nos evitamos cuando nos vemos, así que no tengo ni idea de quiénes son sus amigos. ¿Por qué?

—Me encontré una copia del expediente de la investigación sobre nuestra madre en su estudio, la noche que me agredieron. La tenía David. Él había anotado muchas cosas en las entrevistas y en los informes. Yo me lo traje todo aquí, pero desapareció el día que hubo el allanamiento. Alguien vio a Don quemando esos documentos el día del incendio.

Leanne se quedó boquiabierta.

—Entonces, ¿crees que Don Salter fue quien hizo esto?

—No lo sabemos. Solo sabemos que quemó los documentos.

—Yo no puedo decirte nada más. De los Salter solo conozco a Jeremy, y porque sé que siempre ha estado enamorado de ti. Lleva acechándote tanto tiempo que ya ni lo noto. Pero estoy segura de que él podría decirte todo lo que quieras saber. Deberías llamarlo.

Claire miró el reloj.

—Dentro de un rato. Ahora no está en su casa, pero en algún momento tendrá que volver, ¿no?

El teléfono no dejaba de sonar. El timbre de la puerta tampoco. Hasta el momento, habían pasado por allí el detective Davis, el sheriff King, el ayudante Clegg, Tug, Joe, Isaac y Claire. El ruido y la amenaza de que alguien entrara en casa y averiguara lo que había pasado lo estaban volviendo loco. Jeremy ni siquiera se atrevía a salir de la habitación de su padre.

¿Sabía la policía que estaba muerto?

No, no podían saberlo. La gente había ido preguntando por Don como si estuviera vivo. Sin embargo, ¿por qué querían hablar con él? Su padre no había tenido tantas visitas desde hacía años.

Jeremy se tapó los oídos y murmuró:

—No pueden saberlo. No pueden. ¿Cómo van a saberlo?

La señora Hattie era la vecina más cercana y vivía cerca de la autopista. No podía haber oído el disparo. Jeremy la ayudaba a plantar el huerto todos los años. La señora Hattie tenía ochenta y un años, y casi no podía oírlo cuando estaba a su lado y le hablaba.

Así pues, tal vez no quisieran preguntarle por su padre, sino por otra cosa. Algo como el incendio. ¿Por eso quería hablar con él el detective Davis? Don no podía haber causado el incendio, porque había muerto antes. A veces, él se confundía, pero de eso estaba muy seguro.

Y significaba que tenía que haberlo hecho otra persona. ¿Quién? ¿El mismo hombre a quien había contratado su padre para que matara a David?

Con solo pensar en que el asesino de David volviera a Pineview, Jeremy se acurrucó todavía más sobre la cama de su padre. Lo que había hecho su padre estaba mal, muy mal. Y lo peor era que decía que lo había hecho por él. Eso no podía ser cierto.

—Eres un mentiroso, papá. Mentiroso, mentiroso —dijo. Él no quería que muriera nadie.

Alguien volvió a llamar a la puerta. Jeremy se agarró a la almohada y cerró los ojos con fuerza.

—Por favor, que se vayan —susurró.

—¿Don? Don, ¿estás ahí? —preguntó un hombre—. Soy el detective Davis. He venido por un asunto oficial.

¡Otra vez! ¡Davis no dejaba de llamar a la puerta!

—Me gustaría hablar contigo, por favor —dijo el detective. Toc, Toc, Toc—. ¿Don? Vamos, abre. Veo tu coche en el garaje. Si estás ahí, abre la puerta.

Jeremy contuvo la respiración por si Davis echaba abajo la puerta y entraba en casa, como hacían los policías de la televisión. Sabía que, seguramente, debería abrir y decirle al detective que su padre no estaba en casa, pero ¿y si se echaba a llorar mientras hablaba con él? Estaba demasiado asustado. No podía hablar, y nunca se había sentido tan triste, ni siquiera después de que se marchara su madre.

El detective llamó unas cuantas veces más, y gritó de nuevo. Entonces, hubo silencio de nuevo.

Después de mucho tiempo, Jeremy levantó la cabeza para mirar la hora. Las once y media. Era tarde. Se suponía que nadie debía ir a su casa cuando era tarde; su padre le había dicho que era de mala educación molestar a la gente después de las diez de la noche.

¿Por qué era tan maleducado todo el mundo?

Era por el incendio. Querían saber si lo había provocado su padre. ¡Pero él no había sido! Querían echarle la culpa. ¿Por qué seguían yendo allí? ¿Había contratado su padre a Les Weaver otra vez? ¿Se lo había dicho Les a la policía?

Todo era tan confuso...

Pasaron quince minutos más antes de que Jeremy tuviera valor para bajar a abrir la puerta. ¿Habría alguien esperando fuera, intentando escuchar los ruidos de dentro de la casa?

–¿Detective Davis? –dijo, y apoyó la frente contra la puerta mientras esperaba su respuesta.

Sin embargo, no la hubo; el detective se había marchado. Entreabrió la puerta, solo para asegurarse, y vio algo blanco que caía al suelo. Cuando se agachó para recogerlo, se dio cuenta de que era una tarjeta.

–J-Jared D-a-v-i-s. L-Lin-coln C-Coun-ty In-ves-ti-ga-tor.

Tuvo que deletrear las palabras. La nota era difícil de leer, porque el detective la había escrito en cursiva.

—Tengo qu-que... h-ha-blar c-contigo. Es im-por-tante. Llá-ma-me.

El incendio era importante. Eso significaba que iban a seguir yendo a su casa.

—¿Qué hago? —susurró.

Echó la cabeza hacia atrás y vio el agujero del techo, que le pareció de repente muy grande, muy visible. Cualquiera que entrara en el salón lo vería.

Tenía que marcharse de allí. Tenía que recoger todo su equipo de supervivencia y marcharse a las montañas. Esa era la única respuesta, el único modo de no ir a la cárcel ni al sitio del cuco.

Sin embargo, la idea de estar solo en el bosque lo aterrorizaba. Pero, si Claire no estaba a salvo en Pineview, tal vez pudiera ir con él.

Capítulo 28

Por fin la casa estaba totalmente recogida. Solo faltaba que la compañía de seguros restituyera lo que se había roto. Sin embargo, Isaac no quería quedarse a pasar la noche allí. Decía que no podría dormir en un lugar donde no pudieran protegerse.

Claire tampoco quería quedarse, pero Libby estaba a media hora de camino, y ya eran casi las doce.

—¿No estás cansado? —le preguntó.

—No tanto como para cerrar los ojos mientras haya un asesino suelto por ahí.

—Tienes razón —admitió ella. Si se quedaban, no correrían peligro solo ellos, sino también Leanne, cuya casa estaba al lado—. Pero ¿tenemos que irnos hasta Libby?

—¿Qué sugieres tú?

—Es verano, y hace calor. Podríamos acampar.

—Lo siento. No creo que dormir bajo las estrellas nos haga menos vulnerables.

—¿Aunque nadie sepa adónde hemos ido?

—Voto por la seguridad de cuatro paredes y una puerta con cerradura. Yo conduzco. Tú puedes dormir en el coche.

Claire se sintió mal por ello, porque sabía que él estaba cansado. Sin embargo, se apoyó en su hombro, y hubiera dormido casi desde que salieron de Pineview de no ser porque Isaac aceleró de repente.

Claire levantó la cabeza de su hombro y se dio cuenta de que él tenía la mirada fija en el retrovisor. Se giró para ver qué ocurría; había un coche a cierta distancia de ellos, pero ¿qué problema había en eso?
—¿Qué ocurre? —preguntó.
—Nos están siguiendo.
—¿Cómo lo sabes?
—Porque es alguien que nunca sale de Pineview.
—¿Conoces al conductor?
—Es Jeremy Salter.
Ella se giró de nuevo.
—¿Estás seguro?
—Hace un minuto se acercó mucho y pude distinguir el modelo del coche. Si no es su Impala, es otro idéntico. Y el suyo es bastante reconocible.
Claire no se disgustó por aquello. Jeremy formaba parte de su vida desde que era pequeña. En realidad, aquel encuentro era afortunado, porque de todos modos querían hablar con él. Habían parado en su casa una vez más antes de salir del pueblo, para ver si estaba allí.
—Debe de habernos seguido cuando salimos de su casa. Me dio la sensación de que había alguien allí...
—La cuestión es... ¿por qué no ha abierto la puerta?
—¿Quién sabe? Con Jeremy, las cosas nunca quedan muy claras. ¿Te ha hecho alguna señal para que paremos?
—No me ha dado luces, ni ha hecho nada para indicármelo.
—Para. Vamos a ver qué pasa.
—Todavía no. Quiero esperar a que lleguemos a Libby, por si acaso.
—¿Por si acaso es peligroso? Jeremy no le haría daño a una mosca.
—Por si acaso no es él, sino alguien que sí resulte peligroso. Tal vez esté conduciendo su padre.
Sí, podía ser Don. Ella lo había visto en el coche de Jeremy en casa de Joe, ¿no?

—Esto es muy raro... —murmuró.

Después, esperó nerviosamente durante los quince minutos que tardaron en llegar a Libby. Isaac paró en una gasolinera.

—Dame la pistola —dijo. La había metido debajo del asiento para que no molestara y ella pudiera dormir apoyada en él.

Claire hizo lo que le había pedido, y después miró por el retrovisor y vio que el Impala se detenía tras ellos.

—¿Es Jeremy?

—Sí.

Entonces, ella exhaló un suspiro de alivio, pero él no soltó la pistola. Esperó hasta que Jeremy salió del coche y comprobó que no iba armado.

Isaac bajó la ventanilla, pero Jeremy se acercó por el lado de Claire. A ella no le sorprendió.

—Claire, me alegro mucho de verte.

—¿Qué pasa? —le preguntó ella—. ¿Qué estás haciendo a estas horas tan lejos de casa?

Jeremy ignoró a Isaac, igual que lo había ignorado en Hank's.

—Ha ocurrido algo horrible. Tengo que marcharme de Pineview. Allí no estoy a salvo. Tú tampoco puedes volver.

—¿De qué estás hablando?

—Mi padre ha desaparecido, igual que tu madre.

Ella no sabía si debía tomárselo en serio.

—¿Qué quieres decir?

Él se rascó la cabeza, como si estuviera luchando por dar con la respuesta.

—Que se ha ido.

—¿Adónde?

—No lo sé. He estado esperándolo, pero no ha vuelto a casa. Llevo varios días sin hablar con él.

—¿Dónde estabas antes?

—En casa, esperándolo —repitió él.

—Pero si nosotros hemos pasado por tu casa. ¿Por qué no has abierto la puerta?

—No me atrevía. Creía que a lo mejor era... un truco. La persona que mató a tu madre, o la que encendió el fuego. Tú no puedes volver.

Por primera vez, miró a Isaac, y Claire tuvo la impresión de que había sido su presencia la que había impedido que Jeremy se atreviera a abrir. Jeremy no confiaba en él.

—Seguramente, tu padre está en el Kicking Horse —dijo ella—. Pasa mucho tiempo allí.

—No, no está en el Kicking Horse —dijo Jeremy, y arrugó la cara como si fuera a llorar—. La policía lo está buscando, y todo.

La policía lo estaba buscando para interrogarle sobre por qué había quemado la copia del expediente de su madre. Sin embargo, si se había corrido la voz de que Myles quería hablar con Don, tal vez Les Weaver lo hubiera matado para asegurarse de que no lo hiciera. O tal vez había alguien más interesado en su silencio.

Se giró hacia Isaac.

—¿Estás pensando lo mismo que yo?

—Desgraciadamente, creo que sí —dijo Isaac, y se inclinó hacia delante, sobre el volante, para poder ver a Jeremy—. ¿Ha ocurrido algo que te haga sospechar que tu padre ha sufrido algún daño? —le preguntó.

Jeremy frunció el ceño.

—¿Aparte del agujero de la bala?

Claire se agarró al borde de la ventanilla.

—¿Qué agujero de bala?

—El que está en el salón. Antes no estaba. Apareció el día que mi padre se fue.

—¿Y cuándo ha sido eso? —preguntó Isaac.

—La noche del incendio. También vi sangre esa noche. Había manchas en la pared —dijo Jeremy, y se abrazó a sí mismo para contener el temblor—. Creo que alguien intentó limpiarlo. El olor a limpiador me... me hace vomitar. No me gusta.

—Dios Santo —murmuró Isaac.

Claire estaba horrorizada. Pobre Jeremy. Su vida era terrible.

—¿Sabes si hay alguien que quiera hacerle daño a tu padre? —preguntó.

—¿Ha estado llamándole alguien últimamente? —preguntó Isaac.

—Solo Tug —dijo él.

A Claire se le heló la sangre.

—¿Mi padrastro ha estado llamando a tu casa?

Jeremy asintió.

Ella tragó saliva.

—¿Y llama normalmente?

—No, normalmente no. Dijo que era importante, pero no creo que mi padre le devuelva la llamada.

Isaac no quería separarse de Claire, pero estaba convencido de que ocurría algo extraño con Don Salter, y seguramente con Tug. Alguien tenía que volver a Pineview y echarle un vistazo a aquel agujero de bala y a la sangre que había mencionado Jeremy, antes de que la policía averiguara que Don había desaparecido. Si la casa era el escenario de un crimen, sería acordonada para que el equipo forense pudiera recopilar las pruebas, y Claire y él ya no tendrían acceso. Eran civiles, y la mayoría de la información que consiguiera la policía estaría fuera de su alcance. Igual que antes, cuando había desaparecido Alana.

Isaac no iba a permitir que sucediera aquello. Respetaba a Myles y entendía que la policía trabajaba así por un buen motivo, pero se sentía responsable de la seguridad de Claire, y no estaba dispuesto a permitir que se les escapara información que podía resolver el misterio de Alana, o erradicar el peligro.

Aparte de su preocupación por Claire, también sentía que tenía que ayudar a Jeremy a enderezar su mundo, si era posible, porque Jeremy era incapaz de enfrentarse a aquellos hechos solo. Isaac también se había sentido así de vulnerable una vez. Solo tenía cinco años en aquel momento, ¿qué habría hecho sin Tippy? ¿Estaría allí ahora?

—¿Te sientes bien quedándote aquí? —le preguntó a Claire antes de marcharse.

—Supongo que sí.

—No podemos dejar solo a Jeremy. Está demasiado agitado.

—Ya lo sé. Es solo que... quiero preguntarle a mi padre por qué ha estado llamando a Don. Y quiero ver su cara cuando me responda.

Isaac quería lo mismo, pero ¿para qué iban a sacar a Tug de la cama?

—No va a ir a ninguna parte. Podemos esperar hasta mañana.

En aquel momento, Isaac necesitaba echar un vistazo en casa de los Salter, y prefería hacerlo de noche para que nadie lo viera.

—De acuerdo —dijo Claire.

Así pues, él los dejó en habitaciones separadas en el Cabinet Mountains Motel, y se puso en camino hacia Pineview.

Jeremy estaba paseándose por la habitación del motel que Isaac había reservado para él. Tenía la luz apagada, pero no se había quitado la ropa porque no pensaba acostarse. No podía quedarse toda la noche. Tenía que adentrarse todo lo posible en el bosque, hasta llegar a algún sitio donde nadie pudiera encontrarlo.

Pero no podía ir solo. Eso le daba mucho miedo. Había oído la historia de Isaac con la osa y había visto las cicatrices que tenía en el brazo. Jeremy se imaginó a sí mismo intentando luchar contra un animal salvaje, pero no creía que pudiera hacerlo. No se le daba bien luchar, como a Isaac. Eso significaba que alguien tenía que ir con él, y él no quería ir con nadie que no fuera Claire. Ella le dispararía a cualquier cosa que intentara hacerle daño, y él haría lo mismo por ella. Incluso se había llevado la pistola de su padre.

¿Cómo iba a convencerla? Claire no querría separarse de Isaac. Los había visto besarse cuando él se iba del motel, y había oído que ella le pedía que tuviera mucho cuidado.

Estaba enamorada.

Pero no podía estar tan enamorada. Ya había olvidado a Isaac una vez, cuando había vuelto con David. Isaac solo era un sustituto de su marido. ¿Y por qué debería ocupar Isaac el lugar de David? Él la había querido desde hacía mucho más tiempo. Solo estaban en segundo cuando otro niño lo había empujado del columpio y ella le había acompañado a la enfermería. Desde entonces, él vivía para su sonrisa, sus caricias, el sonido de su voz.

Y, de todos modos, si Claire volvía a Pineview, la matarían. Allí no estaba segura.

Jeremy no podía permitir que le hicieran daño. Le había prometido a su madre que no lo permitiría, y él tampoco podía soportarlo.

Pero, si se la llevaba, Isaac iría tras ellos. Isaac no dejaría que ella se marchara. Y Jeremy nunca iba a poder luchar como él; había visto lo que le hacía Isaac a cualquiera que lo molestara, sobre todo cuando estaban en el instituto.

Aunque... ¿y si Isaac no podía perseguirlos? ¿Y si Les Weaver se deshacía de Isaac como se deshizo de David?

Jeremy había oído hablar a su padre por teléfono con Les Weaver, rogarle que lo dejara ya. Le había dicho que no quería que le hiciera daño a nadie más. Sin embargo, no importaba lo que hubiera dicho su padre, porque Les había provocado el incendio de todos modos. Él no quería ir a la cárcel, y haría cualquier cosa para evitarlo. Incluso matar a Isaac.

Tenía que llamar a Less y decirle dónde estaba Isaac. Su padre habría hecho lo mismo, ¿no? Jeremy no estaba seguro de que Les estuviera tan cerca como para arreglar algo, porque vivía muy lejos. Pero, si él había provocado el incendio, tal vez todavía estuviera cerca. Tal vez pudiera llegar a tiempo a Pineview.

Jeremy respiró profundamente y descolgó el teléfono. Tenía muchos números en la cabeza, de todos los mensajes que había recibido aquella semana. Pero sabía que uno de ellos era el de Les, y sabía cuál era. Empezaba con tres números extra.

Un hombre respondió casi inmediatamente.

—¿Puedo hablar con el señor Weaver? —preguntó Jeremy.

—¿Quién es?

—Jeremy. Soy el hijo de Don Salter.

—¿Qué quieres? ¿Dónde está Don? He estado intentando hablar con él.

Jeremy se preguntó si estaba hablando con el verdadero señor Weaver.

—¿Eres Les?

—Sí.

—¿Seguro?

—¡Sí! ¿Dónde está Don? —preguntó de nuevo.

Aquella impaciencia le recordó a su padre.

—Ha muerto.

—¿Qué? ¿Cómo?

—Se suicidó con una pistola. Pero tengo un mensaje para usted.

—¿Qué mensaje?

No parecía que le importara mucho que su padre hubiera muerto. No se sorprendió, ni le preguntó nada más al respecto. No era un buen amigo.

—Isaac Morgan va a llegar muy pronto a nuestra casa. Y estará solo.
—¿Y qué significa eso?
—Él era el dueño de la cabaña que usted quemó.
—¡Yo no he quemado nada!
Tal vez no. Tal vez solo disparara a David. Jeremy no discutió. Se estaba poniendo muy nervioso.
—Bueno, está bien, pero de todos modos no habrá nadie más en casa.
Hubo un largo silencio.
—¿Me estás tomando el pelo? ¡Esto es como recibir instrucciones de un niño de diez años! ¿Por qué voy a confiar en ti?
—Solo quiero ayudar —respondió Jeremy.
—¡Vete a la mierda! —gritó Les y colgó.
—Eso no está bien —dijo Jeremy, pero nadie lo oyó.
Cuando colgó, estaba muy agitado. No quería que mataran a Isaac, pero... no iba a pensar en eso. Pronto habría terminado todo. Entonces, enterrarían a Isaac y él ya no tendría que preocuparse de nada más. No tenía elección. Tenía que marcharse enseguida; Claire olvidaría a Isaac. Cuando entendiera que Isaac había muerto, lo olvidaría, igual que había olvidado a David.
—No te preocupes. Yo seré tu novio —susurró.
Al pensar en poder acariciarla, por fin, en poder besarla con la boca abierta como Isaac, Jeremy sintió un cosquilleo por todo el cuerpo.
En el pasado solo había podido pensar en besarla, pero ahora iba a ser de verdad. Y estarían juntos para siempre.
No permitiría que ella lo abandonara, como habían hecho sus padres.

Claire se despertó de golpe. Había oído un ruido en la puerta y pensó que era Isaac. Aunque estaba dormida, había estado muy preocupada por él; no dejaba de soñar que lo perseguían con un coche y le disparaban, o que estaba desangrándose en un lugar en el que ella no podía alcanzarlo.

—¿Isaac? —dijo.

Estaba tan impaciente por tenerlo a su lado que se levantó y fue hasta la puerta.

—Soy yo —dijo Jeremy.

Ella frunció el ceño al reconocer su voz y, por la mirilla, vio su cabeza distorsionada.

¿Qué quería ahora? Le había costado mucho irse a su propia habitación cuando Isaac se iba. Jeremy no quería estar solo, pero Isaac no permitió que se quedara en la habitación con Claire, y ella se alegraba, porque él se estaba comportando de un modo muy extraño. Tanto, que había empezado a asustarla. Por lo general, ella podía soportar que la mirara con fijeza y que, rápidamente, mostrara su acuerdo con todo lo que decía, y que se riera sonoramente de sus bromas, por muy malas que fueran, pero había cambiado en algo... Y, sin embargo, Alana y Roni, y su padrastro también, le habían dicho siempre que no lo tratara mal. La vida había sido muy dura con él, y siempre había tenido que sufrir la crueldad de los otros niños. Ella no quería ser mala.

—¿Qué necesitas? —le preguntó.

—¿Me dejas pasar? No puedo... no puedo dormir. Mi padre ha muerto, lo sé. Está enterrado debajo de la casa. Había sangre por todas partes.

—¿Que está enterrado dónde?

Aquello sonaba demasiado concreto como para descartarlo absolutamente. ¿Por qué iba a decir Jeremy algo así?

—Está al lado de tu madre. Si me dejas entrar, te digo dónde está.

Jeremy no podía saber de qué estaba hablando. Era patético que hubiera llegado tan lejos por no estar solo.

—Mira, Jeremy, estoy muy cansada. Entiendo que quieras ayudarme, y yo también quiero ayudarte a ti. Somos amigos. Pero no puedes decirme dónde está mi madre porque no lo sabes.

—Sí, sí lo sé. Lo juro. Está en una maleta, debajo de mi casa. La mató mi padre.

De no haber sido por la mención de la maleta, Claire habría pensado que todo era una invención. La policía no había ocultado el detalle de que hubiera desaparecido una maleta de la casa el día de la desaparición de Alana, pero Jeremy estaba hablando de algo que había ocurrido hacía quince años. ¿Cómo podía acordarse de la maleta?

Se echó a temblar al imaginarse lo que le había dicho. No le gustaba lo que estaba haciendo para conseguir que le abriera la puerta, pero no podía tenérselo en cuenta. Estaba asustado y desesperado y, seguramente, no sabía que para ella era muy duro escuchar cosas como aquella.

—¿Claire? —dijo él, y llamó otra vez—. ¿Me has oído?

—Sí, te he oído.

—¿Crees en los zombis?

—No, Jeremy. Los zombis no existen.

—Creo que tu madre y mi padre van a revivir y me harán daño si no te cuido. Le prometí a tu madre que te cuidaría. ¿Lo sabías?

—No, pero... es muy amable por tu parte.

—Entonces, ¿me vas a dejar entrar?

—Jeremy, estaba dormida...

—Por favor. No me gusta estar aquí solo...

—¿No puedes volver a tu habitación?

—¡No! ¡En mi habitación hay zombis!

—Oh, Dios —murmuró ella. Sin embargo, se puso los vaqueros debajo de la camiseta con la que se había acostado y abrió la puerta.

Jeremy estaba envuelto en la luz azulada de una de las bombillas de bajo consumo del pasillo, y parecía mucho más agitado de lo que estaba cuando se había marchado a su habitación, unos veinte minutos antes. Realmente, se había puesto muy nervioso.

Claire lo sentía por él, pero tenía que enviarlo a su habitación de nuevo. La ponía muy nerviosa. Sin embargo, él estaba llorando, y ella recordó cómo se había sentido durante los días posteriores a la desaparición de su madre. No podía ser tan cruel. Por lo menos, ella había tenido a su padrastro como apoyo. Si Don Salter se había marchado y no iba a volver, Jeremy no tendría a nadie.

–No llores –le dijo–. Vamos, pasa. Puedes dormir en la otra cama mientras esperamos a Isaac.

Él entró como si fuera a pasar por delante de ella, pero en vez de eso, la agarró.

Jeremy, no...

Él le tapó la boca con una mano y la tiró al suelo.

Claire forcejeó, pero Jeremy era increíblemente fuerte. Ella se dio cuenta de que no estaba bromeando, de que no iba a parar a menos que ella consiguiera hacerle entender que tenía que soltarla. Sin embargo, Jeremy se inclinó hacia ella.

–No grites –le susurró al oído–. Por favor, no grites. No quiero tener que dispararte. Te quiero, Claire. Siempre te he querido.

Entonces, ella sintió la boca del cañón de una pistola en la espalda.

Capítulo 29

Isaac llegó enseguida a Pineview, seguramente porque ya no estaba cansado. Estaba demasiado ocupado pensando en lo que podía haberle ocurrido a Don. Aunque ya esperaba lo peor, lo que encontró cuando llegó a la casa le sorprendió de todos modos.

La puerta estaba abierta, y no tuvo que adentrarse mucho en el vestíbulo para oler la lejía. Jeremy tenía razón; el olor a limpiador impregnaba toda la casa. Además, el sofá y una gran parte de la alfombra estaban húmedos.

Lo raro era el agujero de bala. No estaba cerca del lugar donde, aparentemente, había ocurrido el acto violento. Estaba en la pared opuesta.

—¿Qué demonios ha ocurrido aquí? —murmuró Isaac.

Tal vez Don tenía acompañantes peligrosos y había intentado defenderse. De ser así, o tenía una puntería muy mala o estaba muy borracho.

Lo más probable era que estuviera borracho...

—Pobre desgraciado —dijo Isaac.

Lo sentía tanto por él como por Jeremy. Don tampoco había tenido una vida fácil.

Isaac fue al garaje. El Jeep de Don estaba allí aparcado. ¿Dónde estaba él?

Por las pruebas, parecía que estaba muerto. O herido. Tenía que salir de allí rápidamente y llamar a la policía. Sin embargo, primero quería inspeccionar el teléfono de Don para ver quién le había llamado últimamente, y si entre sus llamadas estaba el número de Les Weaver. También quería encontrar los estadillos del banco de Don. Si le habían contratado para entrar en casa de Claire y destrozársela, tal vez hubiera un ingreso considerable en alguna de sus cuentas.

Sin embargo, poco después, Isaac se dio cuenta de que no iba a encontrar documentos bancarios en casa de Don Salter, y menos facturas pagadas. Aquel hombre no tenía archivador. No parecía que llevara las cuentas de ninguna manera. Isaac no encontró una sola carta del banco.

Sin embargo, encontró un gran montón de facturas impagadas en el cajón de la cocina. Y allí, casi al final, halló la factura de teléfono más reciente, que mostraba varias llamadas a Coeur d'Alene, en Idaho.

—Esto es lo que quiero.

Isaac tuvo la sensación de que, por fin, estaba llegando a alguna parte. Tomó un trapo para descolgar el auricular del teléfono sin dejar huellas. Quería comprobar si Les Weaver respondía en aquel número de teléfono. Si Less estaba acostumbrado a recibir llamadas del número de Don, respondería, pese a que...

Antes de que Isaac pudiera marcar el número, oyó un ruido que lo dejó helado.

Alguien acababa de entrar por la puerta principal.

Claire no sentía las manos ni los pies. Jeremy había arrancado los cables de las lámparas del motel y la había atado con ellos para poder ir en busca de una cuerda verdadera a su coche. Después la había atado con aquella cuerda y la había amordazado con un trozo de sábana. Le dijo que no podía pensar si ella le pedía constantemente que la soltara. También le dijo que, al final, ella se alegraría de que él hubiera hecho todo aquello.

Ella tenía las muñecas y los tobillos despellejados de

intentar soltarse. La cuerda era muy áspera y, en aquel punto, cualquier movimiento le causaba un gran dolor. No había nada que pudiera hacer, salvo seguir tumbada en el asiento trasero de su coche e intentar no caerse con los baches del camino.

Jeremy se había salido de la autopista, y su coche no tenía una suspensión adecuada para aquel terreno accidentado y pedregoso. Parecía que la estaba llevando hacia las montañas por uno de los caminos que conducían a remotos destinos de caza y pesca. No sabía si lo había elegido al azar o lo conocía de antes, y no tenía ni idea de si alguien podría encontrarla allí.

A medida que pasaban los minutos, comenzaron a caérsele las lágrimas, pero no eran de tristeza ni de miedo, sino de frustración e ira. Siempre había intentado ser buena con Jeremy, ¿y él se lo pagaba así?

—Siento tener que hacer esto —dijo él, por fin.

Claire estaba empezando a entender que Jeremy estaba loco. Ella pensaba que tenía cierto retraso y que era muy bueno. Siempre lo habían maltratado y, por ese motivo, ella siempre había estado dispuesta a tolerarlo. Sin embargo, Jeremy le había contado que la noche del incendio, su padre se había suicidado de un balazo y que, en vez de llamar a la policía, él había limpiado la sangre y los sesos de la pared y lo había enterrado debajo de la casa.

No sabía si creerlo, sobre todo cuando se empeñaba en decir que su madre también estaba allí. ¿Cómo podía ser eso cierto? Jeremy aseguraba que su padre la había asesinado, pero Don Salter no tenía relación con su madre, salvo por el hecho de que lo habían visto quemando el expediente de la investigación y el hecho de que, una vez, había sido amigo de su padre.

Si lo que decía Jeremy era cierto, Tug tenía que estar detrás de la muerte de su madre.

Ella quería pedirle más detalles y pruebas, pero no podía hablar.

—Me crees, ¿verdad?

De nuevo, parecía un niño inofensivo, y eso enfurecía a Claire. Jeremy había engañado a todo el pueblo, salvo, quizá, a su padre. Claire se daba cuenta de que todos habían juzgado erróneamente a Don, por lo menos en lo referente a su hijo. Era un milagro que hubiera cuidado de Jeremy durante todos aquellos años. Todos tenían miedo de que Jeremy terminara en un sanatorio mental, pero, en aquel momento, ella estaba completamente segura de que era donde debía estar.

Él aminoró el paso y se detuvo, pero ella tuvo la impresión de que todavía no habían llegado a su destino.

—Puedes gruñir si me crees.

Ella no hizo nada. Estaba empezando a odiarlo. Si había sabido dónde estaba su madre durante todos aquellos años, ¿por qué no se lo había dicho a nadie? Tal vez no fuera la persona más inteligente del pueblo, pero sabía muy bien que ella llevaba mucho tiempo intentando descubrir la verdad. Él mismo había mencionado la situación a menudo.

«Espero que la encuentres, Claire», le decía todo el tiempo. Si la quería tanto, ¿por qué había permitido que sufriera y no le había dicho la verdad hacía tiempo?

—No estás siendo buena —le dijo él al ver que ella permanecía en silencio.

Comenzó a conducir de nuevo, pero lentamente. Era obvio que quería hablar con ella.

—Espero que no estés enfadada. Vas a estar muy bien. No quiero que te preocupes. Yo voy a cuidar de ti como hizo David.

Él no podía cuidar de nadie, ni siquiera de sí mismo. Sin embargo, Claire no se concentró en eso, sino en David. Tenía tantas preguntas... Si Don había matado a su madre, ¿era también quien había contratado a Les Weaver para que le pegara un tiro a David, o de eso se había encargado Tug?

A Claire se le cayeron más lágrimas. «Papá, ¿de veras has podido hacerme esto? ¿De veras has podido arrebatarme a las dos personas más importantes de mi vida?».

El corazón le decía que no, pero todo lo demás le decía que sí. Tenían que ser Roni o él. Jeremy le había dicho que se estaban viendo desde mucho antes de la desaparición de su madre, lo cual concordaba con lo que le había asegurado April. Llevaba tanto tiempo vigilándola que sabía tanto de su familia como de ella. Isaac creía que su padrastro estaba detrás de todo; ella se había dado cuenta durante su charla sobre el perdón.

«Papá, ¿cómo has podido?». Aquellas palabras se repetían en su mente una y otra vez. Sentía el gusto amargo de la traición de Tug, el hombre al que había aceptado como padre, y de Jeremy, el chico al que había apoyado durante toda su vida.

Pronto, los baches le pasaron factura. Le dolía el cuerpo de los cambios de posición, y tenía dolor de cabeza por la falta de sueño, y la mordaza le cortaba la mandíbula. Sin embargo, Jeremy seguía conduciendo.

¿Sabría adónde iba? ¿Tenía algún plan?

Decía que su padre se había suicidado, pero ¿era cierto? ¿Lo había matado él mismo? Jeremy tenía una pistola...

De cualquier modo, él no podía volver a Pineview; allí ya no le quedaba nada. No tenía familia ni amigos, y después de lo que estaba haciendo, no podría volver a trabajar en Hank's.

¿Qué tendría en mente? Allí no iban a poder sobrevivir. Dudaba que tuvieran agua ni comida suficiente para veinticuatro horas. No habían parado en ningún sitio, aunque a aquellas horas no había ninguna tienda abierta, y ella estaba segura de que Jeremy no estaba preparado.

Tal vez lo que tenía en mente no era sobrevivir. Tal vez solo quisiera huir de las consecuencias de lo que había hecho y pasar algún tiempo con ella y, después, dejarla marchar.

O tal vez quisiera matarse y llevársela consigo.

—¿Isaac?

Isaac exhaló un suspiro de alivio y se metió la pistola en la cintura del pantalón. Había pensado que Les Weaver había entrado en casa de los Salter para encargarse de lo que no había podido terminar con el incendio. Sin embargo, aquella era una voz mucho más familiar para él. Rusty Clegg no era santo de su devoción, pero era mejor encontrarse con él que con un asesino a sueldo.

—Estoy aquí.

Rusty apareció detrás de una esquina y lo miró de pies a cabeza.

A Isaac no le gustó su expresión condescendiente.

—¿Querías decirme algo? —le preguntó.

—No. Me ha parecido ver tu coche entre los árboles —dijo Rusty. Agitó la cabeza y chasqueó la lengua—. Vaya, parece que no sabes dejar de meterte en líos, ¿eh?

—¿Disculpa?

—¿Qué estás haciendo aquí?

—Seguramente lo mismo que tú. Buscar a Don.

—¿Registrando sus cosas?

—Esperaba encontrar algo que me explique por qué no ha estado en casa durante estos dos últimos días. Y si se ha puesto en contacto con alguien de Idaho.

—¡Eso no es cosa tuya! ¡Tú no eres policía!

Isaac arqueó ambas cejas.

—Tal vez, si estuvierais haciendo vuestro trabajo, yo no tendría que hacerlo por vosotros.

—Puedo arrestarte por interferir en una investigación policial.

—Que yo sepa, esto no es una investigación oficial.

—Pero si Don ha desaparecido...

Isaac lo interrumpió.

—Por si no te habías dado cuenta, Don no ha desaparecido. Ha muerto.

Rusty se quedó asombrado.

—¿Cómo lo sabes?

—Por deducción. Jeremy está aterrado porque hace dos días que no ve a su padre. Don nunca ha desaparecido de esta manera, y menos dejando su coche en el garaje. Hay un agujero de bala en la pared del salón, y una mancha de humedad en la alfombra, donde alguien ha usado un montón de lejía.

—Eso no es como encontrar un cadáver —replicó Rusty.

—Es suficiente para que alguien empiece a buscarlo.

Rusty abandonó su actitud bravucona y bajó los hombros.

—Pero... ¿quién iba a querer matar a Don?

—Alguien que piensa que sabe demasiado. Alguien que lo ve como un peligro.

—Esto tiene que ver con tu teoría de que Les Weaver disparó a David a propósito.

—Sí, lo hizo. Y voy a demostrarlo.

—Mierda —dijo Rusty, y se pasó la mano por la frente—. Yo estaba allí. Estaba con él. Weaver parecía de fiar. Estaba consternado. Y no tenía ningún móvil. Es un completo extraño en la zona, un ciudadano decente de otro estado. ¡Tú tampoco habrías sospechado nada!

—Ese ciudadano decente tiene vínculos con la familia Lucchese.

—¿Y quiénes son esos?

—Una de las organizaciones más poderosas del crimen organizado que hay en Nueva York.

—¿Y cómo lo sabes?

—Le pedí a Myles que lo comprobara, así de sencillo —dijo Isaac—. Tengo que ser sincero contigo, Rusty: deberías haber hecho más preguntas.

El ayudante enrojeció y enseñó los dientes.

—Eres un imbécil que se cree que lo sabe todo. El gran Isaac, que aparece en el último instante y me roba a mi chica.

—¿Tu chica? Claire nunca ha sido tuya.

De un modo u otro, Claire siempre había sido suya; ella lo sabía, y él lo sabía, incluso cuando estaba con David.

—Si tú no te hubieras entrometido, lo sería. Ella me pidió que saliéramos la semana pasada. Entonces, tú te metiste por medio.

—No estaba realmente interesada en ti, Rusty. Solo quería salir.

—Eso no lo sabes. No sabes nada. Ni tampoco tienes pruebas de que Weaver matara a David a propósito. Solo quieres dejarme en mal lugar.

Con aquellas palabras, Rusty se marchó a la cocina, llamando a Don y a Jeremy.

—Jeremy está en Libby, con Claire, así que no pierdas el tiempo llamándolo.

Y si Don estuviera en casa, él ya lo sabría, pero Rusty no respondió.

Isaac lo oyó subir las escaleras. Cuando bajó, se dirigió hacia el sótano, e Isaac lo siguió.

—¿Estás satisfecho ya? —le preguntó a Rusty cuando estaban en la habitación vacía de Jeremy.

Una vez más, Rusty no respondió. Estaba mirando con incredulidad una pared cubierta de fotografías de Claire y adornada con poemas, flores secas y corazones dibujados.

—¿Qué demonios es esto?

Isaac lo había visto antes. Le había parecido un poco inquietante, pero no le había sorprendido.

—¿A ti qué te parece?

—Que Jeremy está muy mal de la cabeza.

—¿Mal de la cabeza? Seguro que tú también tienes un altar en tu casa.

—Vete a la mierda.

Isaac le había provocado, así que lo dejó pasar. Tenían que dejar a un lado sus diferencias y llegar al fondo de lo que estaba ocurriendo allí.

–Mira, algo no va bien. ¿No crees que deberías llamar al sheriff para que envíe a un equipo forense?

–No. No he visto señales de lucha. La puerta no estaba forzada. No hay cadáver y no hay sangre. No hay nada, salvo un poco de limpiador que puede haberse derramado y un agujero de bala en la pared, que puede haber hecho Jeremy jugueteando con la pistola de su padre.

–Entonces, ¿dónde está Don?

–¿Quién sabe? Es un adulto. Tal vez haya hecho una escapadita de unos días. Aparecerá.

–Muerto –dijo Isaac. Ya había oído suficiente. Había terminado con Rusty–. Bueno, voy a llamar yo mismo al sheriff.

Se dio la vuelta y empezó a subir las escaleras.

Rusty comenzó a subir tras él, pero se detuvo.

–¡Espera un momento!

–¿Qué ocurre? –le preguntó Isaac.

–Mira.

Rusty había encendido la linterna que llevaba en el cinturón y estaba alumbrando la zona oscura que había debajo de las escaleras, pero Isaac no sabía a qué se estaba refiriendo.

–¿Que mire qué?

–Ese espacio. Está candado.

–¿Y eso es tan raro?

–No, un candado no sería tan raro, pero ¿seis?

Capítulo 30

Jeremy no se había imaginado que las cosas iban a ser así. Estaba demasiado oscuro para ver algo más allá del alcance de los faros del coche, así que no podía encontrar un buen sitio para montar la tienda. Y tenía hambre. Hacía mucho tiempo que se había comido aquella hamburguesa en Hank's. En casa había una pequeña nevera portátil que podía haber usado, pero no tenía comida que meter en ella. Cuando Claire e Isaac habían llamado por última vez a la puerta, estaba tan nervioso que se había olvidado, incluso, de llevar agua. Sabía que seguramente no iban a volver, porque era demasiado tarde, así que había entrado rápidamente en el coche, que solo tenía la mitad del equipaje dentro, y los había seguido. No podía soportar la idea de que Isaac se llevara a Claire fuera del pueblo otra vez, donde él no pudiera encontrarla.

Como de costumbre, solo había podido pensar en ella. Y ya la tenía a su lado, pero ni siquiera eso era tal y como había imaginado. Claire había conseguido quitarse la mordaza y no dejaba de decirle, una y otra vez, que tenía que girar y volver al pueblo, porque aquello no estaba bien.

Pero él no podía volver, porque le había dicho a Les Weaver dónde estaba Isaac. Seguramente, Isaac ya estaba tendido en el suelo, desangrándose, tal vez en el mismo sitio de la alfombra que él había limpiado. Y entonces, tal vez, la policía ya habría llegado, y sería cuestión de tiempo que encontraran a Alana y a su padre debajo de la casa.

—No, no pu-puedo —murmuró.

Solo podía intentar hacer lo que siempre había pensado que haría. Su padre siempre se reía de él cuando mencionaba su gran escapada, decía que no iba a sobrevivir en el bosque, pero Jeremy no le creía. Allí era donde iba a encontrar la paz, algún día.

Y ese día había llegado.

Sin embargo, ir a las montañas ya no le parecía tan bien. Estaba cada vez más disgustado. Si tuviera luz, todo iría mejor. En la oscuridad no podía dejar de imaginarse que Alana había subido a su coche y que la llevaba consigo, cuando lo que quería era alejarse de ella, por fin.

—¿Y qué va a pasar cuando se te acabe la gasolina, Jeremy? —le dijo Claire—. Nos quedaremos aquí aislados. ¿Sabes dónde estamos, o adónde vamos?

«Los zombis no existen».

—¿Me estás escuchando?

—Cá-callate. No puedo pensar.

No le gustaba hablar así a Claire, pero ella lo estaba empeorando todo. Él ya no le caía bien, lo notaba en su tono de voz. Parecía más Leanne que Claire.

¿Y si tenía razón en lo de la gasolina? Ya le quedaba muy poca en el depósito cuando había salido de casa, y no había repostado. Además, le gruñía el estómago. ¿Qué iban a comer? Él ni siquiera sabía cazar...

De repente, recordó las cicatrices que Isaac tenía en el brazo. «No, no pienses en los osos. Y tampoco pienses en Isaac. Isaac está muerto».

Sin embargo, él no quería que Isaac muriera. Isaac siempre había sido bueno con él. En el colegio, le protegía de la gente que le decía cosas malas y lo empujaba.

—Jeremy, por favor —dijo Claire—. Si de verdad te importo, llévame a casa. Quiero ir a casa.

—No puedes ir a casa —dijo él—. No es seguro. Te estoy haciendo un favor. Estoy intentando protegerte.

—¿De qué, o de quién? ¿Por qué no es seguro ir a casa?

Le estaba hablando en un tono de enfado, como hacía su padre. Lo odiaba. ¿La odiaba a ella también?

¡No! Era Claire. Él quería a Claire.

—Jeremy.

Él tragó saliva.

—¿Por qué no es seguro ir a casa?

—Ya sabes por qué. Mi padre mató a tu madre. Después contrató a Les Weaver para que matara a David. No querrás ser la siguiente, ¿verdad?

—¿Y es él quien me atacó en el estudio de mi madre? —preguntó ella.

—¿Te atacó?

—Me empujó y me tiró al suelo.

—No, fui yo. No quería hacerte daño. Solo quería ver lo que estabas haciendo. Y te dije que lo sentía mucho.

—¿Me dijiste que...? Ah, sí, ya me acuerdo. Me pediste perdón en Hank's.

—¿Lo ves? Te acuerdas.

—¿Me has estado siguiendo a menudo?

—Siempre que he podido.

—Más o menos, ya lo sabía. Aparecías siempre allí donde yo fuera. Ha ocurrido tan a menudo, y durante tanto tiempo, que al final dejé de prestar atención.

Después de unos segundos, ella se echó a reír.

—¿Qué pasa? —le preguntó él.

—Esto es injusto. Lo sabes, ¿no?

—Mi padre dice que nada es justo.

—Me has dicho que tu padre ha muerto, que se suicidó. ¿Es cierto?

—Sí.

—¿Y Les Weaver? ¿Crees que él pudo matar a tu padre?

—No. Yo vi lo que pasó. Se disparó delante de mí. La

mayoría de su cabeza voló y se pegó a la pared. Iba a matarme a mí, pero no sé por qué no lo hizo.

—Pero, ¿por qué se suicidó?

—Porque un tipo llamado George le dijo que lo hiciera.

—¿Qué George?

—No sé, no lo conozco. Es alguien que mató a su perro. No es una buena persona.

Hubo un breve silencio. Entonces, ella dijo:

—¿Puede ser que tú estuvieras sujetando el arma?

—¿Yo? No, no. Yo no lo maté.

¿Por qué seguía Claire preguntándole eso?

—¿Y no hay forma de que estés equivocado?

Jeremy se sentía confuso de nuevo.

—No. George le dijo que lo hiciera. Yo lo vi.

En aquel momento, una rueda del coche se metió en un surco, y el vehículo se inclinó peligrosamente hacia un lado. Jeremy gritó, pero consiguió mantenerse en la carretera. Entonces, siguió avanzando lentamente, porque no quería tener un accidente. Lo que había dicho Claire sobre la gasolina también le preocupaba, pero ¿para qué iban a necesitar gasolina, si iban a vivir allí?

No la necesitaban. Tal vez debiera gastarla toda; de ese modo, Claire no podría escaparse cuando él estuviera dormido.

Tomó otro camino de tierra, más accidentado incluso que los anteriores, y maniobró lo mejor que pudo entre los pinos, que arañaban los laterales del coche.

—¿Y por qué mató tu padre a mi madre? —le preguntó ella.

—No lo sé. Fue hace mucho tiempo.

—De acuerdo. Si pagó a Les para que matara a David, ¿de dónde sacó el dinero?

Jeremy intentó dar con la respuesta, pero su padre no le había contado eso. Su padre se enfadaba siempre que él le preguntaba por Les.

Pero entonces, lo recordó. Había oído muchas llamadas

en las que su padre pedía un préstamo diciendo que lo necesitaba para que el banco no le quitara la casa.

—Tu padre se lo dio.

—¿Tug? ¿Él quería que mataran a David?

—No. ¿Por qué iba a querer eso?

—Para ocultar el hecho de que mató a mi madre.

—Tu padre no mató a tu madre. Fue mi padre.

—Dijiste que Tug y Roni tenían una aventura.

—Sí.

—Entonces, ¿por qué mató tu padre a David? ¿Porque Tug le dijo que lo hiciera?

Todas aquellas preguntas le estaban dando dolor de cabeza.

—No...

—Lo que dices no tiene sentido, Jeremy.

—Estoy intentando ser agradable, Claire. Estoy intentando decirte lo que sé. Quieres que te diga lo que sé, ¿no? Yo llevo mucho tiempo queriendo decírtelo.

—Claro, pero... Solo respóndeme a una pregunta. ¿Estaba mi padre detrás de todo eso?

Él no lo creía. Don siempre le había dicho a Jeremy que no podía hablarle a Tug sobre la maleta ni nada de lo demás. Sin embargo, si lo que decía no tenía sentido, debía de estar equivocado.

—Supongo.

Los candados no fueron ningún problema; quien los hubiera utilizado en aquella puerta tan endeble no se había dado cuenta de que las bisagras podían sacarse con el extremo dentado de un martillo, así que el tamaño y la fuerza de los candados no tenía importancia. No podían impedirle la entrada a nadie.

Isaac y Rusty tardaron menos de diez minutos en quitarlos.

—Esto debe de ser obra de Jeremy —dijo Rusty, mientras apartaba el último candado hacia la derecha para poder entrar.

Isaac estaba de acuerdo. Si Don hubiera querido asegurar algo valioso, lo habría hecho mejor.

Rusty se giró a mirarlo.

—¿Qué crees que hay aquí dentro?

—Seguramente, Jeremy quiere proteger algo muy preciado para él, como el equipo de supervivencia del que habla siempre.

Rusty abrió la puerta.

—O tal vez sea una muñeca hinchable que no quiere que vea su padre.

No encontraron ninguna de esas dos cosas. Sin embargo, cuando hubieron inspeccionado un par de cajas llenas de sábanas viejas y otros objetos domésticos que estaban allí almacenados, descubrieron una maleta en el rincón más alejado, debajo de la caldera.

—Creo que será mejor que llames al sheriff —le dijo Isaac a Rusty, en cuanto la vio.

No tenía por qué estar allí; por el color y el estilo, era de mujer. Y él recordaba que, el día en que había desaparecido Alana, también había desaparecido una de sus maletas.

Sin embargo, Rusty había llegado muy lejos, y no iba a detenerse hasta echar un vistazo. Tumbó la maleta de lado y la abrió.

Dentro, tal y como temía Isaac, hallaron un cráneo y huesos humanos, además de algunos harapos, sumidos en un líquido repugnante dentro de una bolsa de plástico transparente.

—¡Oh, Dios! —exclamó el ayudante del sheriff, asqueado.

—Es Alana.

Habían encontrado a la madre de Claire. La policía tendría que identificarla por su dentadura, pero Isaac no tenía ninguna duda.

—¿Y qué está haciendo aquí?

Isaac no tenía ni idea, pero se sintió muy inquieto. Había dejado a Claire con Jeremy en Libby y, claramente, era Jeremy quien había puesto todos los candados en la puerta de aquel sótano. Por tanto, él debía de saber lo que había debajo de la casa.

A Isaac se le formó un nudo de angustia en el estómago.

—No crees que Jeremy es capaz de tal violencia...

Rusty no podía apartar la vista de la bolsa.

—No, por Dios. Jeremy debía de tener solo dieciséis años cuando Alana desapareció.

Isaac lo había pensado, pero Jeremy siempre había sido muy grande para su edad. Y fuerte como un toro.

—Él nunca se defendía cuando lo atacaban en el colegio —añadió Rusty—. ¿No te acuerdas?

Isaac se acordaba perfectamente. Él tenía que defender a Jeremy. O Claire o Davis amenazaban a los otros chicos con ir al director si no dejaban de burlarse de él. Isaac no recordaba que Rusty se involucrara; nunca se había preocupado mucho de Jeremy.

—Bueno, ¿qué piensas ahora que has visto esto? ¿Dónde puede estar Don?

—Puede que haya huido. Lo hemos estado buscando para interrogarlo por el allanamiento de la casa de Claire. Tal vez se asustara por eso.

—¿Y qué te parece la bala de la pared?

Rusty se humedeció los labios antes de responder.

—Ya te lo he dicho. Esa bala no tiene por qué significar nada. Tal vez fuera un disparo accidental. El agujero está demasiado alto como para haber herido a nadie.

—Has visto esto —dijo Isaac, señalando la maleta y su contenido—, ¿y todavía piensas que no hay que preocuparse por todo lo que hay arriba?

—No estoy seguro —admitió.

Isaac tomó su linterna y fue alumbrando el espacio. Al

ver una zona donde la tierra estaba removida, se le cortó la respiración.

—Mira eso.

Rusty lo miró, e hizo una mueca de espanto.

—A mí me parece una tumba —dijo Isaac.

—No me encuentro bien. Tengo que salir de aquí.

Rusty salió corriendo hacia la puerta, pero solo llegó hasta las cajas antes de vomitar.

—Nunca había visto nada igual —musitó segundos después, probablemente refiriéndose a la maleta, y se limpió la boca—. Nunca lo olvidaré.

Isaac sabía que él tampoco iba a olvidarlo. Y temía que iban a encontrar algo igualmente horroroso si comenzaban a cavar. Sin embargo, estaba demasiado preocupado por Claire. No dejaba de repetirse que Jeremy era tan infantil e inocente como parecía...

Sin embargo, iba a volver rápidamente a Libby. Rusty tenía razón; él no era ayudante del sheriff. A partir de aquel momento, la policía se haría cargo de todas aquellas pruebas.

El olor de la bilis completó lo que había sido uno de los peores momentos de su vida. Tuvo náuseas y pensó que él también iba a vomitar, hasta que Rusty lo distrajo llamándolo desde lo alto de las escaleras.

—¿Vienes ya? ¿Cómo puedes aguantar ahí abajo?

Pero Isaac no tuvo ocasión de responder. Se oyó un disparo.

—¿Rusty? —gritó Isaac.

No hubo contestación alguna. Oyó los golpes de un cuerpo que caía rodando por las escaleras y, después, el silencio.

—Tienes que soltarme —dijo Claire.

No había podido tomar nota de todos los giros que había dado Jeremy con el coche, porque no podía sentarse y apenas veía nada, así que su mejor opción era convencerle de que volvieran a Pineview. Aunque, seguramente, él tampoco conocía el camino de vuelta. Había estado conduciendo al azar, y cada vez estaba más desquiciado. Estaba delirando y hablaba sobre zombis, osos y Alana, que estaba esperando para salir del maletero.

Lo más coherente que dijo fue que iban a casarse y a vivir allí, en mitad del bosque. Sin embargo, no pudo decirle qué iban a comer y a beber, ni qué iban a hacer para calentarse en invierno. Él vivía en su propio mundo y, si ella no conseguía hacerle volver a la realidad, terminarían perdidos en el bosque hasta que murieran de hambre o fueran presa de los animales salvajes.

—Jeremy, ¿no vas a responderme?

Él había dejado de hablar hacía quince minutos. Decía que ella lo confundía, así que la ignoraba canturreando o hablando de que su padre lloraba cuando apretó el gatillo.

—¡Jeremy! —gritó Claire, para intentar hacerse oír por encima de sus balbuceos, y él estalló en sollozos.

—¡No me quieres! —gritó—. No quieres estar aquí conmigo.

—No, porque quiero volver a casa. Y tú también quieres.

—Pero no podemos volver. Isaac ha muerto. Les lo ha matado.

—¿Qué dices?

—Ha muerto. De eso es de lo que estoy hablando.

Eso no podía ser cierto. Claire se negaba a creerlo. Isaac estaba a salvo. Jeremy no decía la verdad; no podía saberlo.

—No, no está muerto.

—¡Sí! Ya solo me tienes a mí. Tienes que quererme. Y me vas a querer.

Parecía que la ira que Jeremy llevaba conteniendo toda la vida había salido a la superficie.

—Pero, Jeremy, si volvemos ahora, podremos comer

–dijo ella–. Sé que tienes hambre. Yo tengo dinero en el motel.

–No hay nada abierto –replicó él.

–Cuando lleguemos a Libby será por la mañana –dijo ella, suavizando la voz, intentando convencerlo–. Los restaurantes estarán sirviendo café, huevos, tostadas y tortitas. Te gustan las tortitas, ¿a que sí?

Él no respondió a la pregunta.

–Mi padre ha muerto. No va a volver.

–Pero te encontraremos un lugar seguro. Te gustará mucho, te lo prometo.

–Estás mintiendo. Sé lo que estás haciendo. Vas a llamar a los hombres de la bata blanca. Mi padre me dijo que los hombres de la bata blanca me llevarían a un sanatorio y me operarían el cerebro.

Era evidente que su padre le había contado historias de terror, seguramente, para que se portara bien. No iba a poder convencer a Jeremy de que los hombres de la bata blanca estaban allí por su propio bien, así que intentó que confiara en ella.

–Yo nunca haría eso. Estoy segura de que... de que Hank te acogerá en su casa.

En aquel momento, el motor del coche se paró en seco. ¿Lo había apagado? Claire pensó que, tal vez, había conseguido convencerlo para que diera la vuelta, pero cuando vio que él trataba de arrancar otra vez y no lo conseguía, se dio cuenta de que se les había terminado la gasolina.

–Bueno, se acabó –dijo él–. Ya no hay más coche. Ya estamos solos.

–¿Y qué vamos a hacer? –preguntó Claire.

Él se volvió a mirarla.

–Podrías besarme como besabas a Isaac.

Ella sintió un miedo nuevo. Forcejeó con las cuerdas para intentar liberarse, pese al dolor.

–Suéltame, Jeremy. No quiero que me toques, ¿lo entiendes?

Él no respondió.

—¿Lo entiendes? —repitió ella.

—Eres como Leanne. Ella también es mala.

—No, yo no soy mala. Tú no tienes derecho a hacerme esto. Se llama secuestro y es ilegal.

—¿Preferirías morir?

—¿Qué has dicho?

Él tomó la pistola y se la mostró.

—Te estoy dando una elección.

Ella miró el brillo del metal a la luz de la luna. ¿Hablaba en serio?

Algo le dio a entender que sí.

Sin embargo, si era cuestión de elegir una cosa u otra... prefería morir.

Capítulo 31

Rusty había quedado inerte a los pies de la escalera. Isaac estaba seguro de que había muerto. Desde donde estaba oculto no veía sangre, pero el ayudante no respiraba. Quería comprobar su pulso y pedir ayuda, pero no podía salir por si el que había disparado seguía en el piso de arriba.

Escuchó con atención, pero no oyó nada. Tenía la tentación de creer que el pistolero ya había huido, pero sabía que no era cierto. Tenía que ser Les Weaver, y Les Weaver tenía sangre fría. Se había marchado demasiado pronto después de incendiar su cabaña; no cometería el mismo error dos veces.

Eso significaba que Isaac debía tener cuidado y no cometer un error, o terminaría como Rusty.

Se sacó el arma de la cintura del pantalón y miró al otro lado de la esquina, pero solo vio oscuridad. Arriba habían apagado la luz. ¿Estaba el pistolero allí sentado, esperando a que Isaac saliera para poder acabar con él?

Seguramente, sí.

Palpó la pared hasta que dio con el interruptor, y apagó la luz del sótano. No podía permitir que Les lo viera, porque sería hombre muerto.

«¡Ahora!».

Sonó un disparo cuando Isaac corrió hacia la puerta de

la habitación de Jeremy. Les había disparado al sonido, pero no había conseguido darle. La bala se había incrustado en la pared, o en la cama.

Gracias a Dios...

—¿Les? —gritó. No hubo respuesta, pero él siguió hablando—. Si eres listo, márchate ahora mismo. Acabas de matar a un ayudante del sheriff. La policía te va a detener, y te impondrán la pena de muerte.

No hubo respuesta. Les estaba intentando matar y salir de allí sin dar a conocer su identidad, por si acaso Isaac, o incluso Rusty, conseguían sobrevivir lo suficiente como para acusarlo.

—Rusty ha llamado al sheriff por radio. Vendrá en cualquier momento —gritó Isaac. Quería creer que era cierto, pero aunque Rusty había estado a punto de ponerse en contacto con Myles, no había tenido tiempo para hacerlo.

Tal vez, si él ganaba tiempo, la policía iría por allí aunque Rusty no hubiera llamado.

No, eso no era posible. Tenía que ser realista. Al final, alguien iría a buscar al ayudante, en cuanto la operadora de la centralita de la comisaría se diera cuenta de que él no había llamado desde hacía tiempo, pero eso podría suceder dentro de una hora, al menos.

—¿Les? ¿Me oyes? Hemos encontrado a Alana O'Toole en el sótano. Y seguramente a Don, también. El juego ha terminado.

—¡No, todavía no!

Hubo una rápida sucesión de disparos mientras Les bajaba corriendo las escaleras.

Fue un movimiento rápido y confiado que tomó a Isaac por sorpresa. En aquellos segundos, él no sabía si salir corriendo como su adversario. Las balas volaban por todas partes, así que podían alcanzarlo fácilmente. Pero, si esperaba, Les lo atraparía en la habitación de Jeremy.

Pensó en Claire. Ellos tenían algo por lo que merecía la pena luchar. No iba a perderlo de aquella manera.

Se tiró al suelo y rodó hasta la puerta, hizo lo que pudo para mantener firme el pulso y apretó el gatillo.

Los disparos cesaron, y su oponente cayó al suelo.

Isaac se refugió de nuevo detrás de la pared y esperó unos segundos. Oía una respiración entrecortada y jadeos de dolor, así que se levantó y encendió la luz.

Era Les Weaver, por supuesto. Había caído de bruces sobre Rusty. Cuando se encendió la luz, consiguió rodar y tumbarse boca arriba. Incluso intentó alzar el arma.

—¡Te voy a matar, hijo de puta!

Isaac no estaba demasiado preocupado. La sangre brotaba del pecho del pistolero, y estaba temblando demasiado como para controlar el arma. Cuando, finalmente, consiguió apuntar, Isaac le dio una patada a la pistola y le pisó la muñeca.

—Creo que deberías haberte marchado, como te aconsejé.

Al instante, la actitud de Les cambió. Se agarró el pecho con la otra mano e hizo un gesto de dolor.

—¡Ayuda!

Isaac estaba agotado. La adrenalina, el miedo, la ira y el espanto le estaban pasando factura. Estuvo a punto de subir corriendo las escaleras para llamar por teléfono, pero Rusty no había vuelto a moverse desde que Les le había disparado. Estaba muerto. La única persona que estaba en peligro allí era el que lo había matado, e Isaac se dio cuenta de que no estaba en peligro de muerte. Por su forma de jadear, la bala le había atravesado un pulmón, pero el agujero no estaba cerca de su corazón.

—Primero, tú vas a ayudarme a mí —le dijo.

Aquella era su única oportunidad. En cuanto Les estuviera bajo custodia policial, usaría todas sus armas de abogado, y nunca conseguirían la verdadera historia. Isaac esperó inmóvil unos segundos.

—¡Me estoy muriendo!

—Díselo a Rusty. Seguro que él se siente mal por ti.

—¿Cómo... cómo puedo ayudarte?

—Contándome la verdad. ¿Por qué lo hiciste?
—No sé... de qué... me hablas.
Isaac le pisó con más fuerza la muñeca.
—¿De verdad te vas a hacer el tonto? Por si no lo sabías, no tienes salvación.
—Estás... loco. ¡Llama a un heli... cóptero!
Isaac no se movió.
—Tal vez esté loco, pero después de todo lo que has hecho, me parece que llamar a un helicóptero de emergencias para ti es malgastar el dinero de los contribuyentes.
—Entonces, ¿vas a dejar... que... me muera?
—A menos que digas la verdad, sí.
—Irás a la cárcel...
—No. Esto ha sido en defensa propia. Dime, ¿te contrataron para que mataras a David?
Les intentó tomar aire.
—Sí, ¿de acuerdo? Ahora, llama al... helicóptero...
—Dime quién lo hizo.
—Don.
—¿Y de dónde sacó el dinero?
—No... lo sé. Nunca se lo pregunté.
La mancha de sangre de su camisa se estaba extendiendo rápidamente, pero a Isaac no le dio lástima. Era difícil compadecerse de un asesino a sueldo.
—¿Y también mataste a Alana?
—No.
—¿Quién fue?
—Su... su hijo —respondió Les. Intentó humedecerse los labios y jadeó para tomar aire.
A él se le heló la sangre en las venas.
—¿Jeremy? No, no puede ser. Solo tenía dieciséis años en aquel momento.
—Solo sé... lo que me dijo Don —respondió Les, entre jadeos y espasmos—. Su... hijo... no quería hacerlo. Alana... lo sorprendió... hurgando en los cajones de su hija... cuando debía estar en el... colegio.

Cerró los ojos y se desplomó, como si no pudiera seguir hablando. Sin embargo, Isaac todavía no había terminado con él.

—¡Dime más!

—Él... intentó rodearla para escapar... pero ella le cortó el paso.

—¿Y qué?

—¿No... te lo... imaginas? Ella dijo que... dijo que iba a llamar... a la policía.

—¿Y por eso la mató?

—¡Tuvo pánico! Solo quería... que ella se... callara. Alana estaba llorando... y gritando... así que él la agarró del cuello... y...

—La estranguló.

Les asintió.

—¿Y en qué participó Don?

—Él... ayudó a su hijo a... deshacerse del cuerpo, pero... no podía permitir que el chico... fuera a la cárcel por... un estúpido accidente. Dijo que Jeremy era como... Lennie, en *De ratones y hombres*. Jeremy terminó... por convencerse de que él... no lo había hecho.

Isaac había leído aquella novela de Steinbeck en el instituto, y siempre había odiado el final.

—Ahora... ayúdame... —jadeó Les—. Esta bala... me quema el pecho...

Al oírlo, Isaac recordó algo.

—¿Fuiste tú quien quemó mi casa?

A Les se le caían las lágrimas, pero eran lágrimas de dolor, no de arrepentimiento. Isaac no creía que Les Weaver fuera capaz de sentirlo.

—Tuve que... hacerlo. Claire y tú... no dejabais este asunto. Tú... apareciste en mi casa... ¡delante de mi mujer!

—No tenías que hacer nada de lo que hiciste —respondió Isaac.

Sin embargo, se agachó para recoger el arma de Les y

corrió escaleras arriba para llamar al helicóptero antes de que Les perdiera más sangre. Y después tenía que ir a buscar a Claire.

Llamó a la policía y, después, llamó al motel. Tenía que hablar con ella para avisarla de que Jeremy podía ser peligroso.

Él teléfono sonó una y otra vez, pero no hubo respuesta, así que colgó y volvió a llamar. En aquella ocasión preguntó por Jeremy, pero él tampoco respondió.

—Tengo que ir al baño —dijo Claire.

Lo había intentando todo para que Jeremy la desatara, pero no lo había conseguido. Había tenido miedo de usar aquel argumento por si él se empeñaba en acompañarla y se hacía ideas equivocadas. Él no dejaba de hablar de su forma de besar a Isaac, con la boca abierta, y eso la asustaba. Sin embargo, no se le ocurría otra forma de lograr que la desatara.

Aquello llamó la atención de Jeremy.

—No querrás que me lo haga en tu coche, ¿no? —insistió ella—. Además, no tengo ropa para cambiarme. ¿Cómo vamos a lavar esta?

Desde que se habían quedado sin gasolina, habían permanecido en el coche, esperando a solo Dios sabía qué. Jeremy había cerrado todas las puertas como si tuviera miedo de algo o de alguien. Sin embargo, no le había explicado qué iban a hacer. Ni siquiera la había ayudado a sentarse. Estaba detrás del volante, mientras ella seguía en el asiento trasero. No tenían agua ni comida, y estaban en lo más profundo del bosque.

Gracias a Dios, estaban en verano. Por mucho frío que hiciera, si Jeremy la hubiera secuestrado en invierno ya habrían muerto por congelación.

—Pero, no quieres salir del coche, ¿verdad? —preguntó él—. Ahí fuera hay osos.

—Tendremos que salir en algún momento. Tenemos que ir al baño y tenemos que encontrar comida y agua.

Él dejó caer la cabeza entre las manos.

—¿No puedes esperar hasta mañana? Puede que tu madre esté en el maletero.

Ojalá dejara de hablar de su madre. A ella ya le dolía lo suficiente el corazón.

—Ella no me va a hacer daño. Pero tal vez te haga daño a ti por secuestrarme. Así que desátame e iré yo sola.

Él habló en voz baja.

—¿Crees que está enfadada?

—¿No lo estarías tú?

—Pero... si yo solo estoy intentando protegerte.

No. Estaba intentando protegerse a sí mismo.

—Voy a ir a esos árboles de allí unos minutos, y volveré enseguida.

—¿Y cómo sé que no me vas a dejar solo?

Ella percibió el pánico en su pregunta, e intentó aliviarlo rápidamente.

—¿Y adónde voy a ir? Ni siquiera sé dónde estoy. ¿Crees que quiero que me ataque un oso? Salen a buscar comida de noche.

Él asintió.

—No podemos dejar nada de comida en la basura.

—¿Lo ves?

—Está bien —dijo Jeremy, aunque evidentemente no le gustaba nada la idea. Se frotó la cabeza un poco, suspiró y comenzó a lloriquear.

—Quiero ir a casa.

—Entonces, vamos a casa.

—¡Ya te lo he dicho! ¡No podemos!

Aquella ira la tomó por sorpresa y la asustó mucho. Ella nunca le había visto actuar de una forma volátil o imprevisible. Estaba mucho más allá de su capacidad de gestionar las situaciones, y no había forma de saber qué iba a hacer.

—No pasa nada, Jeremy. Ya pensaremos algo —le dijo—. Pero primero, déjame ir al baño antes de que tenga un accidente.

—Eso sería un asco —dijo él, lloriqueando de nuevo.

—Por no decir que sería innecesario. No voy a tardar. Puedes atarme otra vez cuando vuelva.

—Si te escapas, te comerá un oso.

—Por eso no me voy a escapar. Como te he dicho, pensaremos algo entre los dos para salir de esta.

Él se puso de rodillas y se giró. Con su enorme cuerpo encorvado, y la cabeza y los hombros pegados al techo, miró por la ventanilla como si tuviera diez años y se imaginara que los acechaban todo tipo de peligros espantosos allí fuera, en la oscuridad.

En aquel momento, Claire pudo sentir lástima por él otra vez. Jeremy no sabía lo que estaba haciendo. Solo estaba intentando asimilar la pérdida de su padre y enfrentándose a sus miedos, y atendiendo a la supervivencia básica. Cualquiera podría ser peligroso en aquella situación.

—No tienes por qué salir conmigo —dijo ella—. Desátame. La cuerda me está haciendo daño en las muñecas y los tobillos.

Él se enjugó las lágrimas e hizo lo que ella le había pedido. Luchó con sus gruesos dedos contra los nudos, pero por fin consiguió deshacerlos, y Claire notó que la sangre comenzaba a circularle de nuevo por las manos y los pies. Sin embargo, aquello no fue una mejora instantánea, porque la sensación de ardor era tan dolorosa que no podía moverse.

—Creía que ibas a salir.

Pensó en explicarle lo que le habían hecho las cuerdas, pero ¿para qué iba a confundirlo más? No sabía cómo podía reaccionar si sentía más culpabilidad o más presión.

—Es que necesito un minuto para... pensar en cómo lo voy a hacer.

—¿Qué ocurre?
—Nada.
—¿Tú también estás asustada?
—Un poco. Por eso... voy a hacerlo muy rápido —dijo.
—De acuerdo. Dejaré la puerta abierta para que puedas volver a entrar, pero voy a cerrar las demás.
—Buena idea —dijo ella, siguiéndole la corriente.

No importaba lo que hubiera hecho Jeremy, él también era una víctima en aquella situación. No entendía lo suficiente de la vida y de la gente, ni de lo que estaba bien o mal. Ella solo era algo, como una burbuja brillante, que había capturado su atención y su corazón.

Qué afortunada... Pero estaba mejor sin él. A pesar de todo lo que había sufrido, de lo que podía perder antes de que aquello terminara, tenía inteligencia, buena salud y gente que la quería, incluyendo a Isaac. Después de lo que él le había dicho en el coche, que siempre la había querido, ella tenía esperanzas para el futuro. Estaba casi segura de que no podía estar embarazada, pero si lo estaba, también quería al niño de Isaac.

El dolor no había disminuido, pero no se atrevió a esperar más por miedo a que Jeremy cambiara de opinión. Tenía que alejarse lo más posible de él cuanto antes, esconderse hasta que amaneciera y, entonces, buscar ayuda.

Acababa de salir del coche cuando él tuvo el arrepentimiento que ella temía.

—¡Espera! ¡No te vayas! ¡Me vas a dejar solo! Sé que lo vas a hacer.

Jeremy salió del coche, aunque ella había pensado que el miedo que sentía iba a impedírselo, e intentó agarrarla.

Tenía la sensación de que le estaban clavando un millón de agujas en las plantas de los pies. Y, para empeorarlo, todavía tenía heridas de la noche del incendio, porque había tenido que correr descalza.

El dolor era insoportable y gritó, pero eso asustó aún más a Jeremy. Él estaba empeñado en detenerla. Si lo conseguía, tal vez ella no tuviera más oportunidades de escapar, y los dos podían morir en aquel coche.

«¡Corre!», le ordenó su propia mente, pero no podía mover los pies. En vez de huir hacia los árboles, tal y como había planeado, se tropezó y cayó.

Capítulo 32

Isaac condujo tan rápido como pudo hacia Libby. Quería creer que Claire seguía allí, y que no había respondido a sus llamadas porque estaba profundamente dormida.

Sin embargo, ya sabía que no podía ser así. Jeremy tampoco había contestado, así que él había llamado al recepcionista y le había pedido que comprobara si estaban en el motel. Ambas habitaciones estaban vacías, y el coche de Jeremy había desaparecido.

¿Dónde podían estar?

Isaac no tenía ni la más mínima idea. Sin embargo, lo que le había contado Les Weaver le producía pánico. Jeremy había estrangulado a Alana. Tenía mucha fuerza, y si agarraba a Claire como a su madre, ella tampoco podría defenderse.

Pero Jeremy no podía hacerle daño. Él la quería, siempre la había adorado.

Aunque, probablemente, tampoco sentía desagrado por Alana. Y, en aquel momento, Jeremy no era él mismo. Dependiendo de lo que hubiera pasado en casa de Don, no era posible saber lo que podía haber sufrido Jeremy aquella semana. Si estaba fuera de control, podía ahogarla como había hecho con su madre, sin darse cuenta de que lo estaba haciendo. Les había dicho que Jeremy no creía que hubiera matado a Alana. Su cerebro lo había bloqueado por completo.

Isaac lamentó no poder usar su teléfono móvil. Tendría cobertura cuando llegara a Libby, pero ya no tenía el teléfono, porque se había quemado en el incendio, como el resto de sus cosas. Había llamado a Myles antes de salir de casa de Don, desde el teléfono fijo, y le había contado lo sucedido. Myles iba de camino a Libby e iba a enviar también a varios ayudantes, dejando a Jared Davis en Pineview para que recibiera al forense, que iba a recoger el cadáver de Rusty, y a los sanitarios, que iban a llevar a Les Weaver al hospital de Kalispell.

Sin embargo, todo eso había ocurrido hacía veinte minutos. Isaac quería saber lo que estaba ocurriendo en aquel mismo instante. Sabía que él no sería tan efectivo en la búsqueda de Claire si no podía coordinarse con los demás. Lo único que podía hacer era conducir por el pueblo con la esperanza de toparse con el coche de Jeremy, aunque dudaba que Jeremy y Claire siguieran allí. Estaba amaneciendo. Él se había marchado de Libby hacía siete horas, y ellos podían haber salido poco después...

Fue primero al motel. Tenía que ver, con sus propios ojos, que Claire había desaparecido. También quería buscar alguna pista que le dijera adónde la había llevado Jeremy.

Lo que encontró fue la bolsa de viaje de Claire, la camisa y el sujetador que se había quitado cuando se había acostado y sus zapatos.

También halló una sábana rasgada, cables eléctricos arrancados de las lámparas y pruebas de lucha.

Claire no estaba segura de si quería que amaneciera.

Le había dado una patada en la cara a Jeremy y otra en la entrepierna cuando él había tratado de agarrarla, y había conseguido tirarlo al suelo. Eso le había dado el tiempo suficiente para correr hacia el bosque. Sin embargo, él había ido tras ella. Durante la última hora lo había estado oyendo entre los árboles, algunas veces muy cerca, llamándola y teniendo rabietas porque ella no le respondía.

La oscuridad la había favorecido. Lo único que tenía que hacer era quedarse muy quieta y dejar que él hiciera todo el ruido. Sin embargo, estaba amaneciendo e iba a tener que moverse, sin zapatos. Teniendo en cuenta el estado de sus pies, no tendría ninguna oportunidad de escapar si para ello tenía que correr. Ni siquiera estaba segura de poder cojear hasta muy lejos...

—¿Cómo puedes hacerme esto? —preguntó Jeremy quejumbrosamente.

Sus palabras resonaron en las montañas circundantes, que crearon un eco: «hacerme esto... hacerme esto... hacerme esto...». Claire detestaba su sonido, detestaba su voz, detestaba su angustia y detestaba lo que le había hecho Jeremy. Sin embargo, aquel odio no le iba a servir de nada. Tampoco responder; no podía razonar con él. Él no era capaz de razonar.

Ignoró el cansancio y el dolor y comenzó a andar silenciosamente entre las rocas y los árboles, avanzando en la dirección desde la que habían llegado hasta allí. Aquel camino de tierra tenía que llevar a alguna parte, y ella iba a seguirlo tanto como fuera posible.

Jeremy había estado muy distraído desde que habían salido del motel, pero parecía que iba siguiendo la misma dirección que ella, en paralelo.

—¡Claire! Tu madre está en el coche. Quiere que vuelvas.

«Dios, ayúdame a salir de aquí». Sabía que iba a tardar mucho en llegar a cualquier sitio, pero no quería pasar otra noche en el bosque, ni siquiera sin Jeremy. Caminó durante horas. Después de un rato, dejó de oír a Jeremy. Él había disparado un tiro unos quince minutos antes, pero eso fue todo.

Oyó otros ruidos; correteos, susurros, crujidos y un extraño eco, y no supo si debía preocuparse por si él se abalanzaba sobre ella de repente.

¿Adónde había ido? ¿Qué estaba haciendo? ¿Iba a permitir que ella se marchara, o todavía la estaba siguiendo?

Sabía que debería adentrarse más en el bosque para continuar, puesto que en aquella carretera corría un riesgo más grande de que él la encontrara, pero no podía abandonar la única guía que tenía. Le dolían demasiado los pies, y estaba a punto de echarse al suelo y empezar a gatear...

Una ramita se partió muy cerca de ella. Y sonó como si la hubiera roto algo mucho más grande...

Se quedó inmóvil mientras se preguntaba si tenía que alarmarse. Escuchó, pero no oyó nada salvo el graznido de un pájaro. Y, cuando se giró a mirar a su espalda, no vio nada, salvo pinos y más pinos, y la luz que se filtraba entre las ramas de los árboles.

¿Era Jeremy? ¿Estaba cerca? Y si no, ¿adónde había ido? ¿Y por qué había dejado de llamarla?

No importaba. Cuando estuviera a salvo, enviaría a alguien a buscarlo.

«Continúa», se dijo.

Dio un paso antes de mirar hacia arriba, y se topó con el cañón de un arma. El hombre que la estaba apuntando no estaba muy contento.

—¿Qué hace vagando por mi propiedad? ¿Y a qué estaba disparando?

Era un hombre alto, fibroso, de unos cincuenta años, pero ella había estado tan segura de que era Jeremy, que cayó de rodillas al suelo.

—¿Está bien?

Al darse cuenta de que ella iba descalza y de que no tenía ningún arma, el desconocido bajó el arma.

—Necesito ayuda —susurró ella, y él le ofreció su mano.

Claire estaba sentada en el despacho del sheriff, en Libby, envuelta en una manta, con los pies limpios y vendados y una taza de café en las manos. Isaac estaba sentado a su lado y tenía una expresión sombría. Myles, detrás de su escritorio, tampoco parecía mucho más feliz. Acababan de recibir la noticia de que Jeremy había sido hallado por el hijo del hombre que la había ayudado, pero no con vida. Se había suicidado pegándose un tiro en la cabeza; aquel había sido el último disparo que había oído Claire.

Ella se sentía muy mal. Se preguntaba si todos los demás disparos eran la forma en que Jeremy se había preparado para acabar con su tormento. Se preguntaba también si, de haberse quedado con él, habría podido calmarlo lo suficiente como para que su vida se hubiera salvado. Sin embargo, eran aquellos disparos lo que había avisado a los dueños del rancho, y tal vez él no los habría hecho si ella no hubiera escapado. Tal vez siguieran allí sentados, en el viejo Impala, hambrientos y hablando sobre zombis. El rancho en el que se habían adentrado sin saberlo era tan grande que sus propietarios habían admitido que, seguramente, nos se habrían encontrado con el coche durante días.

O tal vez, como había dicho Isaac, si ella se hubiera quedado, Jeremy le habría pegado un tiro también a ella. Claire no podía haber corrido aquel riesgo; tanto Myles como Isaac estaban de acuerdo en eso.

—Quizá lo que ha hecho haya sido lo mejor —dijo Isaac, tomándola de la mano.

—¿Lo mejor? —preguntó ella con horror.

—Yo no me imagino a Jeremy feliz en otro sitio que no fuera Pineview, ¿y tú?

Ella hizo un gesto negativo. No se imaginaba a ninguno de ellos feliz en otro sitio que no fuera Pineview, ni siquiera a ella, que quería marcharse desde hacía tanto tiempo.

—No —dijo Myles—, y las autoridades no le habrían permitido quedarse, por motivos obvios.

Porque era un peligro, aunque no quisiera serlo. Esa era la parte más triste.

Isaac le había contado a Claire lo que había dicho Les y, también, lo que habían encontrado dentro de la maleta que había en el sótano de casa de los Salter.

—Entonces, ¿crees que es cierto? ¿Crees que Jeremy mató a mi madre?

—Yo sí —dijo Myles—. Todo encaja.

—Y pensábamos que Don no quería a Jeremy. Sin embargo, lo quería tanto como para matar por él. Para hacer que mataran a David.

—Don sabía lo que iba a ocurrirle a Jeremy si se sabía la verdad.

Claire se arrebujó en la manta.

—Entonces, ¿Tug y Roni no tuvieron nada que ver?

—No. Tug le dio a Don el dinero, pero pensaba que era un préstamo para que Don pudiera evitar el desahucio de su casa. Se suponía que debía devolvérselo, pero no lo estaba consiguiendo.

—¿Y qué hacía? —preguntó ella.

—Muchas cosas. Recientemente, estaba ayudando a Joe y a su hermano a quitar algunos árboles de la finca de Bentmore.

—¡Por eso estaba con Joe!

Myles asintió.

—Tug pensaba que proporcionándole a Don un trabajo, lo ayudarían a que recuperara el control de su vida, y que eso ayudaría también a Jeremy.

Claire le dio un sorbito a su café.

—Jeremy me dijo dónde está enterrado su padre.

—¿Está debajo de la casa? —preguntó Isaac.

Ella asintió.

—¿Tú también lo sabías?

—Vi una parte con tierra removida, y pensé que allí podría estar su tumba.

—Estamos investigándolo —dijo Myles.

—¿Y los médicos saben si Les Weaver va a sobrevivir? —preguntó Claire.

—Está en cuidados intensivos, pero ya le han sacado la bala. Va a recuperarse.
—Entonces, podrán juzgarlo.
—Puedes estar segura —dijo Myles—. Por matar a David. Por matar a Rusty. Por provocar un incendio. Y, seguramente, por matar al hombre que murió en su despacho. Hace unos minutos he recibido un mensaje de la policía de Coeur d'Alene; han encontrado los registros de al menos cinco llamadas entre el socio de ese hombre y Les Weaver.
—Entonces, el socio quería cobrar el seguro de vida —dijo Isaac, y Myles asintió.
—Me alegro de que lo hayan descubierto —dijo Claire. La viuda de aquel hombre se merecía tener respuestas y justicia tanto como ella misma—. Entonces, ¿fue Les quien entró en mi casa?
—No, creemos que fue Don.
Claire frunció el ceño.
—Pero, ¿por qué iba Don a destrozar todas mis fotografías de David, cuando ya lo había matado? ¿No era ya suficiente lo que me había quitado?
—Tal vez nunca sepamos la respuesta —dijo Myles—. Me imagino que culpaba a David por obligarle a hacer todo lo que hizo. Don no era un asesino, en realidad, como tampoco lo era Jeremy. Simplemente, pensó que no tenía otra salida para proteger a su hijo. Me pregunto si no fue él, también, quien te siguió al estudio de tu madre.
—No —dijo Claire, agitando la cabeza—. Fue Jeremy. Me lo confesó.
—Entonces, ¿cómo sabía Don que tenías el expediente?
—No lo habíamos mantenido en secreto. Leanne lo sabía. Mi padrastro y Roni también. Tal vez Tug se lo mencionara a Don cuando hablaron de los trabajos de poda.
—Bueno, voy a llevarte a casa —dijo Isaac—. Tienes que descansar. Y, después, tenemos que ir de compras.
Aquella última parte tomó a Claire por sorpresa.
—¿Has dicho que tenemos que ir de compras?

–Sí. Tengo que empezar a sustituir todas las cosas que se quemaron en el incendio. Tú tienes que reemplazar lo que te destrozaron. Vamos a terminar de arreglar tu casa mientras reconstruyen la mía y, después, decidiremos dónde queremos vivir.

–¿Los dos? ¿Juntos?

Isaac sonrió.

–¿No es eso lo que hace la gente casada?

Claire ya se sentía mucho mejor.

–Me parece que antes va un anillo de diamantes –bromeó.

Isaac le guiñó un ojo.

–Tal y como he dicho, tenemos que ir de compras.

Myles los estaba observando con una media sonrisa. Ella se dio cuenta de que Isaac le caía mejor. Sus amigos solo necesitaban saber que Isaac tenía buenas intenciones, y en aquel momento, él lo había demostrado.

–Creo que ya estoy recuperando todas las fuerzas.

Empezaron a reírse, pero los interrumpió un ruido en la puerta. Claire se giró a mirar y vio entrar apresuradamente a Tug y a Roni, que tenían cara de preocupación.

–¡Claire! –gritó Roni.

–Me alegro mucho de verte bien, cariño –dijo Tug.

Claire dejó que Isaac tomara su taza mientras abrazaba a su madrastra y, después, se echó en brazos de su padrastro.

–Siento haber dudado de vosotros –dijo–. Os quiero. Os quiero a los dos.

ÚLTIMOS TÍTULOS PUBLICADOS EN HQN

Eso que llaman amor de Susan Andersen

Preludio de un escándalo de Delilah Marvelle

Días de verano de Susan Mallery

La promesa de un beso de Sarah McCarty

Los colores del asesino de Heather Graham

Deshonrada de Julia Justiss

Un jardín de verano de Sherryl Woods

Al desnudo de Megan Hart

Noches de verano de Susan Mallery

Érase una vez un escándalo de Delilah Marvelle

Perseguida de Brenda Novak

El anhelo más oscuro de Gena Showalter

Provócame de Victoria Dalh

Falsas cartas de amor de Nicola Cornick

Aquel verano de Susan Mallery

Cuatro días en Londres de Erika Fiorucci

www.ingramcontent.com/pod-product-compliance
Lightning Source LLC
LaVergne TN
LVHW030336070526
838199LV00067B/6303